它虽然体格肥胖，行动迟缓，却具有创作的天分、艺术的完美，仿佛专门为了这项崇高的目标而进化成这种模样。圆圆的扁脸，描黑圈的大眼睛，圆滚滚逗人想抱的体形，赋予大熊猫一种天真、孩子气的特点，赢得所有人的怜爱，想要抱它，保护它，而且它又很罕见。

——［美］乔治·夏勒（George Schaller） 世界著名野生动物研究学家

远古动物大多被残酷的自然法则淘汰出局,灰飞烟灭。大难不死、幸存于世的不过数十种,称之为动物界的"活化石",大熊猫为其一。

八百万年间，随着自然环境的变迁和人类文明的发展，大熊猫数量急剧减少。幸存者龟缩一隅，在青藏高原东缘和秦岭中段的高山深谷中，找到一方赖以生存的净土，过起与世隔绝的隐居生活。

大熊猫最早是肉食动物，后属杂食性动物，进化过程中转而以竹子为主食。竹子营养低，再加上吞下肚子能吸收的营养，最多不过百分之二十，这就造成大熊猫睡觉之外，大多时间不停吃竹子。一只成年大熊猫，一天能吞食五十公斤竹子，相当于自身体重的一半。

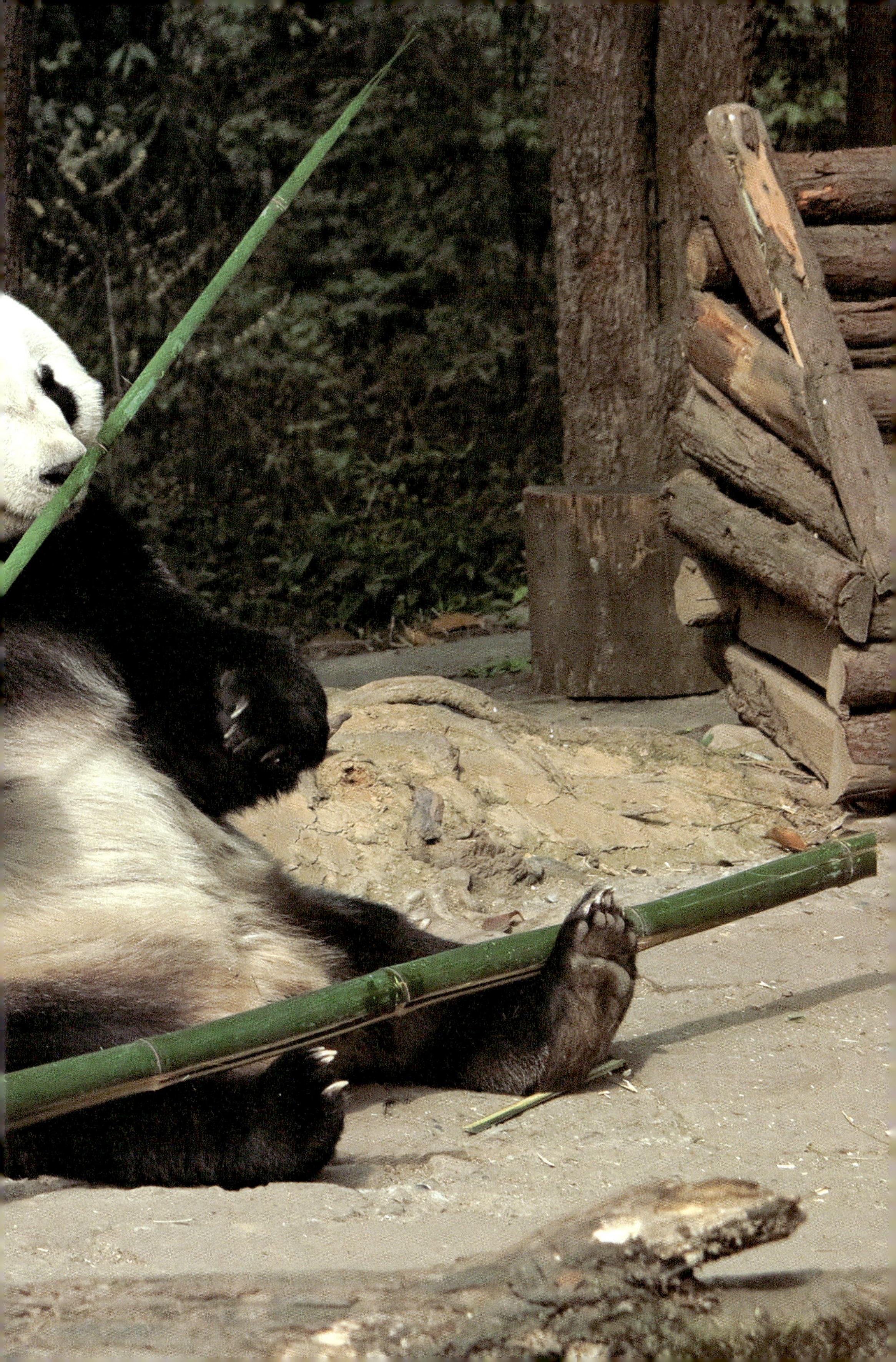

利用百年以上树龄的冷杉等大树根部的天然间隙，聪明的大熊猫构筑起舒适的巢穴。

爬树，大熊猫的求生本领。

大熊猫不只黑白二色，陕西佛坪三官庙附近发现的大熊猫"七仔"，是世界上有科学记载的第五只棕白色大熊猫。

野外生存的熊猫妈妈，偶尔产下双胞胎或多胞胎，绝大多数情况下，只会养育其中之一。这种现象，被动物学家称为"弃子"行为。

人工喂养大熊猫，通常先投喂竹子，不限量任其取食，确保对竹子的摄入量，而后才轮到其他精料。精料制作考究，需将玉米、大米、高粱、黄豆等打成粉，还有鱼粉、骨粉、肉末一类，少不了的是糖、盐、鱼肝油、矿物质……根据年龄不同，还要喂牛奶、补充维生素等。

20世纪80年代，箭竹大面积开花枯死，生存受到严重威胁，大熊猫到农民家灶台取食主人为其准备的食物。

野外救助的两只熊猫幼崽，得到保护区工作人员的精心照料。两只幼崽直立身子，紧抱饲养员大腿，争相吸吮奶瓶里的牛奶。

"团团""圆圆"是中国大陆赠送台湾的一对大熊猫。2006年中央电视台春节联欢晚会上，经一亿多人次观众投票，"团团""圆圆"成为两只赠台大熊猫的乳名。"团团"是雄性，"圆圆"是雌性。2008年汶川大地震中，"团团""圆圆"的圈舍因山体垮塌而损毁，所幸两只大熊猫机警跑出，安全无恙。2008年12月，"团团""圆圆"抵达台北，生活至今。

2006年7月，第三十届世界遗产大会上，21名世界遗产委员会成员一致举手，通过将中国四川大熊猫栖息地列入《世界自然遗产名录》。全部赞成票，在世界遗产大会审议通过的项目中并不多见。

2003年，圈养大熊猫野化培训与放归计划正式启动。历经坎坷，如今放归一族数量逐年递增，梯队形成。一只只大熊猫终将回到大山深处，从闪烁的镁光灯下重返自由天地，从有名有姓再度回归无名无姓。

2016年，世界自然保护联盟（IUCN）宣布：大熊猫受威胁等级从"濒危"降为"易危"。世界自然保护联盟生物多样性保护专家组负责人简·斯玛特（Jane Smart）解释说："中国的保育努力证实了我们可以扭转濒危物种的命运。"

甘肃

秦岭
长青自然保护区 佛坪自然保护区
洋县
陕西

白水江自然保护区
白马河自然保护区

四川

湖北

湖南

贵州

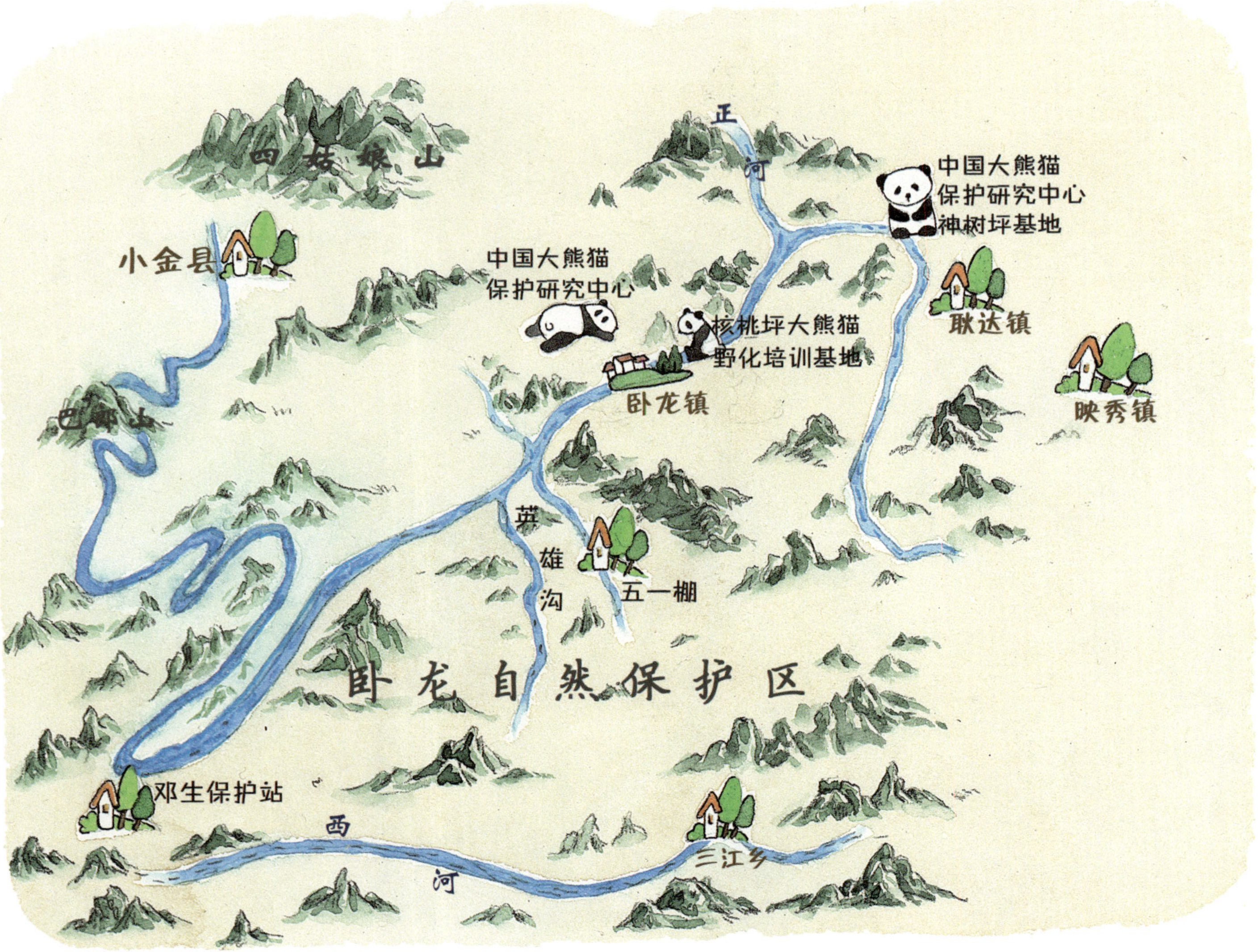
四姑娘山
小金县
巴郎山
正河
中国大熊猫
保护研究中心
神树坪基地
中国大熊猫
保护研究中心
核桃坪大熊猫
野化培训基地
卧龙镇
耿达镇
映秀镇
英雄沟
五一棚
卧龙自然保护区
邓生保护站
西河
三江乡

蜂桶寨自然保护区

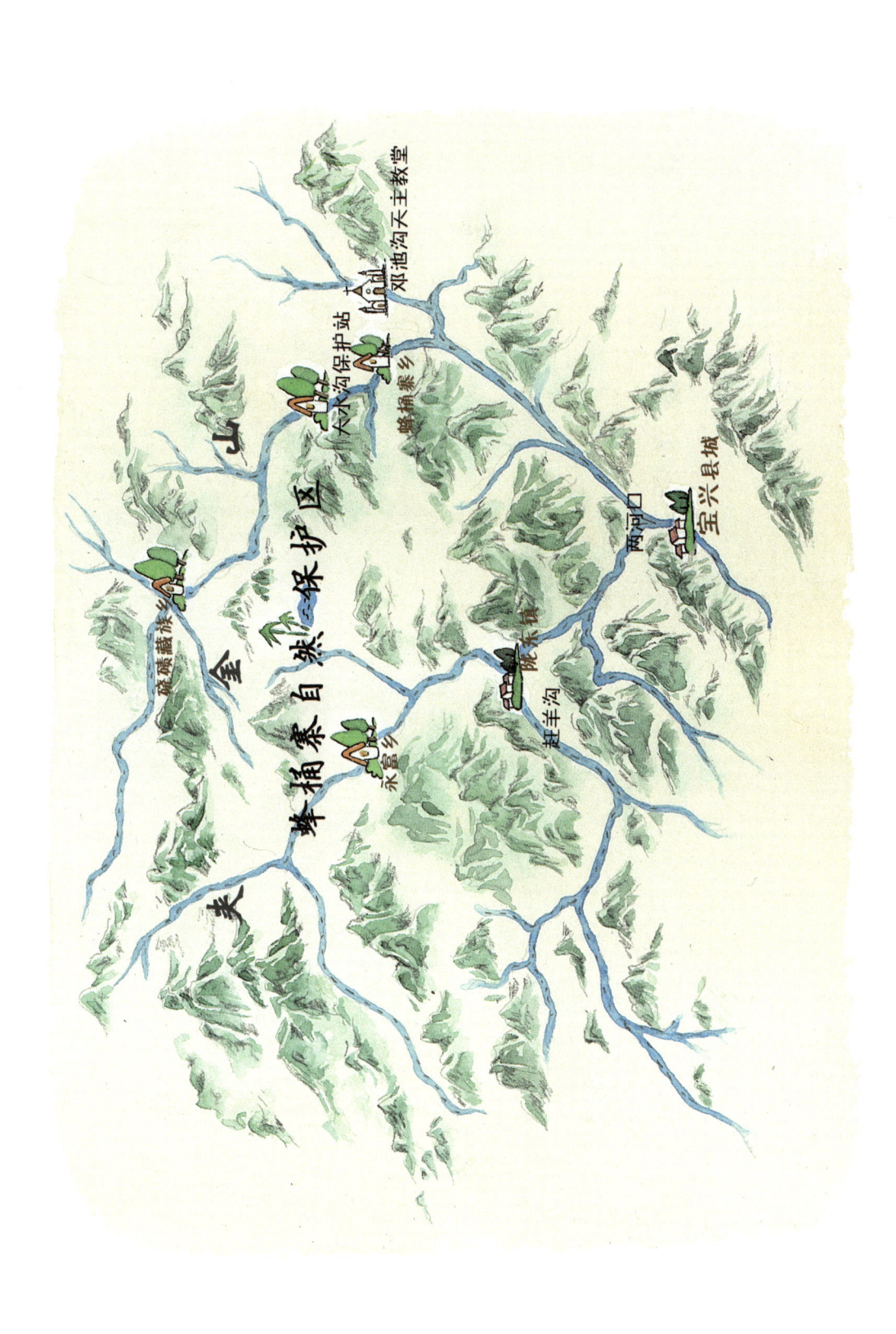

邓池沟天主教堂
大水沟保护站
蜂桶寨乡
砚嘛藏族乡
两河口
宝兴县城
陇东镇
赶羊沟
永富乡

中国大熊猫主要栖息地分布

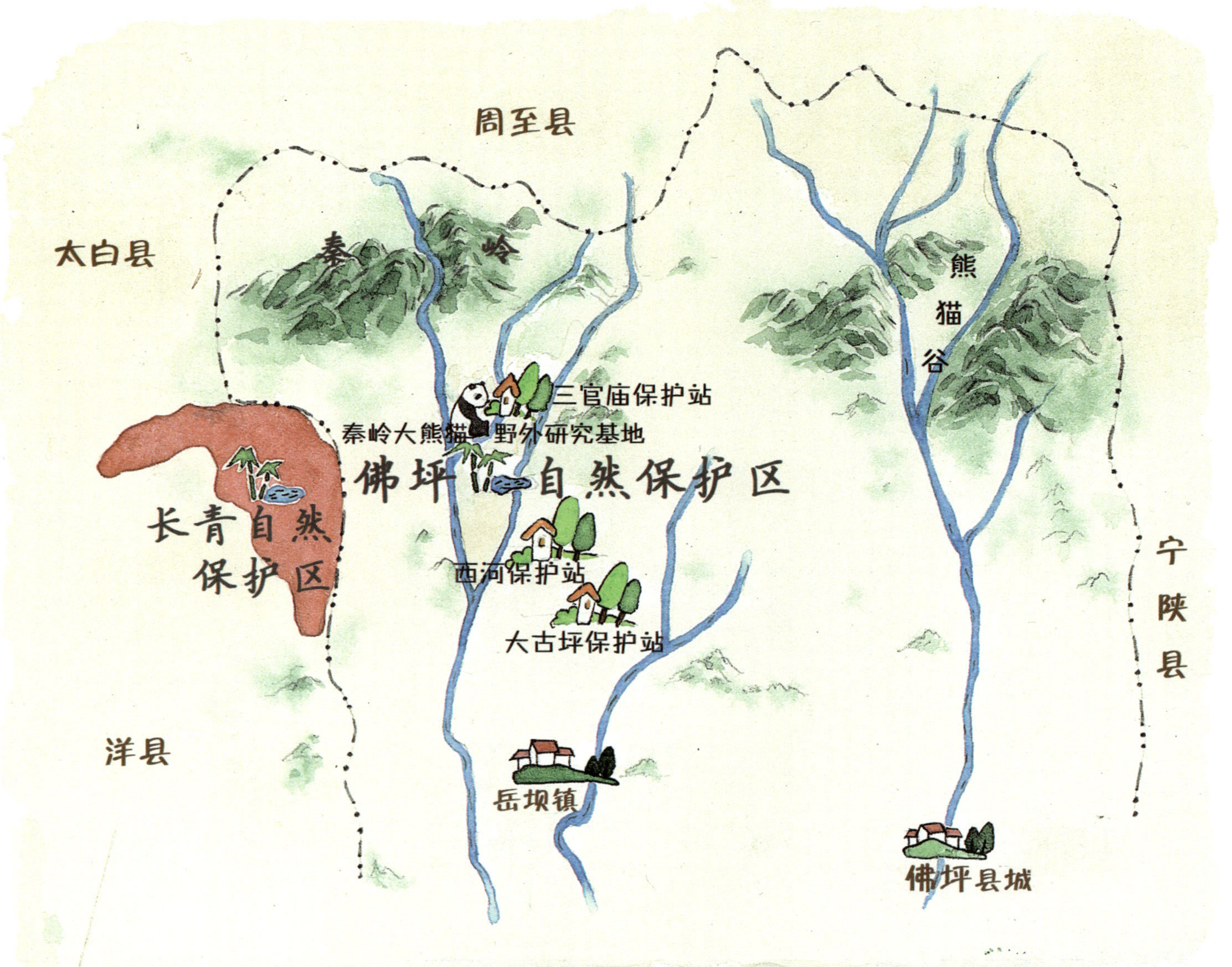
周至县
太白县
秦岭
熊猫谷
三官庙保护站
秦岭大熊猫野外研究基地
佛坪自然保护区
长青自然保护区
西河保护站
大古坪保护站
宁陕县
洋县
岳坝镇
佛坪县城

我们追寻大熊猫的昨天,
旨在关注大熊猫的今天,

更加冀望大熊猫的明天,
与人类共享碧水青山和蓝天!

PANDA OF CHINA

中国大熊猫纪实

赵良冶　著

熊猫中国

江苏凤凰文艺出版社
JIANGSU PHOENIX LITERATURE AND ART PUBLISHING, LTD

谨以此书献给大熊猫科学发现 150 周年

目录 contents

第一章　远古遗产
一、动物界"活化石" ... 001
二、古今命名之争 ... 013
三、历史缺位之谜 ... 022

第二章　震惊世界的发现
一、夹金山的远方来客 ... 031
二、"川西有神物" ... 038
三、上帝的后花园 ... 044
四、轰动世界的首次亮相 ... 053
五、遗憾的种子 ... 060

第三章　狂热的背后
一、幕启：第一声枪响 ... 065
二、沸腾：第一次出境 ... 071
三、西方世界的狂热 ... 078
四、战火中的滥捕与反制 ... 087

第四章　斩断罪恶之手
一、由乱而治 ... 099
二、以法之名 ... 105

第五章　先行者的足迹
一、大熊猫养成之路　　　　　　　　　　113
二、科研摇篮拓荒人　　　　　　　　　　119

第六章　从"竹林隐士"到"世界公民"
一、国礼大熊猫，引四方躁动　　　　　　131
二、"熊猫外交"，话和合之道　　　　　　136
三、大熊猫"留洋"新招：中外合作研究　　145

第七章　科研"航母"铸就
一、史无前例的"熊猫计划"　　　　　　151
二、研究中心之崛起与突围　　　　　　　159
三、应运而生碧峰峡　　　　　　　　　　171
四、成都的大手笔　　　　　　　　　　　178

第八章　"南胡北潘"
一、领军人物胡锦矗　　　　　　　　　　185
二、独辟蹊径潘文石　　　　　　　　　　201
三、励志成才雍严格　　　　　　　　　　216

第九章　逐梦者乔治·夏勒
一、夏勒其人　　　　　　　　　　　　　227

二、在卧龙的日子　　　　　　　　　　231
　　三、圆梦"宝山圣地"　　　　　　　　240

第十章　传奇"巴斯"
　　一、获救巴斯沟　　　　　　　　　　249
　　二、扬名天下　　　　　　　　　　　254
　　三、晚年的幸福生活　　　　　　　　262
　　四、最后的日子　　　　　　　　　　268

第十一章　大熊猫栖息地"申遗"
　　一、四川在行动　　　　　　　　　　273
　　二、"申遗"考察之旅　　　　　　　278
　　三、天遂人愿　　　　　　　　　　　285

第十二章　强震袭来
　　一、惊魂一刻　　　　　　　　　　　289
　　二、抢救国宝！　　　　　　　　　　292
　　三、大熊猫的"诺亚方舟"　　　　　301
　　四、"团团""圆圆"赴台湾　　　　307

第十三章　涅槃重生
　　一、香港援手：只为大熊猫　　　　　315

二、今天的卧龙　　　　　　　　　　320

三、野生大熊猫复出　　　　　　　　331

第十四章　野性的复苏

一、荒野的呼唤　　　　　　　　　　339

二、探路者"祥祥"　　　　　　　　341

三、功勋母亲"草草"　　　　　　　344

四、带头大哥"淘淘"　　　　　　　353

五、使命的召唤　　　　　　　　　　359

后　记　　　　　　　　　　　　　365

第一章
远古遗产

> 远古动物大多被残酷的自然法则淘汰出局，灰飞烟灭。大难不死、幸存于世的不过数十种，称之为动物界的"活化石"，大熊猫为其一。

一、动物界"活化石"

祖籍西蜀雅安，周边重重大山，青藏高原近在咫尺。自己这辈子的人生轨迹，始终没跳出这片狭窄天地，属于典型的山里人。

山外世界精彩纷呈，山里日子平淡无奇。毫无遗憾，因为有大熊猫为伴。方圆百来公里范围，几个国家级自然保护区，外加中国大熊猫保护研究中心、成都大熊猫繁育研究基地，国宝数量惊人。

有此渊源，痴迷大熊猫，几十个寒来暑往，耗费半生精力，行走于国宝的世界，领略黑白二色魅力，其乐无穷。

几年前，我从成都出发，再次沿南方丝绸之路南下。本意拾遗补缺，踏访过往未曾深入探究的古道遗迹，毕竟几千年历史文化，够得反复品味。

习惯使然，无论走到哪座城市，第一站非博物馆莫属。殊不知，步入保山市博物馆二楼展厅，惊喜突如其来——一具硕大的熊猫骨骼化石，迎面挡住去路。

由于各种原因，考古现场发现的熊猫化石零散，主要是牙齿、颅骨等，类似这么完整的骨架难得一见。直觉告诉我，应该是距今八千年前后、生活

云南保山博物馆陈列的现生熊猫

在全新世早期的熊猫，才具有同当今大熊猫相仿的个头。

一旁的文字资料，表明我判断无误。

这具腾冲市江东山小水井落水洞发现的化石，由于年代较近，石化程度不够，准确的称呼该是"亚化石"。化石还是亚化石暂且不论，称之为"现生熊猫"，已然板上钉钉。

回想起有一次行走古道，意外之喜，巧了，也是同熊猫化石不期而遇。

二十世纪九十年代，南丝路研究逐渐升温，文物部门组织考察，我有幸又一次参加。

公路糟糕车况差，沿途颠簸满面尘土，黄昏时分，抵达禄丰县城。

众多巴蜀同行远道而来，其中不乏专家级人物。贵客临门，禄丰博物馆的工作人员忙前忙后，不亦乐乎。

第二天一大早，直奔主题，参观博物馆去也。

一如云贵高原的所有县城,街道狭窄房屋老旧,一路行来,看不到像样的楼房。唯有新落成的禄丰博物馆,三层高楼砖混结构,可谓鹤立鸡群,分外抢眼。

博物馆主要陈列禄丰出土的恐龙化石,包括恐龙厅、古生物厅、古猿厅、青铜器厅等,展品多档次高,布展考究。小小一座县城,冷不丁冒出这等规模的博物馆,很是让人刮目相看。

馆长前边引导,亲自解说,宝贝的来历一件件道来。

展柜角落,摆放着十来颗臼齿化石,不显山不露水。所长解释说是始熊猫化石,来自八百万年前的中新世,采用同位素检测,误差忽略不计。遗憾在于,几十年过去,每次发掘出土的除了臼齿还是臼齿。同行者的关注点,显然在古滇国青铜器矛、钺、剑一类,熊猫纯属题外话,晃一眼听一下就作罢。

听见中新世,我心跳加快,追踪国宝近十个年头,知晓个中奥妙。

地球的演变史漫长久远,人的生命不过流星一瞬,谁都无法目睹。聪明绝顶的地质学家和古生物学家,洞悉地层自然形成的先后顺序,以及所保存的古生物化石是高等还是低等以后,经过缜密思考和科学论证,归纳梳理出"宙、代、纪、世、期"等地质年代单位,用以表述不同的阶段。

地质年代有了对应名称,地球和生命演化脉络清晰便于表述;加上采用同位素检测,时间节点一目了然。研究者皆大欢喜,只苦了普通人,这类生涩难懂的专业术语,听起头昏脑胀不知所云。

地球源起纷繁复杂,大熊猫要紧,直截了当切入主题,从千万年前的新生代说开去。

作为地质历史上最新的一个代,新生代得名有讲究,取"生物界接近现代"的意思。原来,当新生代来临时,地球上的生物界面目一新,中生代的爬行动物大多消失,裸子植物衰退,被哺乳动物和被子植物取而代之,故逐渐呈现出现代生物的初始面貌。

新生代一分为三,划为古近纪、新近纪和第四纪。依次而来,古近纪细分为古新世、始新世、渐新世,新近纪包括中新世、上新世,第四纪则用更新世、

第一章 远古遗产   003

全新世来划分。这里的"世"说起来容易，若放到地球的演变、物种的进化当中，那可动辄以百万年乃至千万年计算。地质年代中，唯有全新世特别短暂，从一万一千多年前到今天，全部包罗其中。

至于大熊猫，进化时光久远，一路走到今天实在不容易。同时代甚至晚许多年的远古动物，大多被残酷的自然法则淘汰出局，灰飞烟灭。大难不死、幸存于世的不过数十种，称之为动物界的"活化石"，大熊猫为其一。这个生命奇迹的存在，为研究生物的进化提供了重要依据。

展柜前，徘徊半天舍不得离去，有此机缘实乃老天开眼。心中痒痒，提出不情之请：能否取出端详一番？

同道中人啥都好说。承蒙恩准，戴起白手套，手心轻轻托住化石，翻来覆去没个完。

古生物研究，化石提供第一手资料。禄丰出土，这些牙齿当年的拥有者，即以"禄丰始熊猫"命名。切莫小瞧这个发现，就熊猫进化史而言，禄丰始熊猫提供了大熊猫起源的物证，具有划时代意义。

沉默的化石会说话，臼齿化石道出真相，消失的场景、尘封已久的故事、活灵活现的始熊猫，恍若眼前。

八百万年前的云贵高原，绝对不可以"高原"呼之。要知道，即便号称世界屋脊的青藏高原，那时候的平均海拔，也不过千米上下。

禄丰，乃至云南、贵州，风景迥异：热带潮湿气候，雨量充沛植被茂盛，河流纵横湖泊密布。这山这水，俨然热带动物的家园。禄丰始熊猫和古猿、乳齿象、剑齿虎、三趾马们，成为这方土地的主人。至于万物之灵的人类，他们的始祖，还没在这颗星球露面。

最初阶段，始熊猫族群未形成气候，数量不多，个头小，如狐狸般大。小有小的好处，追杀弱小猎物身手敏捷，今人戏谑为"肥胖的狐狸"。胖墩墩的始熊猫，继承祖先始熊的杂食动物本性，捕获猎物以食肉为主。

得出这样的结论，臼齿化石功不可没。化石明白无误地告诉我们：始熊猫的臼齿不仅小而且平滑，尚不具备有效磨碎植物纤维的功能，只可能归入广食性动物[①]。

  大熊猫来自何方？时光久远，线索零散，迷雾重重。如何勾勒出一幅相对完整的进化图，长期困扰着学术界，无论动物学家还是考古学家。

  禄丰始熊猫扬名之前，关于大熊猫的起源有两种声音——"欧洲说"与"中国说"。

  一九四二年，考古学家在匈牙利发现大熊猫类的早期代表——葛氏郊熊猫牙齿化石，其活动的年代在七百万年前。据此，部分学者提出大熊猫发源地在欧洲。

  中华大地，熊猫化石分布之广、出土数量之多，任何一个国家都没法比。不过，由于葛氏郊熊猫年代最久远，以此作为证据，"欧洲说"似乎成定局。

  只为追根溯源，中国学者就忙碌了好些年。一九七五年，禄丰县石灰坝村考古发掘现场，清理古猿化石时，意外找到始熊猫臼齿，时间比葛氏郊熊猫早上百万年。这个发现，让大熊猫研究者喜出望外。功夫不负有心人，更古老的始熊猫，终于在禄丰露面。

  臼齿的研究再清楚不过。禄丰始熊猫前臼齿形态，同现生熊猫齿型相似，结构又具始熊的特征，介乎二者之间。

  倘若孤证尚不足以说明问题，其后不久，毗邻的元谋县带给学者们同样的惊喜——始熊猫化石再次露面。

  元谋始熊猫比禄丰始熊猫年代稍晚，个体的块头更小。

  通过禄丰始熊猫与葛氏郊熊猫的比对分析，学者们得出结论：葛氏郊熊猫仅为熊猫类一个已经灭绝的旁支，同中国的大熊猫扯不上关系。

  这边争论刚结束，二〇一二年，西班牙又传来消息：更古老的大熊猫化石出土，包括额骨和牙齿，时间距今一千一百多万年。五年以后，加拿大和法国科学家又在相关刊物发表文章，"欧洲说"似乎再次占据上风。

  我始终坚信，这不会是最终结果。我们居住的这颗星球，埋藏太多的秘密，

[①] 广食性动物：亦名多食性动物，指食物范围很广的动物。

第一章 远古遗产　　005

真正的熊猫始祖游走地球的准确时间，今天的学者们恐怕无法界定，一切有待更多的科学发现。

况且说到底，争个高下大可不必，熊猫起源于我们这颗星球，而今仅中国西部四川、陕西、甘肃部分深山老林，才有活体生存。

知道这一点，足矣。国籍之争没多大意义，说一千道一万，珍稀动物"活化石"大熊猫属于全人类。

假如以禄丰始熊猫为起点，朝上可对接祖熊，往下则串连起不同时代出土的化石，一脉相承前后连贯。大熊猫完整的进化轨迹，就此呈现。

按照这一顺序排列，距今两百万年前后的更新世早期，经历几百万年的演化，始熊猫完成生物进化的使命，接力棒传递给小种熊猫。

与此同时，人类始祖闪亮登场，后起直追进化神速，逐渐超越所有动物。直立行走的巫山人、建始人、元谋人，开始打制简单的砾石工具。

这个阶段的小种熊猫，尽管比祖先始熊猫稍大，但依然处于进化水平的成长期，颅骨、牙齿、嚼肌等的结构尚欠发达，体型也仅有现生熊猫一半大，属于中国南方"大熊猫—剑齿象动物群"的主要成员。

辽阔的山林草地、潺潺的溪流、连片的沼泽，提供了舒适安全的生长环境。气候冷暖交替，食物供给充沛，小种熊猫族群就此发展壮大。这期间，随着地球气候变化，为适应独特的生活环境，熊猫食谱开始发生改变。从食肉动物向兼吃竹子的杂食性动物转变，始于小种熊猫。为生存计，久经磨练后，熊猫除长出一口适合磨碎植物纤维的牙齿，前爪在五指外还演变出一伪拇指，相互配合以握住竹子。

近些年的研究认为，熊猫以竹子为主食，基于几个原因：熊猫体型庞大，行动不算灵活，奔跑速度不够快，不具备捕食獐子、麂子等的能力；依靠捡食动物尸体吃腐肉，更不是办法，搞不好自己先饿死成腐肉。那就吃植物吧，竹子是最佳选择，分布广不说，一年四季生长旺盛，既能保证供给又有一定营养。

也有动物学家认为，熊猫不吃荤，原因是某一基因在进化过程中失活，

"大熊猫—剑齿象动物群"的主要成员

以致无法感受肉类的鲜美。

虽然说适者生存,但吃荤变吃素,消化肉食的肠胃转而消化竹子,的确让人不可思议,固学术界称之为"特化"①。这种特殊的生物进化方式,周期漫长且过程复杂,耗费的时光动辄以万年计。

小种熊猫得名,考古学家裴文中功莫大焉。

一九五六年岁末,正在广西南宁从事洞穴考古的裴文中,应当地文化部门之邀,鉴定一个化石。这化石形状奇特,与人的下颌骨类似但更硕大,出自柳城县楞寨山硝岩洞②。

见到化石,裴先生双手微微发抖,凝神审视良久,断言这下颌骨非人类所有,而是归属考古界长期寻找未果的巨猿。巨猿下颌骨的现身非同寻常,

---

① 硝岩洞:因在此洞内发现了巨猿下颌骨,后又有众多巨猿牙齿出土,如今通称巨猿洞。

② 特化:生物学名词,是由一般到特殊的生物进化方式,指物种适应于某一独特的生活条件,使其在形态、生理上发生局部变化。

第一章 远古遗产

可以说是继北京猿人头盖骨问世以来,又一次重大的考古发现。

裴先生一席话,让当地文化部门好不振奋,赓即编制发掘方案,硝岩洞考古就此展开。其间,裴先生言传身教,多次亲临现场。

硝岩洞发掘硕果累累。就以小种熊猫化石为例,据裴先生亲自统计,共出土七十余件,包括四件下颌骨,七十三颗牙齿。

对比研究后,裴先生认为,硝岩洞的下颌骨化石,比之以后的巴氏熊猫和现生熊猫,明显短小;臼齿同样如此,牙面的面积较小,仅为巴氏熊猫和现生熊猫的三分之一。

结论是,这家伙虽个子矮小,却是现生熊猫的直接祖先。

据此,裴先生取了个名副其实的名字:小种熊猫。

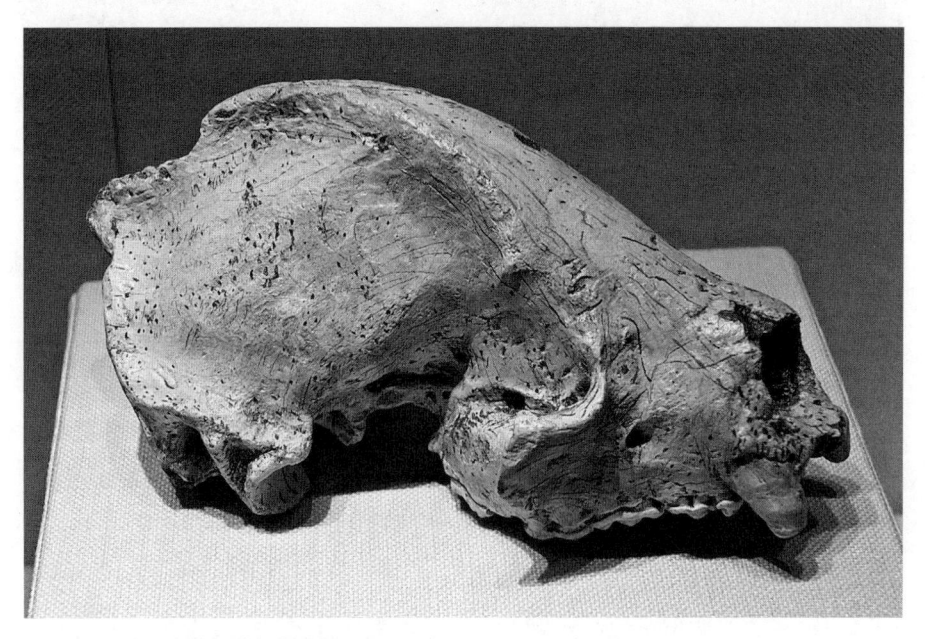

博物馆珍藏的旧石器时代小种熊猫化石

以后的日子,广西、重庆、陕西等相继发现小种熊猫化石,证明其数量和活动范围远超始熊猫。

进化过程优胜劣汰,上百万年以后,小种熊猫扮演的角色宣告结束,在更新世中期，被依赖竹子为生的巴氏熊猫取而代之。

巴氏熊猫化石首先发现于缅甸，不过仅此而已，后续出土的众多化石，全部散布于中华大地。

距今大约四十万年前，巴氏熊猫进入鼎盛期，数量之多、活动区域之广，说得上空前绝后，堪称大熊猫进化史的高峰，是熊猫家族的鼎盛时期。

人类的进化同样进入新阶段，周口店的北京猿人，学会火的使用。

这个时期，地球显得不甘寂寞，地壳运动愈演愈烈，导致青藏高原再度隆起，跃升为世界屋脊。影响所及，云贵高原和秦岭山地随之抬升。秦岭隆起横亘东西，天然屏障分隔南北，这一来因祸得福，干冷的西北季风桀骜不驯，常年骚扰南方地区的势头，就此打住。

亚热带丛林成了巴氏熊猫快乐的家，漫山遍野一丛丛竹林，伸手可及张口就来。当然，偶尔撞见小动物，诸如蛇、兔子一类的，巴氏熊猫也会笑纳，追上去一巴掌拍死，打一顿牙祭。

吃喝无忧，日子好不安逸，巴氏熊猫营养充足，体形逐渐增大，四肢有力脚爪尖利。重庆、广西出土的巴氏熊猫化石，若采用还原技术恢复原型，结果会让人大吃一惊：呈现在我们面前的巴氏熊猫，体形比现生熊猫大八分之一，显得更加威猛。

俗话说，江山易改，本性难移。大约基因使然，巴氏熊猫保留了祖先始熊的凶猛习性，不惹事也不怕事。一旦与食肉动物狭路相逢，双方都不妥协时，往往会凶相毕露以死相拼，生物圈竞争中并非弱者。

环境好天敌少，优哉游哉的巴氏熊猫，繁育能力大幅提升，数量急速膨胀。都是吃货，睁开眼睛就得四出搜寻食物，想方设法填饱肚子。需求与日俱增，原有的生活圈，已经无法承受迅猛的增长势头。为争取更广阔的生存空间，巴氏熊猫走出世代居住的地方，由偏处西南一隅，转而向四面八方拓展，寻求新的地盘。

地图上扫一眼，这家伙果然厉害：北边挺进至黄河流域，最牛的扎根周口店；南方到达珠江流域、湄公河流域，更远干脆闯荡到越南、缅甸和泰国；

考古专家想象中的小种熊猫

东面则直抵东海之滨，前行无路只好望洋兴叹。还有胆大的，昂首挺胸跨过琼州海峡，登上海南岛。这绝不是戏说，巴氏熊猫并非游泳健将，只不过那时的海南岛，与雷州半岛之间有陆路相连。

自不待言，这一切得归功于秦岭。天设地造的南北屏障，使广阔的区域生态条件好转，生存空间打开，巴氏熊猫趁机大显身手，跳出藩篱四方闯荡。

诸多化石证明，中国广袤的国土上，一多半都留下了巴氏熊猫的活动痕迹。

盛极必衰，一个难以逃脱的定律。巴氏熊猫的衰败，起因是地球气温骤降，纯属天灾。

大约十一万年前的更新世晚期，末次冰期光顾地球，周期长达十万年之久。其间，气温几起几落，动物们备受折磨，大多数就此灭绝。

待到两万年前,祸从天降。处于冰河时期的地球,再度大发雷霆,气温骤降,海水结冰。那可不是冰冻三尺这么简单，后果严重、场面恐怖：海平面陡降一百多米，三分之一的陆地被冰雪覆盖。

没有食物，滴水成冰，巴氏熊猫饥寒交迫，面临绝境，被迫由北向南迁徙，最后退缩至西南地区。还是祖居地靠得住，地理位置相对封闭，受外界影响小，气候变化不大，依然树木茂密、竹林青翠。

孑遗生物、冰川时代的"遗老"，就这么存活下来。保山市博物馆的大熊猫化石，即为明证。

这么完好的化石，何以能保存至今？好奇心油然而生。看来，非得去江东山走一趟，实地察看。

江东山属高黎贡山支脉，山高坡陡路难行。落水洞海拔两千三百多米，森林浓密，洞口直径不过两米，周围藤蔓杂草丛生，极其隐蔽。一个"落"字，道出洞名由来，洞体垂直向下、深不见底，死亡陷阱天然形成。

怪不得猞猁、野牛、水鹿、双角犀、亚洲象们，这么多的大中型动物，一个个糊里糊涂就中招，几十米高处掉下，七窍流血一命呜呼。奇怪的是，小型动物化石少之又少，不过几只竹鼠和猫科动物。

原因何在？体型大的动物身子高，一双眼睛高高在上，脚下灌木荒草遮挡视线，情况不明，稍不注意就一脚踏空。至于小动物们，身材矮小，灌木荒草中钻来钻去，发现洞口迅速止步，大多幸免于难。

就这样，落水洞中保留了十六种动物化石，除了大熊猫、双角犀和亚洲象，其他的动物今天依然活跃在这方山水间。

发现动物化石，那是二十世纪五十年代。高黎贡山的洞穴里出产名贵的燕窝，江东山也不例外。大山里找钱不容易，几位胆大的村民每到采集季节，便将树藤在腰间系牢实，慢慢下去搜寻燕窝。

下到洞底，不明动物的骨头四处散落，白骨森森怪骇人。乡下人好奇，当稀罕物带回村子，也不把这些东西当回事，议论一番就丢弃。

山区消息闭塞，几十公里外的腾冲城，也没人知道这事。直到二十世纪末，消息传到文物部门，相关人员赶到落水洞，首次考察便找到这具大熊猫化石。

怪只怪这只大熊猫时运不济：八千年前的某一天，晨起游走觅食，那么多的地方不去，那么多的竹林不钻，偏偏走上这条不归路；摇头晃脑，得意忘形，一个不留神，失足坠入落水洞；洞底岩石坚硬锋利，顷刻间一命归西，天长日久终成亚化石。

也多亏这陷阱天设地造，让动物们防不胜防，熊猫跟着遭殃，今天的人们才有幸目睹这么完整的化石。

落水洞的发现表明，直到全新世早期，大熊猫依然在云南一带生存。这个最年轻的地质年代里，人类迈入新石器时代，农业兴起，养畜业出现；熊猫的进化也进入最后一个节点——现生熊猫担当主角。

站立舞台中央的黑白兽，睁眼看世界，周边环境丝毫不乐观。族群在北方绝迹，南方萎缩，生存空间锐减。接下来的日子，灾难接踵而至，云南、贵州的大熊猫，陆续丧失生存空间。

这次是人祸。西南地区的熊猫，侥幸躲过天灾，偏生又遇上最大的克星——人。

自打原始农业兴起，刀耕火种盛行。人类智商高、脑子好使，专挑平坝[①]下手，石斧砍倒树林和竹林，晒干放火焚烧，省时省力，土地肥沃。几年后地力下降，再砍掉旁边的树木竹子，烧毁后继续开垦新土地。就这么，由平坝到丘陵，再由丘陵到浅山……

大熊猫行动缓慢，主要以竹子为食，当赖以生存的竹林消失，生活环境改变，绝路一条。

这还远不算完，农耕文明势不可当，于大熊猫而言无疑是更大的灾难。

劳动工具更新换代，铜器取代石器，铁器又取代铜器。耕作技术进步，粮食产量增加，人的温饱基本解决，繁衍加快。人口迅速增长，需要更多的粮食，那就烧毁森林种地；需要更多的房子，那就大量砍伐林木；需要更多的肉食，那就大肆猎杀犀牛、鹿子、大熊猫……

被追杀的日子不好过，大熊猫们昼夜惶恐，疲于逃命。

短刀长矛尚好应对，明着来，无非拼体力比耐力，看谁跑得快；怕的是

---

① 平坝：地貌名词，指坡度小于 7°、地势起伏最大相对高度小于 20 米的平坦地面。

奇招迭出防不胜防，玩的是心惊肉跳。

陷阱和套子，讲的是守株待"兽"。动物们一旦中招，跌入深坑的坐以待毙，踩中套子的哀号悲鸣。

猎犬不同，讲究主动出击。猎人放出猎犬，惊扰躲避于密林洞穴的野兽，发现猎物踪迹。猎犬训练有素，跑得快嗅觉灵敏，声声狂吠围追堵截，动物们插翅难逃。

最要命数弓箭。山坡上竹林摇晃，黑白兽的影子若隐若现，猎人眼明手快，瞄准东躲西藏的大熊猫，凭借百步穿杨功夫，后面才传来"嗖"的声响，没等回过神，前面的大熊猫已命丧黄泉。

以后愈加恐怖，火药枪问世，威力大杀伤力强。几百步以外，只要扣动扳机，"砰"的一声，铁砂子飞速袭来。动物身上，顿时大小几十个窟窿，皮开肉绽鲜血直冒。即便不当场毙命，狂奔之后，伤痛加剧血流不止，再凶猛的野兽也扛不住。

大熊猫战战兢兢，死亡游戏中败个一塌糊涂。

时人食物短缺，眼中的大熊猫不过野物而已，老虎豹子都不怕，何况这家伙。逮住一个算一个，填饱肚子为上。

天灾加人祸双重打压，大熊猫数量急剧减少，活动范围再度缩小。幸存者龟缩一隅，在青藏高原东缘和秦岭中段的高山深谷中，找到一方赖以生存的净土，过起与世隔绝的隐居生活。

多亏这方净土庇佑，"活化石"没被淘汰出局。否则，今天的人们也就无缘目睹国宝风采了。

二、古今命名之争

虞夏时期，汉字体系开始成熟，发展至今已有数千年历史，大熊猫理所当然应有文字记载。

单就那副长相，体态丰满，头圆颈粗，耳朵小尾巴短，眼部带八字形黑圈……尤数黑白二色格外抢眼，以古人的聪慧，瞟一眼一抓一个准，自然白纸黑字记录在案。

然而，我埋头史料搜寻大熊猫的踪迹，却发现情况一点也不乐观。

乍一看，关于大熊猫的史料不少，散见于不同朝代，包括《尚书》《史记》《说文解字》《南中志》《尔雅疏》《蜀中广记》《峨眉山志》等，有几十种之多；时间跨度大，从春秋战国直到清朝，上下三千年。

仔细再看，才发现大熊猫竟与古人玩起捉迷藏——记载分散，资料零碎，多的是只言片语，缺的是详实准确，若隐若现真假难辨。

战国时期的《尚书》，就"如虎如貔"四个字。

西汉司马迁的《史记》，相关记载看似一句话，沾边的只有"貔貅"二字。

东汉许慎的《说文解字》，稍显实在，有颜色也有地点：

貘，似熊而黄黑色，出蜀中。

辞书的鼻祖《尔雅》照样简略，仅"貘，白豹"三字。还好，晋代郭璞学识渊博，注释中云：

似熊，小头，痹脚，黑白驳，能舐食铜铁及竹骨，骨节强直，中实少髓，皮辟湿。

其中，"似熊，小头，黑白驳，舐食竹骨"等，倒也属于关键词。

南朝时的《后汉书》，语焉不详：

哀牢夷出貊兽，大如驴，状颇似熊，多力食铁，所触无不拉。

宋代罗愿的《尔雅翼》别具一格，称：

> 貘，今出建宁郡，毛黑白，臆似熊而小，能食蛇，以舌舐铁，可顿进数十斤，溺能消铁为水。有误食针铁在腹者，服其溺则化……今蜀人云峨眉山多有之。

释义里的貘"毛黑白，臆似熊而小，能食蛇，以舌舐铁"，黑白二色的确类似熊猫。故而《辞源》也道出"据所描述有似大熊猫"的话。

司马光的《资治通鉴》，记有这么一段：

> 晋制，有白虎幡、驺虞幡。白虎威猛主杀，故以督战；驺虞仁兽，故以解兵。

后人不知从哪个角度去理解，得出"驺虞"是大熊猫的结论，并冠以"和平使者"的美誉。据说两国交锋，只要一方亮出画有驺虞的旗帜，立即停止纷争、重归于好。

明代曹学佺的《蜀中广记》，多引用前人注释，读来依旧令人费解：

> 《蜀都赋》载食铁之兽，注：貊兽，毛黑白臆，似熊而小，以舌舔铁，须臾便数十斤，出建宁郡。

李时珍的《本草纲目》，涉及貘的药用价值，释名时认为"皮为坐毯卧褥，能消膜外之气"。此外，貘膏治臃肿，能透肌骨；貘尿治吞铜铁入腹者，水和服之即化为水。究竟是道听途说，还是果真灵验，今人无法求证——谁敢捕杀国宝剥皮吃肉。

到了清代，相关几部地方志陡然一变，描述的形态开始与熊猫挂相。如湖南省的《直隶澧州志》：

> 貊力多，好食竹，皮大毛粗，黄黑色。可为鞯，寝之，有警则毛

坚，永定（今大庸县）间有之。

其中，喜欢吃竹子这一条，总算一语中的。
让人眼前一亮的志书，当属胡世安编著的《译峨籁》：

貔貅，自木皮殿以上林间有之。形类犬，黄质白章，庞赘迟钝，见人不惊，群犬常侮之。声訇訇，似念"陀佛"，能援树，贪杉松颠并实，夜卧高篙下。古老传：名皮裘，纪游者易以貔貅，此兽却不猛，两存以备考。

胡世安工诗文，官居一品。这位清初顺治年间的大学士，祖籍四川井研县，距峨眉山不过一天路程。他早年曾三次游历峨眉，熟知山中风景名胜和动植物资源，是以留下了峨眉山最早一部完整详实的志书，也留下了有关貔貅的史料。

皮毛黄中带白色花纹，体态臃肿行动缓慢，善于爬树，性格温顺常被狗欺负，最后以"非猛兽也"道出貔貅的本性。

而木皮殿的海拔，又恰在两千米之上，适宜大熊猫生存。

还别说，胡世安眼光独到下笔精准，《译峨籁》书中貔貅的特征和习性，确实同大熊猫相似度最高，为后世留下弥足珍贵的史料。

其后不久的《陇蜀馀闻》《峨眉山志》，基本上原文照转。

峨眉山山高林密，竹子种类多，早年有大熊猫踪迹，应是不争的事实。胡世安要么亲眼所见，要么听当地人讲述，其笔下的貔貅才会如此生动形象。

几百年过去，一九四八年夏天，峨眉山村民曾捕获大熊猫幼崽。此后，又不断有所发现。直到一九九二年，还有成年雌性大熊猫下山觅食。

清代地方志类目设置，不可或缺的是"物产"。作为大熊猫而今的主要栖息地，岷山山脉、邛崃山脉、秦岭南坡等地，当年生活的大熊猫数量应该更多。

不可思议的是，这些地方的府县修志时，"物产"里大到豹子、狗熊，小到野鸡、竹鼠，皆一一详录，唯独不见貔貅。

显而易见，《译峨籁》等书中有关貔貅的记述，未能引起其他府县的应和。

今天的状况迥然不同，大熊猫珍贵无比，只要能在史料中翻出只言片语，哪怕似是而非，也要牵强附会。"白熊"之类，带"白"又带"熊"，顺势就往熊猫身上靠；就连不沾边的"角端"，也要指鹿为马。

以《雅州府志》为例，虽然雅州与峨眉山相邻，书中却找不出貔貅一说，倒是有这么一段文字，后人将其作为大熊猫的佐证：

> 角端瓦山中，峨眉僧寿安云："此中有兽，不知其名，类画图中角端，食虎豹而不伤人。"僧养之以为一山之卫。

只是这样的说法，未免过于荒谬。

角端，传说中的独角神兽，日行万里，通晓四方语言，护卫明君。这等通天本领，大熊猫哪里具备？同样的记载，《陇蜀余闻》中亦有，且年代早于《雅州府志》。可见，不过是当年修志之人转录而已。

扪心自问，是古人惜墨如金、言简意赅，还是今人学识浅薄、悟性不高？真个难煞人。

熊猫即"白熊"之说源于史料，不过这史料来自日本，算是舶来品。日本的《皇家年鉴》，将这段历史渲染得绘声绘色。

唐睿宗垂拱元年，总揽朝政的武则天选送两只白熊作为礼物，赠送日本天武天皇。

白熊为大唐独有，馈赠日本大有深意。此前两国交恶，白江口之战，日本及盟友损失惨重，多次派出遣唐使前来修好。这一次遣唐使归国，为摒弃前嫌示好日本，礼物珍贵非同寻常，体现了武则天的良苦用心。

"白熊"是什么动物？大熊猫专家胡锦矗语出惊人：就是大熊猫。

大熊猫研究领域，胡锦矗大名鼎鼎。此公开风气之先，又是领军人物，著述等身，被誉为"熊猫教父"。说到中国大熊猫研究，绕不开此公。

早年知道胡锦矗，也是通过一本书。

改革开放之初，研究大熊猫的人少，文章也难得一见。最有价值、最具权威性的专著，当数《卧龙的大熊猫》，圈内人推崇备至。作者胡锦矗、乔治·夏勒、潘文石、朱靖等，个个如雷贯耳，皆当今世界大熊猫研究的名家。

当年买这本书，可谓咬紧牙关，半个月的伙食费对我而言，绝非小数目。

书中提及古籍中的熊猫，且单列一节。全书图文并茂、资料详实，数据充分、条理清晰，使我获益良多；对几位大名鼎鼎的专家，更是无限景仰，期盼有缘相见，释疑解惑。无奈乔治·夏勒早早离开四川，潘文石的视野聚焦在秦岭南坡，只有胡锦矗不时来雅安，算是常客。以后的日子里，我曾多次拜见胡先生，叨扰求教，长了不少见识。

探究大熊猫的古代名称，学问大、问题复杂，眼见柳暗花明，却又疑窦丛生。

史料显示，大熊猫古名未能一以贯之，杂乱且无规律可循。认同度高的、争议大的归拢起来有几十种之多。

同物异名绝非好事，犹如布下迷魂阵，稍不留神便坠入其中，绕来绕去出不来。

不同时期的不同史料缺乏关联度，彼此难以衔接，名称更是截然不同。大熊猫学者反复考据，梳理出的有"貘""貊""貔貅""驺虞""白罴""白豹""猛豹""执夷""皮裘""角端""食铁兽"等。

这么多称呼里面，真正是大熊猫古名的，肯定有，并且不止一个。当然，也不乏有冒名顶替者、张冠李戴者、以假乱真者。

大熊猫古名的不统一、不规范、不标准，让今天的研究者们好生犯难。分析求证，去伪存真，辨识哪些才是正宗，着实不易。

别的动物远没这么复杂。

百兽之王老虎，尽管也有"於菟""山君""大虫"等古名，但春秋时期的《左传》中，已直呼为"虎"；另一种猛兽豹，先秦古籍《山海经》称"猛豹"，此外难以找出别的古名；再说小小蚂蚁，古今名称基本未变，无非多了"蚁""蚍蜉"几个别名而已。

说了地上走的，再说天上飞的。

乌鸦古名即为"鸦"，战国时期韩非子的文章中，标题直截了当——《楚人养鸦》，另称"乌鸦""老鸦""大嘴鸟"；野鸭的古名，查来查去就多一个"凫"，见诸《诗经》。

水里游的更简单，鲂、鳟、鲔、鲤等鱼类，《诗经》一锤定音，沿用数千年不变。

无数的飞禽走兽，古人皆梳理得一清二楚，名字取得妥帖又中听。何以轮到大熊猫，竟迷雾重重？

千年往事留下千古难题。始终闹不明白，严谨的古代文人，何以侧重于经传的注疏，而不亲自山中走一走看一看，疏忽大意留谜题。

这些年大不同，研究大熊猫者渐多，各种文章见诸报端，专著也出版了不少。参与的人多是好事，眼瞧着熊猫古名探究一步步取得进展。然而，古人留下的疑问太多，一目了然的证据链依然难以形成。

论证过去考究过来，如今认同度高的大熊猫古名有"貔貅""驺虞"和"貘"等。

认定貔貅即大熊猫的人，总爱引《史记》为证：《史记·五帝本纪》载，"教熊罴貔貅䝙虎，以与炎帝战於阪泉之野"。

《史记》里的"貔貅"就是大熊猫吗？未必。

数年前，岳麓书社出版《史记》，邀约韩兆琦先生评注。韩兆琦是当代著名学者，北京师范大学、中国人民大学博士生导师，潜心《史记》研究几十年。"貔貅"究竟是什么动物，韩先生如此评注：

熊罴貔貅䝙虎，六种猛兽名，皆训之用于战场。

此话讲得直白不过，貔貅不是一种猛兽的名称，两个字理当分开来读，"貔"与"貅"各指一种动物。古文字学方面，韩先生知识渊博，评注《史记》重任在肩，肯定慎之又慎，断不会连貔貅是一种还是两种猛兽都搞不醒豁，犯如此低级的错误。

便是一九八三年版的《辞源》，有关貔貅的注释中，其一肯定猛兽之说，其二认定是旌旗名，其三照录《陇蜀余闻》中关于貔貅的一段文字后，提出"或谓即熊猫"。这般措辞，一副商榷语气，全然没下结论的意思。

时至今日，最新版的《辞源》依然秉持这一立场。

怪只怪，文史学者不同熊猫学者打配合，各执一词。孰对孰错，我倒倾向于韩先生的说法。毕竟古汉语深奥，文史学者的解释，或许更权威。

再者，驱使熊猫冲锋陷阵，似乎有点不着调。任谁都清楚，大熊猫生性胆怯，遇见人总躲着藏着，闻得金戈铁马号角凄厉，还不吓个屁滚尿流，夹起尾巴逃之夭夭。

熊猫古名乃"貔"或"貔貅"之说史料中多见，故而呼声颇高。一旦遭受质疑，地动山摇。

大熊猫文化学者孙前，耗费十年心血，写就《大熊猫文化笔记》，拾遗补缺，纠正了不少谬误，社会反响强烈。为弥补破绽，书中提出一个新观点："前后貔貅说"。

孙前志向高远，为官之余研究大熊猫，退休后更是全力以赴。他在雅安工作期间，我俩就大熊猫多有交往，至今联系不断。

"前后貔貅说"以清康熙时期划界，之前史料中出现的"貔貅"，称为"前貔貅说"，归入猛兽范畴，来个彻底了断；以后的"貔貅"，称作"后貔貅说"，作为熊猫对待。依据嘛，全靠《译峨籁》支撑。

当然，更准确的划界应在清顺治时期，盖因《译峨籁》刻印成书，据考是一六四七年前后。

"后貔貅说"的提出，尽管属于折冲方案，目的在平息争议，确保"貔貅"即大熊猫古名的地位；但是，首次引用《译峨籁》相关记述，指出书中的貔貅与今天的熊猫诸多吻合，不愧为一家之言。

唯独意外的是，孙前在阐述"前后貔貅说"的同时，"貘"和"驺虞"备受质疑，被排斥于熊猫古名之外。

这种观点，明显与诸多学者相左。

孙前新作问世不久，考古学家黄万波出版了与人合著的《大熊猫的起源》。以后，黄先生到雅安考察，有幸当面讨教。谈起大熊猫古往今来，老人家滔滔不绝思路清晰；说到有关熊猫古名的争议，再次肯定《上林赋》中的"貘"就是大熊猫。

黄万波颇有来头，中科院古脊椎动物与古人类研究所研究员，巫山人、蓝田人等古人类化石的发现者。黄先生倾注一生心血，致力于大熊猫起源、演化等研究，著述颇丰，不可小觑。

再说胡锦矗，在其多年的著述中，对貔貅观点鲜明，始终坚持"最早的古籍称的貔或貔貅，我认为就是指的大熊猫"。另外，史料中的"貘"和"驺虞"，胡先生也认为是大熊猫古称，甚至做出定论："关于貘被认为即现在的大熊猫已无争议。"

熊猫古名大讨论延续几十年，各家学者畅所欲言，仁者见仁智者见智。至于究竟是有一种还是多种古名，毕竟大熊猫活动区域广阔，不同的地方叫法各异，不可能完全统一。

所有的结论任由评说，但须经得起历史的检验。

大熊猫没错，出没古人视野几千年，讨要一个属于自己的名称，一点不过分。

唯有寄希望于熊猫专家，也期盼文史学者参与其中，共同为古代的大熊猫正名。

当今学者苦苦考证孜孜以求，精神可嘉让人感动。无奈做学问太过枯燥，古籍中的大熊猫叫"貘"还是"貊"、"白熊"还是"白豹"、"前貔貅"还是"后貔貅"……且让学者们忙活去罢。

熊猫粉丝大可一旁候着，静待水落石出的那一天。

理出个子丑寅卯实属不易，但愿大熊猫这古灵精怪的家伙，留下的不是一个千古之谜。

我是谁？古代怎么称呼？至高无上的人呀，你们就好好猜吧。竹林中露脸做个怪相，黑白兽狡黠一笑。

三、历史缺位之谜

黄万波提及《上林赋》，一句话点醒梦中人。既然史料记载云里雾里，何妨从古代诗文中找找大熊猫的身影？

《上林赋》出自汉赋大家司马相如之手，但算不得首次涉及大熊猫古名，第一当属《诗经·大雅》，其中有"献其貔皮"。

"貔皮"何物？有学者解释为熊猫皮，也有观点认为是白狐皮。究竟属于哪种动物，年代久远，描写简单，任你遐想。

怪只怪，《诗经》在熊猫身上够抠门，仅仅四个字完事。再看其他，《硕鼠》《燕燕》《鸿雁》《鹿鸣》等，几十种动物通通单独献诗一首，每首诗洋洋洒洒几十上百字，什么动物什么名称，今人一看就懂。

也不能全怪《诗经》。"麀鹿攸伏"，同样是四个字，谁都明白说的是麀鹿，只怪熊猫古名太过离奇。

欲究大熊猫古名，首推《上林赋》，研究者中一片拥戴声。

封建王朝天子独尊，世上的好东西，皇家首先享用。熊猫毛色漂亮，性格相对温顺，如此可爱的动物，地方上焉有不送往长安讨好皇帝的？

各地进贡的犀牛等珍稀动物，圈养在皇家园林上林苑，内有辽阔的森林和草场，喂养异兽几十种，以资天子春秋狩猎。

司马相如的《上林赋》，极尽铺陈，道尽苑中故事。

这么多的动物，哪种同熊猫沾边？便是《上林赋》"其兽则猰㺄貘犛"中的"貘"。韩兆琦先生这般道来："猰㺄貘犛，四种兽名。貘，似指大熊猫。"这等语气，同《辞源》"或谓即熊猫"的注释如出一辙。

如此不谋而合，原因在四十多年前，考古人员曾在西汉薄太后陵的从葬坑，挖出大熊猫颅骨。

一九七五年六月，陕西省西安市东郊白鹿塬，当地村民修建蓄水池时，在地下挖出几个长方形的从葬坑，里面掩埋着动物骨骼。

这里紧邻安葬薄太后的南陵，属于陕西省重点文物保护范围，村民赶紧上报文物部门。

陕西省考古研究所的结论，出乎所有人意料：出土的动物骨骼中，居然有一个完好无缺的大熊猫颅骨。颅骨表面呈白色，年代短暂连亚化石也未形成，根据牙齿损耗程度判断，是只成年熊猫。

从葬坑发现大熊猫，这是国内首次，也是唯一的一次。实物说话，熊猫研究人员如获至宝。

大熊猫出现在随葬品里，与薄太后生前喜欢宠物分不开。

薄太后本名薄姬，原是项羽部将魏豹的妾。魏豹兵败，薄姬被招入汉宫，后得刘邦宠幸，生下儿子刘恒，母子俩相依为命。大权独揽的吕后死后，刘恒时来运转登上帝位，是为汉文帝。理所当然，薄姬乌鸦变凤凰，母仪天下成为皇太后。

汉文帝事母至孝，继任的汉景帝对祖母亦百依百顺。薄太后归天，汉景帝办丧事，处处想着祖母生前嗜好，安排熊猫、犀牛等珍贵宠物陪葬，让老人家身后不寂寞。

古代皇室贵族该用什么陪葬品，是讲等级的，不可僭越乱了规矩。薄太后身份尊贵，大熊猫陪葬不足为奇。

这份陪葬举足轻重，为后人留下珍贵的古代大熊猫颅骨。

翻遍《上林赋》，数十种动物里，唯独"貘"列入大熊猫古名，可惜仅此一字再无多言。

若嫌《上林赋》小气不够意思，《东周列国志》在"貘"的描写上，倒是很下了一番功夫。

明代冯梦龙的这部历史演义小说，写到楚王与晋公子重耳在云梦泽狩猎时，用了一段长文形容"貘"：

其鼻如象，其头似狮，其足似虎，其发如豺，其鬣似野豕，其尾似牛，其身大于马，其文黑白斑驳，剑戟刀箭，俱不能伤……

描写够细腻。只可惜，冯梦龙按小说的套路，妙笔生花之后，读者眼前的"貘"长鼻如象，长尾似牛，躯体比马大，剑戟刀箭不能伤害……这么一番形容，即便果真是"黑白斑驳"的熊猫，也没人敢轻易认同。

同样写狩猎，苏轼《江城子·密州出猎》的"左牵黄，右擎苍"一句，则不愧神来之笔。寥寥六个字，左手牵着黄犬，右手擎着苍鹰，指代明确，一目了然。

只怨貘命薄，没有碰上苏东坡。

最让研究者津津乐道的，首推白居易的《貘屏赞》。

古人使用屏风分隔房间，唐朝的时候，流行在屏上画貘辟邪。

白居易患头风，睡觉时须将小屏风移至床头，抵挡穿堂风。恰有画工登门，绘貘其上，诗人灵感突如其来，吟出《貘屏赞》一首，意在讥讽时政。

别的不多说，白乐天诗中的貘"象鼻犀目，牛尾虎足"，同大熊猫风马牛不相及。

白居易为诗坛巨匠，一字一句千锤百炼。读其诗，屏上之貘如在眼前，分明怪兽一只，哪有丝毫熊猫模样？

汉代、唐代到明代，相隔千年，三位大文人笔下，貘的形象各不相同。虽然认同"貘"即熊猫古名者众多，我却顾虑重重。疑问随之而来，古代的"貘"，不同时代不同地方，会不会是不同的动物？

历朝历代流传于世的诗文里，涉及动物的数不胜数。

文人大多眼光犀利、观察细致，老虎、豹子、狐狸、猴子等诸多动物，皆能把握特点，写得有鼻子有眼。

何以轮到大熊猫，性格这么温顺，黑白二色这么抢眼，模样这么招人疼逗人爱，居然找不出哪位文人骚客，浓墨重彩留下传世之作？空辜负，国宝那无限风采。

既然诗词小说中难见熊猫踪影，那绘画呢？一部中国古代美术史，高手如林、名家辈出，何不去里边搜寻？

有句成语说得好：按图索骥。

没有照相技术的年代，古人就这么做来着，从岩画、青铜器浮雕、帛画到宣纸作画，留下许多动物的尊容。什么动物什么名称，依图对号入座，错不了。

若古籍所记熊猫确凿无误，上林苑圈养供天子观赏，薄太后当作宠物从葬，武则天作为国礼送往日本，足以显示其为皇家所爱。上有所好下必逐焉，画师们还不争着抢着以熊猫入画，施展平生绝技，讨得君王欢心？

再者，古人好喜庆吉利，丹青里以飞禽走兽呈祥献瑞，千古不变。威风凛凛的老虎、飘逸灵动的猴子、柔美内敛的鹿、舞姿翩翩的鹤，乃至虚无飘渺的龙，传世精品里随处可见。

古人既将熊猫视作瑞兽，不论如何称呼，理当在绘画中占一席之地。

再说，熊猫食竹，一日三餐不离；文人爱竹，尽显气节操守。熊猫与劲竹，二者搭配起来天衣无缝。何况就国画而言，水墨画境界至高，用来表现大熊猫黑白二色，岂不美哉妙哉。

然而，现实残酷又无奈，古代美术史翻个底朝天，就是没熊猫画作留传。历朝历代丹青妙手多了去，何以不见哪位高人动心？

就说唐宋时期，蜀地熊猫的活动区域远超眼下，四川也出了王宰、梁令瓒、黄荃、苏东坡诸多大画家。

其中一个黄荃，身在蜀中长在蜀中，担任前、后蜀国宫廷画师几十载，一度还执掌翰林图画院。黄荃专攻花鸟画，国画里的花鸟画概念宽泛，囊括花鸟兽虫鱼诸类动植物。

黄荃注重观察动植物形态习性，手法细致，笔下的动物形象逼真，画风工整富丽。其子黄居寀、黄居宝等，深得父亲真传。黄家父子的画风受到北宋宫廷的追捧，对宋代花鸟画影响深远。黄荃开院体画之先河，与另一大画家徐熙并称"黄徐"。

父子几人世居成都，加之身为宫廷画师，乃皇帝身边人，到哪里观山赏景一句话的事。无论溯岷江而上，还是登邛崃山脉，几步之遥便是熊猫家园。一旦慧眼独具，笔下黑白兽活灵活现，岂不轻易"天下谁人不识君"！

占尽天时地利的本土名家，尚且视熊猫为无物，何况其他画家。

原因何在？要说没有见过，以当时的生态环境，明显说不过去。人见人爱的熊猫，入不了历代画家的法眼，只有两种可能：要么不归入瑞兽范畴，要么完全被古人忽略。

有人提醒，清朝的《兽谱》里有，那可是皇帝御批钦定。

一七五〇年，乾隆下旨绘制《兽谱》，朝中大臣奉旨筹划，交宫廷画家余省、张为邦承办，十二年后完成。余省、张为邦画艺一流，《兽谱》采用工笔画法，绘各种动物一百八十幅。每一种动物的名称、习性、生活环境等，只要出自典籍，哪怕再荒诞，依旧原样附上。

人们的心愿总是好的，对《兽谱》评价甚高，认为它是工程浩大的文史工程，是图文并茂的动物图志。事实未必如此，说它是精美的工笔画册，具有艺术价值，倒也靠谱；若说是文史工程、动物图志，未免牵强附会。

绘制《兽谱》，本意是彰显大清强盛，令四海归心八方来朝。

大臣们吃透了皇帝的心理，故而《兽谱》中除了部分凡间可见的动物，多属神话传说中的天马、麒麟、白泽等瑞兽，仅为讨好乾隆满足其虚荣心。

便是后人臆断为熊猫的那幅，不看则已，一看大失所望——长腿长鼻长尾巴，外带一双尖耳朵，横看竖看，与熊猫丁点儿关系没有。

睁眼看世界，西方近代的动植物研究，当时走到了哪一步？

十八世纪，欧洲的自然科学研究逐渐迈向一个高峰，大师级人物不断涌现，瑞典博物学家林奈[①]便是其中之一。说来够巧，与《兽谱》同一时期，一七五八年，远隔重洋的林奈发表了《自然系统》第十版。

书中林奈首次提出，将自己用于植物分类和命名的系统，应用于动物领域，

[①] 林奈：即卡尔·冯·林奈（Carl von Linné，1707—1778），瑞典生物学家，动植物双名命名法（binomial nomenclature）的创立者。他首先提出"界、门、纲、目、属、种"的物种分类法，沿用至今。

白泽(《清宫兽谱》)

角端(《清宫兽谱》)

貘,或作貊,一名白豹(《清宫兽谱》)

貘（《清宫兽谱》）

麒麟（《清宫兽谱》）

驺虞（《清宫兽谱》）

确立了生物分类的双名命名法。从此，采用拉丁文"属名＋种加词"的双名命名制，对动物进行系统命名，逐渐被学术界认可，成为全世界通用的学术命名方式。

对动植物采用这种命名方式，一改按时间顺序排列的动植物分类法，不仅将前人的动植物知识系统化，还将其尽数囊括，故称万有分类法。同时，原先命名时出现的学名冗长、语言文字隔阂、同物异名或异物同名等混乱现象，也得到有效解决。

虽然后人看来，林奈提出的分类和命名规则相对简单，但在当时的历史条件下，已然是一场革新，林奈也因此成为生物学分类命名的奠基人。今天世界上许多大学，如美国的芝加哥大学、瑞士的隆德大学等，校园里都有林奈的雕像。

东西方在动植物学研究上的差距迅速拉开。立志于博物学探究的西方传教士、探险家们，雄心勃勃、前赴后继、不畏艰险来到中国，希望在这片古老而辽阔的大地上，能够发现动植物新种，尤其是珍稀物种，一鸣惊人。

千万年一路走来，知音难觅的大熊猫，终于迎来慧眼识珠人。

一八六九年，四川西部的夹金山，法国传教士戴维的到来，让黑白兽命运陡转。

第二章
震惊世界的发现

"川西有神物，毛色黑白世所罕见。"

一、夹金山的远方来客

夹金山，邛崃山系西部支脉，四川盆地向青藏高原过渡地带的第一座大雪山，国宝大熊猫世代生息之地。

"夹金"二字，源自清乾隆年间的"甲金达"，即藏语"夹几"的音译，意为"弯曲之路"，并非人们望文生义所理解的"夹着金子的山"。

千百年间，夹金山一带居住着嘉绒藏族，他们讲嘉绒语，以农耕为生。

明太祖时期，地方势力纷纷内附，统治夹金山一带的部落酋长苍旺业扑，审时度势归顺朝廷。明永乐年间，始设董卜韩胡宣慰使司，宣慰使由酋长喃葛出任，称西域之境。清康熙初年，土司坚参喃哈内附后，为稳定边远地区，清廷沿用前朝惯例，敕封坚参喃哈为董卜韩胡宣慰使，准其世代承袭。

这期间，清朝皇帝先后在嘉绒地区分封了十来个势力强大的土司，同坚参喃哈一起，统称"嘉绒十八土司"，藏语名"嘉绒甲卡却吉"。

清乾隆十年，即公元一七四五年，金川叛乱，边地烽火狼烟。当时，女土司王夭夭执掌穆坪大权。乾隆为稳定周边地区局势，安抚王夭夭，正式发给号纸，在"董卜韩胡"之前加上土司驻地"穆坪"，从此简称"穆坪土司"。

五月的夹金山白雪皑皑

二十多年后，王天天的儿子坚参囊康继任穆坪土司，全力帮助乾隆皇帝进攻大、小金川叛军，多次立下战功。清军假道穆坪，翻越夹金山夹击叛军，穆坪土司派上千勇士随大军参战，又调动百姓运送粮草军需，保障后勤畅通，劳苦功高。金川之乱平定后，论功行赏，乾隆钦赐巴图鲁封号，记大功三次，年年对穆坪缓征、免征赋贡，恩准坚参囊康晋京面圣。

由于紧邻内地，深受中原文化影响，清朝末年，当地百姓多说汉语，使用汉文。

夹金山群山簇拥，有海拔五千米以上极高峰十三座，四千米以上高峰四十二座，一年里多数时间白雪皑皑。最高峰狮子山，因山形似狮子而得名，海拔超过五千三百米。

穆坪境内，地势西北高东南低，山体剧烈抬升，河流强烈下切，形成山高、坡陡、谷狭的地形地貌。这里虽属亚热带季风气候，但因立体地形所致，从峡谷最低的海拔几百米处，可以扶摇直上，过渡到四千米以上的高原。换个说法，一个人只需徒步几小时，就可以从亚热带经过温带，踏入高寒地带。

而今的夹金山，以山脊为界，山这边大部分属雅安市的宝兴县，山那边属阿坝藏族羌族自治州。夹金山周边，包括邛崃山脉东南坡及巴郎山一带，原始森林和高山草甸最多，设有卧龙、蜂桶寨两个国家级自然保护区，负责守护这片至关重要的大熊猫栖息地。

清同治八年，公元一八六九年初春，中国江南大地早已桃红柳绿，相同纬度的四川穆坪土司领地，却仍是雪花纷飞，山林河谷白茫茫一片。其中，两个黑点步履蹒跚，一步步艰难地挪动着。

朝前看，崎岖小路，顺山势盘绕起伏；往下瞧，万丈深渊，雾气翻涌难见底。

两位赶路人里，一位手拄拐杖的中年人，明显与众不同。这人身材魁伟，比同行者高出半个头；装束奇特，脑后少了一根长长的辫子——这可是大罪，那时候男人个个留长辫，以示对满清王朝的忠顺。好在，蓝蓝的眼睛、高高的鼻梁、浓密的络腮胡子，显示身份有异。

他就是法国人阿尔芒·戴维（Armond David），邓池沟天主教堂第四任神父。

气喘吁吁，挥汗如雨，戴维二人登临至高处。极目天外，陡峭的山直插云霄，一座连着一座。前边的山比身后的更高更神秘，令人望而生畏。强劲的山风夹带阵阵寒意，吹在脸上有如针扎。

翻过一山又一山，下至峡谷底部，碧蓝的青衣江奔腾不息。青衣江源头在夹金山蚂蟥沟，溪流无数，从条条山沟汇入。山高落差大，尤其在穿越峡谷河道变窄时，水流湍急浪花飞溅，声若惊雷桀骜不驯。

雪后放晴，一只雄鹰翱翔天际；密林中，隐隐传来猛兽的咆哮。满山林木，滔滔江水，幽静的自然风光，掩不住无比的荒凉和肃杀。

黄昏时分，戴维一行抵达邓池沟。前方

身穿清朝服装的戴维

半山腰云雾缭绕处，一排房舍若隐若现，最明显的标志物是高耸的十字架。不用说，那就是此行目的地——邓池沟天主教堂。

教堂地处红山顶二道坪，海拔一千七百多米，说得上白云作伴，鸟兽为邻。

伴随着晚祷的钟声，戴维一行隐没于教堂深处。

欧美国家天主教堂比比皆是，每逢祈祷时辰，钟声此起彼伏，响彻云天。可清朝四川西部的崇山峻岭中，当时尚属于土司领地的邓池沟，怎么会冒出一个天主教堂？

鸦片战争之前，外国传教士进入中国传教未获清王朝允许，属查禁之列。一经发现，传教士除受到重责，还要被逐出国境。尽管如此，仍有不少法国传教士私下进入云、贵、川三省，尤其是边远山区官府鞭长莫及处，偷偷布道，招收信徒。传教过程中，传教士们发现西南地区物产富饶，尤其是丰富的动植物资源，令人垂涎。

那时，穆坪一带天高皇帝远，土司称霸夹金山，手下二十来位首领，掌握一方百姓生杀予夺大权，俨然土皇帝。法国传教士初来乍到，为在穆坪站稳脚跟，求见土司，先送上稀奇古怪的洋玩意，再恳请允许从事宗教活动。土司老爷哪管查洋教风声紧不紧，笑眯眯地盯着礼物，满口答应。

十九世纪初，最先进入穆坪的传教士，相中邓池沟半山中的二道坪，这里背靠红山顶，周边大片原始森林，地势隐秘又相对开阔。起初，不过竹竿搭个棚子遮风挡雨，慢慢信众多起来，竹棚改木屋，一切因陋就简。

直到一八三九年，在传教士的一再贿赂之下，土司终于发话，同意修建天主教堂。

即便土司松了口，形势所迫也不敢过分张扬。当地没人懂得西方建筑工艺，也没人见过教堂什么模样，那就采用中西结合的办法，由外国传教士指挥中国工匠施工。这项浩大工程由教堂第二任神父、法国人德耶主持，完工后的建筑将四川民居和欧美教堂特色融于一体。

邓池沟天主教堂隶属成都教区，为川西一带天主教大本营。一九○二年再次扩建，形成颇具规模的建筑群，奠定教堂现今格局。

教堂坐东向西，占地三千多平方米，建筑面积一千七百平方米。外观毫不起眼，穿斗式木结构中式四合院，蜀地常见。

东、北、西三面为一楼一底，有厢房五十多间，供神父和学生居住；南面为礼拜堂，可容纳两百信众同时做弥撒。整座建筑未用一钉一铆，梁、柱、椽、枋、榫清一色木料，相连之处，巧施竹签扣牢。建筑风格寓中于西，朴实飘逸，精巧轻盈，庄重淡雅，与远处的雪山，以及周边郁郁葱葱的林木，恰到好处地融为一体。

教堂除了教友举行宗教活动，由于信众日渐增多，又办起灵宝传教学校，以后改名川西神学院，主要为四川西部地区培训神职人员。

学生由周边教堂选送，年轻人居多，功课有拉丁文、哲学、神学、历史等，同时传授一些实用技能。年复一年，学生们利用休息时间，开垦出大片土地，种植玉米、马铃薯和卷心菜。另外，还要喂猪养鸡放牧牛羊，学习木工和泥工手艺，类似勤工俭学。

维持学校运转花钱不多。学校收集山里野生的芥菜籽，运往几重大山之外的邛州——今天的邛崃市，换取大米，保证主食供给。每天吃一顿猪肉，蔬菜随时下地采摘，说得上自给有余。学生多则百余人，少的时候几十人。

教堂周围居住着汉族人，一旦走出邓池沟，就进入藏族聚居区，生活方式、语言习俗和服饰迥然不同。穆坪藏族信奉喇嘛教，有上九节、抬菩萨等自己的传统节日。个个能歌善舞，身穿粗糙毛料衣服，为抵御寒冷潮湿，总爱反穿羊皮褂。

藏家寨子据险而建，采用石木结构，富裕人家连底三层；座座锅庄房参差错落，依山向阳，点缀着藏家偏爱的花卉鸟兽吉祥图案。

当地农家养猪、牦牛、山羊和山地小马，种植小麦、玉米、荞麦等传统农作物。此外，传教士从欧洲带来的马铃薯、卷心菜，适合这里的土壤和气候，产量高口感好，山坡上普遍种植，一跃而为主要食物。采摘贝母、天麻等野生药材，捕捉狗熊、獐子等野兽，伐木改板子背往山外贩卖，这是穆坪人收入的主要来源。

俯瞰邓池沟天主教堂

尽管生活条件艰苦，生存环境恶劣，但这里的藏族、汉族百姓，质朴善良又勤劳勇敢。

二十世纪八十年代初，在地区宣传部门工作的我，第一次从雅安到宝兴，了解外宣工作情况。那时的班车一天一趟，九十公里山路，碎石路占一多半。路窄坡陡弯道多，尤其翻垭子口，汽车轮子距离悬崖边，也就差那么一点。经过半天颠簸，客车总算抵达终点，一个仅能够停靠两三辆客车的汽车站。

宝兴地广人稀，经济落后说不起话。上级部门来人，当地引以为傲的，只有大熊猫、戴维神父与教堂的故事。我听得两眼放光，第二天马不停蹄，专程赶赴邓池沟。

北京吉普开到山脚，步行将近两小时，脚趴手软翻上二道坪，教堂赫然在眼前。

大门紧闭，县里的同志上前，一阵重重敲击之后，传来脚步声。开门的是一位中年男子，负责看管大院。一见是县上熟人，他热情地在前边带路，陪我们边看边聊。听得出来，守院人对近些年的变迁很是熟悉，可当我们谈及大熊猫、戴维神父这些陈年往事，他一脸茫然。

教堂的建筑结构尚算完好，只是门窗破旧，木板墙发霉腐朽，所有房间空空如也，哪有丝毫教堂的气息。进入四合院，泥泞不堪荒草丛生，满目破败景象。

"文革"期间，宝兴县石棉厂进驻这里，直到一九八二年厂子停办。职工撤离后，这里人去楼空，只剩这位守院人。

当年我离开后不久，当地落实宗教政策，全部房产物归原主。信众的祈祷声，再度回荡夹金山。二〇〇二年，邓池沟天主教堂列入四川省文物保护单位，获得多次拨款维修。后来发展旅游，大熊猫炙手可热，政府重视投入增加，终成今日局面。

远处眺望，整座建筑气势宏伟；近处观看，恍若大户人家的房舍，典型的四川西部山区四合院。步入教堂大门，却是法式风格的礼拜堂，堂内直立十根大圆柱，支撑十朵花瓣式椎栱顶棚；两厢饰长形雕刻牖窗，四季阳光充裕；中央塑圣洁的耶稣像、慈祥的圣母像和高大沉重的十字架。

步移景换，令人惊诧万分，仿佛顷刻间置身欧美。

深山老林中，这等规模中西合璧的建筑群，除此，我没有见过第二处。

说回戴维。经过七天的长途跋涉，历尽艰辛，戴维从成都来到邓池沟天主教堂。

在教堂大门口，他受到法国神父杜格里特的热烈欢迎。

一八六九年二月二十八日，戴维在日记中写道：

下午两点，我们已经安全到达了穆坪的神学院，上帝保佑！在这里我很高兴见到一位法国神父杜格里特，他在几个本地神父的帮助下，指导着五十名汉族学生。

邓池沟天主教堂礼拜堂

他乡遇故知，两位神父激动地拥抱在一起，互致问候。杜格里特同时负责川西神学院一切事务。再早的两任神父，与戴维和杜格里特一样，同为法国人。

戴维拥有一间舒适的卧室，铺的是厚木地板，一色的中式家具，床和桌子椅子笨重又结实。卧室中央摆放着一只火炉，炭火熊熊，驱赶着穆坪的潮气和寒冷。

别的神父行囊简单，不过几件换洗衣服，戴维大不同，随身携带许多设备。为此，戴维请杜格里特再腾一个大房间，作为工作室，摆放即将运来的仪器和大木箱。

戴维此行早有准备，一门心思要干一番轰轰烈烈的事业。

二、"川西有神物"

一八二六年九月七日，比利牛斯[①]山区一个叫作埃斯佩莱特的小镇上，一

---

① 比利牛斯山脉（Pyrenees Mountains）：欧洲西南部最大山脉，西起大西洋比斯开湾畔，东止地中海岸。法国和西班牙两国界山，安道尔公国位于其间。

户巴斯克人①家中，一个婴儿呱呱坠地，他便是阿尔芒·戴维。

埃斯佩莱特是一座美丽的小城，位于法国西南部，濒临大西洋，与西班牙接壤。今天的埃斯佩莱特，百年沧桑古风犹存，街道以石块铺就，房屋沿用巴斯克人的主色调——红白二色。

戴维出生的楼房面貌依旧，这是一幢典型的巴斯克风貌建筑，历经三百年岁月洗礼。正门墙壁镶嵌石碑一方，介绍戴维生平，右下角图案分外抢眼，镌刻世界自然基金会的熊猫标识。石碑由世界自然基金会专家梅伟义捐刻，这位英国人长期从事动植物保护，对戴维推崇备至。

楼房连底三层带院落，后花园里遍栽花卉果木，两棵高大的棕树，却是当年戴维从穆坪带回。据说，老年的戴维对棕树情有独钟，只要回到家中，总爱绕树而行，眼望远山云起云落，嘴里念叨穆坪往事。确实，邓池沟农家房舍周围，栽有不少棕树。天主教堂一角，几棵棕树枝繁叶茂。遥想当年，身处邓池沟，戴维一定常坐教堂棕树下，思念家乡亲人。

法国人崇尚先贤，埃斯佩莱特虽小，依然设有陈列室，展示当地杰出人物和风光民俗。陈列室位于一座古城堡的二楼，戴维生平照片占据陈列空间的一半还多，主要为生活、工作和动植物标本照片，最珍贵的数他手绘的大熊猫标本草图。这一切都告诉后人，他是一位伟大的自然科学家。

少年时期的戴维聪慧好学，活泼好动，被父亲送往拉莱索尔修道院，当了七年的世俗寄读生。这个由神职人员组成的教学机构，除了宗教方面的教育，还教授语言学、自然科学等方面的知识。

受到当医生的父亲影响，戴维陶醉于自然山水。每逢假期，他总要跟随父亲到森林中去，追捕野兽，采集各类植物，再制作出一个个标本。

学业结束以后，戴维已是虔诚的天主教徒，志向是当一名传教士，去天涯海角传播上帝的福音。戴维心中还蕴藏一个秘密：借此机会，到世界各国

---

① 巴斯克人（Basque）：西南欧民族，欧洲最古老的民族。主要居住在西班牙与法国边界的比斯开湾地区和比利牛斯山脉西麓，其余分布在法国及拉丁美洲各国。文字用拉丁字母拼写，通用西班牙语或法语。信奉天主教。

考察动植物状况，实现自己的理想。

一八四八年底，戴维离开故乡，来到巴黎天主教遣使会学习。

巴黎天主教遣使会的培训机构，设在市中心的圣拉扎尔修道院，专司神职人员的学习与提高。两年的宗教仪规培训，戴维不仅成绩优异，自然科学方面的特长也引起教会注意。

中国有许多动植物，在法国乃至欧洲从未见过。传教士们带回的消息，震惊了许多人，戴维主动申请前往这个遥远的国度，传教和了解动植物情况。

事与愿违，满怀激情希望远赴中国的戴维，被遣使会安排去了意大利，在萨沃纳神学院边实习边深造。显然，教会认为他还得掌握更多知识，无论宗教还是动植物。

一八五一年，戴维获授神职当上神父。

第二次鸦片战争，清王朝一败涂地，英法两国借机敲诈勒索，除令清政府割地赔款，还获得中国内地的传教权。巴黎遣使会紧急物色人选，向中国派遣传教士，扩大影响力。富有进取心和冒险精神的戴维，首先列入名单。

临行前，戴维接受了中文等系列培训，肩负数家博物馆收集标本的重托，同时担任法国科学院、法国国家自然历史博物馆、英国皇家动物学会通讯员。巴黎国家自然历史博物馆馆长、动物学家亨利·米勒·爱德华兹（Henri Milne-Edwards）叮嘱戴维，到北京以后一定要深入内陆地区，只有在人迹罕至处，才会发现与众不同的动植物物种。

一八六二年二月，戴维在马赛港登上轮船，前往北京的遣使会工作。为了方便同中国人打交道，戴维给自己取了一个中文名字：谭卫德。

拯救人的灵魂，探索未知世界的无尽奥秘，是戴维中国之行孜孜追求的目标。为实现这一目标，在中国的十二年间，戴维三次深入内陆，其中在穆坪地区的活动长达九个多月。

第一次是一八六二年，到北京不久的戴维，带上简单行囊，以骆驼为主要交通工具，深入令人畏惧的蒙古高原。高原壮阔的景色、一望无际的大草原和众多动植物，令戴维大开眼界。

蒙古之行，戴维收集了不少动植物标本。经过整理，一八六三年六月，戴维寄出第一批标本，包括上百只鸟和几只哺乳动物。

这次探险结束后，留居北京期间，戴维发现一种奇怪的动物。

一八六五年春节过后，有人告诉他，北京南郊的皇家猎苑里喂养着一种外面没有的动物。有钱能使鬼推磨，戴维掏出银子一锭，买通南海子皇家猎苑守苑人，见到那长相奇怪的动物：角似鹿非鹿，颈似骆驼非骆驼，尾似驴非驴，蹄似牛非牛。

惊问守苑人，答曰："'四不像'也！"

所谓"四不像"，其实就是麋鹿。这种古老的动物，在中国大地上生存了两百多万年。商周开始，这种鹿迅速消亡，到了清朝，世界其他地方已经绝迹，仅剩的数百只，全部圈养于北京南海子皇家猎苑。

"四不像"早有名字，从《诗经》开始就称"麋鹿"，历代多有吟诵麋鹿的诗词，如李白的"各守麋鹿志，耻随龙虎争"，苏轼的"我坐华堂上，不改麋鹿姿"，柳永的"繁华处，悄无睹，惟闻麋鹿呦呦"……便是九五之尊的乾隆皇帝，也留有"岁月与俱深，麋鹿相为友"。

戴维确定麋鹿弥足珍贵，属"尚未描述过的物种"，称其为"有趣的反刍动物"。活的弄不出来，便用钱买下两只麋鹿遗骸，制成标本寄往巴黎自然历史博物馆。

经鉴定，戴维的判断完全正确，这是中国特有的鹿科新种。按照惯例，戴维发现的动物新种，当然就命名为"戴维神父鹿"，又名"戴维鹿"或"大卫鹿"。不久，巴黎自然历史博物馆《自然公报》发布这个消息，引起欧美各国极大兴趣。

第二次是一八六九年，戴维前往中国内陆大省四川的穆坪地区，一边传教，一边广泛收集动植物标本，机缘巧合之下，成为第一个发现大熊猫的西方人。

中国之大，戴维何以独独选中穆坪？

原来，一八六八年夏天，戴维来到上海，考察长江中下游地区。

在上海逗留期间，戴维巧遇一位青年教友，来自四川穆坪川西神学院。

两人交谈中，戴维得知穆坪一带地理环境复杂，山高林密，拥有众多奇奇怪怪的动植物。出于职业的敏感，他赓即要求前往穆坪。

北京教会方面最终做出决定，派遣戴维到穆坪土司辖地的邓池沟天主教堂，担任第四任神父，负责教会工作。

得到批准后，戴维携带博物学装备，从上海出发，沿长江坐船经南京、九江、武昌到重庆。在重庆弃船登岸，改走陆路，于一八六九年元月八日到达四川省首府成都，入住一洞桥天主堂。四川西北部宗座代牧区主教平雄（Annet-Théophile Pinchon，中文名洪广化）把这里作为主教府，也住在里面。

宗座代牧区设立于教徒数量少、尚不具备成立教区条件的地方，主教由教宗任命，代管一方教务。平雄主教入川多年，曾在邓池沟教堂待过几年，熟悉情况。交代完注意事项，戴维问起穆坪的动植物，平雄主教说出一句话："川西有神物，毛色黑白世所罕见。"

这话听似天方夜谭，充满神话色彩。戴维却不这么看，荒野深山中，方有神话般的动物。

停留成都期间，平雄主教给戴维推荐了一位黄姓商人，此人常年来往于成都、穆坪之间，专做药材、皮货和布匹生意，与穆坪土司坚参生朗多吉有生意往来，关系密切。

一八六九年二月二十二日，早晨的阳光穿透薄雾。

成都，这座古老的繁华都市刚刚苏醒，戴维就带上仆人，在黄姓商人和传教士库帕的陪同下，匆匆走出南城门，踏上前往邛州的官道。所谓官道，不过略宽而稍显平坦的土路。由于实验室配置和制作标本的需要，戴维携带的笨重仪器不少，装了好几个大木箱，为此雇请了挑夫七人。

一路行来，丘陵、小山渐入眼帘。大地绿意盎然，草棚木屋掩映于竹林树丛。道路两旁，胡豆已经开花。田地肥沃，群群白鹭沿河搜寻小鱼小虾，野鸭们在芦苇丛中钻进钻出……一切都显示着川西平原的富庶。

行人不绝于道，装束打扮奇特：头上缠着白色或蓝色的头巾；裤子短而肥大，可以轻松地摆动；小腿和脚踝以上捆绑长长的棉布，防止风湿侵袭；

脚穿麻鞋，鞋由生麻编就，轻便耐用。入乡随俗，戴维脚上也穿着这样的鞋子，轻松行进在土路上。

戴维最感兴趣的是来来往往的挑夫们，这些被他称作"世界上最机敏的搬运工"的挑夫，用一根小小的竹木扁担，两端挑着沉甸甸的货物。扁担晃悠悠，脚下步如飞。一边肩膀挑累时，挑夫肩部微倾，扁担顺势滑向另一边肩膀，一点不耽搁行程。

两天后阴雨绵绵，入住邛州一宿，晨起掉头往右，来到与芦山县交界的油榨沱。离开油榨沱，进入芦山三汇场（今大川镇），虽然前路山高水险，但对戴维来说，机遇就在眼前。

一路走来，戴维收获不小：二十五日，买到一只新鲜的、完整的大灵猫皮张，这种动物他此前从未见过；二十六日，在陡峭的山顶上，他看见三棵非常漂亮的大树，表现出"神一样的气质"；二十七日，山中的猎人告诉他，这里生活着三种不同的猴子。

二十八日早上做完礼拜，急不可耐的戴维吩咐库帕和仆人跟随挑夫，照看贵重物品，不得有任何闪失。自己则带上向导先行一步，绕过一座大山，再翻越另一座大山，便是目的地。说起来容易，这条成都到穆坪的必经之路，沿途森林遮天蔽日，荆棘丛生渺无人烟。戴维紧赶慢赶，终于在天黑之前安抵邓池沟天主教堂。

仪器等物品，由于道路艰险，三天后才到达，好在没有损坏。

这时候的教会不同过去，官府也要惧怕三分。但在这样偏远的地方传教，与土司交好，仍然必不可少。稍事修整，戴维邀黄姓商人一起，前去拜访穆坪土司坚参生朗多吉。

穆坪土司衙门，位于今天宝兴县城的一处山脊平台上，百姓称作"衙门岗"。正门面对青衣江，左侧是冷木沟，居高临下，易守难攻。衙门四周碉楼环护，主体建筑二楼一底，石木结构；底楼用大石块垒砌，厚达一米，墙缝用黏土夯实；二、三楼以木料为主，二楼为接待客人处理公务的场所，正中设神龛，供奉菩萨。

坚参生朗多吉听说洋人来访，亲自到大门迎接，请上二楼就坐，互致问候。戴维的中国话倒土不洋，土司老爷似懂非懂，但看到奉上的精巧礼品，脸笑个稀烂。

感情融洽了，事情就好办，坚参生朗多吉使劲拍胸口打包票，说在穆坪一切大可放心。

三、上帝的后花园

经过一段时间的考察，戴维的足迹遍布夹金山，这里野生动植物资源丰富，果然不虚此行。

亚热带气候以及不同的海拔高度，为各种植物的生长提供了得天独厚的自然条件；茂密的原始森林，广茂的竹林、灌木，又为动物们创造了良好的生存环境。置身林海，珙桐、银杏、红豆、连香、水青、云杉、领春木等名贵树种遮天蔽日，华南虎、金钱豹、白唇鹿、金丝猴、扭角羚、雪豹、牛羚、锦鸡、血雉等珍禽异兽不时出没其间。

站立高山之巅，戴维精神抖擞，面对得天独厚的各类资源，挥舞双臂向群山发出感叹："难道这里是上帝遗忘的后花园？"

戴维陶醉了，像久渴的孩子遇到甘露，像淘金者发现巨大的金矿。他祈求上帝："但愿这块陌生而神秘的土地，能给我带来惊喜。"戴维犀利的双眼闪动着光芒——他预感东方之行即将结出硕果，感谢上帝的赐予！

热爱探险，与大自然亲密接触，是博物学家获取第一手资料的途径。戴维自不例外，刚到邓池沟教堂不久，他就被神秘莫测的红山顶所吸引。

野外探险辛劳不说，随时还要经受生死考验，诡秘的山林中潜伏着种种危险。第一次的红山顶之行险象环生，戴维在日记中这样写道：

三月十七日，晴朗的好天气，今天我进行了一次艰难的红山顶之行。

早上七点，我和我的助手带着枪和博物学装备离开了教堂，朝着这个著名山区的一个荒野的山谷进发。快到十一点的时候，我们来到一个泡沫四溅的瀑布脚下，小道突然断了……我们试图攀登峡谷两边的陡坡，寻找越过瀑布的路，但白费力气。我们被严重擦伤，处于生死攸关之际，精力充沛的助手……也有两次是我将他从深渊边缘拉回。到了三点，连太阳也最后消失在浓雾之中，我们很快就迷路了……黑夜已经降临，而我们离住所还有将近两英里的路程。天开始下起了雨……最后我们不能再往前走了，水一直浸到腰，但是我们却什么都看不见……就在这时我们听到人的声音。上天保佑！

戴维急迫的呼救声，惊动了一位猎人。熟悉地形的猎人，提一盏马灯，缓慢滑下陡峭的河谷，将他们引出险境，带入一间小木屋。猎人非常热情，拿出玉米馍、马铃薯，戴维和助手顾不上客气，狼吞虎咽吃相难看。

是夜，戴维独坐火堆旁烘烤衣物，为这次的死里逃生向上帝祈祷。今天他们遭遇的不仅仅是悬崖和迷路，在瀑布下边，戴维发现雪地上留有大型动物的活动痕迹，那是凶猛的野牛留下的。比起老虎和豹，这种动物更加危险，它们脾气急躁，性格凶猛，对人类更具伤害性。

未与这些猛兽相遇，实令戴维侥幸逃过一劫——他威力强大的枪膛里塞满了雪，弹药早被雪水浸透。

即使在与死神擦肩而过的这一天，戴维仍有不小的收获。在那片充满危险和差点令他迷失方向的可怕山谷里，生活着大量哺乳动物，他亲手捕捉到两个新品种，一只灰松鼠和一只星鸦；更是亲眼看到众多四季常青的植物、高大挺拔和有坚硬木质的针叶类植物、小型的松树、中型的树丛、奇异的圆叶杜鹃……

这次冒险没有让戴维心生惧怕，反而，他每日里进出教堂，抬头看见云遮雾罩、变幻莫测的红山顶时，心中会再次涌起"会当凌绝顶，一览众山小"的强烈冲动。

初夏时节，一位姓岳的先生采药归来，带给戴维一株珍贵的贝母。这株贝母花大色黄，花朵带方形斑点，药用价值高于其他贝母。听说这株珍贵的贝母来自红山顶，戴维不顾疾病缠身，决定再次前往。

七月二十八日，晴空万里，戴维带上几个助手，由一位姓李的年轻猎人当向导，开始了再一次红山顶历险。李姓猎人活泼开朗，有着山里人强健的体魄，登山如履平地。若没有这位猎人，很难想象这次红山顶之行的结局。

天有不测风云，中午刚过，雷电轰鸣，大雨如注。戴维一行好不容易找到一处岩洞，刚要进去，里边跳出一只獐子，夺路狂奔而去，顷刻渺无踪影。他们的到来惊扰了獐子，却暂得避雨之处。

暴雨之后，阴雨连绵。前行无路，有的地段泥泞难行，有的甚至临近深渊。

接下来，开始穿越原始森林，森林里不仅杳无人迹，就连鸟类也非常稀少，仅能看见鹩和柳莺。终于，听见绿尾虹雉的叫声从灌木丛传出，李姓猎人寻踪而去。绿尾虹雉十分警觉，展开有力的双翅，从灌木丛中飞起，落在对面山林。猎人追赶着它们，一路上连放四枪，依然一无所获——双方距离太远，超过火药枪的有效射程。

戴维制止了李姓猎人的鲁莽，轻手轻脚追踪着绿尾虹雉。当它们又歇息在一棵大树上时，戴维连开两枪，一只应声坠地。李姓猎人跑去捡回猎物，子弹从绿尾虹雉脖子穿过，他向戴维伸出拇指，面露钦佩之色。接着，戴维又发现远方峭壁上有几个金黄色的小点不停移动，隐蔽前行，原来是三只美丽的麝。百米开外，戴维放枪击倒其中之一，剩下的两只顾不得山高坡陡，四蹄并用，落荒而逃。

七月三十一日，经过一夜休整，戴维疲劳的身心得到恢复。早上小雨渐停，天气转晴，一行人抓紧时间向山顶攀登。

山顶部分尤其艰险，黑色和绿色片岩组成的峭壁挡住去路，不少地方几乎呈垂直状。只有麝这样的攀岩高手，才能在悬崖峭壁凹凸不平的岩石缝隙间，找出一条通道。李姓猎人先爬上山崖，抛下绳索。戴维将绳索绑在腰间，战战兢兢手脚并用，抓住树根或突兀的岩石沿山崖攀缘，缓缓向上……

李姓猎人讲，经常有人从这里掉入深渊，尸骨无存。

对于这次难忘的攀岩，戴维在日记中这样描述：

> 我们攀爬时全身颤抖，几乎眩晕，经常有猎人在这里送了命。我再次重复，只有习惯于危险，才可避免颤抖而不失去平衡。仅存的记忆让我不寒而栗。

当天傍晚，戴维如愿登临红山顶，由于空气稀薄，他和助手们出现头痛的症状。眼前是辽阔平缓的牧场，没有高大的树木，却长满茂盛的草本植物。

戴维看到新种的开着黄花的鹿耳草类植物、新种的白色藜芦、品种优良的蓝色乌头、深蓝色花的龙胆属植物、淡紫色花的罂粟科植物……他还惊奇地发现两株浅黄白花的杜鹃，花枝招展，长势良好，丝毫不受恶劣环境影响。按照常理，这样高海拔的地方，是不适合杜鹃生长的，这无疑是一个奇迹。

第二天清晨，绿尾虹雉深沉而不成曲调的叫声唤醒了戴维。

放眼望去，脚下白云蒸腾犹如翻滚的海洋，高耸的山尖就像露出海面的一座座岛屿。更远的地方，雪峰连绵，一如飘渺仙境。一路看来，数百公里开外，二郎山、夹金山、巴郎山、霸王山、四姑娘山……邛崃山系这几座雪峰一字排开，由远而近，由近及远。戴维身处海拔四千多米的山巅，但好几座雪峰仍高出这里许多，"一览众山小"的感觉全然找不出。

当然，一些雪峰的名称李姓猎人也回答不上，他只能告诉戴维，当地人将它们都称作"大雪山"。朝南眺望，有许多壮丽的高山直插云端，不见积雪，但祥云缭绕。李姓猎人告诉戴维，这其中格外醒目的一座便是峨眉山——佛教徒尊崇礼拜的天下名山，西藏、甘肃包括穆坪的佛教徒们，每年都不辞辛劳，一步一拜，前去焚香礼佛。

戴维激动地放声高歌，李姓猎人慌忙阻止。原来，高山上是禁止大声说话的，更不用说唱歌了，产生的震动会引起下雨。红山顶总是云雾缭绕，几个人同时喊叫，顷刻间就可能引发一场暴雨。

八月三日，戴维一行踏上归程。辛劳一周，收获不小，戴维看到了红山顶丰富的动植物资源，收获了绿尾虹雉、麝和许多动植物。尤其是在山顶上发现的三种高山杜鹃，使戴维在穆坪发现的新种杜鹃达到十五种。

探险之外，戴维更多的精力投放在动植物采集后的研究上。为加快进程，他还雇请经验丰富的当地人，四处寻找各类奇异的动物和珍奇的植物。

从小小的两栖甲虫，到大型的短耳黑野猪；从天上飞翔的鹰，到水里游动的鱼；从开黄花的杜鹃，到芬芳四溢的百合……穆坪各类珍稀的动植物资源，令戴维眼花缭乱。

短短两个月间，戴维多次向巴黎运送标本。仅五月二十六日，就有几十箱标本运往巴黎，这里边包括十种哺乳动物、六十种爬行动物和鱼、三十种鸟、六百三十四种昆虫和一百九十四种植物。

"法国传教士发现宝物，隔三差五装上大箱子往山外运"，消息以讹传讹，很快传遍穆坪和周边地区。

传教士在中国盗宝之说，盛行于十九世纪中叶以后。内容大同小异，无非某地有宝，如金猫金鸡之类，洋人贪得无厌，借传教之名，盗走宝物，祸害一方。穆坪原本物产丰富，红山顶一带更是神秘，传说埋藏着黄金、宝石等。而戴维做了许多结实牢固的大箱子，又不断地往成都运，一时间传得沸沸扬扬，引起啸聚山林的强盗警觉。

运送大箱子的队伍人挑马驮，正在翻越一道山梁。突然，荒草丛中跳出几十个强盗，手持刀棍，一拥而上，拦下大木箱。打开箱子，强盗们傻了眼，哪里见金灿灿银晃晃的宝物，满箱的藤蔓样本、动物骨头。

强盗头子愣了半天，回过神大呼上当。一声口哨，众强盗一哄而散，撇下缩成一团的挑夫和赶马人。

当然，土司老爷说话是算数的，碰上强盗的地方，不在穆坪范围之内。

经受种种考验的同时，戴维也感受着收获的喜悦，因为他发现了"中国艺术中的神"——川金丝猴。他在一八六九年五月四日的日记里，洋溢着欢欣和激动，记录了这一重大发现：

> 我的猎手们在穆坪东部地带等候了两个星期。今天回来时，为我带来了六只仰鼻猴。这种猴子的毛色金黄可爱，身材健壮，四肢肌肉特别发达。它们的面部特别奇异，鼻孔朝天，几乎位于前额之上，像一只绿松石色的蝴蝶停立在面部中央。它们的尾巴长而壮，背上披着金黄色的长发，长期栖息在最高雪山的树林中。

戴维得到的六只金丝猴，属于典型的川金丝猴，是四川特有的一种。成年猴的双肩和背部，披有金色的长毛，亮丽华贵、气质不凡。面对这一大自然的杰作，戴维赞叹道："中国艺术中的神，是令人推崇的理想的产物！"

他虔诚地将川金丝猴制作成模式标本。

何谓模式标本？即动植物新种（新亚种、新变种）的原始记载和定名所依据的标本。通俗地讲，就是新发现的一种动植物的第一个标本及相关资料，可见其珍贵。据业内人士说，一个研究人员干一辈子，若能发现一两件模式标本，已是机会难得。

夹金山，对于热爱生物学的戴维来说，无异遍地黄金。

发现川金丝猴，是戴维除了发现大熊猫在动物界的又一功劳；而发现美丽的鸽子花，则是他为植物界做出的贡献。

穆坪的初夏，绿色扑面，那绿浓淡深浅千般变化，却是用语言难以名状的。

山风劲吹，林涛翻滚，数百只白鸽于林间上下盘绕，引得戴维驻足。走近细观，不见白鸽，却见翠绿的树上有花儿怒放。那花儿在绿叶映衬下格外显眼，黄绿色的花序圆似鸽头，洁白硕大的苞片一如鸽之两翼。清风徐来，对对白鸽亮翅起舞，待得风静，白鸽们归隐林梢。

据说，著名画家陈子庄常入蜀山采风，得窥鸽子花的洁白无瑕、品位高洁，写诗赞道：

毛色金黄的川金丝猴

春去还飘雪，珙桐正试花。

凤鸟今未至，不许乱栖鸦。

风姿绰约的鸽子花，同样令戴维陶醉。细心观察，未发现成片的鸽子花树，多为单株。鸽子花树属落叶乔木，最高可达三十米，树干直径最大超过一米，树皮呈灰褐色，木质浅黄色。鸽子花每年春末夏初开花，由多数雄花和一朵两性花组成顶生头状花序，基部生出一对大苞片，初始青绿色，慢慢转为乳白，像花又不似花，说得上似花非花、似鸽非鸽。

离开穆坪前夕，戴维制作了不少鸽子花标本，采摘了种子带回法国，并在《戴维植物志》中，对鸽子花做了详细介绍。

戴维采集回去的标本，引起植物界的关注。以后的日子里，英、美等国多次派出植物学家赴四川收集种苗，带回国内种植推广。经植物学家考证，鸽子花学名珙桐，因开花形似鸽子，故名之。同大熊猫一样，珙桐在地球上生存了上百万年，也属第四纪冰川孑遗物种。

不同之处在于，大熊猫是动物界"活化石"，珙桐则为植物界"活化石"，因其珍贵，又称"植物界的大熊猫"。

珙桐树干高大，开花飘逸脱俗，极适合用于城市园林绿化，一百多年间，欧美国家广为栽种，称"中国鸽子树"。巴黎重要的公共绿化带，无不遍植珙桐。巴黎圣母院、塞纳河两岸，珙桐树高二十多米，树干粗大，树龄百年以上。

一九七五年，国家规定珙桐为一类保护树种。今天的珙桐，已成世界著名观赏植物，名满天下。

在不断收获众多动植物标本的同时，作为博物学家，戴维开展了对穆坪地区的生态调查，对生态状况的变迁表现出沉重的担心和忧虑。他在日记中痛心地写道：

我曾寄居在教徒何兴顺家里，他们一家都是登山能手，世代对打猎有兴趣。一位年逾古稀的爷爷向我说，他年轻时曾亲眼看到这儿有茂密的森林和大批的动物，令人触目惊心的是逐渐被破坏了，或者说是大大减少了。他的家人也向我说，五十年前有条纹的长尾白雉，如今再也看不见了。也许闻名的"阿姆斯特"雉从前曾在这山谷里安家落户，而现在这里尚存的，只有锦鸡、无领鸡和"特明克"角雉。

生物学家采集制作标本，目的出于对动植物的研究与保护。作为环境保护主义者，戴维告诫肆意而为者：除非绝对有必要，人类无权滥加杀戮！一八七五年，即离开中国一年以后，他仍然在日记中深刻反思：

一年又一年过去，总听见刀斧砍伐最美丽的树木的声音。中国本已残缺不全的原始森林，遭破坏的速度快得令人遗憾。树砍了就再也不能恢复原貌。大批的灌木和其他必须在大树树荫下生存的植物，都随着大树一块儿消失；还有所有不分大小，需要森林才能生存、延续物种生命的动物……凡是有眼睛的人都能看得到宇宙的神妙，因以自我为中心的盲目追逐欲变得更加单调无聊。不久，马和猪，小麦和马铃薯，就要取代林中成千上万的生命——上帝造来跟我们共同生活的动植物。它们也有生存的权利，我们却消灭它们，残暴得使它们无法生存……难道说造物者在地上创造那么多样化的生命体，每个都有独特的优点，它们本身都那么完美，只不过是为了让它的杰作——人类，把它们永远毁灭？

这是一个智者强烈的呼吁、愤怒的呐喊。然而，以后世界一些国家发生的事实证明，戴维的担忧不幸被言中。

动植物标本制作也并非一帆风顺。穆坪雨水过多，难见阳光，给戴维带来难以想象的困难，也造成不小的损失。进入夏天以后，气候潮湿，助手一时疏忽大意，将制作的动物皮张没晾干就收入木箱，致使川金丝猴皮被虫彻底蛀毁。

这种虫数量众多，繁殖极快，专食动物皮张，制作标本的砷、盐和明矾，对它们无丝毫防范作用，反而助长了它们的食欲。戴维每天耗费大量时间，取出皮张晾晒，清除那些可恶的虫子，又从猎人手中购进新的，以弥补造成的损失。

尽管有小的麻烦，戴维仍然在穆坪收获颇丰。

当然，重头戏还在偶遇黑白兽。

四、轰动世界的首次亮相

一八六九年三月十一日，一个绝妙的晴天。

春风刚刚吹进被冰雪覆盖半年之久的夹金山，暖暖的阳光带给大地无限生机。小溪边，峭壁上，一朵朵不知名的小花破土而出，红的、黄的、白的，争相怒放；灌木中，竹林里，一只只不知名的小鸟在鸣叫，清脆、欢快、宛转，此起彼伏。

戴维由川西神学院学生陪同，一大早从教堂出发，翻越几座大山，进入深山采集植物标本。

残阳如血，染红白雪覆盖的群峰。大地如画，一刹那山川五光十色，妙笔难以名状。整整一天的辛劳奔波后，戴维采集到几种植物标本，收获不小。他一边欣赏着如诗如画的美景，一边沿着邓池沟奔腾的溪流，踏上归程。

前方突然峰回路转，溪流变得平缓，出现一片开阔的山地。翠竹深处有人家，房顶冒出阵阵炊烟，淡淡的四川特有的腊肉香味，随山风扑鼻而来。

学生提议该歇歇脚了，并告诉戴维，这户人家姓李，是自己朋友的父亲，家境殷实，为一方富户。

柴门洞开，李姓主人和几只猎狗早已迎出。好客的主人听完学生介绍，邀戴维到堂屋坐下，奉上热茶。山里人热情，得知客人中午仅以干馍充饥，立即端上刚煮熟的腊肉，还有黄灿灿的玉米馍馍。

主人喜好打猎，堂屋墙上挂着几支火药枪，家里养着猎狗。这种狗四川人称"撵山狗"，腰细、腿长，十分敏捷，走山路如履平地，能在陡峭的山梁上追赶羚羊。戴维夸奖主人的猎枪和猎狗，主人的话匣子也由此打开。戴维广博的见识令李姓主人十分佩服，当他明白戴维的来意后，转身从内屋取出一张奇特的动物毛皮，请求指教。

动物毛皮搁上八仙桌，戴维两眼闪闪发光，他几步走到桌前，仔细观察，反复琢磨。身为博物学家，戴维却从未见过这种动物，也没有在任何一本动物学专著中读到过这种动物的记载。他面露难色，无法回答主人的疑问。

难倒了见多识广的戴维，主人十分得意。他告诉戴维，这种动物常年躲藏于高山密林，生性温顺胆小，常为猛兽所伤。因通身黑白二色，当地人叫"花熊"；由于它以竹子和竹笋为食，也有"竹熊"的说法。

平雄主教果然不打诳语，世间真有如此奇兽。根据毛皮的颜色，戴维直呼其为"黑白熊"，并表示希望得到这种动物，在场的一位猎人满口答应。

这段奇遇，被戴维兴奋地记入当天的日记：

在返回教堂的途中，本山谷最大的地主李先生，邀请我到他家喝茶，吃甜点。在这个异教徒家里，我看到一张从未见过的黑白兽皮，个体相当大，是一种非常奇怪的动物。我的猎人告诉我，他们明天就去寻找这种动物。它将会成为科学界一个有趣的新种属。

夹金山与世隔绝，大熊猫隐身茫茫林海，觅食竹林，嬉戏溪流浅滩，平静地渡过了上万年。直至戴维到来，大熊猫宁静的日子终于被打破，在人类世界激起层层波澜。

大约十天后，猎人们抬来一只黑白熊幼崽。

可戴维一点也高兴不起来，反而痛心疾首地在日记中写道：

遗憾的是他们为了便于携带，就把它弄死了。他们以十分高昂的索价，把这只黑白熊幼体卖给我。它的毛皮和我在李家看到的那只成体相同，除四肢、耳朵和眼圈是黑色以外，其余部分都呈白色。奇特之处不仅在于它的毛色，还有那长满毛的脚掌以及其他一些特征。因此，这一定是熊类中的一个新种。

一八六九年四月一日，让我们永远记住这个日子。

几经周折，猎人们终于又捉到一只黑白熊。这一次，他们将其装进竹笼，几个人兴冲冲地抬进教堂。终于看到活蹦乱跳的黑白熊，戴维如获至宝，指挥工匠做了一个牢固的大木笼，以便观察它的一举一动，详细记载它的体貌特征、饮食习惯等。

这只成年雌性黑白熊，虽些许毛色带黄，但依旧黑白分明，圆脸大眼，美丽灵动，令人惊叹，招人喜爱。

无拘无束、邀游山林的黑白熊，难以适应笼中生活，再加上饲养不当，不久便悄然离世。戴维只好放弃将它运回法国的计划，就地解剖，发现胃里全是竹叶。他将骨骼制成标本，编号登记后分别装箱，附上自己的一封信，一并寄往巴黎，交法国国家自然历史博物馆馆长亨利·米勒·爱德华兹。

信中，他做出详尽分析，阐明自己的观点：

这种动物体态庞大，我的猎人都这么说。耳短，尾甚短，体毛较短；四足掌底多毛；色泽为白色，耳、眼周、尾端和四肢褐黑，前腿的黑色呈条带经体背相连。

在欧洲的标本收藏里，我从未见过这一物种，它无疑是我所知道的最漂亮可人的动物品种，很有可能还是科学上的新种！

当时由于条件所限，无法查阅相关资料和数据，但凭体毛、脚底有毛及其他一些特征，戴维判断这是熊的一个新种。戴维为它定了学名"Ursusmelanoleucus A.D."，意思即"黑白熊"。

与其说这是一封信，倒不如说是大熊猫的第一份分析报告。

收到标本和信件，开启木箱，爱德华兹馆长第一眼见到黑白熊，也是满脸惊讶。

从标本推断，这种动物体态比熊小，皮毛十分漂亮，耳朵、四肢、肩部和眼睛周围为黑毛，其余通通白毛。爱德华兹馆长爱不释手，翻来覆去没个完，脸上满是喜悦。

戴维说得没错，这是一种从未见过的动物，这将是生物界的一个重大发现！

爱德华兹馆长兴奋无比，立即吩咐自己的儿子、博物学家阿尔封斯·米勒·爱德华兹（Alphonse Milne-Edwards），展开系统研究。戴维的分析报告，刊登在当年的《巴黎自然历史博物馆之新文档》第五卷。

这一神秘的动物标本，经重新组合后向公众展示。

展出期间，巴黎自然历史博物馆门庭若市，民众潮水般涌进动物标本陈列厅。展厅中央，一件黑白相间、漂亮非凡的动物标本，吸引着众多参观者。女士们睁大双眼，发出阵阵惊叹；先生们一扫斯文，唇枪舌剑互不相让，各自发表高论。

有人断言，这是假的，不过是又一场闹剧，世界上不可能存在这样的动物！

有人反驳，这的确是一件真实的动物标本，是一种奇特的、变异的熊！

有人认为，这是一种新发现的动物，只不过我们还不认识它而已！

谁是谁非呢？人们请来爱德华兹馆长，这个让大家争论不休的问题，终于有了令人信服的答案。

这是一件来自神秘的东方古国——中国内陆的珍稀动物标本。

好些日子里，阿尔封斯·米勒·爱德华兹遵照父亲的吩咐，全力研究这种从未见过的黑白熊。经反复比对分析，他认定它不是熊，而是动物学上一个新种，与一八二七年喜马拉雅山南麓中国西藏地区发现的小熊猫相似。戴维把这种动物鉴定为"熊属"，显然是搞错了。

为此，阿尔封斯·米勒·爱德华兹写就长篇论文，发表在当时的《哺乳动物自然历史的研究发现合刊》上，随同发表的还有七幅插图，包括大熊猫整体形态、头部骨骼解剖图、脚掌的特写等。论文指出：

> 在外部形态上，它确实与熊相类似，但它的骨骼特征和牙齿，明显

与熊不同，却与小熊猫和浣熊相似。这一定是一个新属，我已将它命名为Ailuropoda。

"Ailurus"是小熊猫，"poda"指的是脚，意即它的脚类似小熊猫。为区分二者，西方动物学家化难为易，将喜马拉雅山发现的称"小熊猫"或"红熊猫"，把夹金山发现的称为"大熊猫"或"猫熊"。由于小熊猫既同大熊猫相近，又与南美浣熊相似，干脆将它们一并归入浣熊科。

至于"定名人"一栏，毫无疑问，爱德华兹馆长郑重地填上戴维的名字。

"多么奇特的生灵，多么美妙绝伦的皮毛。啊，万能的主！"听罢戴维的奇遇，人们发出由衷的赞美。

然而大熊猫分类之争，并未到此为止。其后一百多年间，动物学家们各抒己见。截止到二十世纪八十年代，尚有熊科、大熊猫科、浣熊科三派之分。其后，浣熊科式微，剩下两种观点：熊科、大熊猫科。中国多数学者，都主张大熊猫独立为一科。

大熊猫的现身惊世骇俗，消息迅速传遍欧美国家，西方世界为之惊叹。巴黎自然历史博物馆人流如潮，一睹大熊猫标本成为人们追求的时髦，成为上流社会聚会的重要话题。

戴维亲手制作的大熊猫模式标本，至今仍然完好无损，珍藏在巴黎法国国家自然历史博物馆。

而戴维的信件，以及阿尔封斯·米勒·爱德华兹的文章，则是时隔一百四十年后，联合国教科文组织的专家柯高浩、柯文结伴远赴巴黎自然历史博物馆，才在堆积如山的资料里面，翻出这两份尘封已久的珍贵资料。

为了却一桩心愿，二〇〇九年二月二十七日，雪花纷飞中，柯高浩、柯文冒着严寒奔赴邓池沟。在法国驻成都总领事馆工作人员的见证下，柯高浩博士代表巴黎自然历史博物馆，将两份资料的复印件转赠邓池沟天主教堂，予以陈列。

对于戴维在生物学领域的巨大贡献，有人这样形容：蜜蜂的本意是觅食，

戴维在穆坪得到的熊猫幼崽，标本现藏于巴黎法国国家自然历史博物馆。

但它却传授了花粉。

这种说法不准确。戴维虽以传教士身份来到中国，但他同时又是一位杰出的生物学家，考察中国的珍稀动植物，搜集标本和资料，他肩负重任。如果仅仅出于个人爱好，他不可能花费如此大量的时间和精力，深入寒冷的北方大漠、炎热的岭南地区以及人迹罕至的夹金山。

在戴维的日记中，提及最多、记载最详尽的，不是传经布道，而是珍禽异兽、奇花异草。就在去穆坪的前一天晚上，待在成都的戴维在日记中写道：

> 我忙于收拾许多行李，以便明天出发。如果上帝保佑，就在穆坪待上一年，大家都说那里有奇花异草……

蜜蜂传授花粉纯属无意之举，而戴维发现大熊猫、川金丝猴、麋鹿、鸽子花等等，却是有备而来，志在必得。戴维的中国之行，终极目的正是搜集动植物标本。

有人质疑，中国人同大熊猫打交道几千年，怎么会将功劳拱手相让，反倒由外国人来发现？

道理很简单。戴维的发现基于现代科学意义之上，不仅有科学描述，还附有原始资料，学名按动物分类学的要求，遵循的是国际公认标准。中国当地百姓知道大熊猫，肯定远远早于戴维，但近代以前人们仅将其作为捕猎对象，食其肉寝其皮而已，谁会从动物学角度去分析研讨？

有人不服气，抬出《本草纲目》，说中国的动物分类学，比瑞典生物学家林奈还早上百年。

不可否认，《本草纲目》收录了四百来种动物，分为"虫、鳞、介、禽、兽"五部，有的动物还附上外形图，在中国古代的动物分类学研究上算是进了一步。但是，《本草纲目》的动物分类方法，只满足了那个时期中医药学的需要，后人墨守成规，停滞不前，缺了与时俱进。

戴维在中国的那些年，内忧外患中的清政府，依旧妄自尊大、贪婪腐败。昏庸独断的皇帝、抱残守缺的官僚机构，这种体制下科学研究如何发展？结果可想而知。再看戴维所在的法国，致力于自然科学研究的法兰西科学院，早在一六九九年就已成立。清朝有科学院吗？显然没有。

莫要不服气，十七世纪开始，欧洲国家走在世界前列，科技成果源源不断，动物研究日新月异。反观当时的清王朝，自视泱泱大国，闭关锁国数百年，不落后挨打才怪。

便是林奈制定的动物分类和命名标准，也并非一成不变，同样须得与时俱进。戴维发现大熊猫后的一八九二年，第二届国际动物学会通过新的命名规则，其后又反复修订，最近的一次是在一九九七年。

更有不服气者，提出戴维的行为属于偷猎大熊猫，拿法律说事。帽子虽大，却戴不到人家头上。猎人作为一种古老的职业，延续千年，那个年代又哪有偷猎这概念？

直到一百二十来年后，野生动物保护提到相当高度，偷猎捕杀者才正式受到法律制裁。

邓沟池大熊猫科学发现纪念碑

五、遗憾的种子

　　源源不断地，猎人们给戴维带来许多珍贵的动物：斑纹的野猫幼崽、盘角的岩羊、褐色的毛冠鹿……

　　其中，一只小熊猫引起戴维极大兴趣。他在法国时，就见过小熊猫的标本，知道这种动物生活在喜马拉雅山脉，但猎人是在穆坪森林里捉到的。小熊猫生活在树上或悬崖的洞里，食性复杂，因叫声类似小孩的声音，当地人叫它"山童"。过去的岁月，穆坪森林里小熊猫随处可见，但猎人说如今已变得稀少。

　　以后的日子，戴维经常去森林里转悠，总想亲自捕获大熊猫。只是，大山的精灵同戴维躲起猫猫，除了又从猎人手中买到几张毛皮，再无斩获。至于将活体大熊猫运回法国的愿望，更是无法实现，给戴维留下终身遗憾。

　　来到穆坪不久，戴维的身体状况便不断恶化。从六月开始，他的头和腹部经常剧烈疼痛，出现伤寒症状，发起高烧。二次探险红山顶，加重了病情，开始患上严重的风湿，双腿疼痛难忍，左腿肿胀并蔓延到整条腿以及臀部。入秋以后，腿再次剧烈疼痛，直至产生晕厥，排尿越发困难。穆坪寒冷潮湿

步入老年的戴维

的冬季即将来临,加上缺医少药,健康状况已不允许他继续逗留。

无奈之下,戴维收拾行装,于十一月二十八日离开穆坪,返回北京。临行前,戴维强忍双腿的疼痛,亲自动手做了五只结实的大木箱,装进哺乳动物毛皮和一些收藏品,经成都转运巴黎自然历史博物馆。

一八七三年,戴维在中国南方进行第三次考察活动时,不幸病倒在闽南,赓即返回北京。第二年回到法国,治疗和休养一段时间后,身体才逐渐康复。

晚年的二十多个春秋,这位充满活力的传奇生物学家、自然科学矢志不移的追求者,没有颐养天年、虚度年华。战胜病魔后,除继续从事一些宗教事务,戴维的主要精力,用于整理在中国搜集的动植物标本和日记手稿,不断深入研究。

同时,戴维还从事教学和著述。由于广博的知识、丰富的实践和传奇的经历,戴维在法国乃至欧美生物界享有很高的声誉。当时社会上一些名流、学者经常登门造访,共同研讨动植物学上的问题。他同时担任好几所学院的教授,学生特别爱听戴维讲课,他在中国的惊险历程、旅途中的各种趣闻轶事,令学生惊慕不已。

一八七七年，戴维完成《中国之鸟类》一书的写作，书中记载了他在中国发现的七百七十二种鸟类，其中六十种是前人从未涉及的。

一八八八年，戴维出版了《戴维植物志》，介绍了包括鸽子花在内的上千种植物。其中，新品种有杜鹃花属和亲缘关系相近的石南属五十二种、木兰属三种、冷杉属（丛属）四种、栎属四种，以及几种蔷薇科植物。

从哺乳动物到昆虫，戴维带回法国的动物标本数以万计。经戴维亲自鉴定的哺乳动物共两百余种，其中六十三种是新的种类。麋鹿、大熊猫、扭角羚、川金丝猴、绿尾虹雉等，都是由戴维发现并亲手制作标本后，送到巴黎自然历史博物馆珍藏的。

在中国期间，戴维共发现动植物模式标本一百八十九种。在穆坪的九个多月，就发现了八十余种，大熊猫之外，另有川金丝猴、毛冠鹿、扭角羚、矮尾猴、红腹锦鸡、血雉、大卫两栖甲虫、珙桐等。戴维在生物界的地位和影响由此可知。

为表彰戴维的杰出贡献，法国政府授予他荣誉军团十字勋章，法国地理学会、巴黎索邦大学学者联合会分别授予他金质勋章和大师荣誉称号。在令人羡慕的荣誉面前，戴维表现出无比的谦逊，他多次拒绝了这些光彩照人的头衔。直至一八九六年，在没有取得本人同意的情况下，这些荣誉仍然授予了他。

而今，只要说到大熊猫等动植物的模式标本，绕不开的就是戴维。戴维为神圣的科学殿堂增添了一道道耀眼的光环，为后人津津乐道。

时光流逝一个半世纪，戴维留下的大量珍贵资料，至今被巴黎自然历史博物馆和巴黎天主教遣使会珍藏。

在巴黎自然历史博物馆的图书馆，可以查到戴维动植物方面的工作笔记、同学者们交流探讨的书信、各种模式标本最初的资料，等等。巴黎天主教遣使会至今仍在原址，这里收藏有戴维个人档案、日记等，一八六九年穆坪之行的日记保存完好，尤为珍贵。英美动植物学家经常光顾，查阅戴维留下的资料，瞻仰这位动植物学先驱曾经工作、学习的地方。

戴维一生写有大量日记，事无巨细，一一如实笔录。笔记中描述的动物、

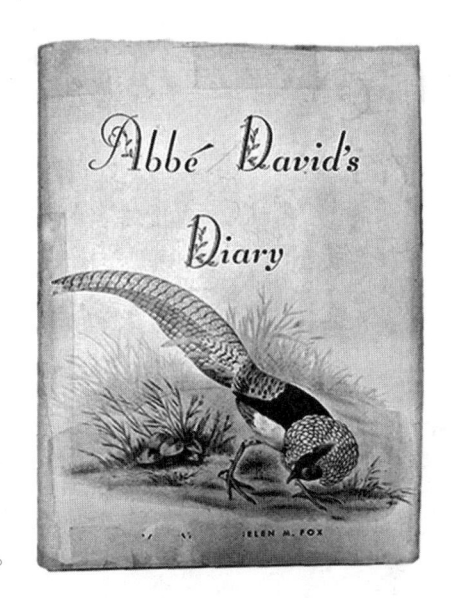

英文版《戴维日记》，出版于一九四九年。

植物、气象、民俗等，无不真实反映了当时中国的方方面面，具有很高的学术价值。二十世纪中叶，法国方面将戴维的日记加以整理，逐一修订后，出版了《戴维日记》（Abbé David's Diary）。以后多次再版，现有英、法两种文字版本。

虽然戴维在生物学领域成就卓绝，可直到去世，就连享受最低等级待遇的荣休主教，也未获授予，地位卑微仅为小小神父，在宗教界的影响微不足道。

一九〇〇年十一月十日，巴黎路易·米歇尔教堂，戴维安详地合上双眼，终年七十四岁。

戴维去世后，安葬在巴黎市中心的盟帕拉斯公墓。密密麻麻大大小小的坟堆中，一座毫不起眼的墓棺，便是他的安息之处。低矮狭窄的棺盖上，仅镌刻一行法文：巴黎天主教遣使会墓地。也就是说，戴维同遣使会的无数神职人员合葬，没有单独竖碑，更没留下自己的姓名。

纵观其一生，最令人瞩目的成就，当数在穆坪地区发现稀世珍宝大熊猫，并将其模式标本送到巴黎，轰动西方世界。大熊猫因戴维而为天下知，戴维因大熊猫而名垂史册，丰碑矗立夹金山。

第二章 震惊世界的发现

沿着戴维的发现之旅，充满探险欲的西方人士接踵而至，他们狂热地追寻着，为着一个"宏大"的目标——捕捉一只活体大熊猫带往西方世界。

其后几十年，众多动物学家、狩猎家、冒险家、旅行家纷纷加入这个疯狂的行列。风风雨雨来者如梭，每一个人都信心满满，希望自己成为幸运儿，弥补戴维留下的遗憾。

第三章
狂热的背后

> 中国的大熊猫,再次让西方世界轰动,让人们为之疯狂!

一、幕启:第一声枪响

光阴似箭,转眼便是一九二八年岁末。十七年前,中华大地风云激荡,辛亥革命推翻满清王朝,建立中华民国。

此刻的穆坪,依旧是云雾朦胧的山、奔流不息的水,只是出场的角色转换,变成了两位美国探险者。地点也不是邓池沟一带,而在穆坪陇东乡。穆坪的土司制度已经土崩瓦解,就在这一年,"改土归流"筹备处挂牌办公;第二年,国民政府批准设立宝兴县。

高大的穆坪土司官寨,人去楼空,苔藓与藤蔓爬满残缺的石墙。

两位探险者出身名门,同为美国前总统西奥多·罗斯福(Theodore Roosevelt)的儿子,一位小西奥多·罗斯福,另一位克米特·罗斯福,人称"罗斯福兄弟"。兄弟俩的父亲西奥多·罗斯福,共和党人,一九〇一年至一九〇八年间担任美国总统。而在第二次世界大战期间,领导美国抗击法西斯的,则是大名鼎鼎的富兰克林·德兰诺·罗斯福(Franklin Delano Roosevelt)。先后领导美国的这两位罗斯福总统,论起关系,却是堂兄弟。

是年数九寒天,罗斯福兄弟结伴远涉重洋,由缅甸入境中国以后,组建罗斯福探险队，队员除了洋人，还有华人杨帝泽和一位宣姓翻译。探险队沿南方丝绸之路，经大理、丽江至西昌，转道康定，辗转来到陇东乡上赶沟，住进财主汪海堂家中。

上赶沟口，有汪家好大一栋房子，外带抵御强盗的碉楼，终年闲置。如今碰上舍得掏钱的主，房租费、柴火费外带帮着雇猎人的经手费，自然令主人喜出望外。洋人大方，猎人们跟着背东西抓野兽，一天能挣一元钱。

探险队此行目标锁定大熊猫。

首选穆坪没错。既然戴维在这里发现了大熊猫，肯定是熊猫窝子。一晃六十年过去，各国探险家们前赴后继，迄今无人亲手猎获这种珍贵动物，好不叫人郁闷。

先于罗斯福探险队，有俄国人波丹宁、贝雷佐夫斯基捷足先登。一八九一年开始，四年间两人结伴，多次出入平武、松潘，几经周折，弄到一张大熊猫皮张。带回国后，售予英国的大英博物馆，这也是岷山山系的大熊猫，第一次见诸记载。

英国人不甘落后。一八九七年，有英国人在平武买到一只死去的雄性大熊猫，制成标本，存于大英博物馆。十多年后，又有布鲁切尔夫人将丈夫参加考察队，在大凉山得到的熊猫皮赠予大英博物馆。

德国人则后来居上，收获颇丰。一九一六年，动物学家韦哥尔德组织的探险队，在汶川首战告捷，收购一只活体大熊猫，可惜因伤重而亡。探险队继续深入腹地，在草坡一带又买到四只大熊猫骨骼、一张皮张，藏于柏林博物馆。

……

洋人们争先恐后，一门心思捉到大熊猫，好带回去炫耀。

在四川狩猎的罗斯福兄弟

罗斯福兄弟野心勃勃，对天发誓，要争这口气。

天蒙蒙亮，鸟儿们的欢叫将梦中的罗斯福兄弟吵醒。

起个大早，从鹿井沟匆匆爬上山。天边霞光初泛，淡淡的雾从茂密的灌木丛飘出，一丝丝、一缕缕，越聚越多，凝然不动。山谷飘来朵朵云雾，如白色的飘带，缠绕在山腰。一时间烟笼雾绕，莽莽苍苍，浩瀚无涯，宛若蓬莱。山风阵阵，更搅得烟云弥漫。

渐渐地，红日冉冉，雪峰金光闪射。瞬间，太阳像一个魔术大师，把云霞、晨雾、雪峰组合成一幅幅精妙图画，充满无尽的神秘，给人无限的遐想。

太阳缓缓升起，云雾化作袅袅轻烟，淡了，散了，消失得无影无踪。

罗斯福兄弟看得目瞪口呆。

兄弟俩叫人将帐篷背上山，无论刮风下雪，吃住都在山上。他们终日手持猎枪，带着手下人和当地猎人，早出晚归，在野兽出没地围追堵截。

洋人的枪威力大，许多野兽在劫难逃，金丝猴、白唇鹿们纷纷应声倒下。兄弟俩白天忙打猎，晚上也不闲着。两人都是行家，制作动物标本一把好手，使用工具得心应手：摊开动物肚子开个小口，掏出骨头剔净肉，皮张撒防腐药塞白棉花，骨头涂防腐剂，随后逐一整形包裹，装箱登记。

尽管收获了不少猎物，兄弟俩依然唉声叹气，成天用英语嘀咕。不久，宣姓翻译传话，说是洋人要找"白熊"，提供线索者重赏。

有猎人说，上赶沟尽头武檀雪山有白熊。那就找去吧，前后耽误十来天，射杀了不少动物，还是不见白熊踪影。

又有人出主意，说白熊喜欢羊骨头气味，闻到就会钻出林子。这还不好办，买只羊子杀掉，丢进柴火连烧带烤，那香味随风飘老远，奈何大熊猫依然不露面。

忙活至初春，最大的收获，仅仅是买到一张熊猫皮。

在当地，罗斯福兄弟前后两次入住上赶沟并活捉两只大熊猫的故事，流传甚广。但罗斯福兄弟回国后，将他们在中国的冒险经历写成书出版，书名《追踪大熊猫》，而书中丝毫未提及这段故事。便是大熊猫研究学者胡锦矗、乔治·夏勒等人的著述中，也找不出这么一说。

至于当地村民保护大熊猫，在上赶沟撵走盗宝洋人，沟名由此得名"赶洋沟"的说法，最早出自当地的《民间故事集成》，是二十世纪八十年代初的事。想想也就明白，那恐怕是人们对先辈行为的另一种美好诠释。

罗斯福兄弟捕捉熊猫的故事，至今仍在陇东、永富、五龙等乡镇流传。一九八四年，乔治·夏勒寻访戴维踪迹，夜宿永富乡中岗村，还听见一位七十多岁的老农念叨这事。

我也曾追寻这段往事，于一九九二年前往陇东乡，一心想弄个水落石出。首先去汪海堂老宅，然而老宅饱经风霜雪雨，早已千疮百孔破烂不堪，只有碉楼完好，遂找到汪家后人，打听当年情形。前尘往事，汪海堂的孙女不愿过多提及，这位六十来岁的乡下老人，就含含糊糊一句话："多少年的事啰，早就说不清楚了！"

的确，岁月不饶人，所有当事者都已作古，往事任由评说。

再说罗斯福兄弟，失望之余，只好换地方碰运气。兄弟俩原路折返，先顺大渡河上行，然后七拐八弯，翻山进入冶勒地盘。

冶勒位于拖乌山南坡，最低海拔两千三百多米，山高路险。手爬岩、老鹰岩等一类地名，听到就吓得人脚趴手软。

也有一个地名给罗斯福兄弟带来了温暖——太阳沟。正是在这里，近乎绝望的兄弟俩，终于见到了大熊猫。

一九二九年四月十三日——这是《追踪大熊猫》一书中，罗斯福兄弟亲手写下的射杀熊猫的日子。

这是个令人沮丧的日子。太阳沟不见阳光，云雾弥漫，树枝上满是积雪，路面结冰滑溜，一不小心就摔一个跟头。大面积的竹林被雪压弯，横七竖八，形成难以穿越的障碍。

六位当地猎人带路，先是顺相对平缓的河床前进，随后攀爬陡峭的山坡，绕行横七竖八倒下的树木。罗斯福兄弟持枪紧随其后，轻手轻脚，耐心观察周边动静。

寒气逼人，雨雪湿透衣服，探险队员们浑身发抖气喘吁吁。一名猎人似乎发现了什么，悄无声息越过大家，冲向前方。十多米外，他神情紧张，回头用手势不停示意，要大家快速跟进。

罗斯福兄弟赶紧上前，《追踪大熊猫》一书中如此道来：

> 树干是空心的，探出一头白熊（熊猫）的头部和上半身。它睡眼惺忪地左右张望一番，便优哉游哉地走出来。它体型巨大，仿佛来自一个梦境，因为我们早不敢奢望真的看到它了。

很显然，空心树干是熊猫的窝，用来遮挡风雨。大熊猫嗅觉灵敏，觉察到危险，转身飞奔而去。就在它即将逃出追击者的视线时，兄弟俩射出无情的子弹。接下来的一段描述，令人心悸：

> 我们同时对渐行渐远的熊猫背影开枪。两枪都命中。它不知敌人来自何方，转身面向我们，跌跌撞撞跑过我们左方积雪的洼地。它距离赫塔·伦只有五六英尺时，我们再次开枪。它应声而倒，但又爬起身，跑进浓密的竹林。我们知道它逃不出我们的手掌心……

蹲于猎物身后，两人拍照留念。罗斯福兄弟没抓到活生生的大熊猫，却首开纪录，成为第一批射杀大熊猫的西方人。

熊猫收入囊中，兄弟俩扬扬自得，马不停蹄地赶路。一九二九年五月初，他们由云南普洱方向出境，取道缅甸，将大熊猫标本带回国显摆。

这些标本全部收藏在美国芝加哥自然历史博物馆。

关于罗斯福兄弟猎获大熊猫的时间，国内不少文章认定是一九二八年四月十三日，与罗斯福兄弟书中所记整整相差一年。

准确的时间到底是哪一年？在全世界颇有影响的《最后的熊猫》一书中，作者乔治·夏勒写道：

我读过罗斯福兄弟所著的《追踪大熊猫》一书，他们在一九二九年四月十三日，成为第一批射杀熊猫的西方人。

我倾向于夏勒的说法。作为世界著名的野生动物保护专家、美国纽约动物学会（国际野生生物保护学会的前身）附设国际野生生物保育科主任，夏勒博士长期跟踪研究大熊猫，他所掌握的关于西方探险队的资料必然更详尽。再者，夏勒自言从高中开始就反复阅读《追踪大熊猫》，所知甚详。他与罗斯福兄弟年代相差不远又同为美国人，在时间上理应不会弄错。

即便夏勒百密一疏，还有胡锦矗把关。二〇一五年四月，《最后的熊猫》中译本重新审定出版，胡先生友情出任特约审校。书中几度提及罗斯福兄弟射杀大熊猫的年代，又岂会一再失误。

至关重要还在于，罗斯福兄弟费尽心思猎获熊猫，岂有不马上通告媒体之理，一旦被别的捕猎者抢先一步，岂不落下天大的遗憾？

罗斯福兄弟猎杀大熊猫一事，在当地史料、民间故事和文学作品中，贬为盗宝者有之，斥责偷猎者有之，讥讽追名逐利者有之……一句话：非偷即盗不是好人。

事实真相如何，还当拨开历史的层层迷雾，还其本来面目。

当年的四川之行，罗斯福兄弟捕猎动物手续齐备，持有合法护照，上面盖有鲜红的中华民国国民政府大印，时间是一九二八年十月。

罗斯福兄弟与被猎杀的大熊猫

那纸护照正文称：

  兹有美国前总统罗斯福之子罗斯福·蕴杜暨罗斯福·克米二人由缅甸入境，前往云南、四川两省游猎，代芝加哥博物院采集标本，复由普洱出境，请予给照保护。情据此，合行发给护照一纸，仰沿途军警关卡一体验照放行，毋得留难须至护照者。

护照中，罗斯福兄弟的名字与今有所差异，盖因当年翻译所致。
  有国民政府颁发的护照，罗斯福兄弟的行径属于合法。只怪当时国民政府的官员糊涂，哪能出具如此护照，任由外国人在川滇游猎采集标本。
  然则真怪官员糊涂吗？活天冤枉，怪只怪那个时代，国家落后人人自危，哪里还有保护野生动物的意识。

二、沸腾：第一次出境

  罗斯福兄弟活捉大熊猫的计划，虽说功亏一篑，但他们的作为再度刺激了富于冒险欲的西方人。
  一九三〇年至一九三五年期间，西方捕猎队蜂拥而至，众口一词：捉一只活体大熊猫。一九三一年，杜兰探险队；一九三四年，塞奇探险队；一九三五年，英国猎人布罗克赫斯特……
  据当时报纸记载，如果杜兰探险队的动物学家恩斯特·舍费尔（Ernst Schäfer）沉住气，不贸然开枪，将子弹射向藏身树上的一只熊猫幼崽，那么，第一个把活体大熊猫带到西方世界的，将不会是美国小姐露丝，而是杜兰探险队。
  看来是上帝偏心，将机会留给金发美女露丝。
  一九三四年底，一个叫威廉·哈克尼斯的美国青年，登上开往中国的邮轮。
  哈克尼斯家境富裕，喜欢冒险和狩猎。出行前，他围绕中国的大熊猫做足功课，并立下宏愿，一定带一只活的回来。为达到这个目的，他不顾新婚燕尔，告别结婚两周的妻子露丝，来到中国上海。

很快，他结识了英国人弗洛伊德·丹吉尔·史密斯，此人从事珍禽异兽的收集。志趣相投，两人一拍即合，商定共同组队前往成都。由于手续烦琐，加上道路不平静，出发日期一再延后。就在等待的过程中，哈克尼斯感染鼠疫，于一九三六年二月在上海不治身亡。

噩耗传回美国纽约，担任服装设计师的露丝好不伤感。悲痛之余，露丝突发奇想：只有实现丈夫的遗愿，才是对亲人最好的纪念。

露丝的念头一经媒体炒作，立即产生轰动效应。美国一些社会团体，有感于露丝感情的真挚，表示全力支持。在纽约探险家俱乐部等社团的帮助下，两个月后，露丝到达上海，结识了曾经跟随罗斯福兄弟追杀熊猫的杨帝泽，还有他的弟弟杨坤廷。兄弟俩组建有自己的探险队，专替西方各国博物馆收集珍稀动物。

杨氏兄弟的父亲是美国人，来华做生意期间，与一位中国姑娘喜结连理，生下兄弟两人。杨坤廷时年二十二岁，性喜冒险，并有丰富的野外生存经验。生长在中西结合的家庭，他的中文和英文都十分熟练。

杨坤廷被露丝感动，愿意担任翻译兼保镖，陪同她前往四川。

一九三六年深秋，一身猎装的露丝，骑一匹山地小马，尾随马帮进入汶川县境，这一带当时属于瓦寺土司领地。

瓦寺土司与穆坪土司同为"嘉绒十八土司"之一。与穆坪土司最大的不同是，瓦寺土司的统治，一直延续到中华人民共和国成立。

究其原因，还要归功于二十二代土司索代兴。此人少小读书，接触新思想，反对清王朝。辛亥革命时，四川总督赵尔丰为解成都之危，急调驻防松潘的巡防军驰援。索代兴亲率精兵上千，在茂州白水寨击溃清军。清朝灭亡，新政权委任索代兴为屯土统领，管辖地盘不变。

索代兴病故后，其弟、其子先后继任土司，为国民政府效力，颇受重用。中华人民共和国成立后，末代土司索国光顺应时代，接受和平解放，后担任汶川县政协副主席。

瓦寺土司境内，田地稀缺，多数地方山高林密，长满种类繁多的植物。早年间，英国植物学家威尔逊[①]路经此地，一路上见到冷杉、云杉、雪松、大叶柳，还有数量众多的枫树、椴树、白蜡树等，以至于见多识广的威尔逊也在游记中惊叹：

> 在我的中国西部的旅途上，我还从未见过任何地方有如此丰富的木本植物。

虽然此地植被茂密，野生动物种类多且数量惊人，然而，于高山峡谷中搜寻大熊猫，露丝始终一无所获。

倒是山民们，瞧这蓝眼睛金头发的洋美女整天钻山沟，一脸惊诧。纯朴的山民，从杨坤廷口中得知露丝丈夫的遭遇，也为之伤感，理解这个不同种族、肤色的美女对爱情的忠贞，纷纷告诉她哪里熊猫多，也告诫她前路艰险，等待她的是荒无人烟的大山、莽莽无边的森林和瘴气弥漫的恶劣环境。

按照山民们指引的方向，露丝一行转道映秀乡，顺渔子溪河进入卧龙地区。

磨子沟口以上，渔子溪河一分为二，有皮条河、近河两条支流。皮条河上行，走出今天的卧龙自然保护区地界，翻山进入草坡一带，据说这里多见熊猫。

以丰厚的报酬请来黄大新等几位猎户带路后，露丝终日穿梭在海拔三千米上下。

攀爬高山峡谷，穿越茂密箭竹林，蹚过一条条冰凉刺骨的溪流，几天工夫，露丝的脸上和手上就划拉出不少伤口，脚上打了无数的泡。渴了，喝几口山泉；饿了，啃自带的干粮。其艰险程度，一个强壮的男子汉也难以承受，对露丝

[①] 威尔逊：即亨利·威尔逊（Ernest Henry Wilson, 1876—1930），20世纪初英国著名园艺学家、植物学家、探险家。1899年至1911年间，他曾四次来到中国，三次进入横断山域考察。他向西方介绍了大约2000种亚洲植物物种，被西方称为"打开中国西部花园的人"。

这位娇嫩的美国小姐而言，更是难上加难。促使她坚持下去的，是爱情。

没有精神力量的支撑，无法承受这样的磨难。

一天，他们正在一处幽静的山谷休息。忽然，前边的箭竹林哗哗地响——一只呆头呆脑的大熊猫，晃悠晃悠溜达出来，一步三摇直奔小溪。这动物果然漂亮，露丝的眼睛闪闪发光。

双方只有几十米的距离，但前面无路可行，溪流两旁是笔陡的岩石，蹚水上行，会惊动大熊猫。杨坤廷观察了一会儿，背起猎枪，抓牢藤条，准备攀上山崖翻过去。露丝忙用手势告诉他：要活的，而且是完整的大熊猫。

不用说杨坤廷也明白，一定要抓活生生的熊猫。这些天，露丝反复告诫猎户们：不得开枪。

大熊猫蹲在溪边，先用舌头舔水，继而将嘴伸进水中，痛饮一通。警觉的它，隔一会儿又抬头，观察周围动静。杨坤廷身子一歪——糟糕，手中藤条断裂。尽管他努力不发出响动，但在身子滑进溪水的同时，右臂还是重重激起一股浪花。大熊猫何等敏锐，几步跨过湍急的溪流，飞快躲进对面林子里。

终于亲眼见到大熊猫，露丝情绪高涨，她相信这是好兆头。

十一月十九日清晨，大雾弥漫，几米外不见人。露丝一行又上了路。

他们来到邛崃山脉东南坡的一条深沟，高大的冷杉、云杉林下，生长着茂密的箭竹。猎户们说，这一带山势险峻，溪流纵横，是大熊猫经常出没之地。雌性大熊猫怀孕后，也总在这一带构筑巢穴，产下幼崽并哺育成长。

猎户前面开路，杨坤廷紧紧跟着，露丝殿后。

冰凉的雨不停地下，准确地说不是雨，是山中大雾作怪。满山雾气，凝结成一串串水珠，依附于树叶之上；当树叶挂不住时，一颗颗亮晶晶的水珠就坠落下来。大家全身淋湿，变成落汤鸡。露丝格外兴奋，只因刚才看到了大熊猫的粪便，像几根大萝卜，而且很新鲜，用手触摸尚有余热。

前边的猎户回头打出一个手势，所有人原地蹲下，屏住呼吸，不敢发出一丝声响。

时间仿佛凝固，静得令人害怕，耳边只听见风声、树枝的磨擦声和远处小溪的流淌声。"咔嚓！"前方传来极轻微的响动，像是树枝折断的声音。猎户将手放在嘴边，警告大家千万别动，又往右边指指，示意就在那个方位。

露丝双眼圆睁，死死盯住右前方：密密匝匝的箭竹林，飘来飘去的浓雾，什么也没有呀……忽然，脚步声由弱到强，由远及近。露丝一下子紧张起来，心脏狂跳不已。

上帝啊！前边一棵枯死的大树旁，浓密的竹林里，闪现一只大熊猫。似乎嗅到什么气息，大家伙掉头往山上逃去。眼见大熊猫消失，枪声响起，猎户们紧追不舍。杨坤廷制止猎户开枪的同时，也跟着追上去。密林中，熊猫动作尤其麻利，很快踪影渺无。

追了一段路，杨坤廷发现露丝掉队老远，忙转身折返。露丝气喘吁吁，累得迈不开步子。正懊悔间，突然听得枯树里有响动，传出类似婴儿的哭声。

露丝愣住了，犹在梦境。还是杨坤廷反应快，几步跑上前，双手伸进树洞里，小心翼翼地抱出一只熊猫幼崽。时隔半个世纪，忆及这段往事，杨坤廷说："露丝赶到空地上，就看见我从三角形的熊猫巢里，抱出一只黑白相间的小毛球。小家伙体重不到三磅，还没有睁开眼睛……"

露丝喜出望外，伸手接住这小家伙。手中毛茸茸的感觉，使她从梦境回到现实：怀抱里，真的是一只大熊猫，准确地说，是一只出生两三个月的熊猫幼崽。

猎户们招呼露丝赶紧往山下转移，他们说，大熊猫性情敦厚温良，但谁要动它的小崽，熊猫妈妈是要与之拼命的。

露丝能捕获大熊猫，完全是一种巧合。无数人员众多、经验丰富、装备齐全的西方探险队，尚且难以捕捉活体大熊猫，何况露丝？但命运就是这么捉弄人，弱女子露丝捷足先登，成为将活体大熊猫带往西方世界的第一人。机遇使然，她碰到的恰好是大熊猫幼崽，而非成年大熊猫。弱小和无助，使熊猫幼崽轻易成为露丝的囊中物。

返回住处，露丝轻言细语安抚幼崽，小家伙十分紧张，充满惊慌和畏惧。

露丝按猎户所说，煮好玉米糊，用木桶盛好放在它面前。小家伙用鼻子

第三章　狂热的背后　075

碰碰，爪子一掀，玉米糊淌一地。露丝慌了，赶紧从山上采来鲜嫩的竹叶。小家伙开头不予理睬，但时间一长，饥饿难忍，终于挡不住诱惑，伸手接过。熊猫幼崽毕竟幼小，竹叶依然无法嚼碎，临了全部吐出。第二天，露丝再端来玉米糊，小家伙居然毫不客气。

最初的戒备解除，小家伙坐在地上，两只前掌护住木桶，眯起眼睛吃得欢。露丝尝试着，用手抚摸小家伙的头。刚开始，小家伙略显紧张，很快，它似乎觉得这种爱抚无比舒服，便安静地躺下。几天下来，只要露丝端出木桶，小家伙就会乖乖上前。

是时候了，露丝和杨坤廷带上熊猫幼崽，平安抵达成都，由凤凰山民航机场乘飞机直达上海。

等候办理回国手续期间，露丝尽心照料熊猫幼崽，与之建立起深厚的感情。每天吃完牛奶，小家伙就会抱住露丝的脚，不停撒欢，见者都说是雌性熊猫。面对万般亲昵的小家伙，露丝爱由心生，给它起了个美妙的名字——"苏琳"。露丝认定，"苏琳"是上帝的恩赐，"苏琳"就是自己的女儿。

大熊猫即将出境的消息，经报纸披露后，被当时的中央研究院及其下属机构动植物研究所知悉，立刻呈请国民政府干预，要求禁止放行。

不知哪一个环节出了问题，这个请求未被采纳。

即便这样，露丝带"苏琳"离境依然受阻，问题出在动物防疫上。上海海关有规定，为防止病菌传染，禁止携带野生动物上船。然而，当时的海关是洋人说了算，露丝通过朋友向签证人行贿，以几美元的代价，使"苏琳"冒名顶替，顺利登上麦金莱总统号。这是一艘豪华客轮，常年往返于上海、旧金山之间。

露丝提供给海关的证明书这么写着：哈巴狗一条，价值二十美元。

活生生的国宝大熊猫，第一次走出国门，就这么稀里糊涂，全不当回事。

一九三六年十二月十八日，露丝携"苏琳"抵达旧金山。西方世界几十年望眼欲穿，今朝美梦成真。大熊猫光临，纽约沸腾，美国人奔走相告。

为露丝凯旋，为第一只活体大熊猫光临，朋友们齐聚港口。纽约探险家俱乐部唯恐落于人后，组织人员恭迎露丝和"苏琳"，欢迎仪式隆重热闹。一九三七年元月，露丝亲自护送"苏琳"乘飞机抵达芝加哥，在布鲁克菲尔德动物园正式展出。开展第一天盛况空前，参观人数超过五万。然而，这是一次十分廉价的展出——动物园仅以两千五百美元的代价，便获得了"苏琳"的展出权。

罗斯福兄弟中的哥哥，不知出于何种心态，带上自己的儿子，专程到动物园看望"苏琳"。当看到"苏琳"双手捂住眼睛，一副楚楚动人的害羞状时，小西奥多·罗斯福忍不住发出感叹："如果把小家伙当作枪下的祭品，我宁愿用自己的儿子来替代！"是对当年太阳沟射杀大熊猫的忏悔，还是另有隐情，不得而知。

发财又出名的露丝趁热打铁，再次来到汶川草坡，居然又买走一只雄性熊猫，取名"梅梅"，带回去同"苏琳"配对。

大熊猫驾临，动物园方面食物精致，饲养人员小心伺候。可茂密的竹林、潺潺的溪流、啼鸣的鸟儿在哪里？故土难离，"苏琳"郁郁寡欢一病不起，于一九三八年四月一日病逝，确诊为肺炎。动物学家解剖尸体以后，才发现露丝弄错了，"苏琳"也是雄性。后来制作的标本，收藏于芝加哥博物馆。

现代科学史上，"苏琳"是第一只被动物园圈养的熊猫。自不待言，它在大熊猫国际谱系号上排位第一。谱系号就像我们人类的身份证号，一只熊猫一个号，独一无二，作为圈养大熊猫的身份证明。

身为服装设计师的露丝在中国期间，被中国传统旗袍所吸引。旗袍展示出东方女性的美妙，引起露丝的丰富遐想。在汶川周边，她又看到异彩纷呈、个性鲜明的藏族、羌族民族服饰，眼界大开。归国后，露丝结合西方人的审美情趣设计了各种样式的旗袍和藏、羌民族服饰，在大熊猫展出期间，举办了"露丝中国服饰展示会"。这些服装极具个性，又融合了中西文化的特点，受到追求新潮的西方女士喜爱。

为纪念中国之行，露丝写成《淑女与熊猫》一书，以后拍成电影，沾大熊猫的光很是捞了些钱。

怀抱"苏琳"的露丝

露丝被西方世界视作大熊猫崇拜的始作俑者，是她第一次将活体大熊猫带回西方，为人们展示了一个完美而又极具诱惑力的故事。露丝对自己的成功十分得意，认为只有获得大熊猫，人的生命才算完整。她在《淑女与熊猫》中骄傲地夸耀：

> 你会觉得所有的动物协会无分大小，都渴望拥有熊猫，好像非要等到有了熊猫，生命才完整似的。

不过，《淑女与熊猫》的人为加工痕迹太重，"苏琳"的故事更是添油加醋，让人看着如坠云山雾海，难究真伪。

但不管怎么说，中国的大熊猫，再次让西方世界轰动，让人们为之疯狂！

三、西方世界的狂热

疯狂使人变成魔鬼。

川康①两省熊猫栖息地枪声不断。各路探险队围追堵截，不断有大熊猫落网。一只一岁左右的熊猫幼崽，在被追击时慌不择路，同妈妈失散，成为探险队的战利品，这就是"明"。

一九三六年至一九四六年，短短十年间，类似"明"这样，从中国运出的活体熊猫达十六只，外带七十具标本。一组血淋淋的数字，触目惊心。

经历海上长途运输的大熊猫，极易染病死亡，风险不小。阔气的美国人改用飞机，虽说方便快捷，但风险同样存在。最危险的一次，是空运一只成年大熊猫。飞行过程中，大熊猫突然狂躁不止，撞击笼子咬伤两名饲养员。幸好，随行人员处置果断，及时用麻醉枪将大熊猫击倒，没有伤及飞行员，有惊无险。

运送大熊猫出境数量最多的，当是前面提到的英国人史密斯。最初，此人在上海银行当职员，后见珍禽异兽买卖有利可图，转行做了动物经销商，专门做欧美国家动物园的生意。

二十世纪三十年代后期，眼见西方世界对大熊猫的强烈渴求，史密斯怦然心动。

心动莫如行动。他组织了庞大的队伍，一头扎进大熊猫栖息地，捕捉与收购双管齐下。哪里有熊猫，哪里就出现史密斯的身影——串通官员，结识猎户，上下打点广交朋友；所到之处，组建大熊猫信息中心，醒目处做大型广告，对捕捉活体大熊猫的猎户，明码实价悬赏求购。

这些招数挺见效，所有西方人中，数史密斯弄到的活体大熊猫最多，以至于得个绰号——"熊猫王"。到手的熊猫多了，哪一只从哪里收的，自己都搞不清楚。至于名字嘛，随便取一个记在账本上，赚多赚少有个数。

这些大熊猫，多半死于运输中途，剩下的历经劫难，抵达目的地后，被

---

① 康：即西康省，中国旧省名，设置于1939年（民国二十八年），省会设在康定。中华人民共和国成立后，省会迁至雅安。1955年第一届全国人民代表大会第二次会议决议撤销西康省，原西康省所属行政区域分别并入四川省和西藏自治区筹备委员会（今西藏自治区），金沙江以东并入四川省，金沙江以西的昌都地区并入西藏。

高价出售。

一九三六年至一九三八年间,史密斯运气来登①,先后捕捉到十二只大熊猫,准备将其中六只运回英国。六只大熊猫一次性走出国门,说得上空前绝后。当时,日本正式发动侵华战争,占领中国半壁河山。长江航道不通,熊猫们只能坐汽车走陆路,由四川经贵州入广西,刚好抢在日军发动广州战役之前,抵达香港。

从香港到伦敦,海上航线近万公里。货船起锚后,只剩"奶奶""小开心""小笨蛋""小生气"和"贝贝"五只熊猫,另外一只疾病缠身,一命呜呼。

五只熊猫五个财神爷,史密斯一路小心伺候,生怕有闪失。"奶奶"年龄偏大,步入老年,"贝贝"最小。大海波涛汹涌,熊猫晕船,而且晕得特别厉害。两个来月的航程,别说鲜竹叶,便是干枯的竹子也没得吃,忍饥挨饿寻常事。途中,轮船几次停靠,补充食物和饮用水。史密斯每次靠岸头一件事,就是四处求购新鲜竹子。此时此刻,哪里还管得了是不是箭竹,只要有竹子,种类不论。

十二月二十四日,西方人很是看重的平安夜,暴风雪袭击了整个伦敦。熊猫们来到异国他乡,放眼望去,伦敦港白茫茫一片。

大熊猫稀奇,好几家动物园抢着要。史密斯不打算出手,待价而沽。

这边讨价还价,那边"奶奶"熬不住了,年岁大偶感风寒,一不小心转肺炎,不治身亡。眼看到手的银子化成水,史密斯气得捶胸顿足,口气松动。

很快,价格谈妥,伦敦动物园忍痛掏出一大笔钱,收购"小笨蛋""小生气"和"贝贝"。"小开心"则被德国动物贩子抢先一步,带回国后先在多个动物园巡展,最后高价倒卖给美国人。

既然花了大价钱,伦敦动物园自然绞尽脑汁,想着如何炒作一番,好吸引更多参观者。熊猫的名字很重要,原来的太过一般,缺了中国文化元素,叫不响。

---

① 运气来登:四川方言,形容运气极好,十分走运。

不知请到哪位高人，谙熟中国历史，三只熊猫按年龄排序，由大到小，分别取名"唐""宋""明"，简单又好记。三个朝代依次更迭，明朝最晚，"明"的名号便落到了"贝贝"头上。

同时，伦敦动物园抓紧施工，一九三九年二月，场地扩建完工，每只熊猫都拥有单独的公馆和小院。大熊猫首度光临，参观者排起长队，门票紧俏。所得收入，抵偿大熊猫所有开销后，还有盈利。

"明"享受贵宾待遇，参照美国人喂养熊猫的标准，一天用餐五次。早餐牛乳、鸡蛋加少量鱼肝油，午餐牛乳管够，下午两点半喝鲜橙汁加蜂蜜，晚餐食谱与早餐相同，夜间还要在房间摆放鲜嫩的莴笋、芹菜和烘红薯，由其选用。每隔一个星期，兽医做一次体检，记下各项指标，尤其是体重增加与否。

幼崽嗜睡，刚开始展出时，经常蒙头睡大觉，完全不搭理人。

动物园煞费苦心，找来一条名叫"阿尔赛丁"的狗，专门陪"明"玩耍。"阿尔赛丁"经过严格训练，对"明"非常友善，两只动物很快成为朋友，形影不离。每天上午，它俩会相互追逐嬉戏。首先是"阿尔赛丁"冲上来，佯装攻击，"明"慌忙伸出爪子抵挡，并左右翻滚躲避，令人忍俊不禁。

在"阿尔赛丁"的"调教"下，"明"变得活泼顽皮又可爱，格外讨人喜欢。一旁"唐"和"宋"却遭冷落，郁郁寡欢。

"明"的明星派头轰动英国，若问假期去哪里，小朋友们异口同声：伦敦动物园。

新闻报道铺天盖地，尊贵如当时的伊丽莎白公主、今天的伊丽莎白女王，也挡不住诱惑。十三岁的她，牵上妹妹玛格丽特公主，来到动物园与"明"玩上一把。淘气的"明"一把抢走伊丽莎白公主的小花伞，陪同人员惊声一片。似乎察觉这么对待公主殿下不礼貌，"明"打滚撒娇仰卧地上，双手紧捂黑眼圈，任由公主在自己肚子上挠痒痒。"阿尔赛丁"够聪明，不停同"明"互动，讨两位公主欢心。

王室成员大驾光临，名利双收，这笔买卖划算，动物园方面偷着乐。

英国《伦敦图画新闻》名气大、读者多，要上一次图片难上加难。可是

第三章　狂热的背后　081

1939年，伊丽莎白公主及其妹玛格丽特公主探望"明"。

对于大熊猫，却放下身段，毫不吝啬，曾三次刊载熊猫照片。

"明"颇具明星范儿，表情和动作令人叫绝。

摄影家伯特·哈迪第一眼见到"明"，便凭直觉，认为小家伙特别上镜。为此，他同动物园反复沟通，征得同意为"明"拍照。一天，哈迪灵机一动：何不让熊猫反串一把？

经过一番调教，"明"站上一把椅子，前肢扶稳三脚架，眼睛盯紧取景框，一丝不苟，俨然摄影大师派头。镜头正对哈迪的幼子迈科，小男孩未见过这般阵仗，满脸惊讶状。精彩瞬间，哈迪按下快门，"明"表情之逼真、动作之完美，真个萌翻天。

在此之前，大熊猫的照片虽然不少，但多为随手拍来，照片里的熊猫常常动作呆滞，眼神透出不安甚至恐惧。在世界大熊猫图片库中，这是第一张堪称经典的作品，熊猫的机灵可爱展现得淋漓尽致。创意之奇巧，至今无人超越。

名家一出手，便知有没有。照片一经刊发即疯传，见者个个叫绝。

"明"的经典影像

眼见英国民众排长队看熊猫,加上受哈迪摄影作品启迪,侨居英国的华人艺术家蒋彝[①]灵机一动:何不画熊猫写熊猫,创作图文并茂令儿童感兴趣的童话作品?

为了解大熊猫,蒋彝成为动物园常客,与"明"相处一月有余,终有所得。在创作一百多幅国画后,他采用英文写作,先后推出童话故事《金宝与花熊》《金宝游动物园》,很受小朋友喜爱。蒋彝再接再厉,又创作了插图童话《"明"的故事》(The Story of Ming),一九四四年由出版圈内顶级的企鹅出版集团出版。

"明"的伦敦之行,成就了蒋彝。身在海外,以大熊猫为题材,国画与文学相得益彰,蒋彝一举成名,成为全世界第一个画熊猫的画家。

---

① 蒋彝(Chiang Yee,1903—1977):字仲雅,又字重哑,江西九江人。出身书香门第,自幼习书画,深得东方艺术之精神。旅居英美期间,以笔名"哑行者"出版了一系列旅行画记,畅销西方,成为享誉国际的散文家、画家、诗人和书法家,堪称"中国文化的国际使者"。他也是"可口可乐"中文名称的翻译者。1975 年回到祖国,1977 年逝于北京。

第三章 狂热的背后

《"明"的故事》作为蒋彝的代表作品，把握了儿童心理，构思独到。书中，每页插图版面多于文字，熊猫生动形象，图文并茂地讲述了一个美丽的童话：

遥远的中国西部高山之上，白雪皑皑。茂密的竹林里，生长着大熊猫。熊猫毛色黑白相间，在雪地移动容易隐蔽。

几只熊猫忙碌着，因为一只熊猫公主诞生了，熊猫爸爸、妈妈和熊猫伯父、伯母非常开心。几天以后，小公主能睁开眼睛了，慢慢学会爬行。

春天来了，百花齐放，竹林里玩耍的小公主，发现许多有趣的事情：春天里白雪被绿草替代，初夏的空气愈加清新，树枝上小鸟叫声清脆，草地上野兔来回奔跑，还有一个成为自己朋友的小男孩，他的名字叫金宝。

小公主带上金宝回家，熊猫爸爸、妈妈也很喜欢他，大家在一起快乐地生活着。

金宝与熊猫的故事传到西方，一个探险家第一次听说有黑耳朵、黑胳膊、黑眼圈的大熊猫，对此极感兴趣。他决定把小公主家族中的五只熊猫带到欧洲，并且带上金宝。然而，金宝不愿跟去，熊猫爸爸和妈妈同样拒绝离开，熊猫伯父和伯母也这样想。但是，熊猫公主觉得这非常刺激，无法拒绝这次探险。

为了小公主，全家人接受了探险家的邀请，来到英国伦敦定居。这里的人十分友善，为小公主取名"明"。熊猫家族受到热情友好的接待，"明"带给人们无尽的欢乐。

接下来，故事戛然而止，由天真烂漫的童话回归残酷的现实。

欧洲大地早已阴云密布，平静的日子没过多久，一九三九年九月，第二次世界大战全面爆发。一年之后，德军飞机飞临伦敦上空，开始了持续两百多天的狂轰滥炸。这期间，大熊猫"唐"和"宋"先后去世，唯有"明"经历了伦敦大轰炸全过程。

飞机轰鸣，炮弹呼啸，四万多名市民死亡，十万多栋房屋被摧毁，伦敦满目疮痍。"明"毫无惧色，除去大轰炸前夕，临时被转移到东部惠普斯奈德动物园，多数时间与伦敦共患难。飞机俯冲的啸叫声，周边巨大的爆炸声，"明"充耳不闻，每日里，照旧溜达玩耍吃竹子。镇静自若的"明"，照片

蒋彝《"明"的故事》初版封面与封底

蒋彝《"明"的故事》内页插画

经常上报纸,让惊恐的人们感到一种超然的力量,被英国人誉为"镇定、团结、无畏"的象征。尤其是生死之间挣扎的小朋友,"明"给他们饱受创伤的心灵,带来了些许慰藉。

令人遗憾的是,"明"没能熬到二战胜利,没有见到英国民众狂欢的那一天。一九四四年圣诞节后,"明"突然离世。

漫天洁白,纷纷扬扬的大雪,送它最后一程。英国《泰晤士报》发表讣告,称"明"是"精美的有无限生命力的熊猫,给千百万人带来了快乐,尤其是在恐怖的战争面前。即便战火纷飞,它的离去依然值得我们铭记"。

四、战火中的滥捕与反制

"明"陪伴伦敦人饱受战争煎熬的日子里,重庆北碚的平民公园也有一只熊猫,与山城民众生死与共,经受住日军飞机的大轰炸。

长期以来,外国人视若珍宝的大熊猫,多数中国人从未见过,不知何等模样。一九三九年七月四日,喜从天降,《嘉陵江日报》爆料:

> 中央研究院动植物研究所,发现北碚平民公园动物数量减少,为了充实物种,便把从野外捕捉到的一只大熊猫,赠予北碚实验区区署,交给平民公园的动物园饲养,也供公众观览。

八月十一日,《嘉陵江日报》头版显要位置,刊载《平民公园运到白熊一只》新闻稿,表示"平民公园动物数量减少,故为充实内容……特赠北碚平民公园白熊一只……白熊珍贵,需留心饲养,禁止游人惊扰击打"。

熊猫国内首展,主要为提高民众保护珍稀动物意识。为何选择北碚?长期以来,胸怀强国富民之志的著名实业家卢作孚,一心想将北碚办成中国现代化建设的试验基地。卢作孚热衷于社会公共事业,除了平民公园,他还兴办了中国西部科学院、北碚体育场、民众图书馆和《嘉陵江日报》等。

中央研究院同北碚方面的合作，也是由来已久。早在一九二九年，中央研究院等机构组织动植物学家赴峨眉山、大小凉山采集动植物标本，北碚地方当局就安排了二十多名少年义勇队队员随行，学习相关知识，历时三个多月。采集回来的标本，至今保存在北碚博物馆。

火焰山上的平民公园，由卢作孚亲自设计并组织施工，供民众休闲游玩，不收门票。园内林木郁葱，环境优雅，喂养了袋鼠、仙鹤等动物，设施齐全。彝族语言中，大熊猫叫"峨曲"，用汉语则呼之"白熊"，故《嘉陵江日报》这么称呼不足为怪。

这些年往返重庆，只要有空闲，我总会去熊猫首度公开亮相的地方看看。不看不知道，抗战期间的北碚不得了，包括动植物研究所在内的四十多家知名教育科研机构在此栖身，云集科技教育文化名流三千余人，成为抗战时期的学术交流中心。

动植物研究所办公地旧址位于文星湾的惠宇楼，拾级而上，林木掩映间有一幢中西合璧造型美观的楼房，一色砖木结构小青瓦歇山顶，与周边鳞次栉比的高楼大厦相比，很是出彩。楼分三层，一楼一底带阁楼。一九三九年元月，为躲避空袭，动植物研究所迁至此地办公，直到抗战胜利。

至于《嘉陵江日报》旧址，早已荡然无存，唯有平民公园这等供民众休闲娱乐的地方，虽然更名北碚公园，新建许多亭台楼阁，但大致轮廓还在，红楼、清凉台依旧。只是，当年民众流连忘返的爱湖、迷园、彩石铺就的之字路，早被取代。

冒着敌机的轰炸，大熊猫沿嘉陵江水路运抵北碚。笼子出船舱，江岸坡陡台阶高，好几个壮小伙子抬上马路，装上汽车运往平民公园。路边围观的人前呼后拥，喜笑颜开。

破天荒第一次，重庆人，或者说中国人，终于在自家的公园见到大熊猫。消息疯传人尽皆知，但凡下雨起雾，晓得日本人的轰炸机来不了，便人山人海瞧稀奇。平民公园周围四座小山，坡陡路窄，古木参天，位置隐蔽，飞机轰炸目标难寻。

短暂展出后，大熊猫被运走，留下空荡荡的铁笼，还留下一个不见经传的故事——

展出期间，铁笼一侧需悬挂动物标牌，书写熊猫学名时中英文要同时标注。由于英文从左往右读，中文参照英文排列，也从左到右写下"猫熊"二字。问题恰好出在这里，按照中国传统的阅读习惯，当时还是从右往左读的。这么一来糟糕了，参观的民众个个口中念"熊猫"；新闻报道中，记者发稿同样写"熊猫"。从那时开始，好端端的猫熊，活生生变成熊猫，并且约定俗成，再也改不过来，只好将错就错沿用至今。

这个故事出自《一错五十年——为熊猫正名》，作者是台湾文化大学教授夏元瑜，文章一九七八年刊登于台湾《联合报》副刊。夏元瑜家学渊源，大学主攻生物学，曾出任北京万牲园（今北京动物园）园长，后随同国民党撤退台湾。他当过公务员，做过大学教授，电视台客串混成名嘴……尤数文字功夫了得，被视为台湾文坛奇人。

故事有鼻子有眼，虽然无凭无据仅为戏说，却广为流传。

其实还原历史，只需稍稍花点时间，查阅当年报刊，一切便真相大白。早于北碚平民公园大熊猫展出，有一九三九年发行的《科学》《科学画报》等，一律以"大熊猫"称之。再往前找找，一九三一年，上海的《世界杂志》刊有一篇文章，标题便是《世界最稀有的哺乳动物：大熊猫》。

事实清楚，毫无悬念。

北碚平民公园这只熊猫，来自华西协合大学所在的华西坝，地点在成都城南。华西协合大学建于一九一〇年，由英国、美国、加拿大三国的基督教会合办，是中国西部地区第一所现代化意义的大学。

学校开设生物学等课程，任教老师都是内行，有既是传教士又是生物学教授的丁克生（Frank Dickinson），还有人类学和考古学教授兼博物馆馆长葛维汉（David Crockett Graham）。葛维汉此人不简单，在美国诸多荣誉加身，如美国文化人类学会、地理学会会员，纽约动物学会终身会员等，又在成都生活三十年，算得中国通。

第三章　狂热的背后

这里，洋人养熊猫，早就不是新闻。一九三八年三月，华西协合大学就曾收到纽约动物学会一封信，希望帮助购买一只熊猫幼崽，如是一对更好。

由于双方有合作关系，纽约动物学会的请求必须考虑，学校将这件事交由丁克生处理。丁克生去信汶川、灌县相识的猎人，提出代为捕捉熊猫幼崽，酬金丰厚。重酬之下，灌县的猎人很快抓获一只幼崽，七个月大小。丁克生安排夫人前往收购，取名"潘多拉"。

临时寄养在丁克生家中的"潘多拉"，长得胖嘟嘟毛茸茸，喜欢打滚翻筋斗，引得周围金发碧眼的小朋友整天围着它打转。一九三八年六月，"潘多拉"去往美国，落户纽约市布朗克斯动物园。

一九三九年四月三十日，第二十届万国博览会在纽约举办。春寒料峭，大熊猫展示场却人气火爆，每天都有上万人围观。"潘多拉"出色的表现，为主办方赚足金钱，自己却因水土不服，于一九四一年五月去世。

"潘多拉"是美国人获得的第三只熊猫。从露丝开始，到这次万国博览会前夕，美国几家动物园饲养的大熊猫超过五只，多数来自成都华西坝。

西方探险队把成都作为根据地，安营扎寨，一旦在川康地区抓到大熊猫，便寄在养华西坝。安全起见，同时为防止外逃，熊猫脖子上总套着一根长铁链。男男女女的洋人，休闲时牵起熊猫散步，如同遛宠物狗，形成别样景观，引得路人驻足观看。一九三六年以后的十年间，至少有十六只熊猫先后在华西坝待过，最多的时候同时出现六只。

华西坝的洋人不愧是专家，总结出一套喂养方法，尽量不让大熊猫出问题。露丝、史密斯抓到熊猫后，途经成都，也专程拜访，请教如何喂养。

大熊猫遭遇的种种不幸，国内新闻媒体时有披露，有识之士频频发声，引起相关机构警觉。吸取罗斯福兄弟等探险队的教训，对于外国人来华采集动植物标本，中央研究院已经着手采取措施，规范相关手续。

中央研究院成立于一九二八年四月，是中华民国最高学术研究机关。院长蔡元培乃民国时期知名人士，国民党元老、教育家。

中央研究院下辖十来个研究所，其中的自然历史博物馆，一九三四年

民国时期《科学画报》杂志封面的大熊猫照片

更名为动植物研究所，以国产动植物的调查和分类学研究为主，同时承担对外学术交流等事项。十年以后，职能进一步细化，分设动物研究所、植物研究所。

早在一九二一年，北洋政府农商部就公布《狩猎法施行细则》，一共二十三条，明令："各地方官厅，应将该地保护鸟兽之种类，分别列表，各按程序，转报农商部备案。并于各该地面，发禁捕之公告。"然而军阀混战，不过一纸空文。

待到一九三〇年，情势所迫，中央研究院再行采取反制措施，要求外国考察团队履行签约手续。当年底，德国汉诺威博物院院长韦戈德（Hugo Weigold）接受美国费城自然科学院的聘请，前来川滇两省考察，说白了就是采集动植物标本，同行成员包括德国动物学家舍费尔、美国旅行家杜兰（Bruce Dolan）等。

第三章 狂热的背后　091

韦戈德办理签证时，中央研究院派人告知遵守事宜，与之签订《外国人在华收集生物标本约定》。

最初的协议一共有六条，内容包括：中方安排人员随同考察，采集的生物标本一律送中央研究院审查，审查通过的标本需每一种留两套由中国收藏，等等。至于数量少不足以提供两套的，还是允许将原始的一套运出国。北碚平民公园展出的大熊猫，就是史密斯遵照协议，留给中国的活体熊猫。

这以后，中央研究院作为主管部门，安排专家参与考察，负责出国标本的审查。来华进行生物学考察的团队，要求提供书面文字，说明意图，告知路线，签订协议，方允许开展相关活动。协议内容更趋完善，增加了违反约定者，中国政府将永远取消该团员及所属机构再来调查采集之权利的条款，形成了相对完整的管理办法。

接下来，限制对象扩大，侨居各地的外国人，只要采集动植物标本，都要签订协议。

众所周知的美国旅行家约瑟夫·洛克[1]，长期为美国国家农业部、美国国家地理学会、哈佛大学植物研究所收集动植物标本。除在丽江设点收购，洛克还经常行走于西部各省，收获不小。一九三四年，洛克计划前往陕西、甘肃采集动植物标本。中央研究院获悉后，立刻致函外交部，请他们"转咨美国公使，嘱其迅即来订立限制条件，以符向例"。

洛克迫不得已，履行了相关手续。

这些措施对外国探险队有所限制，但难以约束川康两省熊猫活动区域的人。偏远山区，遍地鸦片满山土匪尚且管不过来，何况山中野兽？山民们打野兽，就为换钱过日子，抓到熊猫相当于发了横财，何乐而不为？

西方人在中国收集动植物，虽然有所收敛，但我行我素者依然不少。露丝、史密斯的所作所为，就是证明。露丝一介弱质女子，接连闯入汶川几次，

---

[1] 约瑟夫·洛克（Joseph Rock，1884—1962），美国人类学家、探险家、植物学家、纳西文化研究家。他曾于20世纪初，以美国《国家地理杂志》、美国农业部、哈佛大学植物研究所的探险家、撰稿人以及摄影家的身份，到中国云南滇缅边境以及西藏考察。

带走熊猫幼崽，居然国门洞开无人阻拦。当然，两年后史密斯弄走六只熊猫，时值战火连天国破家亡，人们自顾不暇，事出有因，应另当别论。

露丝、史密斯追捕大熊猫的时间，恰值谢培筠担任四川省第十六区行政督察专员，汶川县在他的管辖范围。

谢培筠，四川南充人氏，早年留学日本，历任四川高等工业学校校长、四川省实业厅厅长等职。一九二六年后长期主持松理懋茂汶屯殖督办公署①公务，一九三六年六月出任四川省第十六区行政督察专员，有文化，见识广，熟悉汶川、松潘等地情况。

面对不断涌入的捕猎队伍，身为督察专员的谢培筠感觉压力山大，思来想去坐卧不安。职责所系，一九三九年四月，针对外国人滥捕大熊猫的情况，他紧急呈文四川省政府并转外交部。公文据实陈述，字里行间充满焦虑和痛心。

这位颇有见地的督察专员称：

> 本区汶川县所产之白熊为熊类中最珍异之一种，其存在之地只汶川及西康等地高山中有之，数极稀少。外邦人士往往不惜重价收购，鼓励土人猎捕射杀，若不加以禁止，终必使之绝种。拟请通知保护，并请主管部会禁止外邦人士潜赴区内各地收买及私行入山猎捕等情。除通令查禁及保护外，相应咨请查照通告外邦人士，禁止潜赴区内收买及猎捕等。查近来外人来川采捕白熊者日多，究竟应否查禁保护，并通知驻华各使馆？

既然涉及珍贵动物，国民政府外交部致函中央研究院，提出："事涉动物保护问题，与贵院执掌有关。相应函请查核见复，以便办理为荷。"

谢培筠的呈文，道出中央研究院院长蔡元培的心里话。借此机会，他找来动植物研究所所长王家楫，商议处理办法。

---

① 松理懋茂汶屯殖督办公署：民国时期管辖松（潘）茂（县）地区（今阿坝藏族羌族自治州辖地）的行政机构，于1927年设立。

王家楫是著名动物学家，一九三四年成立的中国动物学会的发起者之一，一九三五年创办《中国动物学杂志》，中华人民共和国成立后，当选中国科学院学部委员（院士）。

　　青年时期，王家楫在美国宾夕法尼亚大学动物系苦读三年，获得博士学位，被耶鲁大学高薪聘为研究员。任教期间，他眼见外国机构纷纷派人进入中国采集动植物标本，再也坐不住，放弃优厚待遇回国，率先从事原生动物研究。他有一句名言："我们应当让外国人知道，中国人自己的事应由中国人自己来解决，中国的生物资源应该由中国人自己来开采。"

　　著名动物学家、中国近现代生物学的主要奠基人、中国科学院院士秉志先生也说："欧美学术机关，常派遣采集团来中国采集动植物，彼等不惜糜耗巨资，万里跋涉，不辞辛劳，以从事于此，殊足使闻见之者，作深长思也。国外之生物学家，既自吾国携撷珍奇以去，附加研讨，当有重要文献，表襮于世。国人于是不得不自图奋起，欲以己力，耕耘己田，以获良果。"

　　这段话半文半白，听起费劲却语重心长。简而言之，就是说西方人纷至沓来，采集研究中国的动植物，要看作是一种动力。反思之后的中国学者，理应责任感使命感倍增，发奋努力做好本土生物学研究，迅速取得成果，莫让外国人占了先机。

　　应用现代科学，从考古学的角度首开大熊猫研究的中国人，当是北京猿人头盖骨的发现者裴文中。身为史前考古学家、古生物学家，一九三四年，裴先生在北京周口店找到大熊猫化石。

　　至于首先从事野外大熊猫研究的中国人，则数著名兽类学家彭鸿绶。一九四三年，他在西康开展大熊猫野外考察，并质疑熊猫属浣熊科或熊科的说法，提出应另立大熊猫科。只是由于日军占领滇西，烽火狼烟战事吃紧，考察被迫搁置。

　　再说谢培筠呈文，熊猫产区告急，遇上蔡元培敢担当不怕事，加上王家楫这样的学者力挺，中央研究院紧急报告态度强硬，直言禁止滥捕大熊猫，一点不让人意外。

报告引起国民政府警觉，立即通令各省行政当局，严禁伤害大熊猫，以及装运这种珍稀动物出境。同时通告各国驻华外交使团，此后外国团体无限制捕猎大熊猫，必遭禁止。

国民政府这番举措，等同于下达禁捕令。

国外的动物园紧张了——聚人气捞钞票，离不了这种珍稀动物。熊猫出国是否全面停止，成为关注焦点，美英等国不停追问国民政府。

大敌当前，国难当头，盟国的经济、军事援助必不可少。若为动物的事让盟国不痛快，岂不因小失大？情急之下，国民政府当局通过消息灵通人士透露：大熊猫今后出国与否，暂难知悉；不过据推测，各国著名动物园、博物院确有需要，呈请并获得国民政府允许后，至少可获得一只活体大熊猫或者标本。

听话听音，意思很清楚：探险队或者个人滥捕不行，相关国家的请求则会尽量满足，大家各退一步。

这样的背景之下，发生了一件大事：宋美龄赠送大熊猫给美国。这是大熊猫第一次充当"友谊使者"，与政治扯上关系，开启国礼大熊猫先例。

中国抗日战争最艰难的日子，一九四一年三月，无数百姓流离失所，饥寒交迫。多次救助中国难民的美国联合救济中国难民协会，再一次向美国各界强烈呼吁，五个月内募集五百万美元，用于救济中国难民特别是孤儿。谁也没料到，仅一个月时间，募捐金额已接近一千五百万美元，这在当年是一笔巨款。

为表达感激之情，经过深思熟虑，宋美龄以国民政府主席夫人身份，宣布向美国联合救济中国难民协会赠送大熊猫一对。

大熊猫捕捉计划由时任四川省主席张群亲自过问。活捉熊猫谈何容易？千钧重担，落到葛维汉教授身上。

夏季刚过，时机正好，葛维汉来到西康。不打无准备之仗，他首先搜集情报分析情况，再组织猎户分片搜索。内盘出手，一切顺畅，先后活捉两只熊猫幼崽，居然雌雄各一。

赠美大熊猫启程,欢送仪式在重庆广播大厦举行。一九四一年十一月九日,宋美龄亲自到场,美方除了驻华大使高思,还派出专使蒂文赴重庆出席仪式。

中美互动,最不爽的要数日本人。当天,日军轰炸机频频光顾,山城防空警报响个不停。现场泰然处之,仪式隆重气氛活跃。嘉宾、媒体记者云集,中央广播电台、国际广播电台、美国哥伦比亚广播公司实况直播,《中央日报》《大公报》《申报》头版显要位置报道。

飞机,轮船,汽车,一路上葛维汉悉心照料,在日本偷袭珍珠港的疾风暴雨中,两只大熊猫平安抵美。当天,纽约万人空巷,夹道欢迎。接下来是宣传造势,美国联合救济中国难民协会倡导并发动熊猫有奖命名活动,将熊猫幼崽的命名权交由美国儿童。经过一番激烈角逐,结果揭晓,雄的名"潘弟",雌的叫"潘达"。

一九四六年,张群在访美期间,专程前往白朗克斯动物园,看望他的"老乡"——大熊猫"潘达"。至于"潘弟",已在一年前因病去世。远隔栏杆和壕沟,张群手持竹子,给"潘达"喂食。"潘达"双眼紧盯张群,口中吃个不停。有记者拍下这个瞬间,跨越时空,定格了笑眯眯的张群,还有抓住食物就不松手的"潘达"。

孤独的"潘达",死于一九五一年。

美国开了先例,英国可得一视同仁。

抗战胜利以后,为弥补失去"明"等三只熊猫的遗憾,英国政府向国民政府驻英国大使请求赠予熊猫,并开出优厚条件,提供中国动物学家到英国研究院进修的全额奖学金。

国民政府授意四川省,在汶川出动两百多人,浩浩荡荡满山搜寻。到头来捕获熊猫一只,取名"联合",赠予英国。

因惨烈的第二次世界大战再加禁捕令,外国人的猎捕算是消停许多。只是熊猫栖息地山高皇帝远,打野物吃肉卖皮张在所难免,禁捕令到底能起到多大作用,实在难说。直到一九四六年五月,《大公报》还在刊发文章,继续呼吁:

出产川康边境之珍兽熊猫，目前捕获甚多，已不多见。捕捉者以此兽可以换得高价，以至今日往猎者数月始获一头。长此以往，熊猫势有绝种之虑。

民间狩猎习俗难改。熊猫命运的转变，尚有待国家富强，法制健全，民众生态意识提高，保护野生动物观念深入人心……所有这一切，都需要一个痛苦而漫长的过程。

大熊猫呀，看来还得忍耐，等待那一天的到来！

第四章
斩断罪恶之手

> 终结西方人进入中国内陆，捕获、猎杀大熊猫，高价收购骨骼和皮张，时在中华人民共和国成立。

一、由乱而治

终结西方人进入中国内陆，捕获、猎杀大熊猫，高价收购骨骼和皮张，时在中华人民共和国成立。

当时，别说带枪的探险队，就是一般外国人，也轻易拿不到签证入不了境。"帝国主义夹着尾巴逃跑了"，这歌词响彻中华大地，唱出的那种自豪感，年岁大的记忆犹新。

禁止外国人盗猎的事好办，快刀斩乱麻；提高全民生态环境保护意识，立法保护野生动物，可就历经波折。

二十世纪五十年代，中国的大熊猫栖息地，面积还有五万多平方公里。俗话说，靠山吃山，靠水吃水，自古就这么个理。这些地方山高林密坡陡，种粮食气温低，栽果树不挂果，种菜山高路远卖不脱，过日子不容易。祖祖辈辈，要找钱便打野物砍树子，要吃饭就烧林子种土豆、玉米，维系生计无可厚非。

打到野物，狗熊的熊胆，雄麝的麝香，老虎、豹子的皮，都是抢手货。大熊猫的皮子，不是卖掉就是自家用。熊猫产地都这么干，包括汶川、宝兴、平武、青川等县，还有秦岭那边的佛坪，一代代沿袭下来。

这些熊猫产地，早些年我经常光顾。去的次数多了，结识的熟人不少，从林业局、自然保护区的头头脑脑，到下面保护站的职工，再到山里的村民。领导层面的人谨小慎微，说起话来滴水不漏。成绩嘛少不了，至于捕杀熊猫或涉及皮张骨骼一类敏感话题，除少数天长日久成朋友的，多数面露难色顾左右而言他。

普通职工爽快，没那么多顾忌，沟通起来容易，爱透露些真话。村民们更是口无遮拦，递根烟聊上几句，有啥说啥张口就来。

其实没什么可隐瞒的，一开始法制不健全，老百姓没有生态保护意识——怎么干都行，只要莫让上头晓得。

早年间的事，大家讲得都差不多，大熊猫是要打的——只要撞到山里人枪口上。肉嘛煮来吃了，咬起绵扯扯，腥膻味重，口感极差；硝过的皮子铺床上，御寒保暖防潮，还可以辟邪；骨头嘛没人要，白森森的怪吓人，顺手扔山沟里，大水冲黄土埋，早不知去向。

孟子曰："君子之于禽兽也，见其生，不忍见其死；闻其声，不忍食其肉。"自古以来，从权贵到平民，从读书人到草莽英雄，认这个理的不多，反倒笑孟夫子迂腐。

那时候，祖上留下的加上自己捕杀的，每个县的山民手中，怎么也有几十张熊猫皮，只压箱底秘不示人。平武县的白马藏族乡最典型，统共两百多户人家，基本上都有熊猫皮。

藏着不是办法，只要动真格的，严肃治理之下，立刻解决问题。一九八三年，国家林业部发布通知，要求清查收缴民间散落的大熊猫皮。规定期限，之前主动交出的，不予追究；之后再有发现，就视为新近猎杀。

四川省出招最绝，村村组组宣传发动，一张大熊猫皮交上来，马上领走一床新棉絮。几个月下来，四川、陕西、甘肃三省四十来个县，收缴散落民间的大熊猫皮五百多张！

说到大熊猫皮，半个多世纪前秦岭山中的一次偶遇，令中科院院士、北京师范大学教授郑光美感叹终身。

昔日的原始森林,已然踪影难觅。

一九六〇年初夏,当上北京师范大学教师不久的郑光美,带领生物系学生在秦岭南坡从事动植物考察时,前往岳坝乡供销社购买生活用品。一个抬头,他不敢相信自己的眼睛:里面的货架上,搁着一张好似熊猫的毛皮。

那个年代,山里的乡村供销社除销售日用品,还附带收购野生动物皮、药材蜂蜜等等。以贵州省为例,一九五一年至一九七九年,每年野生动物皮张的收购数量惊人,种类从獾皮、草兔皮到麂子皮、黄狼皮、金猫皮、豹猫皮、苏门羚皮等都有,甚至还冒出虎皮、豹皮、云豹皮,让人瞠目结舌。

千万莫要大惊小怪,几千年农耕社会,人们对自然界肆意索取,树木砍来烧,动物打来吃,珍稀动植物拿来卖钱,习惯成自然。

郑光美将毛皮拿手中细端详,果然是熊猫皮。当年的郑光美三十岁不到,东北师范大学动物生态学研究生毕业,博闻多识,早知秦岭山中有大熊猫的传说。一九三二年,法国传教士索威比(Sowerby)进入秦岭南坡考察。指着白雪覆盖的太白山,先后有几位老猎人告诉他,山中有花熊,长相奇特,世间罕见。根据细部特征的描述,索威比判断,猎人口中的花熊就是大熊猫,尽管未能亲眼见到,依然记入考察报告。但多年以来,始终无人目睹秦岭熊猫的存在。

而此刻郑光美眼前血迹斑斑的熊猫皮,好不新鲜,估计也就剥下三五天。

一问方知,这皮子刚收到,当地人也不清楚是哪种动物的,出售者家住大古坪村。惊讶之余,郑光美抓住这条重要线索,锲而不舍,找到捕猎人。据猎人讲,花熊是在原始森林边的竹林中打到的,吃完肉卖掉皮子,剩下的骨头全扔掉。猎人带路,前往丢弃骨头的地方,然而费老半天工夫,仅找回部分颅骨和下颌骨。

郑光美将毛皮及颅骨等带回北京,同完整的标本分析比较,确系大熊猫无疑,而且刚刚成年,实在可惜。一九六四年一月,郑光美在《动物学杂志》刊文,发表《秦岭南麓发现的大熊猫》,告知全世界这一喜讯。

充满血腥味的喜讯足以说明,一九六〇年前后,中国的大熊猫保护尚有漏洞,力度远远不够。

郑光美痛心疾首，既为惨遭不幸的大熊猫，更为山里还有这等事情发生。中华人民共和国成立十来年，国家三令五申，不允许捕杀大熊猫等珍稀动物，再偏远的地区也会有所耳闻。

针对存在的问题，北京动物园呼吁，大熊猫非常稀少，生活范围狭小，繁殖能力低，自卫能力弱，经常受到豹、狼等猛兽的侵袭，加上猎人任意捕杀，以致数目日趋减少。而它的价值，无论在学术上或经济上都十分珍贵。为保护这种唯一产在我国的珍贵动物，亟待引起注意，采取措施严格保护，规定每年狩猎的数量。

没有规矩，不成方圆。立法治乱象，将大熊猫等野生动物的保护纳入法治轨道，才是解决问题的根本途径。

其实国家已经陆续出台相应规定，建章立制，明文要求保护大熊猫等稀有生物。

一九五〇年五月，中央人民政府政务院颁布《古迹、珍贵文物、图书及稀有生物保护办法》，首次提出禁止任意捕猎松潘等地的大熊猫等珍稀生物。

一九五六年，林业部出台《狩猎管理暂行办法（草案）》。只是在当时的历史条件下，猎户靠打猎维持生计，国家靠出口野生动物换外汇搞建设，主要是对猎枪的制造、销售、购买、持有等做了一些规定。

一九五九年，狩猎事业交由国家林业部统一管理。很快，林业部发布《关于积极开展狩猎事业的指示》，提出保护大熊猫、金丝猴、东北虎、梅花鹿等珍贵动物。可惜有两大遗憾：一是由于时代局限，将狩猎定性为一项事业，鼓励捕杀对人畜有害的狼、豹、熊等，后果可想而知；二是受保护的珍贵动物中漏掉了与东北虎同等地位的华南虎，致使其后被过度捕杀。

一九六二年，国务院发布《关于积极保护和合理利用野生动物资源的指示》，要求各地在"野生动物资源贫乏和破坏比较严重的地区，应该像封山育林那样，建立禁猎区，停猎一个时期"。尤其重要的一点是，再次明确严禁捕猎大熊猫。文件第四条措辞强硬：

对于珍贵、稀有或特产的鸟兽：大熊猫、东北虎、野象、野牛……严禁猎捕，并在其主要栖息、繁殖地区，建立自然保护区，加以保护。

如因特殊需要，一定要猎捕上述动物时，必须经过林业部批准。

至此，大熊猫等珍稀动物的命运迎来转机，为它们建立自然保护区也提上议事日程。只是，当时列入国家保护名单的动物不过五十五种。

国务院有指示，自然保护区建设快马加鞭。一九六三年，开天辟地头一回，四川省建立自然保护区。

第一批自然保护区一共四个，包括汶川县的卧龙、平武县的王朗、南坪县（今九寨沟县）的白河和天全县的喇叭河。以后逐年递增，一九八三年发展到十二个，如今已达三十五个，总面积超过一万五千平方公里，分布于四川、陕西、甘肃三省。

这些自然保护区，以保护大熊猫等珍稀野生动物及其栖息地为主，目的在于为珍稀物种提供强有力的庇护，营造一方乐土，使其不再遭受人类的伤害。保护区设置独立管理机构，安排专门管护人员，依法对管辖区域予以特殊保护和专门管理，禁止砍伐、放牧、狩猎、采药、烧荒、开矿等破坏活动。

毋庸讳言，平衡各方利益难度大，第一批自然保护区数量偏少，划定的保护范围也狭小。以卧龙为例，自然保护区面积两百平方公里，而当地大熊猫的活动范围远不止于此。

更遗憾的是，草拟过程中的《野生动物保护法》，因遭遇"文革"，无疾而终。

一九七三年，外贸部印发《关于停止珍贵野生动物收购和出口的通知》，首度双管齐下，停止"禁止猎捕的珍贵野生动物"的收购，禁止此类动物的出口。当然也有矛盾之处，那就是继续收购麝香等向国外出口。

同年，林业部草拟了《野生动物资源保护条例》，然而迟迟不见落到实处。

二、以法之名

直到改革开放之初，野生大熊猫等珍稀动物的生存环境仍不乐观，成都的商店依然有金丝猴皮出售。麝香、熊掌、毛皮紧俏，海外市场畅销，收购价格居高不下。利益驱使下，野生动物盗猎猖獗，屡禁不止。盗猎之风殃及大熊猫，境内外不法之徒相互勾结，猎枪打猎套抓，偷猎国宝倒卖皮张，走私愈演愈烈。

平武县当地村民，从二十郎当的国某某到六十多岁的汪某某，都将捕杀大熊猫当作致富门道，参与其中。一九八五年，公安部门破案九起，没收熊猫皮十三张；一九八六年，破案三十六起，收缴熊猫皮三十四张；一九八七年上半年，破案十九起，查获熊猫皮二十一张……

人祸大于天灾，基层强烈呼吁。问题在于，公安人员费老大的劲，抓获犯罪人员后，却找不出立案的法律依据，徒呼奈何。

形势严峻，法制不完善，引起国家高度重视。

根据《刑法》相关条款，人民法院开始对破坏野生动物资源者，处以两年以下有期徒刑。一九八三年，国务院颁发《关于严格保护珍贵、稀有野生动物的通令》，再次强调对大熊猫等的保护。

一九八七年，为打击犯罪，最高人民法院下发《关于依法严惩猎杀大熊猫，倒卖、走私大熊猫皮的犯罪活动的通知》。针对犯罪分子的嚣张气焰，《通知》就应用法律问题作出司法解释：猎杀大熊猫并出卖大熊猫皮、走私大熊猫皮的，依照《刑法》相关条款从重判处；倒卖、走私一张大熊猫皮，视为情节特别严重，可判处十年以上有期徒刑、无期徒刑或者死刑，可并处没收财产；指使他人猎杀大熊猫和倒卖走私大熊猫皮的，以教唆犯从重判处。

即便惩罚从重从快，甚至可判定死刑，可为了钱，还是有人往枪口上撞。

依旧是秦岭，还是佛坪县岳坝乡，沟谷交织，峰峦重叠，郑光美偶遇熊猫皮的地方。

风闻沿海熊猫皮销路好，上万元一张，岳坝乡山民李传才财迷心窍，管他国宝不国宝、禁令不禁令，经常操起猎枪，吆喝上周某某等六位酒肉朋友，上山撞运气。

一九八九年春节刚过，大雪封山寒气逼人，野生动物觅食困难。佛坪的熊猫多，尤其在自然保护区范围内。李传才土生土长，山里哪里有坎哪里有沟，地形地貌一清二楚。挑了个下雪天，李传才一伙避开山道，在森林中一路潜行，绕道溜进保护区。浸水沟林密处，发现一只大熊猫，李传才扣动扳机，国宝应声倒地。手脚麻利动作快，几刀子剐下熊猫皮，肉和骨头通通不要，挖坑深埋。

李传才能装，熊猫皮藏匿家中，成天没事人一样，四处转悠打探消息，唯恐泄露风声。日子一久，他感觉此事无人知晓，安排同伙销赃换钞票，到手人民币一万元。分赃下来，李传才拿大头。

倒卖熊猫皮，狐狸露出尾巴，公安机关顺藤摸瓜，侦破这起重大案件，李传才及同伙落入法网。

第二年年底，汉中地区中级人民法院在佛坪县城召开宣判大会，宣布猎杀大熊猫、倒卖熊猫皮一案终审判决结果：主犯李传才判死刑，缓期两年执行；另一主犯周某某判处无期徒刑；其他五名罪犯，分别判处五年至十三年有期徒刑。

此案震惊全国，盖因李传才开了个先例：第一个因猎杀珍稀动物而被判处死刑。庆幸缓期两年执行，狱中好好悔过自新，尚可保命。命是捡回一条，但注定遗臭万年。《汉中地方史》《汉中大事记》等地方史料，均记下李传才一伙人的罪孽，警示后人。

后悔吗？锒铛入狱的李传才悔不当初，只可惜世上没有后悔药。

依法严惩，公开宣判，意在震慑犯罪分子，秦岭一带算是消停许多。

邛崃山系这边的宝兴县，当地公安机关也没闲着。一九八七年到一九八八年，一鼓作气，破获猎杀大熊猫、倒卖走私皮张案件三十七起，收缴新旧皮子三十八张。

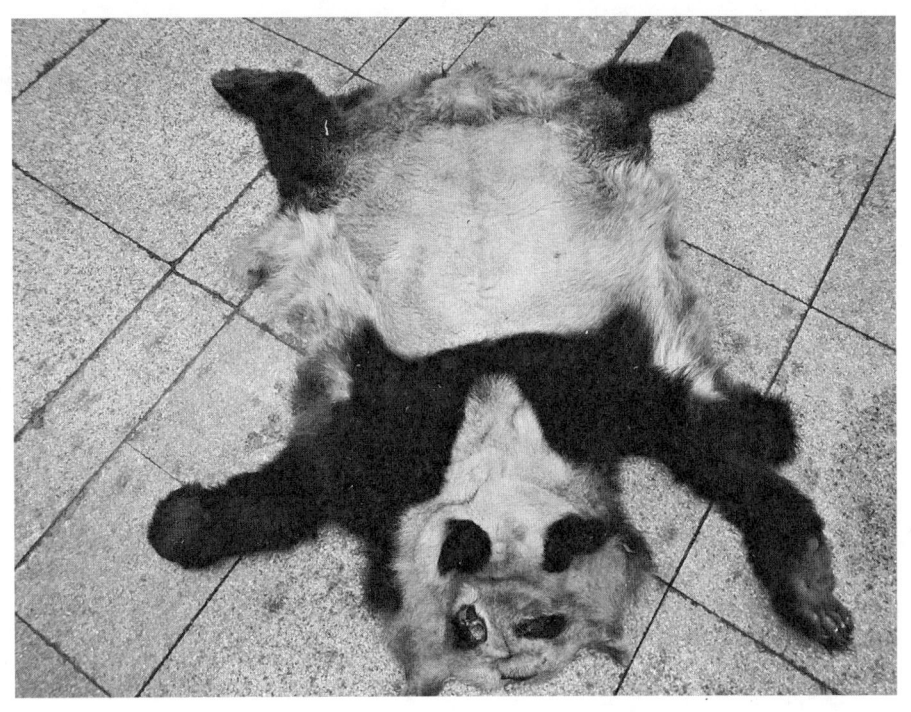

从犯罪分子手中缴获的大熊猫皮

如此霹雳手段，依然有不怕事的接着上。一九九〇年至一九九五年，永富乡王某某、盐井乡黄某某、硗碛藏族乡高某某、永富乡高某某、五龙乡郭某某等人，分别作案各捕杀大熊猫一只，加起来有十一只之多。

岷山山系的平武县，情况更加严重。圈内人都知道，那时候的平武有"三多"：大熊猫数量多，非正常死亡大熊猫多，大熊猫案件多。令人惊讶的更在于，不少案件中犯罪分子的落脚点，都指向木座藏族乡下辖的新驿村。

这个村子的青壮年，前车之鉴不汲取，为熊猫犯事坐牢的不在少数，有的甚至"二进宫"。顺手录来，有曾某某、胡某某、杨某某、王某某、李某某、周某某……

比如曾某某，先后猎杀两只大熊猫，参与倒卖一张熊猫皮，赃款没分多少，临了落个无期徒刑；胡某某倒卖熊猫皮，服刑八年不思悔改，出来重操旧业，事发继续蹲监狱；杨某某猎杀大熊猫，坐牢四年，刑满回家接着干，又被判

第四章 斩断罪恶之手 107

八年。

典型要数唐先林，整起案件一波三折，颇具戏剧性，丝毫不用艺术加工，就是一部熊猫题材的侦缉大片。其他的犯罪分子，同手段凶残、作案娴熟的唐先林相比，无不相形见绌。在我长期追踪的猎杀熊猫案件中，狠角色非此人莫属。

翻开绵阳市中级人民法院卷宗，一桩桩一件件的罪行，记录在案。

唐先林一九六五年出生，家住新驿村蒿子坪，位于山顶上方。这一带我熟悉，无论出入平武县王朗自然保护区，还是翻山前往九寨沟，新驿村都是必经之地。

出平武县城，坡度大、弯道多，一个劲爬坡，只踩油门不点刹车，三十公里不到，即新驿村地盘。公路左边靠山处，散落着几间房屋；公路右边，翻越数座大山，东北方向即青川县的唐家河自然保护区，西北方向有甘肃省文县的白水江自然保护区。加上王朗，三处国家级自然保护区，皆为大熊猫主要栖息地。

这么多的人为熊猫犯事，总不能归咎于大熊猫多呀。原因何在？那就车停路旁，同村民们聊上一通。

第一次路过，记得是一九九六年秋天，满山红叶，景色迷人。可惜，路边破旧的房屋，衣衫褴褛的山民，手中捏着玉米馍的娃娃，反差过于强烈。

说起新驿村发生的事，我头头是道，村民们很诧异，自然实话相告。原因嘛就一个字：穷。高山深谷，地势陡峭，山里人缺钱，日子苦。打野兽，有肉吃又有皮张换钱，从古到今都这么来。错就错在，如今国家不允许，还偷偷摸摸干，不晓得厉害。

唐先林没多少文化，法盲一个，但身强力壮脑瓜子好使，作案手法老道。二十出头，就以猎杀野兽出名，管他羚牛还是金丝猴，包括大熊猫，见啥打啥有啥卖啥。

盗猎圈内混成老油条，晓得要盯住熊猫下手，才有搞头。

一九八九年三月，机会来临，风闻本村一位麻风病人手里，收藏有一张熊猫皮。唐先林喜出望外，登门讨价还价，两千元谈妥。交同伙售出后，除本金净赚五百元。

尝到甜头，唐先林持猎枪满山疯跑，一门心思自己捕杀大熊猫，赚头才大。当年秋天，关坝沟牛场一道山梁上，盯上一只大熊猫，穷追不舍一枪毙命，烘干毛皮藏匿待售。第二年开春，熊猫皮脱手，七千元钱揣腰包。

当时城里的职工，月工资五六十元。

没有不透风的墙。由于猎杀大熊猫、倒卖大熊猫皮，一九九一年五月四日，唐先林被平武县公安局抓获，关押在看守所。审讯期间，八月十九日凌晨，夜深人静，唐先林用钢筋撬开门锁，翻墙逃跑。

公安机关将其列为特大通缉犯，四处撒网，多次实施抓捕。只是办案人员还在蒿子坪下面爬坡，山顶上的唐先林就已察觉，撒腿往大山一跑，密林一钻，让你大海捞针。

唐先林生性胆大，越狱后继续作案。第二年四月，公然携带猎枪、猎狗，邀约四个同伙，从蒿子坪的鱼儿沟进山，一路搜寻猎物。丛林深处，猎狗发现动静，狂吠着扑上去，随着树枝晃动，一只大熊猫跌跌撞撞逃出。唐先林几步冲上前，扣响扳机。剥皮烘干藏家中，五千元价格脱手。

几年后，接线人举报，公安机关掌握重要线索：唐先林有熊猫皮，急于找买家。

又犯案了。一九九五年元月的一天，唐先林独自一人，闯进唐家河自然保护区，在唐二草坡猎杀一只大熊猫，藏好皮不露声色。三个月过去，感觉风平浪静，通过牵线人，联系上一位绵阳的老板。双方敲定时间、地点和价格，一手交钱一手交货。

按照约定，一九九五年七月七日夜晚，一辆悬挂绵阳牌照的越野车悄然在铁笼堡大桥停下。车内坐着县公安局和武警平武县中队的干警，乔装打扮冒充买主，携带的皮箱里装着一万五千元现金。

等候三个小时，唐先林终于上钩。熊猫皮藏背篼里，上面覆盖核桃，背起尾随牵线人，匆匆赶到。

唐先林生性多疑，一见车上人多，迅速转身快步离去。临走撂下句话：只准来一个人，带钱验货。

艺高人胆大。武警中队副中队长刘昌建拎起皮箱，几步追上前。唐先林退后几步，喊牵线人把钱拿过来，再把熊猫皮提过去。为靠近嫌疑人实施抓捕，刘昌建坚持当面验货付款。

看对方不断逼近，唐先林做贼心虚，掉头就跑。百米冲刺般，刘昌建飞速追上，挥拳将其击倒，顺势一个"泰山压顶"。亡命徒唐先林，身上捆绑烈性炸药，慌乱中顾不上点引信，拔出刀朝刘昌建右胸猛刺，霎时鲜血直冒。车上干警火速增援，手枪抵住脑门，唐先林束手就擒。

经医院抢救，身负重伤的刘昌建脱离险境，顺利康复，先后荣获"擒敌能手""忠诚卫士"等光荣称号。

法庭之上，公诉人历数罪状，唐先林傻眼了：非法捕猎、杀害珍贵、濒危动物罪，非法收购、出售珍贵、濒危动物制品罪，故意伤害罪以及脱逃罪，桩桩证据确凿。

一九九八年六月，四川省高级人民法院终审判决：数罪并罚，判处有期徒刑二十年，并处罚金三千元。

算唐先林运气好，"严打"结束外加猎杀大熊猫取消死刑，作恶多端的他没掉脑袋。在他之前，平武县已经有了判处死刑的先例。一九九〇年四月三日，绵阳市中级人民法院在平武县城召开公判大会，首犯梁永政倒卖大熊猫皮七张，获赃款三十万元，经最高人民法院核准，判处死刑立即执行。

一九八六年至一九九四年，全国林业公安机关查处破坏野生动物违法案件三万多起，依法处理违法犯罪分子六万多人。其中，偷猎、倒卖大熊猫的罪犯，人民法院判处死刑四人，无期徒刑数十人，有期徒刑数百人，打击力度前所未有。

法律的雷霆之怒，震慑了多数违法犯罪分子。

为何盗猎？穷呀！法官面前，偷猎者眼泪巴巴，一副可怜相。

的确，没钱的日子不好过。山里山外两重天，沿海地区不得了，大把挣钞票，山里人瞧着眼热。"人穷志不短"这类励志格言，对偷猎者不起作用，穷则思变，找不到门路就瞎来。"严打"解决不了根本问题，关键还得因地制宜发挥优势，脱贫致富，让山里人走上幸福路。

大熊猫待的地方，无不资源富集，山清水秀风光美。这些年公路通到家门口，村村组组办起各类合作社，指导农户养蜂植树，栽竹子种药材，喂起生态鸡和猪，山坡放养牛和羊，开办农家乐避暑休闲，大家的日子好起来。

路过新驿村，公路两旁房子够洋气，屋顶支电视机卫星锅盖、太阳能热水器，屋内摆电视机、洗衣机，厨房挂满腊肉，大人娃娃衣着整洁，精神面貌焕然一新。

又何止一个新驿村。从南往北，宝兴、汶川、平武、青川到佛坪，自然保护区周边的村村寨寨，变化翻天覆地。

问起还有人打熊猫吗？村民直朝我翻白眼：明知故问逗我们玩，打那野物干啥，早没人干傻事了。没见曾某某，服刑期间认罪服法，遵守监规，多

打"戴维牌"，大山里的村民开始吃"旅游饭"。

第四章 斩断罪恶之手　　111

次受表扬奖励，几年前好容易获假释。年轻进去，花白头发出来，何苦哟！

"严打"的同时，立法步伐明显加快。一九八九年三月，《中华人民共和国野生动物保护法》正式实施，为包括大熊猫在内的所有保护对象撑起一片蓝天。

《野生动物保护法》中，少不了"鼓励野生动物科学研究"。

大熊猫研究尤为特殊，若中国人不做，外国人也根本没法做，因为大熊猫中国独有。

建章立制初期，国家下出一步好棋——选择北京动物园圈养大熊猫，一来向公众展示宣传，二来开展科研积累经验。

这些大熊猫来自何方？夹金山讲起新的故事。

第五章
先行者的足迹

> 中华人民共和国成立之初的大熊猫研究，不过一个机构，数十人的队伍。这个机构便是北京动物园。

一、大熊猫养成之路

一九四九年，北平和平解放，北京动物园的前身西郊公园动物奇缺，不过鹦鹉、鸸鹋和猴子三种，加一起几十只。五年过去，园内动物猛增至两百多种、几千只。它们来自哪里？除了其他国家赠送，多数靠野外捕捉。

一九五四年开春，西郊公园遵照上级指示，决定在野生动物资源丰富的东北地区，以及西康、云南两省，分别建立三个动物收集站。经反复斟酌比较，西康收集站设在宝兴县。以后西康撤省并入四川，西康收集站随之变成北京动物园四川收集站，地点不变。

那年头办事雷厉风行，三月中旬议定，不出十天，西郊公园派出的四位工作人员便进驻宝兴。县政府在城外两河口农场划出几间闲置木板房，外带一个大坝子，给收集站做宿舍和动物饲养场。

先后在收集站工作的人，有王洪阁、赵邦振、郑泽泉、崔国印、袁永江、何光昕等。最初的负责人是王洪阁，最有造诣的则是何光昕。一九六二年夏天，何光昕从四川大学生物系毕业，分配到北京动物园后被派往四川收集站，在宝兴待了些日子。

深秋季节的夹金山色彩斑斓

宝兴县有两条河流，一条东河为青衣江正源，一条西河发源于灯笼沟。东河、西河交汇处，即两河口，去县城走路二十分钟。宝兴地界，四面环山地势险峻，全县统共三万多人。县城小到何等程度？宝兴人的比喻实在妙：一家炒回锅肉，满城闻到香。

收集站需要什么动物，起初从当地猎人、药农手中收购。一段时间下来，发现数量太少，满足不了需求。几个人商量后再请示领导，决定组建一支狩猎队，以上山捕捉为主，收购为辅。于是在当地猎人中，选上王兴泰、高如富、卫登仁等——枪法准跑得快，爬树一把好手。

狩猎队工资高，上山还另发补助，大家积极性挺高。当然也够辛苦，打开春进山忙活，大雪封山才消停，收拾随身物件下山。住的棚子自己搭，分上下两层，山里野物多潮气重，人睡上面，猎狗在下面守护。

除了油盐米面，山里啥都不缺。竹笋之外，野菜有蕨菜、山油菜、鹿耳韭、折耳根、广栋苔、龙包菜等几十个品种；野味管够，野猪、豪猪、野兔多得是。

这一招奏效，当年便有云豹、斑羚、黑熊、川金丝猴等十多种动物，通过铁路陆续运往北京。

遗憾缺了大熊猫。美国、英国动物园都喂养过，中国人自然要争这口气。还算幸运，翻过年好运临头，三月底到五月初，接连找到三只大熊猫幼崽。那时候的熊猫，习惯以发现地名称命名。第一只幼崽是在和平乡竹林里抓获的，由此得名"平平"。

那天是一九五五年三月二十九日，阴雨绵绵，狩猎队连续作战，接连在森林中搜寻四天，没发现任何动物。失望加疲惫，个个没精打采。突然，竹林晃动，隐约看见两只动物身影，前边开路的体型庞大，身后紧跟一只小的。担心遭受猛兽袭击，狩猎队员朝天鸣枪放出猎犬。这下看明白了，黑白二色的皮毛，除了熊猫还有谁！

大的夺路而逃，小的惊慌失措，几下蹿上树。狩猎队员赶紧围住大树，两个人爬上去，慢慢靠近，一把将熊猫幼崽揽入怀里抱下来。放进竹笼的幼崽，浑身发抖缩成一团。

背下山回到收集站，一过秤，不到八公斤，还是吃奶的幼崽。别看是幼崽，脾气还挺大，饲养员给牛奶不吃，给水不喝，最后打翻盆子蒙头大睡，对人不理不睬。

熬到第四天，闹够了肚子也饿了，小家伙"吱吱吱"叫个不歇气。端上牛奶，嘴伸进盆里，一口气喝干净。再下来同饲养员混熟，进门就抱住大腿撒欢，轻咬不下口，死皮赖脸闹着玩。半月下来秤重量，长了三公斤。

另外两只，一只叫"兴兴"，是"五一"国际劳动节那天，狩猎队在复兴乡森林里活捉；另一只叫"碛碛"，是抓住"兴兴"四天后，森工局一支勘测队在硗碛乡发现后送交收集站的。

收集站电话打到北京动物园，喜讯层层上报，附带请求解决熊猫进京的运输问题。原来，熊猫住高山怕热不怕冷，假如同其他动物一样坐火车，气温高时间长，出现意外不得了。北京市领导闻之，指示联系部队，尽快用军用运输机空运。最终敲定，六月四日从重庆直飞北京，赶上西郊公园更名北京动物园，为挂牌添喜庆。

从宝兴往外运送熊猫，难在县城到雅安这一段，九十公里不通公路，山高谷深路难行。要抢时间怎么办？熊猫装进兽笼，人背马驮滑竿抬，三天时间紧赶慢赶到雅安，再上汽车往重庆开。

北京的夏天酷热难耐，飞机降落，地面温度超过三十度。笼里的大熊猫，怀里紧抱冰块，喘得上气不接下气。直到抵达动物园，一头钻进熊猫馆，安装冷气的圈舍凉悠悠，情绪才逐渐平缓。

大熊猫每天吃什么？愁煞饲养员。

大山深处的家园里，一岁大小的熊猫幼崽已经开始吃竹笋，这在北京难度大。饲养员尝试着用大米加牛奶、鸡蛋、果汁、白砂糖熬米粥，每日三餐定量喂食。没想到，幼崽们居然喜欢这种精料，每顿吃完，非得双手抱起盆子，伸长舌头舔个没完。时不时还得换口味，喂些鲜笋、甘蔗、玉米黍杆，还有苹果、梨子、橘子等。养尊处优的幼崽变得狡猾，饮水还得加上糖，否则调头就走。

由于缺乏深入系统的论证，仅凭米粥、玉米馍一类精料受欢迎，研究人员产生错觉，认为大熊猫不一定非吃鲜竹笋不可，提出在人为饲养条件下，可以逐渐改变其习性，使它们适应新的生活环境。不过，随着研究的深入，才知道下这种结论过于草率。

长期观察发现，大熊猫食性颇杂。最早是食肉动物，以后虽属杂食性动物，但进化过程中转而以竹子为主食，一度被误认为是食肉动物中的"荤和尚"。

说是"荤和尚"，在于大熊猫从祖先那里继承了食肉的本性，有锐利的犬齿，对肉食来者不拒；说是杂食性动物，因它偶尔会光顾农舍，偷食蜂糖、米饭、玉米糊和肉类，甚至捕食羊子。

竹子营养低，而吞进肚子能吸收的营养，最多不过百分之二十，这就造成大熊猫除了睡觉，大多数时间不停地吃竹子。一只成年大熊猫，一天能吞食五十公斤竹子，相当于其自身体重的一半。动物园里的大熊猫，夏天犹爱冲凉，喜食西瓜、苹果、胡萝卜和红糖粥，野生大熊猫则特别喜欢烤熟的羊肉。

经过几百万年的进化，大熊猫早就对竹子产生了相当的依赖性，虽说只能消化吸收竹子的部分营养，但大量粗纤维刺激肠胃蠕动，促进了对其他营养物质的消化吸收。

所以，竹子是大熊猫赖以为生的主要食物，无法被取而代之。

圈养大熊猫，精料同样必不可少。精料配方须考虑周全，将玉米、大米、高粱、黄豆等打成粉，还有鱼粉、骨粉、肉末一类，少不了的是糖、盐、鱼肝油、矿物质……有加有减制作考究。根据大熊猫年龄的不同，还要喂牛奶，补充维生素。

精料的营养虽然好，但大量投喂，会造成大熊猫消化道负担过重，引发消化不良，使其拉稀外带排泄黏黏的液体，恶臭难闻。吸收不好，则导致发育不良，体弱多病。反过来，不吃一定比例的精料也不行。被圈养的大熊猫，饲养员投喂什么竹子就吃什么，没有选择自由，吃到竹笋更是难得，无法获取最富营养的部分。长此以往，大熊猫健康每况愈下，消瘦不说，周身的毛也变得粗而乱，毫无光泽。

熊猫苦，思念竹子低声吼，无奈人类听不懂。早期动物园喂养的大熊猫，寿命大多不超过三五年，问题就出在食物上。

故而，人工喂养大熊猫，都是先投喂竹子，不限量任其取食，确保对竹子的摄入量，而后才轮到其他精料。假如精料在先，大熊猫会尝味道，大饱口福以后，就会少吃或不吃竹子。

由此想起，当年照料"潘弟""潘达"赴美的葛维汉，在离开重庆前的一个细节。

面对一大群刨根究底的记者，为满足大家的好奇心，葛维汉先打开一个大包，里面塞满竹笋和奶粉——不用说，那是熊猫途中的食物。记者们纷纷举起相机，狂拍一气。打开第二个大包，却是一捆捆鲜活的竹苗，又细又小不够熊猫塞牙缝。看着记者们疑惑的目光，葛维汉解释，这些竹苗分属不同品种，带回美国种植一旦成活，熊猫就有取之不尽的食物。

第五章　先行者的足迹

好不佩服，葛维汉的良苦用心。

宝兴的三只熊猫幼崽，送往北京时都还未满一岁，但很快成为动物园里的明星，特招人喜爱。

如何招人喜爱？且看表现：闲来无事，有时躺地上打滚撒娇，有时用爪子洗脸剔牙抠痒痒，有时抓一根竹子玩出多种花样，有时蹲在石头上左顾右盼惹人笑，有时直立站起两手放肩上像小孩一般舞蹈……着急生气尤其可爱，捂住脸发出奇特的叫声，既不像猫叫又不像小孩哭。饥饿时，绕行圈舍没个完；一旦吃饱，不是抱头呼呼大睡，便是两手抓起食盆耍得热闹。

大熊猫稀罕，二十世纪五十年代中期的中国，只有几个大城市的动物园喂养。为给大熊猫营造舒适环境，北京动物园第一个建起熊猫馆。无论大人小孩还是游客，节假日都爱往熊猫馆看熊猫，人挤人热闹非凡。

一年以后，《人民日报》刊发了一篇有关北京动物园的文章，其中这么描写熊猫：

> 动物园内最吸引人的是三头大熊猫。它们去年刚捕到时每头只有十五斤左右，现在已长到一百多斤了。肥胖浑圆的身上满是乳白色的绒毛，只有肩上和腿上是黑色的。小巧的圆耳朵和眼睛边的一圈黑斑，使它们的脸上显出一副滑稽相。在许多游人面前，那只最大的叫"平平"的大熊猫吃完了东西，侧身躺着，用一只毛茸茸的前掌遮着眼睛。大熊猫是稀有的珍贵动物，数量很少又不易捕捉、饲养。

似乎言犹未尽，时隔不久，《人民日报》整版篇幅推出动物照片，其中《"平平"的日记》，一口气刊发大熊猫"平平"的六张生活照，淘气的搞笑的耍赖的，让人忍俊不禁。

《人民日报》的权威性和影响力可想而知，大熊猫升温炙手可热，各省动物园不歇气打报告抢着要。供不应求，收集站一年忙到头，几乎每年都往外运送几只熊猫。好在一九五九年，宝兴至雅安的碎石路修通，汽车勉强通行。

捕获熊猫原本不易，加上动物园领导反复叮嘱，既不能伤害大熊猫，又要保证人员安全，难度更大。深山老林人烟稀少，狩猎队背起干粮牵上赶山狗，十天半月难得回两河口一趟，野菜充饥寻常事。吃苦受累不怕，就怕找不到大熊猫。找到也要小心应对，这家伙野性十足，牙齿锋利异常，发怒时能将锄把粗的木头一口咬断。一旦危险来临，动作迅猛，扑上前连抓带咬，一不小心就伤到人。

危险来临，大熊猫逃不脱，最后的招数就是上树，并且特有耐心，一待几天不吃不喝。狩猎队员张网以待，夜以继日树下看守，看谁熬得过谁。较量的结果，大熊猫饿得有气无力，乖乖束手就擒。

粗略统计，截至一九七六年收集站撤销，一共从宝兴县运走大熊猫七十只左右，其中二十多家省级动物园得到一半以上。

对一个县的大熊猫家族而言，这个数字了不得！

问题出在当年，我们对大熊猫知之甚少，考虑不周全。主要捕捉幼体不说，还集中在宝兴一隅，并且二十来年不挪窝，对当地熊猫种群的伤害不言而喻。而送了三十来只到别的动物园，更多是为满足人们的好奇心。

这么说并非信口雌黄，初始阶段的大熊猫研究，做出贡献的仅有北京动物园。

二、科研摇篮拓荒人

中华人民共和国成立之初的大熊猫研究，不过一个机构，数十人的队伍。

这个机构便是北京动物园，那个年代，无论从哪个角度讲，唯独它具备条件。

"平平"们陆续到来，北京动物园从领导到饲养员，既高兴又担心。大熊猫稀少珍贵，对生存条件非常挑剔，早些年被带到国外，由于环境转换食物改变，往往郁郁寡欢，存活时间多数超不过五年。大家心里明镜似的，从

抓拍野生大熊猫

此以后，肩膀上压着沉重的担子，容不得丝毫闪失。

大熊猫吃些什么，每天干些什么，谁都没亲眼见过，更别说交配产崽。

要开展研究，深入了解是第一步——服侍好大熊猫，朝夕陪伴仔细观察，熟悉规律掌握习性。大家小心翼翼地尝试着，一万个小心，唯恐出纰漏。每天，饲养员从早到晚二十四小时不间断地观察，大熊猫的吃喝拉撒睡，工作日志上逐一详载。

时光如梭，转眼八个年头过去，熊猫幼崽们健康成长。自然规律，大了就得成双配对，研究人员牵线当红娘，全世界第一次，探索圈养大熊猫如何繁育。

为确保成功，动物园方面考虑周全，物色到两位具有专业知识的女将牵头，主抓这项重大科研任务。一位黄惠兰，留学美国，中华人民共和国成立初期归国；另一位欧阳淦，武汉大学生物系毕业，是年轻有为的技术员。

中国从事圈养大熊猫研究，史无前例，拓荒者就这几位科研人员。

一九六三年的北京动物园，拥有全中国最庞大的圈养熊猫种群，数量在十只以上。负责大熊猫繁育项目的黄惠兰不敢大意，找来欧阳淦，两位女将细细商量。二月初,挑出身体最棒的雄性大熊猫"皮皮"和雌性大熊猫"莉莉",都来自宝兴县。场地则看中了动物繁殖场,位置在动物园西面,偏僻幽静少干扰,林木茂密有几分山野味道,蛮适合做熊猫产房。

动物多在春季交配,估计大熊猫也差不离,场地选定后,科研人员忙着将"皮皮"和"莉莉"转移过去。

还真那么回事,每年春天,雌性大熊猫发情一次,时间很短,也就三两天。四月初,征兆出现,两只熊猫发出羊叫声,不贪饮食,躁动不安。赶紧关一起,双方你看我我看你,不打不闹见面就对上眼,可谓一见钟情。

"莉莉"频频示好,绕"皮皮"不停转圈;"皮皮"不解风情,傻小子呆头呆脑。温存半天,"皮皮"回过神,追着"莉莉"打转,彼此接触碰撞,躯体相互摩擦。你来我往,擦出火花,荷尔蒙爆棚,"皮皮"几下子爬到"莉莉"背上……

圈舍外面,黄惠兰、欧阳淦和饲养员们圆瞪双眼,大气不敢出,唯恐惊扰"皮皮"和"莉莉"的好事。

恭喜恭喜,情投意合,交配成功。

至于大熊猫如何哺育幼崽,更是从未有人见过。赶紧查资料,两位女将跑遍大小图书馆,中文英文翻个遍。遗憾的是,不是绘声绘色描述猎杀过程,就是讲如何设陷阱安套子捕捉大熊猫,生物学研究一片空白,没有丁点儿经验可资借鉴。

截止到二十世纪八十年代初期,山野中溜达的大熊猫,行踪诡异神秘莫测,人类对其知之甚少。熊猫研究专家包括欧阳淦在内,也是多年后才知道,野生大熊猫"耍朋友"[①],过场[②]多多。

荒野间,大熊猫划地而治,拥有各自的领地,专家称之为"巢域",面积四至七平方公里不等。领地内植被丰茂,大熊猫依托树洞、岩穴,整理出一个舒适的窝。

[①] 耍朋友:四川方言,即谈恋爱。
[②] 过场:四川方言,指名堂、花样。

第五章 先行者的足迹 121

大熊猫巡视领地，步伐悠闲。靠近一棵大树，张嘴咬下一块树皮，将前腿搭上树干，爪子不停抓挠，又转身翘起短尾，肛门紧贴树干，反复磨擦。裸露的树干上，留下深深的爪痕，空气中散发淡淡的酸味。仔细看，一些乳白色的分泌物，牢牢凝结在树干上。这是大熊猫刻意而为，在领地边缘留下的警示标志——告诫同性，不得擅入；召唤异性，这里有生活的伴侣。

一旦外敌入侵，温和的大熊猫转眼变成愤怒的勇将军，张大嘴咆哮，鼻孔喷白气，怒目逼退对手。必要时，会与来犯之敌拼个你死我活。

每当春暖花开，大熊猫开始求偶婚配。雌性大熊猫会选时机，总在雨天或雨后初晴交配。细雨霏霏，雌性大熊猫首先躁动，游走于领地之中，树干上、岩石上到处留下特殊气味。继而爬上高高的山岗，放声唱起恋歌，发出类似羊叫的求爱信号。雄性大熊猫四处疯跑，不吃东西，心绪烦躁。由于雌少雄多，几只雄性大熊猫往往聚于一处，争夺交配权。也有亚成体熊猫，一旁偷偷观看，吓得心惊肉跳。"比武招亲"时，大熊猫一改温文尔雅的君子风范，变得凶悍顽强勇不可挡，互相撞击撕咬，直至战败者落荒而逃。

粗暴低沉的嘶叫声远去，血腥的战场，顷刻变成爱情的伊甸园，一雄一雌两只大熊猫温情脉脉。美女爱英雄，胜利的一方会得到雌性大熊猫温馨的爱，尽管良辰转瞬即逝。

大熊猫并非一夫一妻制，雄性、雌性都特花心。

秋天来临，怀孕大熊猫进入产崽期。它会寻找一处树洞或岩洞，叼来树枝、竹叶和干草，精心建造"产房"。"产房"很是讲究——土地干燥，树枝垫底，上铺厚厚的竹叶和干草，柔软又保暖。

当这些隐秘尚不为人所知时，黄惠兰和欧阳淦只有摸索着来，一切全靠自己。交配个把月后，"莉莉"似乎有喜了，食欲不振运动量减少，一天到晚睡不醒，睁开眼也一副慵懒模样。

孕期特殊护理，忙坏两位女将，时时担惊受怕，"莉莉"打个喷嚏也要分析半天。进入九月，"莉莉"不思饮食，成天忙碌，将秋风吹落的树叶衔来衔去。

算算应该时候到了，黄惠兰和欧阳淦轮流值守，密切注意"莉莉"的一举一动。遗憾的是，从未有人经历过大熊猫产崽，时间上把握不准，再加上有种错觉，百来公斤重的"莉莉"，生的宝宝怎么也得两公斤上下，动静小不了。

哪知悄声没气，"莉莉"倒头昏昏欲睡，吓坏两位女将。一惊一乍，才知是宝宝钻出娘胎——遗憾呀遗憾，精彩一幕没能亲眼见证。待到九月十四日清晨，"莉莉"稳坐圈舍角落，怀里多出一个小肉团，白色胎毛通体粉红，看样子就百把克，实在小，连预想体重的十分之一都不到。

莫非早产？大家吓一跳。还好，小肉团使劲蠕动，叫声洪亮，似狗吠又如婴儿哭闹。慢慢挨近母亲奶头，声音方才停止。

直到这一刻，科研人员总算弄明白：大熊猫从交配到产崽，大概一百五十天时间。而体型庞大的熊猫，产下的宝宝竟然同小白鼠差不多，成活率低那是自然。大熊猫数量日益减少，除了生态环境不断恶化，生殖系统退化，怀孕难，幼崽弱小，生存不易，也是主要原因。

至于野外产崽的熊猫妈妈，那更是充满母爱。开头一周，熊猫妈妈十分辛苦，不吃不喝把宝宝抱胸前，一天喂奶十次有多。时不时，还得伸出舌头舔宝宝的胸部、腹部和肛门，刺激皮肤汗腺分泌，令大小便通畅。几天后熊猫妈妈外出觅食，会将幼崽藏于巢穴，填饱肚子便匆匆归来，唯恐发生意外。

哺乳期间，熊猫妈妈不再生育，一门心思扑在孩子身上。只有当幼崽接近两岁，进入亚成体阶段，具备独立生活能力，熊猫妈妈才会撵走自己的孩子。春天即将来临，激情重新燃烧，熊猫妈妈要交配了，新的生命将会孕育。儿女遭受驱离，舍不得走远，总会在母亲领地边缘待一段时间，才会再次外迁，寻找属于自己的领地。

这些现象，专家们也是时隔多年才搞清楚。

"莉莉"产崽，是全世界首次在人工饲养条件下，实现了大熊猫自然交配，揭开圈养大熊猫繁育的崭新一页，具有里程碑意义。

目睹大熊猫育幼全过程，科研人员充满好奇。大家轮流值班，不间断观察"莉莉"的哺乳期行为，记录幼崽生长发育全过程。

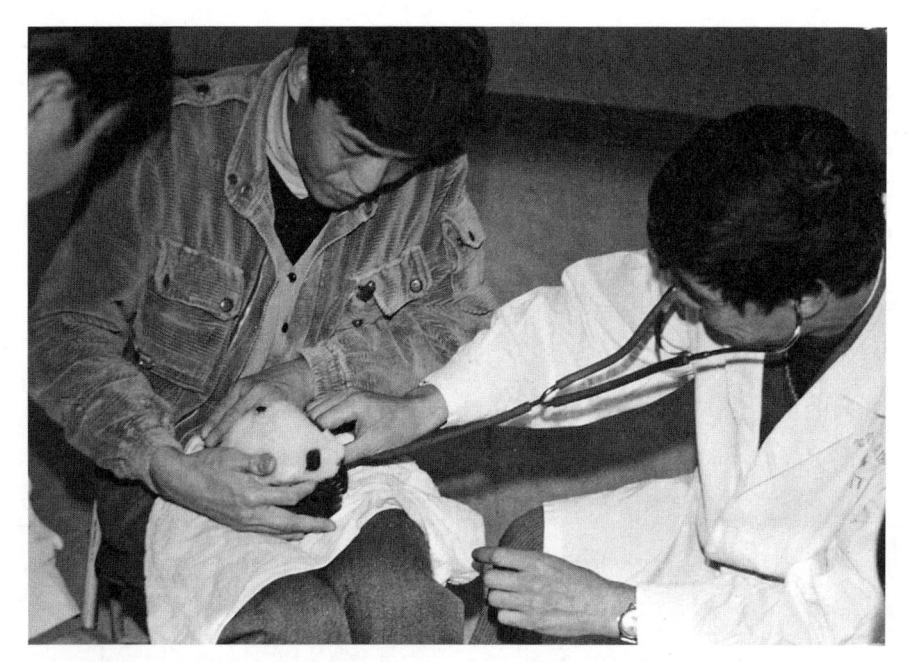

为大熊猫幼崽做体检

伺候"月子",需安排人值夜班。单身汉何光昕作为不二人选,被两位女将推荐。于是,何光昕打起铺盖入住熊猫产房,圈舍外安张床,距离"莉莉"母子几步之遥。接连熬夜两个月,投食喂水做卫生。

不分白天晚上,科研人员持续观察、记录,大熊猫幼崽成长之路,就此大白于天下。

最初十来天,熊猫宝宝醒来就吃奶,吃饱就睡觉;一个来月时,眼圈、耳朵和四肢逐渐变黑,身上长出黑白相间的体毛;两个月上下,耳朵对声音有所反应,能伸直前肢慢慢爬行;三个月过去,摇摇晃晃学走路,继而攀爬树干,一回生二回熟;半岁以后,胆子大起来,离开圈舍随母亲小院漫步,嬉戏翻滚打闹,学习生存技能;转眼一岁,母亲逐步断奶,自己尝试着采食竹笋和竹叶……

对人类圈养大熊猫自然繁育的第一只幼崽,研究人员寄予厚望,取了个阳光的名字——"明明",希望它前途光明。名字听来响亮,但在我看来,似乎应有更深层的寓意：中国的大熊猫研究由此起步，前景光明无限！

一辈子爱好集邮，我读小学时的邮票册，收藏着熊猫纪念邮票一套。那是一九六三年，中国首次发行的熊猫纪念邮票。三幅泼墨写意熊猫，均出自国画大师吴作人笔下，艺术水准高超。

这一年于中国大熊猫保护研究而言，意义非凡：卧龙等第一批自然保护区建立；大熊猫繁育首次在北京动物园取得成功。

"明明"满一周岁前夕，《民族画报》记者找上门，要给科研人员和"明明"拍张合影。记者巧安排，竹林作背景，欧阳淦扎两根齐腰的长辫子，穿一件棕白相间的线呢上衣，恰好映衬熊猫的黑白二色。"明明"懂事，依偎在欧阳淦怀抱里，眼睛亮闪闪地盯紧镜头。

照片拍回去，欧阳淦青春焕发，"明明"神态自然，总编辑很满意，安排刊登在《民族画报》第三期作为封面。

《民族画报》第3期封面，怀抱"明明"的欧阳淦。

第五章　先行者的足迹　125

截止到一九七七年，北京动物园共诞生十六只大熊猫幼崽，存活七只。反观上海动物园，这个时间段出生的十五只幼崽，全部夭折，空高兴一场。

一九九三年初冬，我到北京学习对外宣传，地点就在百万庄大街的中国外文局，距北京动物园不远。于是利用休息时间，专门去了一趟，看看宝兴熊猫生活的地方。

三十年岁月沧桑，熊猫馆略显老旧，当年的熊猫已先后辞世。圈舍里国宝不少，据饲养员讲，多是宝兴熊猫后裔。正值午餐时分，个个埋头吃竹子，对家乡人的到来无动于衷。

去往办公地点，要找的四川收集站王洪阁等人，已然归家安度晚年。北京动物园同宝兴诸多渊源，办公室的人听我一番言辞，很是热情，请出熊猫专家欧阳淦接待。聊起大熊猫，这位老大姐头头是道，无论人工饲养，抑或繁育研究，都是北京动物园率先开展，蹚出一条路来。

一九七八年前后，圈养大熊猫繁育难题依旧未解决：百分之九十的雄性大熊猫，不易发情，交配困难；近一半的雌性大熊猫不具有繁殖能力。偏赶上国家采取措施，不再允许捕捉野生大熊猫，北京动物园四川收集站已经奉命撤销。源头切断，其他动物园紧张起来——人工繁育不见成效，以后怎么支撑局面？

坦然面对。抽调精兵强将，北京动物园再行攻关，这一次由刘维新唱主角，担任课题组组长。这位中年专家，毕业于北京大学生物系，分配到北京动物园后，有幸目睹"明明"从出生到长大的全过程。

经多年观察，刘维新发现，人工饲养环境下，雄性亚成体或成体大熊猫，无法像野生同类那样幸运，自由参与繁育的社群活动。说得直白点，就是无法观摩学习求偶交配行为，进而模仿之。情况严重，如不采取补救措施，圈养大熊猫繁育将面临危机。

为了攻克难关，解决雄性大熊猫不易发情、交配难的问题，刘维新走访前辈，多次前往远郊的北京奶牛中心种公牛站，从精液的采集、稀释、注入到冷冻技术，实地观摩，逐一请教，回来反复尝试——当然不可能是大熊猫，国宝金贵，只能先从猴子、黑熊们开始。转眼一九七八年四月，熊猫馆三只雄性大熊猫依然如故，毫无发情征兆。无奈之下，刘维新决定动用杀手锏，使用电刺激法采集精液后，赓即对"娟娟"等四只雌性大熊猫进行人工授精。

当年九月八日，"娟娟"一胎产两崽——大熊猫人工授精繁育，全世界首次获得成功。

可惜，两只幼崽中，熊猫妈妈只照顾其中之一。这只活下来的幼崽，取名"元晶"，出生时体重一百二十五克。"元晶"的成活，标志着大熊猫人工繁育进入一个新阶段，刘维新也被授予国家科技进步三等奖。只是，为什么熊猫妈妈不肯照管另外一只？科研人员左思右想，不明白个中缘由。

当时大家尚不清楚，这属于大熊猫的"弃子"现象。

野外生存的熊猫妈妈，偶尔产下双胞胎或多胞胎，但绝大多数情况下，只会养育其中之一。面对其余小生命尖厉响亮的呼唤，母亲置若罔闻，直待叫声消失呼吸停止，便将死去的幼崽连同胎盘一并吞食。这种现象，以后被动物学家称为"弃子"行为。

专家分析，可能在幼崽的出生和成长期气候寒冷，熊猫妈妈只能怀抱其中之一，用体温帮助弱小的孩子抵御严寒，无法兼顾；也可能母乳有限，仅能保证一只幼崽存活。

大自然是严酷的，熊猫妈妈别无选择。

偶尔有奇迹发生，野生大熊猫妈妈也会哺育双胞胎。一九七二年冬天，平武王朗自然保护区，有人在深山里看见一对双胞胎熊猫幼崽，工作人员捕获后送往重庆动物园；一九八六年夏初，陕西佛坪自然保护区红石岩，考察人员见到一对半大的双胞胎熊猫嬉戏打闹；一九九〇年初秋，卧龙自然保护区的巡山人员，发现树洞里有一对二十多厘米高的大熊猫双胞胎，激动地举起相机……

一九九二年，北京动物园再获成功——全世界首次突破大熊猫全人工育幼难关，解决双胞胎成活问题。当时，一只名叫"永永"的熊猫妈妈产下一对双胞胎，哥哥"永明"和弟弟"永亮"。"永明"自己哺育，搂怀中温柔

第五章　先行者的足迹

舔舐；"永亮"抛一旁，挣扎呼唤不搭理。

面对"弃子"难题，动物园赶紧调派人手，实行专人看护。饲养员刘志刚经验丰富，取出"永亮"放入育婴箱。熊猫妈妈的乳汁，显然指望不上，只好用牛奶、羊奶替代。刘维新想办法采集"永永"乳汁，分析成分，试图配置替代品。

有刘志刚的细心照料，"永亮"吃得饱睡得香，发育良好，身体状况不亚于哥哥。每次检查身体，刘维新都很满意："永亮"没辜负大家一片苦心，健康成长。

为北京动物园高兴，为刘维新叫好。

殊不知，天有不测风云。几年后，欧阳淦大姐电话告知："永亮"走了。她说，"永亮"体质强健，不料五岁时突患重症，被病魔夺走生命。以后的日子，随着大熊猫人工育幼研究的深化，科研人员才恍然大悟，并非病魔厉害，

喂大熊猫幼崽进食，也是有窍门的。

根源在于没吃到熊猫妈妈的初乳，导致免疫功能缺乏。

三十多年来，几代科研人员锲而不舍，致力于大熊猫繁育研究。通过自然交配或人工授精，繁殖大熊猫二十八胎，其中诞生双胞胎十八次，产崽四十六只，成活二十一只。在北京动物园，大熊猫三世同堂不算稀奇，更有一家子四世同堂的，让人赞叹。通过学习交流，中国保护大熊猫研究中心、成都动物园、日本上野动物园及马德里动物园相继采用人工授精繁育方式，皆获得成功。

作为先行者，北京动物园功不可没。

女同胞心细，欧阳淦观察细微，总结多年科研得失，写下不少精彩文章。

据她说，"明明"很不幸，长大后兽医发现它只有一个睾丸，无法延续后代，一九七五年去了长沙动物园，几年前寿终正寝。倒是"永永"争气，两度漂洋过海，亮相美国那风光劲儿，欧阳淦说得眉飞色舞。

这还得说回一九八四年七月。"永永"刚从宝兴来北京不久，机会来临，同雄性大熊猫"迎新"搭伴，飞往美国洛杉矶动物园，助阵第二十三届奥运会。不愧是大熊猫，人气指数就是旺。四十度的高温天气，参观民众大排长龙，等候一小时，观赏三分钟。只需熊猫一个动作，惊叹声便响成一片。一九八七年二月，应纽约方面邀请，"永永"由另一雄性大熊猫"陵陵"陪同，赴纽约布朗克斯动物园小住，照样观者如云。

何止国外争光，"永永"最出彩在生儿育女，称得上"英雄母亲"。成年以后，它先后同雄性大熊猫"良良""弯弯"自然交配，产下"亚庆""永明"等五只幼崽，四儿一女子孙满堂。

再说国礼大熊猫，北京动物园负责挑选和配对，承担临时饲养任务，保证国宝不出问题。由此说起，远渡重洋的大熊猫可不少，扳起指头，欧阳淦一一数来：有到美国的"玲玲""兴兴"，到日本的"兰兰""康康"……

对了，中华人民共和国成立后赠送苏联的第一对国礼大熊猫，也是从这里走出国门。

第六章

从"竹林隐士"到"世界公民"

> 熊猫作国礼,架起与相关国家的友谊桥梁,被寄予厚望。隐居于深山的"竹林隐士",从此摇身一变,成为"世界公民"。

一、国礼大熊猫,引四方躁动

中华人民共和国成立以后,以国礼身份走出国门的第一对大熊猫,是北京动物园的"碛碛"和"平平",目的地苏联莫斯科国家动物园。

那个特殊的历史时期,苏联是社会主义国家的"老大哥",中国是亚洲最大的社会主义国家,两国关系密切。因此,苏联成为首个获赠大熊猫的国家,理所当然。

一九五七年四月,时任苏联最高苏维埃主席团主席、苏联元帅伏罗希洛夫访问中国。参观北京动物园时,伏罗希洛夫被大熊猫深深吸引。两国领导人会晤中,他提出希望得到这种迷人的动物。出于中苏的友谊,中国决定赠送苏联一对大熊猫,祝贺十月革命胜利四十周年。

突如其来的任务,令北京动物园手忙脚乱,赶紧从现有熊猫里,挑选出最优秀的一对:雌性大熊猫"碛碛"和雄性大熊猫"平平"。只是,"碛碛"二字太过生僻,改用同音字"姬姬"替代。

一个月后,"姬姬"和"平平"搭乘飞机,迁居莫斯科国家动物园。

那些日子里,莫斯科国家动物园热闹非凡。为观祥瑞之兽,不仅莫斯科当地居民，就是各加盟共和国的人，只要有机会来莫斯科，必去动物园探望大熊猫。

不知何等原因，对熊猫知之甚少的莫斯科国家动物园，一口咬定"姬姬"是雄性，要求调换。万般无奈的北京动物园，只好在第二年一月把"姬姬"接回，另将"安安"送上。

这一来弄巧成拙，"姬姬"正儿八经女儿身，而那"安安"，百分之百纯爷们，以假乱真蒙了两个国家级动物园。

谁也不怪。辨别未成年大型哺乳动物的雌雄，最难就数大熊猫。雌雄幼崽的生殖器官，完全被外缘皮肤掩盖严实，没法分辨。就连三岁的雄性亚成体，体重几十公斤，睾丸也不过蚕豆大小，说来谁都不信。至于大小便，都是同一个姿势，伏卧地面雌雄莫辨。

就连十多年后送往美国等国家的国礼大熊猫，都是精挑细选成双配对，好让国宝们在异国他乡繁衍后代。即便如此，也有走眼的时候。

经过不懈努力，直到一九八九年，中国专家通过染色体组型分析、犬牙比对等方法，才算解决这个困扰多年的难题。

早年间，大熊猫性别鉴定难在了解不够，外加科技手段落后。不过，北京动物园还是有些经验的，专家们配对无差错，"姬姬"确系雌性。

无奈"姬姬"喜气洋洋出国，灰头土脸归来。这种打脸的事，就连《北京动物园园志》也只字未提。

眼瞧苏联得到无价之宝，美国的动物学家再次动心。

悲哀呀，一九五三年九月五日，芝加哥动物园上空乌云笼罩，露丝十多年前第二次进入汶川带回的大熊猫"梅梅"辞世。"梅梅"长眠不醒，整个西方世界没了活体熊猫。人们盼星星盼月亮，就盼着何时再见大熊猫。

当时东西方两大阵营泾渭分明，可美国人思路活络，先有佛罗里达州迈阿密稀有鸟类饲养场，后有芝加哥动物园，几次致信北京动物园，直言不讳提出对大熊猫感兴趣，希望得到一对。至于交换方式，用货币或动物都行，可由中方决定。

北京动物园收到信函，赶忙往上汇报。

冷战时期，一般来说，美国提出这样的要求，中国多半置之不理。出乎意料的是，北京动物园最终答复美方原则上可行，但要双方互派人员到对方动物园访问，领取交换的动物。其中的关键，就在于必须直接交换而不通过第三方，这是中方唯一的要求。

如此高明的外交手法、严谨的措辞，绝非仅仅北京动物园的决策。

这一招实在是高——你要我就给，看你有没有胆量接招。你不是不承认中华人民共和国吗？那好，互派人员去对方动物园，中国、美国两边的签证一办，不就等于承认现状吗？

办签证、双方人员往来，此事难倒了美国国务院。迟迟不见下文，美国的动物园着急，一个劲地催。美国政府悟出个中厉害，不敢接招：直接与中国进行动物交换，绝对不行。

事情就此搁浅，美国失去获得大熊猫的机会。

而苏联的收获，再次让美国动物学家的脑海中浮现新思路。汲取教训，这次换个花样，走民间渠道，通过其他同中国友好的国家办成此事。一九五八年初，物色到奥地利的海尼·德默，一位专门从事动物买卖的商人。芝加哥动物协会找上门，提出用二万五千美元购买一只大熊猫。

德默一盘算，这笔买卖挺划算，满口答应。作为生意人，他找了个事由，办好签证手续进入中国。

德默此人工于心计，不知从哪个渠道打开缺口，找上北京动物园，用两只犀牛、三只长颈鹿，外加河马、斑马各一对，交换大熊猫"姬姬"。

这次交换引起中国相关部门高度警觉，发出指示：严禁同国外买卖或者交换大熊猫。由是，大熊猫通过民间渠道的交换，这是第一次也是最后一次。

熊猫到手，殊不知中途生变——虽然德默与芝加哥动物园有约在先，但始料未及的是，美国政府因为"姬姬"的"共产主义背景"，禁止"姬姬"入境，断了无数熊猫粉丝的念想。

无奈之下，芝加哥动物园只好爽约，向德默深表遗憾。

第六章 从"竹林隐士"到"世界公民"

好在手头拽着的是大熊猫，不愁没有买家，无非多耗些时日而已。德默信心满满，趁着初夏气温不高，抓紧时间带"姬姬"坐上火车，进入西伯利亚，一路向西颠簸到苏联的莫斯科国家动物园。稍事休息，再沿铁道线，去往西德的柏林动物园、法兰克福动物园和丹麦的哥本哈根动物园，一边巡展挣钱，一边联系下家。

"联合"一九五〇年去世后，西欧国家再无熊猫现身，"姬姬"的巡展，吸引了众多参观者。话虽如此，面临严重经济萧条的西欧各国，财政收入锐减，企业经营难以为继。

可怜"姬姬"，稀罕物谁都想要，可就是太差钱。大熊猫一下子沦落为"流浪猫"，靠展示黑白二色度日如年。

九月底，德默辗转来到英国伦敦动物园。有二战时期与"明"的生死与共，对于大熊猫，英国人另存一份特殊情感。大熊猫的价值，伦敦动物园心知肚明。天赐良机，困难再大，还是咬紧牙关，开价一万二千英镑买下。流浪几个月的"姬姬"，总算有了归宿。

伦敦动物园再度火爆，人们纷纷涌入，就为一睹"姬姬"的可爱。不过，溺爱熊猫的人们，天天朝院里扔巧克力，养成它爱吃甜食的坏习惯。

英国人善待熊猫，作为动物明星，"姬姬"挣钱不少，消费也高。住的是带空调带小院的圈舍，主食是专门从法国采购的竹子，当然少不了苹果、胡萝卜等。配备专职管理人员，身着统一制作的黑色制服，头戴软呢帽子，其中一位叫克里斯托弗·马丹的，最讨"姬姬"欢心。

食色性也，成年的"姬姬"郁闷呀。

郁闷生就烦躁。一个春天，马丹给"姬姬"投食，突然遭到攻击。亏得反应快，发现情况不妙，转身逃出院子关闭笼门。接下来几天，"姬姬"情绪反常，暴躁不安，吃东西没胃口……专家会诊结果是，"姬姬"发情了。

大熊猫性成熟应在五岁前后，"姬姬"早就过了这个年龄。

当务之急，赶紧给"姬姬"物色夫君。病急乱投医，伦敦动物园首先想到中国，毕竟那里有足够多的雄性大熊猫，选择余地大。无奈中国恰逢"文

受到精心照料的"姬姬"

革"前夜,无暇他顾。

于是,就剩莫斯科国家动物园这条路。伦敦动物园相中了"安安",也就是替换"姬姬"的那只大熊猫。谈判还算顺利,苏联同意所请,说是为繁育珍稀动物,不与英方过多计较。发生在冷战时期的携手合作,超越东西方意识形态界限,给足大熊猫面子,其和平友善的形象深入人心。

从经济萧条中缓过气的英国人,说话口气大:"姬姬"珍贵,远赴莫斯科,哪能轮船火车地瞎折腾!坐飞机,而且必须包机。安排就绪,一九六六年三月,十二岁的"姬姬"坐上包机,由伦敦直飞莫斯科,成婚去也。随行人员前呼后拥,除了兽医、动物专家和外交官员,少不了爱凑热闹的新闻记者。

"姬姬"入住莫斯科国家动物园,紧邻"安安"圈舍,让它们相互熟悉

第六章 从"竹林隐士"到"世界公民" 135

气味。休息两天，众人期盼的时刻到来。用完早膳，铁门大开，"安安"摇头晃脑，经过通道迈入"姬姬"房间……

圈舍外，两国相关人员围个水泄不通。最忙碌的数记者，提起长枪短炮抢角度，不断调整快门和光圈，静待好戏开场。

出乎所有人意料，两个家伙根本不来电，脾气超火爆，见面二话不说扭作一团。抓脸咬耳朵，大打出手不依不饶，有我无你有你无我，哪有半点洞房花烛味道。

何必呢，老家都在夹金山，相距不过半日路程。即便"安安"鸠占鹊巢，替换掉"姬姬"，让美女颠沛流离，却也并非出自本意。夫妻不成，总该好聚好散，犯不着成生死冤家。

赶紧隔离，两只熊猫犹嫌不解狠，气喘吁吁怒气冲天。

何以至此？一是错过最佳时间，发情期就那么几天，过了这个期限，习惯独身的成年熊猫，关在一起肯定打个你死我活。二是应了句老话，老女子脾气怪——论年岁，"姬姬"绝对大龄未婚。

不是冤家不聚头。三年过去，伦敦动物园心有不甘，支付一切开销，招"安安"当上门女婿。两只熊猫再度相聚，只盼能开花结果。然而，莫斯科结下的梁子，岂肯善罢甘休。"姬姬"凶相毕露，见面又打个花儿开。

命中注定，"姬姬"和"安安"不是夫妻是冤家，辜负人们一番美意。

一九七二年，步入老年的"姬姬"死亡，遗体被制作成标本，珍藏在伦敦皇家自然博物馆。

只怪"姬姬"时运不济，孤独终身。倘若晚上几年，中国同西方国家掀起建交浪潮，夫婿还不任挑选！

二、"熊猫外交"，话和合之道

说起中国同西方国家建交，不可忘记一九七一年的"乒乓外交"。在这个时间节点，中美双方抓住契机，打通两国交往渠道，迎来震惊世界的"破冰之旅"——尼克松总统访华。

一九七二年二月,中美两国领导人以战略家的政治勇气和智慧,实现了跨越太平洋的握手。尼克松访华一周,功德圆满,两国在上海发表《中美联合公报》,二十三年的坚冰打破,中美关系走向正常化。

尼克松访华前夕,美方派出几批先遣人员,赴北京协调相关事宜。这个过程中,中方陪同人员发现一个奇怪现象:所有人都提出要去北京动物园,目标熊猫馆。为了一睹大熊猫,甚至放弃参观八达岭长城。

接下来,尼克松在中国访问期间,第一夫人帕特·尼克松对大熊猫情有独钟,更让中方悟出道道。

需要看的地方太多,什么地方去与不去,都可以商量,唯独熊猫馆不可更改。抵达北京第二天,帕特·尼克松驱车前往北京动物园,熊猫馆前看中国国宝,笑得前俯后仰;亲自拍照,不停投喂竹子,赞美之声不绝于口,甚至试探性地提出想得到大熊猫;街头浏览,对熊猫玩具爱不释手,一买一大堆。

第一夫人释放出强烈信号:大熊猫——世界级"萌宠",美国人求之若渴。

然而,直到临别前的最后一晚,中国对熊猫问题仍没有任何回音。

惊喜发生在答谢晚宴——周恩来总理突然宣布赠送美国两只大熊猫。

中国决定赠送美国国礼大熊猫,寓意深刻。

古往今来,大熊猫以竹子为主食,与其他动物友善相处,不带攻击性,具有"友谊使者"的特质。当今世界,稀有、珍贵、可爱、唯一……集众多赞誉于一身的大熊猫,被称为中国国宝、世界珍奇。

继"乒乓外交"之后,中国打出"熊猫外交",影响深远。熊猫作国礼,架起与相关国家的友谊桥梁,被寄予厚望。隐居于深山的"竹林隐士",从此摇身一变,成为"世界公民"。

嗅觉灵敏的随行记者,迅速将这消息传遍世界各地,特大新闻轰动全球。

按照国务院指示,林业部承担了这对大熊猫的挑选工作。

出国大熊猫的挑选标准严格,需经过重重关卡考验:长相要漂亮,毛色要亮丽密实，年龄要两岁左右，体型要不胖不瘦，体重与身高、年龄要成比例。另外，眼睛要八字型，眼球要黑；两只耳朵毛色要全黑，与周围的白色界限分明；头要圆，嘴不能太尖。

北京动物园里，雌性大熊猫"玲玲"入选。挑选另一只大熊猫的任务，则落到中科院动物研究所专家朱靖、北京动物园高级工程师刘维新头上。

二人奉命赶赴宝兴，会同四川收集站的人，反复比对站里喂养的大熊猫。最终，相中雄性大熊猫"兴兴"，专车送往成都双流机场，飞北京与"玲玲"配对。

相聚北京，"玲玲"和"兴兴"由饲养员白淑敏照管，做好赴美前的准备。一日三餐，吃的是"光明牌"奶粉、小站米和维生素等，就连糖和蛋也是质量最好的。这些食物，都是凭票供应，饲养员们都眼馋。看着吃个不停的两只大熊猫，动物园领导发话："别说吃这些，就是吃金子都得给！"

为确保"玲玲"和"兴兴"适应长途飞行，不出意外，相关部门安排了多次试飞，让两只大熊猫适应环境，稳定情绪。每次试飞，都是白淑敏陪同，一上飞机就喂竹子，转移注意力。说来也怪，同有些人一样，大熊猫也晕机。开头一两次，下了飞机，"玲玲"和"兴兴"异常难受，趴地上一动不动。还好，几次飞行下来，它俩逐渐适应。

一切就绪，四月十六日，"玲玲"和"兴兴"由首都国际机场登上专机，飞越重洋抵达美国。为了迎接大熊猫，华盛顿国家动物园全盘计划提前量，做好准备早安排——迅疾派专业人员赴北京，学习大熊猫喂养技术。短短两个月，抢时间抢进度，参照北京动物园建起熊猫馆，里面包括起居室、游乐场、戏水池等，当然还得安装空调。

大熊猫抵达华盛顿，大雨如注，八千人冒雨迎候，总统夫人亲自出席熊猫馆揭幕式。

"玲玲"和"兴兴"的到来，让华盛顿动物园应接不暇。展出第一天，两万人排长队，造成交通堵塞。第一个月，参观人数上百万。就连当年漫画中的尼克松，也是满面笑容，怀中紧抱一只大熊猫。

一九七二年，美国人称之为"熊猫年"！

时隔多年，评价尼克松功过是非，众说纷纭。唯有出访北京，这"改变世界的一周"深得人心，并以此荣登世界级政治家宝座。获得中国政府赠送国礼大熊猫更是浓墨重彩的华章，让人津津乐道。

至于大熊猫的繁育问题，美国集中一流专家，长期从事该领域研究。就一个目的：让"玲玲"和"兴兴"在美国传宗接代，子孙绵长。谋事在人，成事在天。一九八三年七月二十一日，"玲玲"生下幼崽，仅存活三个小时。

噩耗传出，世界自然基金会专门发表讣告，总部大楼首次为动物去世降半旗致哀。

以后的日子，"玲玲"又先后三次生育宝宝，只是总夭折，让人空喜欢一场。动物园方面为"玲玲"顺利产崽想尽办法，甚至不计成本，从伦敦动物园借来雄性大熊猫配对，可依旧未能如愿。

科技一流的美国，在大熊猫繁育方面始终没有大的突破。

倒是墨西哥运气好，同样只获得一对大熊猫，却在本土开花结果。

一九七二年中墨建交，中国未赠送大熊猫。一九七五年中国领导人访墨，墨西哥总统埃切维利亚旧话重提，中国同意赠送一对大熊猫。

这对健壮活泼的大熊猫中，雌性大熊猫"迎迎"老家宝兴县，雄性大熊猫"贝贝"出生在青川县。当年九月七日，墨西哥派出墨西哥城动物园主任弗雷得里克和建筑师巴雷拉等人，专程赴北京迎接。

九月八日晚，墨西哥驻中国大使馆临时代办罗乐思为中国赠送墨西哥大熊猫举行招待会，墨西哥农林部、北京市和相关部门负责人出席。

第三天，"迎迎"和"贝贝"登上专机，前往墨西哥。护送大熊猫的北京动物园副主任阎振河，迎接大熊猫的弗雷得里克和巴雷拉等，同机离开北京。

墨西哥第一次拥有自己的大熊猫，格外珍惜，由查普特佩克动物园喂养。这里林木掩映，碧波荡漾，生态环境绝佳。刚开放的日子里，从总统埃切维利亚到幼儿园小朋友，都纷纷前去看望。

与美国的"有心栽花花不开"相反，墨西哥竟然"无心插柳柳成荫"。

两只熊猫长大后，夫妻俩恩恩爱爱，先后产下五胎七崽，其中四只幼崽健康成长，创造国礼大熊猫繁育史上诸多第一，让其他西方国家自叹弗如。

再说美国得到大熊猫，成为爆炸性新闻，众多西方国家翘首以盼，希望国礼大熊猫早日光临。始于"熊猫外交"，西方世界掀起新一轮"熊猫热"，持续不断直到今天。

日本后来居上，先后获赠四只大熊猫，成为获得国礼大熊猫最多的西方国家，甚至超过美国。

紧随美国，一九七二年秋，时任日本首相田中角荣访华，两国政府签署《中日联合声明》，中日实现邦交正常化。

日本民众对大熊猫的喜爱可谓狂热，尤其是孩子。他们通过各种渠道造势，表达这一强烈愿望，希望借助首相访华之机，如愿以偿。

田中角荣出访之前，日本方面就已经为迎接大熊猫做好各项准备。为此，日本时事通讯社在九月二十四日的报道中，以《期待着熊猫的喜讯》为题，专访上野动物园园长浅野三义，直言不讳道：

> 本月九日，同北京动物园交换了动物，比政治优先一步恢复了邦交。孩子们对鹳很有好感，但仍然喜欢熊猫。现在有和大熊猫有亲缘关系的长尾巴的中国产（小）熊猫，而黑白分明的大熊猫，国内只有布缝的玩具出售。希望借这次访华的机会，一定要使孩子们的梦想实现。东京动物园已做好迎接的准备，正期待能够得到"将熊猫送给日本"的通知。

访华期间，田中角荣也在各种场合，一再恳求中方赠送一对大熊猫，中国答应了这个要求。

一九七二年九月二十九日，《中日联合声明》签署；下午，日本政府代表团召开新闻发布会，公布了中国赠送日本一对大熊猫的消息。

馈赠日本的这对大熊猫便是雌性大熊猫"兰兰"和雄性大熊猫"康康"。

1972年11月5日，日本东京上野动物园，民众庆祝大熊猫落户日本。

两只结伴，于一个月后飞往日本，想不到居然享受了一番"国宾"礼遇。

专机进入日本领空，日方派出战斗机护航。飞机降落机场，官房长官二阶堂进代表首相迎接，鸣放礼炮二十一响。入住东京上野动物园后，大熊猫的明星风头盖过所有动物，好长一段时间一票难求。尤其是孩子，去动物园看"兰兰"和"康康"，成为他们最大的心愿。精明的商人瞄准商机，适时推出"兰兰""康康"的熊猫玩具，大发其财。

大熊猫平时动作迟缓，以至于不少人认为它们不够机灵，甚至愚笨。然而，"兰兰"和"康康"以自己的"才干"向世人证明，熊猫是天才的"发明家"。它们来到东京不久，就利用动物园随意放置的一些物件，发明了一种轻松愉快的游戏。"兰兰"和"康康"联手，将用铁链系住的轮胎拎起，爬上树杈后放下，然后端坐轮胎中，优哉游哉，玩起荡秋千的古老游戏。

日本人目瞪口呆，不得不惊叹它们的机敏。

万分遗憾，一九七八年九月，"兰兰"不幸去世，肚子里还怀着熊猫宝宝。为给单身的"康康"寻求伴侣，第二年年底，日本借首相大平正芳访问之机，再次获得中国赠送的一只大熊猫。

第六章 从"竹林隐士"到"世界公民" 141

1979年9月,在日大熊猫"兰兰"病逝后,日本儿童在熊猫馆献上一束花,呆呆地观看孤独的"康康"。"兰兰"和"康康"分别于1979年和1980年死亡,在日本生活了不到8年。

这只大熊猫名叫"欢欢",就居住在北京动物园。首相夫人大平志华子闻讯后,立即前往看望。

"欢欢"长相俊美,用完午餐,正在熊猫馆外边玩耍。似乎知道贵客来临,它抬起头,竖起双耳,摇摆着肥胖的身子,向客人致敬。周围的人起劲儿叫着"欢欢"的名字,它十分得意,不停满地翻滚。饲养员扔下苹果、胡萝卜,它抓起吃了一个又一个。首相夫人非常满意,边向"欢欢"招手边笑着说:"日本人民,特别是孩子们,将会非常喜欢。"

记者们不放过任何机会,乘机请首相夫人谈谈观感。大平志华子说:"我希望'欢欢'到日本后,在日本国土上繁殖后代,传播友谊种子。"

延续血脉,传播友谊,的确是"欢欢"这次东渡的重大使命。

为迎接"欢欢",东京上野动物园投入大量资金,修建了带有空调、园林和游乐设施的高档熊猫馆。

一切齐备,一九八〇年一月二十九日,"欢欢"由北京首都国际机场启程赴日。临上飞机,笼箱顶部的帘子突然轻轻掀起,迎着阳光,"欢欢"露出半个身子,向祖国告别。记者们赶紧拍下这珍贵的一幕。

四个小时的飞行后,"欢欢"抵达东京成田国际机场。途中为防止感冒,机舱温度始终保持在二十度上下;担心飞机颠簸,机上专门配备了运载专家;从成田机场到动物园仅几十公里路程,日本方面还动用了保温车,维持适宜温度。

傍晚，"欢欢"到达上野动物园熊猫馆。早已守候在此的数百名摄影记者一拥而上，等候的孩子们发出阵阵欢呼声。首次亮相，"欢欢"款款步出笼门，眼睛闪着亮光，慢慢摇着头，似乎在向欢迎的人群打招呼。

"啊，看起来是比'兰兰'还漂亮的美女。"有人发出感叹。隔壁，"康康"正倒头酣睡，"欢欢"一脸傲气，看也不看一眼，径直走进自己寝室躺下。这时的"康康"从梦中苏醒，睡眼蒙眬走来走去，不时朝"欢欢"那边瞟一眼。

命运弄人，"欢欢"到来才短短五个月，"康康"便不幸辞世。一九八二年十一月，中国又将大熊猫"飞飞"送给上野动物园，与"欢欢"配对成双。

"欢欢"不负众望，先后产下雄性大熊猫"童童"、雌性大熊猫"悠悠"。"童童"诞生后，日本举国欢庆，上至皇室下至黎民，纷纷前往探视。

天有不测风云，二〇〇〇年，正值盛年的"童童"病故，是年十四岁。一九九二年，为纪念中日邦交正常化二十周年，"悠悠"与北京动物园出生的"陵陵"互换，回到祖国。去到日本的"陵陵"，一直没有生育，于二〇〇八年去世，日本就此失去唯一拥有所有权的大熊猫。

至于法国，中法友谊源远流长。早在一九六四年，法国奉行戴高乐的独立自主外交政策，不顾他国阻挠，毅然与中国建交，带头打破了西方对中国的封锁。这以后，两国在外交、经贸、文化等多个领域展开合作，为西方国家同中国的外交树立了榜样。

由于两国间的长期友谊和合作，一九七三年法国总统蓬皮杜访华期间，十分期望能够得到大熊猫。告别宴会上，蓬皮杜袒露心扉，中国慷慨应允，赠送法国一对大熊猫。

第二年开春，大熊猫"黎黎"和"燕燕"乘专机前往巴黎文森动物园，受到法国上下的欢迎。

戴维的心愿终于画上句号。

英国作为最早与中国建立代办级外交关系的西方国家，也不甘人后。

机会终于来临，一九七四年五月，英国首相希思借访华之机提出请求，中国政府同意赠送一对大熊猫,"佳佳"和"晶晶"入选。

英国对大熊猫再度光临非常重视,派专人到中国、美国、日本考察,建起豪华而又适合大熊猫起居的熊猫馆。同年九月六日,又派出伦敦动物园的专家提前到北京,看望"佳佳"和"晶晶",了解它们的生活习性,并对中国政府表示感谢。

九月十三日,"佳佳"和"晶晶"登上经过特别改装的专机,由北京动物园负责人堵宏章等陪同,直飞伦敦。

伦敦机场,聚集着欢迎的人群。装载"佳佳"和"晶晶"的浅绿色板箱轻轻卸下飞机后,伦敦动物园主任科林·罗林斯、熊猫饲养负责人乔治·卡拉尔德、英国外交部负责人以及中国驻英国大使馆临时代办褚启元等迎上前去,欢迎远道而来的"贵宾"。

第二天,伦敦瓢泼大雨,但民众的热情丝毫未受影响。早餐后,"佳佳"和"晶晶"慢腾腾走进展示场,优雅地游乐嬉戏,赢得人们一阵阵掌声和欢呼声。这一天,观众接近两万人,成为伦敦动物园有史以来接待人数最多的一天。当天下午,英国前首相、保守党领袖希思冒雨看望大熊猫,伦敦动物学会负责人洛德·朱克曼教授、伦敦动物园主任科林等陪同。参观之后,兴高采烈的希思对记者即兴发表讲话:"这对大熊猫的到来,显示了中国政府对英国人民的友谊,它们必将受到英国人民的热烈欢迎。"

当时最漂亮的熊猫馆,建在联邦德国首都西柏林。

联邦德国对中国大熊猫梦寐以求,直至一九七九年十月二十四日,总理施密特访华之时,中国宣布:送给联邦德国人民两只大熊猫。于是,"宝宝"和"天天"这对雌雄伴侣,作为国礼远赴西柏林。

消息传来,联邦德国一片沸腾,全国上下充满喜庆和欢乐。不少报刊争相发表文章和图片,介绍大熊猫情况,说中国赠送的大熊猫是"最好的礼物"和"友谊的象征"。

联邦德国最具影响的《世界报》,派记者赶赴成都,一个月内接连发表两篇专访,还附上"宝宝"和"天天"的大幅照片,介绍它们在成都动物园的情况。而联邦德国的数家动物园，已经在为大熊猫的归属争得不可开交。最终，新建有熊猫馆、配备先进设备的柏林动物园，取得胜利。

为解决大熊猫饲养问题，"宝宝"和"天天"来到动物园后，动物专家认真研究，采用米饭、牛肉、牛奶、蜂蜜、食糖、苹果、菠菜和多种维生素做成混合饲料，逐渐减少竹子投放，加大混合饲料比重。经过一段时间的观察，动物园方面宣称：混合饲料能够取代鲜嫩的竹叶和竹笋，"宝宝"和"天天"完全习惯这种饲养方法，发育良好。

然而，发育良好仅仅是专家们的自我感觉。"天天"四年后死去，刚刚成年。"宝宝"虽然高寿，活到三十四岁，但生殖器官存在缺陷，无法正常交配，采集的精液也不能使雌性熊猫受孕。

根源何在？是否归咎于竹子被取而代之？当年对熊猫了解有限，不敢肯定，也不能否定。假设是今天，任何动物园也不敢心存幻想，断了熊猫的最爱——竹子。

三、大熊猫"留洋"新招：中外合作研究

"熊猫外交"大获成功的同时，问题也随之出现。

由于环境、食物的改变等原因，国礼大熊猫在异国他乡寿终正寝的少，死于疾病的多，尤其消化系统病变，死亡率居高不下。繁殖后代更是老大难，尽管出国时皆成双配对，但大熊猫在择偶问题上不含糊，相互挑剔加上没有选择余地，自然交配成功率不高。采用人工繁殖技术，则经验不足，雌性熊猫怀孕难；侥幸怀孕，又面临幼崽成活难……

与此同时，川、陕、甘三省保护力度有限，野生大熊猫生存难度大。中国加入《濒危野生动植物种国际贸易公约》（CITES）后，于一九八二年做出决定：不再以国礼形式赠送他国大熊猫。这个决定严肃认真，国家层面将按《濒危野生动植物种国际贸易公约》要求，规范稀有动植物交易，协调所有出租行为。

取消国礼大熊猫以后，出租成为唯一选项，开初效果也还理想。

一九八四年，应第二十三届奥运会组委会邀请，中国大熊猫"永永"和"迎新"飞往美国，在洛杉矶动物园展出。完成任务后，转场旧金山动物园，继续行程。

大熊猫第一次短期出借，租金丰厚，主办方也赚到大把钞票，皆大欢喜。

问题恰好出在熊猫租借。这种商业性质的活动，触动了欧洲和北美国家不少动物园的神经，名利双收，何乐而不为？邀请接二连三，日本、英国、瑞士、加拿大、新加坡、新西兰、澳大利亚……动员一切力量——官方的民间的，千方百计，只要能从中国租到大熊猫，多少钱在所不惜。

大熊猫租借，就此一发不可收拾，愈演愈烈，被戏称出国"打工"。截止到一九九二年，共有三十批次五十四只大熊猫，先后借展到世界各国。至于上海杂技团训练熊猫表演，更是开了一个危险的先例。国外一些动物园，为吸引游客，模仿上海杂技团的做法，逼迫大熊猫登台献艺。

出租熊猫引发强烈反响，国际环保组织频频发声。一九八八年，世界自然基金会、国际自然及自然资源保护联盟、美国动物园及水族馆协会先后发表声明书，针对展览租借大熊猫提出自己的观点。

归纳起来，即：出租的熊猫应不具有繁殖能力；禁止大熊猫参加马戏团表演；避免租借行为导致大熊猫失去回归自然的机会；不能变相鼓励捕捉野生大熊猫……

一句话，发乎内心，全为大熊猫好。

以武汉杂技团的"英英"为例，这只一九八五年出生于四川南坪县的野生大熊猫，被训练成表演明星，在舞台忙活了一辈子，失去繁育后代的机会。二〇〇一年，有新闻媒体高调评价其是"一个被人化的大熊猫"，并且在文章中大肆渲染这只可怜的熊猫"今生看来是注定要为艺术'献身'了"，"好在作为大功臣，它以后尽可放心地在武汉杂技团颐养天年"。

言犹在耳，仅仅过去四年，武汉媒体报道的内容，便与此大相径庭。在一篇题为《大明星熊猫"英英"养老遇难题》的报道中，杂技团负责人大倒苦水："英英"一年开销二十万，既不能演出也不能展览……结尾尤为直白：这样将"英英"养到老有什么意义？

潜台词可以这么理解："英英"理当发挥余热，要么演出，要么展览，自己挣钱养活自己。

表演明星又如何？当丧失利用价值的时候，谁还认它是明星？假设"英英"没被捕捉，徜徉山野，与雌性大熊猫自由恋爱，传播爱情种子，那才是真正的大功臣呢！

随着时间的推移，大熊猫租借引发的争议越来越大，采取抵制态度的环境保护团体越来越多，有损中国国际形象。审时度势，总结得失，中国宣布停止熊猫租借。全新的中外合作研究模式继而推出，这一模式符合国际惯例，有利于熊猫保护，并在实施过程中逐步走向规范。

全新合作模式约定：中国送一对大熊猫出国，可留居所在国十年左右，双方合作开展大熊猫研究；承租的动物园每年捐赠一百万美元给中国，作为大熊猫保护和科研基金；出借期间，熊猫繁育的后代归属中国，亚成体时送还；大熊猫非正常死亡需赔偿，尸体一律归还中国。

中国获得的捐赠款项专款专用，由国家林业局统筹安排，百分之六十用于野生大熊猫保护工程，剩下的部分用于圈养大熊猫研究。这些收入，取之于熊猫，用之于熊猫。当然，在大熊猫保护研究上，国家财政拨款仍然占大头。

中外合作新模式一举三得：满足了其他国家拥有大熊猫的心愿，人们即便是看熊猫呼呼大睡也心满意足；通过观赏中国的国宝，唤起人类关爱自然、保护珍稀动物的意识；中外专家携手合作，交流借鉴，推动大熊猫饲养、繁育等方面的研究进程。

新模式下，大熊猫留洋协议可不好签，中国要求严格，并且组织专家对各个环节逐一验收。

大熊猫居住的场馆，室外活动场地面积要求达三百平方米，树木、竹子、水池、玩具一应俱全；室内面积四十平方米，安装空调，温度控制在二十五度以下。这边搞基建，那边饲养员赴中国培训，然后才能上岗。大熊猫每天吃多少竹子，吃什么水果什么粮食，蛋白质和碳水化合物摄入量多少……都会有一个营养配方。中国还会派出专业人员，陪大熊猫在国外待几个月，指导外方饲养员。

繁育合作同样不用担心。进入二十一世纪以来，由于中国科研人员的不懈努力，在这一方面已然世界领先，相关国家从中获益不小。大熊猫发情前后以及产崽期间，只要有需要，中国专家总是如约而至，全力帮助。

新合作模式始于中日、中韩之间。按照中韩双方协议，一九九四年，大熊猫"明明"和"莉莉"去往韩国，在三星爱宝乐园生活了四年，可惜未曾生下一男半女。

美国则借助双边合作研究，实现了繁育大熊猫的梦想。

一九九六年，中美双方签订合作协议，雌性大熊猫"白云"和雄性大熊猫"石石"入住圣地亚哥动物园。然而几年过去，"白云"的肚子一直未见动静，急坏美国方面。情急之下，美方邀请中国专家合作，采用人工授精方式，使"白云"怀孕产崽，生下女儿"华美"。

二〇〇三年，"石石"归国养老，繁育重任由正值盛年的"高高"接替。"高高"与"白云"一见钟情，恩恩爱爱，自然交配人获成功。不久，"白云"怀孕产下幼崽，取名"美生"。

"美生"这个名字，由美国圣地亚哥动物园与中国野生动物基金会共同商定，有两层含义：一个意思是"在美国出生"，另一个意思是"美丽的生活"。

两年以后，圣地亚哥动物园又传佳音："高高"与"白云"再次自然交配成功。几个月后产下的幼崽取名"苏琳"，同六十多年前露丝带回的熊猫同名，显然有纪念之意。

"高高"的到来，打破了美国大熊猫自然交配的难题。而"白云"后来居上，六只幼崽健康成长，盖过墨西哥的"迎迎"，堪称中外合作研究的范例。

功不可没的"高高"，在美国一待就是十五个春秋。直到二〇一八年底，相当于百岁老人的"高高"叶落归根，飞回四川老家安享晚年。

喂养熊猫开销大，如修建熊猫馆、捐助研究费用等，但对于动物园来说，依旧稳赚不赔。

欧美国家的人们,对大熊猫的狂热程度,不亚于追捧摇滚巨星。

汶川大地震后,首对出国的大熊猫是"网网"和"福妮"。二〇〇九年,"网网"和"福妮"远涉重洋,来到澳大利亚南部城市阿德莱德,开始了为期十年的留洋生涯。

大熊猫第一次由北半球到南半球,面临全新挑战。十一月底的四川,寒风刺骨,而九千公里外的阿德莱德,已然酷热难当,冰火两重天。澳方考虑周全,接收大熊猫的阿德莱德动物园,新建熊猫馆占地四千平方米。由于气候炎热,室内装空调,室外有温控设施。动物园组建饲养团队,来四川学习培训,熟悉"网网"和"福妮"的生活习性,中国专家也赴澳实地指导。

一切担忧似乎多余,"网网"和"福妮"对新环境十分满意,刚来就喜欢上澳大利亚生长的竹子。管理人员喜出望外,除了园内广植竹子,还发动上百户居民在自家庭院种竹,无偿供大熊猫食用。

两年期盼,大熊猫终于光临。媒体推波助澜,全方位跟踪报道;阿德莱德街头打出横幅,上书"来自中国的礼物";商店礼品柜上摆放的澳大利亚国宝考拉,让位于中国国宝大熊猫;有关熊猫的宣传品放置于超市,顾客可免费索取。抵澳两周后,"网网"和"福妮"刚与当地居民游人见面,参观票就预订到了几个月后。

一年多过去,"熊猫热"有增无减,动物园游客量激增百分之七十。

苏格兰皇家动物协会不甘落后,历经多年努力,也在二〇一一年,将大熊猫"阳光"和"甜甜"接到英国,入住旗下的爱丁堡动物园。街头民众挥舞彩旗,动物园大门军乐队迎接,熊猫每天吃的竹子从荷兰进口……一张门票十六英镑,熊猫粉丝不嫌贵,每一个时段都要预约,预售网站也因访客众多而瘫痪。纪念品琳琅满目,熊猫玩具尤其畅销,每天卖出上千个。

一年以后,爱丁堡动物园的年收入,由五百万英镑增加到一千五百万。几年下来,动物园盈利,东家苏格兰皇家动物协会也跟着沾光,从一百二十万英镑的赤字,到账面盈余二百四十万英镑。

瞧着美国、日本等国不歇气地同中国开展合作研究，德国心中痒痒。

二〇一二年，"宝宝"去世五年后，德国抓住机遇，争取到中国支持，签下合作协议。

为迎候贵宾，柏林动物园够阔气，投入一千万欧元，修建最现代化的熊猫馆，整体风格融合欧洲现代风格和东方传统元素。汲取从前的教训，别说吃的竹子，便是居所周围环境，也是刻意模仿四川地理风貌和气候特征。熊猫抬头，满眼家乡景物。

二〇一七年七月五日，崭新的熊猫馆落成，柏林动物园举行开馆仪式，来自中国的大熊猫"梦梦"和"娇庆"，将在这座豪宅生活十五年。

弹指二十多年，同中国展开大熊猫科研合作的国家达十五个之多，留洋大熊猫先后加一起五十只上下，繁育众多子女。

中外合作大熊猫繁育研究，由中国保护大熊猫研究中心、成都大熊猫繁育研究基地负责实施。中国保护大熊猫研究中心作为担纲者，随留洋熊猫派往各国的专家，大多出自这里。

时至今日，研究中心还有三十四只成体大熊猫及繁育的幼崽生活在海外，并与十三个国家的十五个动物园开展科研合作。

这个研究中心究竟何方神圣，居然如此能耐？

第七章
科研"航母"铸就

> "熊猫计划"启动,封闭的卧龙开始走向世界。

一、史无前例的"熊猫计划"

中国保护大熊猫研究中心孕育于改革开放之初,催化剂是中国与世界自然基金会共同实施的一个国际合作项目,由于涉及大熊猫,后人称之为"熊猫计划"。

"熊猫计划"纯属一个偶然。

当今世界,有几个最具影响力的非政府环境保护机构,组织者募集资金,与各国政府通力合作,从事地球上重点动植物和环境的保护。世界自然基金会(World Wide Fund for Nutare, WWF)为其中之一。

六十多年前,几位有志者聚到一起,面对地球生态环境日趋恶化的现状,决心成立一个机构,为宣传保护野生动植物及其生存的环境尽其所能。一九六一年,世界自然基金会宣告成立,总部设于瑞士格朗,创始人之一是英国著名生物学家、曾任联合国教科文组织第一任总干事的朱利安·赫胥黎[1]。

---

[1] 朱利安·赫胥黎(Julian Huxley, 1887—1975):英国生物学家、作家、人道主义者。他提倡自然选择,是现代综合进化论(modern synthesis)的奠基人之一。

目前，世界自然基金会在法国、美国、日本、加拿大等二十多个国家设有分部，在八十多个国家设有办公场地，拥有两千五百名全职职员，以及超过五百万的志愿者。一九九六年，世界自然基金会在北京成立办事处，以后又在九个城市设立项目办公室，与中国开展包括物种、森林、淡水、气候等多方面的合作，资助重大项目上百个，投入资金超过三亿元人民币。

这个全球最大、经验最丰富的环境保护机构，最初的名称是世界野生生物基金会（World Widelife Fund），一九八六年改用现名。

筹建期间，在思考基金会的徽标图案时，发起者集思广益，提出寻找一种认同度广泛，超越所有语言和文化障碍，又能在黑白印刷品上具有辨识度的动物作为标志，让人一目了然终身铭记。

天赐良机，伦敦动物园"姬姬"持续多年的火爆场景，让发起者们领悟到大熊猫无与伦比的魅力。且看它，圆滚滚胖嘟嘟毛茸茸，头大耳小颈粗尾短逗人喜爱，再加上绝无仅有的黑白二色，理所当然地成为世界自然基金会的徽标图案。

观察"姬姬"几天之后，参与筹建的彼得·斯科特（Peter Scott），在一份设计草图的基础上，绘制出世界自然基金会的正式徽标——一只简洁醒目的大熊猫，人见人爱！

多才多艺的彼得·斯科特，兼有鸟类学家、作家、画家多重身份，是二十世纪环境保护运动的卓越组织者、世界自然基金会的领导者。他说：

> 我们选择它，是因为它是美丽可爱的濒危物种，它有着吸引人的特质，受到了世界上很多人的喜爱。同时也是因为熊猫只有黑白两种颜色，这样在打印我们的徽标时，可以节省大量的印刷成本。

以后的事实证明，大熊猫没有辜负这份厚望。天长日久，黑白相间灵动可爱的熊猫形象，不经意间取代其他动植物，成为环境保护运动的通用标志，大熊猫也成为世界生物多样性保护的旗舰物种。

转眼到了一九七九年，世界自然基金会找到南希·纳什（Nancy Nash），聘请她担任三个月的公关顾问。南希是一名美国记者，长期驻香港，同中方相关机构和人员有许多接触，算得中国通。

南希到世界自然基金会总部就任后，在一次闲聊中提出一个问题：世界自然基金会既然这么看重大熊猫，选择大熊猫作为会徽标志，为什么不同中国洽谈，合作研究大熊猫呢？

大熊猫研究，在西方动物学家眼中，是一个梦寐以求的课题。南希提出这个建议时，由美国政府资助、具有半官方性质的史密森学会[①]，以及其他几个世界性的动物保护组织，早已经盯上中国的大熊猫。各个组织派出的联络人施展浑身解数，通过一切渠道，希望征得中国同意，共同开展大熊猫研究。世界自然基金会虽早有此意，但几次碰壁后，觉得不太可能争取到这个项目。

热心的南希提出自己去试一试，世界自然基金会求之不得。

作为记者，南希极其敏锐，提出"试一试"并非心血来潮。一九七九年的中国，改革开放春风荡漾，打开封闭的国门，为实现"四个现代化"战略目标，全国上下摩拳擦掌。南希目睹中国的变化，判断中外联手开展大熊猫研究的时机来临。她很快拟出计划书，陈述国际合作之于大熊猫的诸多好处，全力推介世界自然基金会的实力，建议中国有关部门与之洽谈，共商研究与保护大计。

这份计划书由新华社香港分社转呈政府相关部门。毋庸讳言，当时中国的大熊猫保护亟需国外资金与先进技术的支持。很快，喜讯传来，计划书获认可，中国同意与世界自然基金会洽谈合作事宜。

世界自然基金会收获意外惊喜，成为第一个受到中国政府邀请，来华开展大熊猫保护工作的国际非政府机构。

一九七九年九月十九日，彼得·斯科特带队，率秘书长查尔斯·德黑斯（Charles de Haes）等人，在南希的陪同下抵达北京。中国政府非常重视，安

[①] 史密森学会（Smithsonian Institution）：唯一由美国政府资助的博物馆机构。由英国科学家詹姆斯·史密森（James Smithson）遗赠捐款，1846年根据美国国会法令创建于华盛顿，是世界上最大的博物馆系统和研究联盟。

排三个部门共同负责这一项目,包括林业部、中国科学院和国务院环保办公室。国务院环保办公室一位负责人任组长,林业部野生生物保护处处长王梦虎为首席谈判。

十天洽谈,似乎一切顺利,双方在许多方面达成共识。主要成果有两项:双方各派三位代表,成立一个联合委员会,每年磋商一次;签订一份备忘录,协议开展大熊猫保护项目,建立一个研究中心,对大熊猫生态进行系统研究。

这以后,信函往来电话沟通,协议条款基本敲定。

一九八〇年五月,正式签署协议前夕,根据双方约定,世界自然基金会派出代表考察大熊猫栖息地。彼得·斯科特不顾年迈体衰,毅然前往,同行者有"熊猫计划"外方首席专家乔治·夏勒和南希。中方陪同人员有林业部的王梦虎、熊猫专家胡锦矗、随行记者中新社的罗小韵等。

考察地定在卧龙。高山地区,原始森林,人迹罕至,偏远贫穷,怎么形容都不为过。出人意料的是,夏勒笔下的卧龙,无论风光还是传说,皆充满神韵:

> 龙首倚着一片有零星村舍的山脚,它的尾巴迤逦直上云间。山里到处都是龙——蜿蜒的河流、茅屋里升起的炊烟、曲折的山峦——这座山峰还真像一头冻结在时间里的巨兽。相传,亘古以前,一条龙飞经这座山脉,爱上了这儿的美景,决定停下来休息一会儿。它到现在还没走,卧龙因此得名。

自从抓捕熊猫的洋人离开,几十年过去了,卧龙的山民再次见到白皮肤蓝眼睛的西方人,改口叫"老外",透着几分亲切感。

中国人办事心思缜密,一招一式藏玄机。这么安排线路,其意不言自明,合作地点必设在卧龙无疑。

五月初的成都,已带着夏天的味道。此时的卧龙,河谷一带满目葱茏,各色野花争相绽放;高山地区依然白雪皑皑,气候寒冷。

晨雾弥漫的卧龙

核桃坪、英雄沟、"五一棚"、巴朗山……时而坐车，时而徒步，胡锦矗一路讲来，老外们听得兴致盎然。卧龙是典型的熊猫窝子，一百五十来只国宝栖息山野，最多数英雄沟、臭水沟，不到两平方公里一只。很多地方连路也没有，斯科特一行紧握拐杖，在竹林和灌木丛中穿行。

一路发现了熊猫粪便，以及吃竹笋剩下的笋壳……只是缘分不够，没遇见野生大熊猫。真正见到熊猫，是在英雄沟的繁育场。

前途崇山峻岭，转眼峰峦叠翠，溪流清澈，鸟儿嬉戏，别有洞天。溪边觅食的白顶溪鸲，触动斯科特的灵感，取出画笔细细勾勒。片刻，一幅"溪鸲戏水图"跃然纸上，神态逼真。

考察不忘座谈，座谈围绕一个目的，王梦虎不厌其烦：希望世界自然基金会履行一年前的备忘录，成立一个研究中心。

为争取研究中心项目落地，中国方面加重情感投入。斯科特不是画家吗，便从成都请来著名山水彩墨画家邱笑秋。告别晚宴结束，以画会友，邱先生泼墨挥毫，一气画就三幅熊猫图，逐一落款题名，分赠三位外国朋友。斯科特一个劲地竖大拇指，连声"OK！OK！"

回到北京，谈判继续。据南希后来回忆，接下来双方唇枪舌战，好几回差点谈崩。

争论的焦点在研究中心。

绰号"王老虎"的首席谈判王梦虎，口若悬河，滔滔不绝，勾勒出一幅宏伟蓝图：研究实验室占地八百平方米，二十个房间；宿舍占地一千六百平方米，容纳大约三十名科学家和技术员；饲养场户外空间十公顷，圈养二十只熊猫；设置长五千米、高三米的围墙；另有桥梁、水力发电厂……建设费用合计两百万美元，双方各负担一半。

老外们瞠目结舌。斯科特坚持说："长远目标是防范熊猫因栖息地遭破坏而继续减少，并通过田野调查与饲养繁殖，增加它们的数量。人工饲养的目标是释放熊猫回到大自然，或送往动物园，使人不需要再捕捉野生熊猫。"他建议缩小饲养场规模，减少开支；饲养繁殖值得考虑，但实验室几乎没必要。

卧龙当年的农家院落

斯科特坦诚相告：这么多年来，世界自然基金会募集的资金，从未投向基建项目。原因嘛，捐款人不喜欢花钱买设备。

最后的结论：重点应放在田野工作上！

外方专家乔治·夏勒一样观点明确：研究中心没必要。

中国方面，尤其王梦虎，毫不让步，咬死要建研究中心。王梦虎再次重申：我们需要研究中心协调所有与熊猫有关的工作……第一步就是成立研究中心。

这话没得商量，相当于最后通牒：没有研究中心，就没有"熊猫计划"。

中国这么坚持，似乎成竹在胸。倒也是，手中有熊猫，心中不慌，想合作的不少，史密森学会还在一旁跃跃欲试。

开弓没有回头箭。对世界自然基金会来说，熊猫旗帜高高飘扬，掉份儿的事不能出现。

斯科特心知肚明，妥协的只能是自己，谁叫中国人手里的王牌是大熊猫。

当晚，电话打到瑞士总部，德黑斯慷慨表态："一百万美元吓不倒我，两百万也无所谓！"

募集资金的秘书长都认为钱不是问题，争论结束，研究中心尘埃落定。

协议书签订前夕，紧急赶赴北京、参与磋商熊猫繁育场设计的纽约动物学会会长威廉·康韦（William Conway），专门致信德黑斯，就这项协议的广泛影响如此评价：

> 世界自然基金会到目前为止所做的一切，若论在野生动物保护上的价值，都不及这次的计划那么具有国际性。

一个月后，《熊猫行动计划议定书》在荷兰正式签订。时任中国国务院环境保护办公室主任李超伯、世界自然基金会总裁约翰·劳登（John H. Loudon），代表双方签署文本。内容主要涉及调查大熊猫栖息地状况，防范大熊猫数量减少，饲养繁育大熊猫并最终放归野外，建立一个中国保护大熊猫研究中心。

这是一个投资数百万美元的计划，还不包括专家们所需的各种设备、田野调查的各项开支、海外出差费用等。

南希为"熊猫计划"穿针引线，受到双方人员一致肯定，中国人为感谢她推动这一史无前例的合作，亲切地称其为"熊猫小姐"。

"熊猫计划"是改革开放的产物，标志着中国生态保护对外合作迈出第一步。

记得一九八八年，在成都结识王梦虎，他五十出头，生性幽默，同我们这些基层的人谈笑风生，提起熊猫如数家珍。说到"熊猫计划"，更是打开了话匣子——如何煞费苦心刚柔相济，让老外骑虎难下，为卧龙争取到一百万美元……

加上国家的拨款，两百万美元修建研究中心，对于当时的大熊猫保护而言，可谓一笔巨款。至于这项目对与否，那得走着瞧，事实说话。

二、研究中心之崛起与突围

出乎夏勒的意料，以后的岁月里，这个研究中心竟成了大熊猫研究的"航母"，让世界刮目相看。

不过，创建初期的研究中心寄人檐下，只是卧龙自然保护区一个内设部门而已。

卧龙自然保护区也是一路坎坷。一九六三年，保护区草创之际，办公地设在卧龙人民公社的关门沟，属汶川县林业局管辖。股所级单位，人员编制五个，借房子办公住宿，每年经费九百元，寒酸之至。

保护区地处高山峡谷，交通不便，周边六十余座雪峰高耸云天，终年云遮雾绕。山高林密，水源丰富，箭竹和华桔竹生长茂盛，有国家重点保护动物五十多种，珍贵濒危植物二十四种，野生大熊猫两百来只。

当年进出卧龙的山间小道

当时的卧龙不通公路,上汶川下灌县,翻山越岭走小路,一趟十来天。生活必需品从映秀采购,山里人背上药材、蜂蜜这些土特产,换成钱买酱油、盐巴、布料等,几天打一个来回。

自然保护区最初挂个名而已,实际作用不大。二十世纪六七十年代"农业学大寨",保护区范围内卧龙、耿达两个人民公社,改土造田烧荒开地,社员们干得汗流浃背。河谷清一色农田,山坡种满庄稼,唯有陡峭的山崖和极高的山脊,隐约可见森林。豪言壮语响彻山谷,奈何老天不给面子,气温低收成不好,能填饱肚子就算好年景。

苦了熊猫们,避之唯恐不及,藏身高高山巅上。

还有更厉害的——森工企业,靠伐木为生。当然根据国家安排,有计划有指标,否则谁敢私下动一根木头。卧龙一带为四川主要木材采伐基地,属红旗森工局地盘。原始森林一望无际,许多树木直径达一两米。为木头出山,可谓不惜代价,修公路翻越四千米的巴朗山垭口,绕道小金县运往内地。

百年过后,戴维在日记中诅咒的刀斧,被电锯取而代之,砍伐速度呈几何级激增。原始森林不断减少,灌木和其他植物随大树的消失而枯萎,动物们失去庇护。电锯刺耳的咆哮声中,伐木队伍不停地向高山区挺进,山巅的树木一片片倒下,大熊猫再度东躲西藏,四处寻找可以栖身的竹林。

一九七五年,经国务院批准,卧龙自然保护区面积扩大十倍,达到两千平方公里,机构升格为县级,收归四川省管理。境况改观,编制扩大,人员增加,经费不再捉襟见肘,办公场地迁入红旗森工局腾空的办公楼。失去砍伐区的红旗森工局,由林业部出资一千多万元,迁往松潘。

一九七八年,海拔两千五百米的牛头山上,卧龙自然保护区同南充师范学院生物系合作,设立中国第一个大熊猫野外观测站,保护区周守德担任主任,技术由胡锦矗负责。这便是大名鼎鼎的"五一棚"观测站。英雄沟山顶平坦处,建起大熊猫饲养场,里面喂养了七只大熊猫。当时条件简陋,所谓圈舍不过一个大棚,用铁栏隔成小间。

也在这一年,出行难问题初步缓解,卧龙至映秀镇公路贯通。只是山高谷深路况差，一些地段单行道，堵车撞车时有发生。上汶川下灌县，百来公里，坐客车三个小时算顺畅。

一九八〇年，卧龙自然保护区加入联合国教科文组织"人与生物圈"保护区网[1]。同年，国务院下发文件，卧龙自然保护区收归林业部，成立林业部直管的卧龙自然保护区管理局。

同年，"熊猫计划"启动，封闭的卧龙开始走向世界。

研究中心选址在核桃坪。卧龙多山，少数平地集中在河流两侧，经千百年冲击形成。核桃坪地处皮条河下游，两山夹一沟，狭长坝子洪水冲出。综合考量后，予以合理利用：森林覆盖的一侧，顺山坡修建大熊猫饲养场，又称核桃坪基地；河谷一侧，作为实验室和科研人员住宅用地。

一九八三年，中外合作重大项目——中国保护大熊猫研究中心建成，这个大熊猫研究的专业机构，全世界独一无二。研究中心包括熊猫饲养场、保育室、兽医院、科研实验室等，体系完整配套，专业从事熊猫营养、行为、繁殖生物学和人工抚育幼崽研究。这里环境幽静，河对面的山坡上，还不时有熊猫出没。

也在这一年，国务院同意设立卧龙特别行政区，隶属四川省政府，管辖保护区内的卧龙、耿达两乡。目的明确，协调各方利益，统筹大熊猫保护与地方经济社会发展，提高老百姓生活水平。卧龙自然保护区管理局同卧龙特别行政区合署办公，保护区管理局局长兼任特区办事处主任，实行部、省双重领导，四川省林业厅代管。

尽管称谓冗长拗口，却使保护区管理局一下子具有了地方行政职能，管理两个乡五千人。以后，发展壮大的中国保护大熊猫研究中心，依然沿用此例，与卧龙自然保护区管理局、卧龙特别行政区政府一个模式，实行"三块牌子，

---

[1] 人与生物圈计划（Man and the Biosphere Programme，MAB）：联合国教科文组织1971年发起的一项政府间科学计划，其目的是为改善人与其所处环境之间的关系奠定科学基础。其世界生物圈保护区网络目前共有701个生物圈保护区，分布在全世界124个国家。中国于1973年加入这一计划，1978年经国务院批准建立中国人与生物圈国家委员会，以推动该计划在中国的实施。

一套班子"。

也在这个时间段,上百名大学毕业生主动来到卧龙,追寻自己的人生价值。

事情进展到这个程度,终于理解王梦虎用心良苦。项目完工,进入日常管理,得设机构配编制招人员,经费列入财政预算。

我俩混熟以后,同他开了一句玩笑:"林业部的同事管你叫'王老虎',依我看莫如改称'王熊猫',似乎更准确。"的确,没有王梦虎的执着,研究中心还不知咋回事。

研究中心建成,工作步入正轨,开始对外接待游客,扩大影响。常来检查工作的王梦虎信心满满。刚开始,冲着大熊猫,来看稀奇的人不少。一段时间后,游人变得稀稀拉拉。究其原因,一来公路糟糕,碎石路狭窄崎岖,汽车颠簸摇晃,乘客活受罪;二来收入有限,人们只求吃好点穿得漂亮点,还没闲钱游山玩水。

早年因为工作原因,我去过研究中心几趟。

同城市动物园相比,核桃坪基地与众不同,优势明显:看点多,圈养大熊猫十来只,别的地方没法比;场地宽阔,熊猫圈舍标准高,尤其是依山而建,自带几分野趣。只是管理不敢恭维,纸屑、塑料袋随地乱扔,熊猫圈舍落满枯枝败叶。偶有游客惊扰熊猫,也不见管理人员出面。

管理人员多是本地人,文化不高素质有限,国宝熊猫在他们眼中,同家里喂养的猪牛羊没啥两样。再说,卧龙高寒山区,没吃没玩连个百货公司都没得逛,城里人哪个愿意屈就。

在核桃坪基地可以同熊猫照相,这个项目格外讨游客欢心。

知道有这等美事,是在一个夏天。雅安地区领导带队,林业局、外宣办负责人陪同,赴卧龙学习交流熊猫事。我作为工作人员,联系座谈,安排食宿。

早上出发,下午到达卧龙。这时的周守德,已经是保护区管理局副局长,他出面接待,双方握手寒暄,座谈交流。

雅安领导感慨,我们那边落差大,交通不便,基础设施差,打"熊猫牌"不见成效,发展旅游磕磕绊绊。一边感慨一边赞卧龙厉害,几年不见变化大。

周守德说，多亏了"熊猫计划"，中外合作野外调查非常成功，包括大熊猫生态及行为，种群分布及食性状况……专家们的工作受到国内外同行高度好评，前后发表两百来篇学术文章，硕果累累。尤其是胡锦矗、乔治·夏勒、潘文石等的著述《卧龙的大熊猫》，全面探索野生大熊猫生态环境和习性，开大熊猫研究风气之先，堪称经典。

中国政府和世界自然基金会投入巨大，卧龙道路修好，房屋电站建成，工作生活条件改观。只是地处偏远，收入低，条件艰苦，分来此地的大学生绝大部分出走，仅有六人留下。

人各有志不能勉强，周守德长叹口气，袒露难言之隐。

研究中心开张至今，仅有"莉莉"这只大熊猫产下幼崽，也搞不清是自然交配，还是人工授精。幼崽取名"蓝天"，媒体抢着报道，只是运气不好，未满三岁死于肠胃病。繁育不成功，愧对国家林业部和世界自然基金会。

众所周知，"发情难""配种受孕难""育幼成活难"，导致圈养大熊猫繁育力低下，圈内人称之为"三难"。早几年，世界自然基金会挺着急，经常催问，研究中心无言以对。

世界自然基金会耿耿于怀，在一份备忘录中抱怨：

> 核桃坪中心因缺乏照顾而荒废，也不设法提升自然繁殖的可能性……实验室和兽医院的状况很差，又很肮脏。

这番话，说得大家灰头土脸。合作项目完成后，外国专家打道回府，胡锦矗回到南充师院，这事也就淡了下来。

可大家始终难以释怀，就像欠了债。好在公派留学美国的张和民，放弃美国绿卡和导师挽留，毅然归来，领头攻克"三难"。他立下军令状，四年时间完成林业部下达的项目任务，圆大熊猫繁殖这个梦。

之前，林业部熊猫工程办公室来人，与研究中心闭门商量繁育一事。可统共就九只熊猫，还是老弱病残，研究中心叫苦不迭。上级部门就一句话：

内外压力大，熊猫务必繁育出来，条件要啥给啥。

种源少，从其他动物园调；需要经费，每年给十五万元；缺技术力量，请来刘维新等三位专家。专家多了主意杂，关系难协调，不久作鸟兽散，就刘维新留下了。

张和民的名字当时我是初次听说。他一九八三年大学毕业来到卧龙，一九八七年赴美国爱达荷大学攻读野生动物与自然保护区管理硕士。毕业那会儿，夫妻俩只需递交一份申请，美国绿卡马上拿。导师器重张和民，工作早有安排。然而，张和民不为优厚待遇所动，毅然归国，就此留下印象。初次见他，身着工作服，穿梭在熊猫圈舍之间，一点不讲究。

第二天起个大早，参观核桃坪基地。

正逢暑假，许多家长带上孩子来卧龙看熊猫，顺便避暑纳凉。旅游旺季，游客三五成群，上岗的管理人员多于往常。

绿草坪上，一群游客排起队，乱纷纷闹闹嚷嚷。走近看，几个管理人员中间，端坐一只半大熊猫。一个管理人员收钱，另一个安排游客依次上前合影。

熊猫略有懈怠，管理人员赶忙递上竹子。小家伙一把抓过，坐姿端正，吃得津津有味，模样特上镜。抓紧时间，照相的轮流上，一人二十元。

与熊猫合影不稀奇，我拍了多少这样的照片，自己都搞不醒豁[①]。只记得第一次是看罢邓池沟天主教堂，宝兴县陪同的人说，还得去蜂桶寨自然保护区管理处，同熊猫来张合照。

同熊猫照相，是当年宝兴吸引客人的绝招。那些年，大城市的人都能见着熊猫，不过是在动物园，隔一道铁栏杆。像蜂桶寨管理处那样，可以搂着抱着大熊猫拍照，很是罕见。

那天的照片挺抢眼，我兴高采烈眯眯笑，大熊猫好不逗人爱。蜂桶寨看熊猫并合影留念，成为大山深处的宝兴县招待尊贵客人的一道"大餐"。就冲着这一点，上边来人了，总要找个理由去宝兴，不为别的，就为同大熊猫

[①] 醒豁：四川方言，即清楚、明白。

留个影。

与宝兴的不同之处在于，卧龙敢想敢干：与熊猫照相，有偿服务。

面对抢着付钱的男女老幼，我不由想起《民族画报》当年的封面照片。同样是人与熊猫合影，北京动物园的欧阳淦怀中，依偎着第一只圈养大熊猫幼崽"明明"，如同母亲抱着孩子，脸上充满怜爱和自豪。反观眼前众生，掏出钞票靠拢熊猫，一脸的满足感。

就此以后，我不再抱熊猫合影。

研究中心这般景象，令王梦虎黯然神伤，心中拔凉。

莫悲观，世上无难事，只怕有心人，指不定峰回路转。这不，放弃美国优厚待遇回国的张和民，专业对口人才难得，很快便出任研究中心主任助理，主抓科研，这是最重要也最薄弱的一环。

临危受命，张和民把研究的突破口选在提高圈养大熊猫的繁育力。好在有王鹏彦、汤纯香、周小平、黄炎几位大学生，为了大熊猫，坚守卧龙矢志不移。张和民信心满满，会同他们组建课题组，首要任务是繁育出幼崽，接下来系统攻克"三难"，实现圈养大熊猫种群持续发展。

留下的都是精华。张和民坚守卧龙，历经磨砺，终成研究中心负责人、科研带头人，在中国乃至世界大熊猫研究领域举足轻重。

五岁半的帅哥"盼盼"高大威猛，七岁的美女"冬冬"正值妙龄，两只熊猫被选中配对。

"盼盼"来自蜂桶寨自然保护区。一九八六年四月，宝兴县新兴乡的大山中，五个多月的"盼盼"失去母亲，饥寒交迫，浑身发抖。所幸被一个学生及时发现，用藤子编个筐，背往蜂桶寨保护区管理所。当年的管理所，设于盐井乡大水沟，面朝东河。

熊猫幼崽获救带来惊喜，我几次前往蜂桶寨探视。管理所大门右侧，有一间木头板房，是工作人员李武科的寝室，这里成为"盼盼"临时的家，吃喝拉撒睡全在里面。推开门，十来平米的寝室凌乱不堪，异味迎面扑来。

"盼盼"够调皮，见到东西就乱抓乱咬。李武科说，一次他外出办事，

第七章 科研"航母"铸就

回家开门不得了，屎尿撒满屋，桌上饭碗摔一地，床上被子枕头抓稀烂。李武科故作生气，对"盼盼"说："你这么淘气，真该好好收拾一顿！"小家伙察言观色，浑身发抖，躲到床后一声不吭。收拾完房间，李武科刚落座，小家伙便乖乖上前撒娇讨欢心。

　　说话间到了喂奶的钟点。牛奶没吃几口，"盼盼"哼着哼着"来事"了——趴地下拉起大便。李武科这边放下奶瓶，那边端来瓷盆，用雪白的棉球蘸点温水，轻轻在"盼盼"肛门周围擦拭。

　　没办法的事情，李武科解释说："野外包括圈养的幼崽，每次拉大便，都有熊猫妈妈用舌头舔肛门，刺激宝宝排便。'盼盼'没这条件，就得用湿棉球刺激，排不出便麻烦就大了。"

　　李武科对待儿女，也没这么上心。

　　还有高兴事。几个月后的一天，我刚进保护区管理所，李武科就笑眯眯地告诉我："胡老师来了！"胡老师，便是鼎鼎有名的胡锦矗，圈内个个尊他一声"胡老师"，亲切又自然。胡老师正在坝子中间，乐滋滋地看"盼盼"翻跟头。虽已头发斑白，但他高大魁梧身板硬朗，根本不像近六十的人。

　　大家都叫"胡老师"，我自不例外。得知我是雅安人，喜欢大熊猫，胡老师的话匣子一下子打开了，说这些年宝兴、天全没少跑，深山老林到处留下脚板印……语调谦和，一说一个笑。凭直觉，胡老师毫无架子，大好人一个。

　　一回生二回熟，从此同胡老师多有交往，不时打扰。

　　"盼盼"身体康复后被送往研究中心，我已是多年未见。

　　一九九一年四月，春光妩媚，"冬冬""盼盼"你情我愿，恋爱成功。很快，"冬冬"有喜，慵懒嗜睡不思饮食。九月七日午后，"冬冬"产崽，研究人员高兴劲儿还没过，突然发现又产下一崽。初次当母亲的"冬冬"，同其他熊猫妈妈一样，大的生下，时而抱怀中，时而衔口中。接踵而来那小的，任凭凄厉呼唤翻滚乞求，弃之不顾躲老远。

　　终于见识了传说中的"弃子"行为。科研人员长杆绑网兜，争分夺秒抢出小的。先落地的取名"白云"，后生的就叫"绿地"。

称一称"绿地",体重不到一百四十克。没有母亲温暖的怀抱,电控保温育婴箱可以替代,只是缺母乳怎么办?刘维新回答,照老规矩办:喂牛奶、羊奶。以后逼急了,研究中心干脆连人奶也用。那个时候,大家都没意识到,熊猫妈妈的初乳才是关键。

奶粉按比例兑水,刚出生的"绿地"个把小时就要喂一次,每次几克,一点一点滴进口。刺激排便,观察一举一动,按时定量喂奶……张和民带头,课题组人员轮流守护,二十四小时不间断。有一句话,张和民常挂嘴边,研究中心的人倒背如流:大熊猫就像孩子,你得像对待孩子那样爱护它!

牛奶、羊奶轮换着来,人体免疫球蛋白没少打,精心照料下的"绿地",躲过病魔一次次的纠缠,发育良好,体重达到七公斤。张和民告诉大家,我们要的是人工育幼成功,双胞胎都能存活。

"绿地"出生一百六十天后,不经意的一次呕吐,因呕吐物吸入肺部,引起肺炎产生严重肺气肿,进而心力衰竭死亡。男儿有泪不轻弹,只因未到伤心处。抚摸着尚带余温的"绿地",张和民心如刀绞,当着众人的面,眼泪夺眶而出。

其实,"冬冬"和"盼盼"也算为研究中心争了口气。大女儿"白云",作为研究中心繁育成功的第一只大熊猫,以后加入留洋队伍去往美国,在异国他乡生下许多儿女。小儿子"绿地",是当时人工育幼存活时间最长的熊猫幼崽,为今后拯救更多"弃子"生命,提供了经验。

没保住"绿地"就是失败!科研之路容不得丝毫马虎,张和民擦干眼泪,汲取教训再上路。

"绿地"故去半年,"冬冬"再次生下双胞胎,一只当场夭折,另一只取名"大地",由母亲带大。四年间,人工繁育初战告捷,研究中心的熊猫妈妈们,六胎产下八崽,养大六只,与国内外动物园相比,幼崽存活率大幅提高。

在此期间,群贤毕至,科研队伍逐渐壮大。李德生、张贵全、魏荣平等大学毕业生,先后分配到卧龙,加入研究中心科研团队。新生代加入,在实

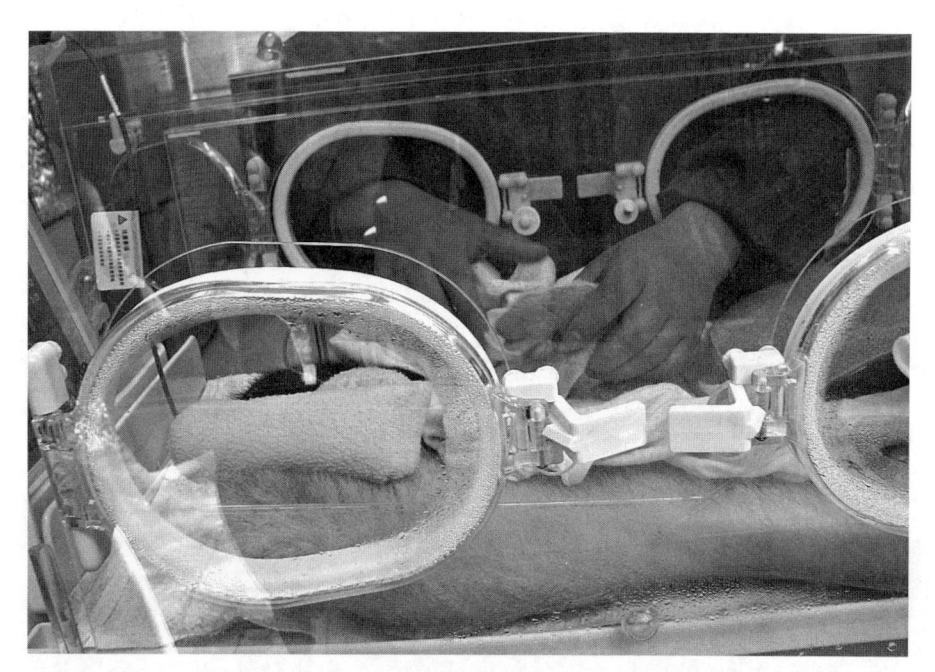

透过特殊玻璃制作的育婴箱，研究人员细心地给出生不久的熊猫幼崽喂奶。

践中成长提高，科研团队阶梯形成，后继有人。

一九九七年，研究中心三只熊猫妈妈产下双胞胎，大喜之后，人工育幼依旧失败。

人工育幼举步维艰。张和民心事重重，茶饭不香夜不能寐。他反复思索，幼崽管护没有疏失，找不出纰漏，问题是否出在食物上？回头看，没吃到熊猫妈妈初乳的幼崽，虽小心呵护，可至今尚无存活的先例。一九九二年，北京动物园双胞胎之一的"永亮"，通过人工喂养，健健康康活了五个年头，还是说走就走。

看似迷雾重重，实则就隔一层窗户纸：无论新鲜牛奶羊奶，还是奶粉奶酪，都不能替代母乳喂养，尤其初乳不可或缺。

熊猫妈妈产后四天内分泌的乳汁，称为初乳，是幼崽能否健康成长的关键所在。初乳呈淡绿色如同菜汁，富含幼崽生长发育所需的营养成分，具有提高免疫功能、抵御病毒、构建消化系统微生物菌群等独特作用。以后科研技术进步，分析熊猫初乳后发现，果真含有复杂的免疫成分，至今未能找到替代品。

一九九八年八月八日，一只没有名字、仅有编号的熊猫妈妈，产下一只幼崽。在中国人眼里，三个"八"连一起，吉利日子好兆头。只是熊猫妈妈不吃这套，产下幼崽不闻不问，冷眼旁观。

科研人员取出幼崽，人工哺育，奇迹由此发生。捅破这层窗户纸，张和民果敢决断：挤熊猫妈妈的奶，再由科研人员用针管喂给幼崽。

挤奶这活，从未有人干过，虽算不上虎口拔牙，可也充满危险。大熊猫一旦动怒，咬断科研人员手指头，轻而易举。

大家想了个招——大熊猫生就爱吃蜂蜜，溜进农家，打翻蜂箱偷吃蜂蜜，野生大熊猫经常干这事。然而，尽管美食诱惑，挤奶还是接连失败——一碰乳头，熊猫妈妈就来脾气。

坚持就是胜利，科研人员涂上熊猫尿液做掩护，两个人一起上，相互打配合。一人端一盆蜂蜜，有意挡住熊猫妈妈视线。习惯成自然，熊猫妈妈紧靠铁栏，露出半个脑袋伸长舌头，只顾享用蜂蜜。另一人戴上塑料手套，一只手拿稳大针管，一只手大拇指、二拇指轻轻捏住熊猫乳头，一滴一滴小心挤。速度要快，动作要娴熟，轻重要拿捏好，让熊猫妈妈感觉蛮舒服。几次下来，熊猫妈妈习以为常，挤奶愈加顺利。多余的奶，还得储存在冰箱，以备不时之需。

这招管用，熊猫幼崽顺利成长。人类历史上，人工哺育长大的第一只熊猫，取名"公主"，听名字就知道是雌性大熊猫。

难关攻克，第二年初见成效。四只熊猫产下八个儿女，除去生的三胞胎夭折了一只幼崽，不论熊猫妈妈自己带的，还是人工哺育的，都一天天长大。

为了确保双胞胎大熊猫存活，人工育幼不断改进。

除了人工挤奶，科研人员还想出了"调包计"。熊猫妈妈喂幼崽时，两个管理员在边上候着。等幼崽吃得差不多了，一个管理员端上蜂蜜，转移熊猫妈妈的注意力；另一个趁其不备，用手中的幼崽换下吃饱肚子的幼崽。每天如此，两只熊猫宝宝轮流享用母乳，再加人工辅助喂些混合奶，发育状况

核桃坪基地的大熊猫够顽皮

良好。熊猫妈妈马大哈，只图蜂蜜赶口，浑然不觉怀中宝宝被调包。

宝宝稍大，"调包计"周期延长，几天上演一回，让熊猫妈妈记住宝宝气味，不起疑心。

针对大熊猫的各项研究，研究中心率先启动，引领潮流，树立行业标杆——

改善育龄大熊猫食物结构，大幅度添加营养成分，同时增加活动量，强身健体。

采取诱导手段，大熊猫圈舍雌雄搭配定期调换，留下气味相互刺激。

圈养雄性大熊猫，大多数交配功能丧失，让人头疼。科研人员对症下药，录下野生大熊猫争夺配偶场景，让没有经验的雄性大熊猫春天里看录像听声音，并现场观摩其他大熊猫的自然交配过程。刺激之下，百分之八十的圈养雄性大熊猫恢复功能，实现自然交配。同时，人工授精紧跟上，雌性大熊猫怀孕率上升。汶川地震前的二〇〇七年，研究中心繁殖大熊猫幼崽二十只，成活十六只。

科研"航母"铸就，鸣笛起航，张和民不仅在圈内名声大噪，也引起全球熊猫粉丝的浓厚兴趣。

不显山不露水的卧龙，能够迅速做大做强，得益于搭上中国对外开放的快车，而且还是第一趟。

研究中心最受益。一流的科研水平，一流的设施设备，再加上几十只熊猫，品牌效应巨大。中外游客提及熊猫，总说中国保护大熊猫研究中心，倒是冷落了卧龙自然保护区、卧龙特别行政区。

二〇〇一年岁尾，在热烈的掌声中，张和民出任四川省卧龙特别行政区主任、国家林业局卧龙自然保护区管理局局长，兼任研究中心主任。同时，为革除弊端，保证科研经费落实，科研项目、科研成果申报顺畅，国家林业局做出决定，研究中心同时挂靠中国林业科学研究院。

这仅仅是第一步，一连串大动作还在后面。

三、应运而生碧峰峡

大熊猫的品牌效应，透过研究中心不断发酵：抓住机遇，碎石路加宽铺水泥，两个多小时通成都；旅行社发现商机，开辟旅游线路，游客增多。

发展归发展，有识之士不断发出忠告：为圈养大熊猫种群安全计，必须再建一个基地，以防不测。原来，众多大熊猫人工圈养，集中一隅，难免产生各种疾病，一旦突发疫情迅速蔓延，势必措手不及。

国家林业局意识到问题的严重性。为确保万无一失，先是内部磋商，继而广泛征求意见，物色合适地点，再建一个大熊猫基地。

二〇〇一年，新的大熊猫基地筹建进入实施阶段。

熊猫基地香饽饽，促进旅游，拉动消费。消息披露后，四川、陕西、甘肃三省有六个市参与竞争，都想将基地收入囊中。至于花落谁家，唯有各出妙招，强调自身条件最佳。

凭着雄厚的熊猫文化品牌影响力，作为第一只大熊猫的发现地、命名地，再加上得天独厚的自然条件，雅安全力以赴，与都江堰展开激烈角逐——无偿提供六千亩土地，拿出大熊猫宜居地，为基地人员提供舒适便捷的生活条件……

几经波折，峰回路转，国家林业局权衡各方优劣得失，最终一锤定音：新建大熊猫基地落户雅安碧峰峡！

至于取个什么名号，倒值得掂量掂量。无论卧龙自然保护区，还是卧龙特别行政区，"卧龙"二字地域性太强，特征不明显。倒是中国保护大熊猫研究中心，"中国"打头，冠以"大熊猫"，大气响亮。何不以此为名？于是，就叫中国保护大熊猫研究中心碧峰峡基地，与核桃坪基地并列。

论证筹建期间，我与张和民见面的时间多起来。名人日程紧凑，每一次交谈，要抓紧时间直截了当，聊熊猫，聊研究中心，聊熊猫粉丝关心的事。

锣鼓欢天，鞭炮齐鸣，二〇〇一年十二月二十六日，碧峰峡基地开工剪彩。碧峰峡，成为中外媒体的焦点、世人瞩目的地方。

哪里是碧峰峡？熊猫粉丝急切的眼光，在地图上来回搜索。

碧峰峡位于雅安城南十公里，距成都九十分钟车程，高速公路快捷安全，拥有国家重点风景名胜区等诸多头衔，平均海拔千余米，生长大量国宝喜欢的竹子，适宜大熊猫生长繁殖。

雅安，古称"西蜀天漏"。南丝路上流传的民谣"清风雅雨建昌月"，其中的"雅雨"，指的就是雅安的雨。据气象资料显示，碧峰峡所在的雅安市雨城区，一年有两百来天在下雨，年平均降雨量近一千八百毫米，由是得名"雨城"。

雨城多雨天，是周边山形地貌及森林覆盖率高等诸多因素所致。但在当地，一个神话流传久远——"天漏"导致多雨。远古洪荒，四根天柱毁坏，天地失去支撑，顿时天崩地裂大雨如注，造成洪灾，冲毁田地房屋。天上的女娲娘娘，看到亿万民众流离失所，衣食无着，炼就五色彩石补天。补天最后一站，来到雅安，女娲积劳成疾，功亏一篑，倒在这片土地上。雅安因天上窟窿未修补，经常降雨，终成"西蜀天漏"。

二十世纪八十年代，曾任美国总统国家安全事务助理的布热津斯基途经雅安，就为这里的青山绿水陶醉，感言雨城是中国最美丽的城市之一。早年游历西康的国画大师张大千，也为这方山川动容，不仅留下许多画卷，还在碧峰峡背面的飞仙阁赋诗赞曰：

孤峰绝青天，断崖横漏阁。
六时常待雨，阁有飞仙渡。

飘飘雅雨中，入得碧峰峡。眼前奇峰峥嵘，清泉流淌，森林广茂，翠竹常青。人在峡中走，两条溪流呈"V"字型，如青丝罗带，盘绕群峰之间。

峡中瀑布众多，一一数来，有白龙潭瀑布、千层岩瀑布、叠翠瀑布、鸳鸯瀑布、珠帘瀑布等。更有传说中的天然巨佛，灵秀静幽的小西天，古朴庄严的碧峰寺，浪漫青春的雅女园，清澈见底的女娲池等等，无一不让人流连忘返。

两年过去，碧峰峡基地落成，举行开园仪式。

眼前的碧峰峡熊猫基地，美景无限，风光无限，一幢幢漂亮的房屋，却是大熊猫圈舍、育婴室和幼儿园。完善的保障设施，为大熊猫打造了舒适家园，也为科研创造了优越条件。

开园仪式前，二十只大熊猫陆续迁入，主要来自核桃坪基地。以后几年，基地发展完善，不仅为大熊猫提供繁殖种源补给，增强大熊猫野性和野外生存繁育能力，还吸引了无数中外游客前来参观。

观看海归大熊猫，是碧峰峡基地的一大亮点。

留洋大熊猫繁育的幼崽们，长大回国，形成特殊的熊猫群体，获得一个响当当的名号——"海归"。

海归大熊猫返回祖国，出生地的粉丝对其念念不忘，关心它们归国后的情况。为集中展示中外合作研究成果，绝大多数"海归"安置在碧峰峡，基地兴建"海归大熊猫乐园"，游客称"海归园"。二〇一〇年十一月中旬，海归园竣工落成，泰国、美国、日本、新加坡等国驻华使馆派代表出席祝贺。

海归园位于碧峰峡基地老豹子山，分三个区域七套圈舍，可居住十多只大熊猫。"华美""美生""泰山""苏琳""珍珍""福龙"等，先后入住。

名气最大的"海归"，数留美大熊猫"白云"的女儿"华美"。

按照中美双方协议，二〇〇四年二月，四岁多的"华美"离开美国，搭乘飞机回到祖辈生活的地方。

这只海归熊猫引起我极大兴趣。它不仅是第一只在美国出生的大熊猫，第一只从海外归来的大熊猫，还是赴台大熊猫"团团"的妈妈。九年间，七胎生十崽，"英雄母亲"当之无愧，很是为"海归"一族争光。

由于生活条件优越，圈养大熊猫性成熟提前，雌性大熊猫三岁多就开始发情。不过，研究人员从健康角度出发，通常在四岁半发育成熟后，才让雌性大熊猫参与交配。"华美"就处于这个年龄段，恰好四月前后又是发情期，研究中心安排了四只雄性大熊猫，让它从中寻找自己的如意郎君。

当年九月初，"华美"产下一对双胞胎，其中一只雄性幼崽，两年后取名"团团"。

同所有熊猫妈妈一样，"华美"生下双胞胎，亦是怀抱其中之一，另一只照样不搭理。天性如此不要责怪，抛弃的另一只，会有饲养员放入育婴室，代为照料，将宝宝调包喂母乳。

饲养员告诉我，只有熊猫妈妈一手一脚带大的幼崽，才会哺育下一代。完全由人工喂养的幼崽，长大后生下宝宝，由于未得妈妈真传，手忙脚乱不知所措，无法承担起母亲的责任。

去的次数多了，听饲养员们聊起，海归大熊猫集中喂养，还有其他原因。

相比土生土长的熊猫们，"海归"一族讲究多，喂养难度大。全新的环境、不同的气候、生疏的饲养员、口味不同的食物……都需要重新适应,调整周期在半年以上,最难的部分是语言和食物。

比如语言,训练、指挥大熊猫,需要借助简单的手势,发出必要的指令。来自英语国家的"海归"一族,饲养员用英语发指令,大熊猫听得烂熟。回到祖国,普通话一点听不懂,更别说四川方言,指令失效。

再如食物,尽管大熊猫旅居海外,中方会提供食谱。但是请不要忘记,哪怕相同的食材,交给不同的人做同一道菜,味道总会有差别。打个比喻,就像四川人到欧洲旅游进川菜馆,菜一上桌大呼上当,那色香味哪里有半点川菜的影子。吃惯洋厨师伙食,面对品种齐全味道鲜美的本土食物,刚回家的"海归",一副爱理不理模样。

"泰山""苏琳""珍珍""福龙"们,这些出娘胎便留洋,长大后按协议返回祖国的小"海归",对陡然的变化倍感茫然。"海归"们普遍挑食,口味独特,最挑剔的甚至只吃美国的饼干和竹子——还得将就这些小祖宗,慢慢来别着急,饲养员逐步减少国外的食物,增加基地食物的比例。

至于语言障碍,那就调配熟悉英语的饲养员,汉语、英语轮番训练,反复与熊猫们沟通,尤其在投喂食物这些时间节点。

半年下来,"海归"们熟悉了环境,适应了家乡的饮食。这些大熊猫最妙之处,就在于英语、汉语普通话、四川方言都懂,绝顶聪明。

基地里,不时碰见大熊猫爱心体验者,通常叫作志愿者,也称义工。志愿者体验时间不等,短的三五天,长的半月以上,由基地大熊猫俱乐部组织。吃住行一切费用自理,还得提前检查身体。合格后接受培训,签订安全协议书,发一个工作牌挂胸前,上有"志愿者"几个大字。

每天清早,志愿者由饲养员带领进入圈舍,观察大熊猫状况和投食,学习相关知识,熟悉动物习性,训练大熊猫。随着一个个口令和手势,大熊猫乖乖站起、坐下、卧倒、爬树、游戏。

"大熊猫太可爱了!""我太兴奋了!"……不同的语言,表达的就这么几个相同的意思。"我还会再来!"告别碧峰峡之际,依依不舍的志愿者

第七章 科研"航母"铸就

如是说。

志愿者名额有限，抢着报名的不少，国内国外的熊猫粉丝都有，年轻人居多。近距离接触大熊猫，手把手喂竹子，这样的公益活动满是诱惑，可惜名额有限，一年不过千把人。

难忘首批志愿者中两个来自欧洲的小伙子——英国的汤米、德国的阿尔伯特，时间在二〇〇七年春天。

幽静的碧峰峡基地，大熊猫圈舍外的竹林边，我同他俩聊得火热。

知道二战时期的"明"、冷战时期的"姬姬"，也听说过爱丁堡动物园的"阳光"和"甜甜"，剑桥大学毕业不久的汤米，揣着美好的梦想，一路向东，来到熊猫家园中国四川，走进碧峰峡基地。

第一次见大熊猫，煞是招人疼惹人爱，汤米陶醉了，听说即将全球招募志愿者，赶紧留下QQ和电话。

三个月以后，汤米穿上志愿者的服装，还约上老同学阿尔伯特。

两个高大英俊的帅小伙，在饲养员的指导下，学习照料大熊猫。每天早晨，先观察大熊猫精神状况，确定一切正常，饲养员老师轻声将熊猫唤出圈舍，引进院子，关闭通道铁门。

下面轮到汤米和阿尔伯特动手：清理粪便，扫干净残留的竹叶，用水冲洗墙壁和地面。

卫生清理完毕，开始喂食。搬运五十公斤竹子，保证一只成年大熊猫每天的进食量，对身强力壮的汤米和阿尔伯特而言不算回事。只是挑选竹子，可就要细心了。

老师有交代，竹叶发黄变黑，大熊猫闻闻就会丢弃。要看颜色，挑选翠绿新鲜的，剔除枯枝败叶和泥土。

准备工作抓紧干，熊猫像小孩子，到点就得开饭。稍有延误，院里的熊猫就要闹意见，铁门撞得山响。熊猫吃饭一个德行：讲究。先拿起细枝和竹叶，放嘴边润湿，坐稳当再慢慢享用。最爱吃的是竹笋，剥笋壳那股子麻利劲儿，让汤米瞪圆了双眼。

老师反复告诫，给大熊猫喂食不能靠太近，碰上性格急躁的会伸出爪子挠人。虽属无意之举，可人哪里消受得起，一挠便是几道血印。

汤米特爱看大熊猫吃窝头——慢嚼细咽，像是品味道。小小窝头内容丰富，有大米粉、黄豆粉、玉米粉、鸡蛋等，外加食盐、白糖、骨粉、花生油以及各种维生素。捏好的窝头，放入笼屉蒸熟，一个个黄澄澄香喷喷。

志愿者工作第二天结束，与大熊猫分手在即，不能光顾聊天，还得抓紧时间拍些照片带回家中，留作永远的纪念。两人与我话别，提起相机拍个不停。

志愿者也不全是年轻人，不时可见中老年人。

年龄最大的志愿者，是一位七十岁的美国老太太，名字叫派特。老太太去过不少地方，欧洲、非洲跑遍，见过许多动物。可打动老太太，让她心甘情愿当志愿者的，唯有大熊猫。

为寻访美国归来的"华美""美生"们，老太太漂洋过海来到碧峰峡基地，扭住俱乐部的人不放，非要服侍海归熊猫。

高龄老人，出点差池担待不起；可老太太满脸真诚，却之不恭。万般无奈之下，给老太太安排了最轻的活：给熊猫做窝头。

活路轻松，空闲时候多，老太太便围着熊猫圈舍打转。几天下来，老太太拉住我的手，大谈不同年龄熊猫的板眼[①]：

熊猫幼崽们爬树是高手，几下就蹿到树梢上，让人提心吊胆，生怕有个闪失；怀有身孕的大熊猫，心情烦躁惹不得，呆坐角落不动，不贪饮食口味刁；年纪大的熊猫不爱动，天天坐同一地方冥思苦想，似乎追忆年轻那阵好时光。

我竖起大拇指称赞老太太：观察力特强。

老太太脸上笑开花，说，别嫌我老身体棒，接下来，去成都大熊猫繁育研究基地逛逛。

祝愿老太太，一路观光心情好。

---

① 板眼：四川方言，此处指名堂。

四、成都的大手笔

成都大熊猫繁育研究基地有看头。

与研究中心不同,繁育研究基地早年间属成都市园林局,归口国家住建部。以后,随着机构改革职能调整,城市管理、园林绿化、动植物保护等,统一归口新成立的成都市公园城市建设管理局。由于地处市郊熊猫大道,交通便捷,这里尤其适合来去匆匆的海内外游客。

转眼三十年,成都一以贯之,打造出又一大熊猫科研"航母"。

四川是大熊猫主要栖息地,成都近水楼台先得月——中国省会城市喂养大熊猫,成都首开先例。早期的成都动物园,坐落在西门百花潭,又名百花潭动物园。三万多平方米的地盘,围墙用一根根竹竿编成,别有创意。

一九五三年国庆节,动物园向公众开放,展出动物三十余种,包括大熊猫、雪豹、花豹、狮子、梅花鹿等。这只大熊猫来自灌县,开园前夕在漩口山区捕获,滑竿抬起送来。由于喂养不当,很快因病去世。后期,成都动物园派人到北京动物园取经,学会饲养管理方法后,再次捕获的大熊猫方才安然无恙。

大熊猫起居讲究,除了睡觉的卧室,还得有室内室外活动场地,栽种落叶乔木和藤本植物改善环境,设置山、石、假树、水池等供其嬉戏。

成都有亲戚,自然常来常往。听老人讲,我第一次逛成都动物园,穿的开裆裤,看见梅花鹿,抓住栏杆不撒手,哭着闹着不愿离去。总归太年幼,毫无印象。记得猴山,喜欢上蹿下跳的猴子,已是戴红领巾的少年。至于大熊猫,有啥说啥,还不知道是稀罕物。

即便资金紧张,"文革"乱哄哄一片,成都动物园还是建起了熊猫馆,比所有动物圈舍更加高大洋气。多年后,我游览北京动物园,所见熊猫馆,也未见得更好。

"文革"结束那一年,成都动物园整体搬迁,去往北门外,面积扩大五倍有多。

新修的熊猫馆更气派,占地上千平方米,三个空调房、一个室内展示厅、两个室外活动场地，周边绿荫廊架环绕，遍植锦竹、慈竹、观音竹。除去北京动物园，就数这里熊猫多，大小一起七八只。

此前，何光昕离开北京回老家，调入成都动物园。何光昕毕业于四川大学生物系毕业，专业功底扎实，在北京动物园照料"莉莉"母子，积累了丰富的经验。成都动物园提供了良好的科研条件，何光昕就此将主要精力投入圈养大熊猫繁育研究。他坚信，作为拯救国宝的重要途径，这条路前景广阔。

成都动物园有几位志同道合者，包括张安居、李光汉等人。

张安居是成都动物园第一个大学生兽医，毕业于地处雅安的四川农学院，在雨城度过四个春秋。他在大熊猫饲养、繁育方面建树颇丰，曾任成都市园林局局长、中国大熊猫繁育技术委员会主任。

李光汉作为四川省兽医学学术带头人，在大熊猫疾病防治研究领域独树一帜，亲手救治多只危重大熊猫，后出任成都大熊猫繁育研究基地主任。

何光昕数十年如一日，团结同事踏实工作，很受职工拥戴，先后担任副园长、园长。成都动物园的大熊猫研究成果迭出，雌性大熊猫"美美"，九胎生下十一崽，成活七只，轰动一时。有其母必有其女，"美美"的女儿"庆庆"，青出于蓝而胜于蓝，产崽十三只，全部自个儿带大，称得上一个奇迹。值得一提的还有大熊猫冷冻精液人工授精，于一九八〇年首获成功。

有人才有基础，经济实力雄厚，经张安居等学者反复建言，成都大手笔大动作，建起大熊猫繁育研究基地。

一九九三年盛夏，成都市外宣办打来电话，邀约雅安、绵阳、阿坝等熊猫主产区同仁，赴成都商谈合作事项，我作为雅安外宣办代表出席。

会议地点设在宽巷子，招待所规模不大，一楼一底中式建筑，有格调有品位，闹中取静，园林小巧构思精妙。

作为东道主，成都市外宣办的邓主任主持会议，七八个人围一桌。全省外宣工作会上多有交流，彼此都熟悉。邓主任开宗明义：找来兄弟市县，为的是筹办成都市"国际熊猫节"，打响四川熊猫品牌，希望大家扎起[①]。

---

① 扎起：四川方言，即支持、捧场。

既然一番美意，大家当然说好，纷纷表态支持。

午饭过后，前往成都大熊猫繁育研究基地参观。

中巴车出北门过驷马桥，沿川陕公路前行几公里，右转拐入一条小道。绕来绕去好一阵，终于望见基地大门，周边是农舍田园。

繁育研究基地初创阶段，同成都动物园一个领导班子，不分彼此，一九九〇年方彻底分开。基地坐落在斧头山下，六只熊猫起家，植被茂密，种植的竹子一眼望不到头。环山行来，圈舍、医疗站、实验楼、培训中心、大熊猫纪念馆……全部按高标准设计。主人家很热情，冒着酷暑，李光汉主任亲自陪同，一路滔滔不绝，讲得口干舌燥汗流浃背。

聊到交通，李光汉坦言，由于基地位置偏僻地处远郊，距城区十公里，仅有一条公交线路开通。

施工现场，扩建工程进入扫尾阶段，工人们挥汗如雨，确保"国际熊猫节"前交付使用。

这年金秋，成都市以"人·动物·自然"为主题，举办"国际熊猫节"暨大熊猫保护学术研讨会。会节期间，我不仅同胡锦矗再次见面，还结识了张安居、何光昕，聊雅安说宝兴，距离一下了拉近，倍感亲切。

参观成都大熊猫繁育研究基地，是"国际熊猫节"的重头戏。随同国内外专家步入大门，一个多月不见，基地焕然一新，赢得无数赞美。

这以后，成都借助熊猫魅力，年年举办会节，独创一个品牌。有为才有位，会节红火，繁育研究基地作用凸显，政府重视，投入源源不断。完成第三期建设以后，基地占地面积由最初的五万多平方米，扩大至两百万平方米，建成仿野生状态大熊猫宜居环境。

繁育研究基地羽翼丰满，一飞冲天，时至今日，科研成果不断。大熊猫专家张志和、侯蓉等实力雄厚，再联合四川大学，基地教授和研究员达十八人，其中四川省科技带头人五人，获得国家级科研成果八项、省部级科研成果二十六项……

内行看门道，外行看热闹，说这些有点乏味。普通人不会手捧理论文章头朝下，熊猫宝宝玩特技。

叫好，只管欣赏大熊猫。百来只国宝好看又搞笑，才是游客兴趣所在，不管春夏秋冬，一年四季游人多多。地处大都市，就是不一样，别说门可罗雀的邓池沟天主教堂，就是研究中心的核桃坪、碧峰峡两个基地，游客数量与之相比，用"天壤之别"形容也毫不为过。

为了感受人气，二〇一七年初冬，挑个周末，我重游繁育研究基地。

一晃二十年有多，成都的发展出人意外，过去的远郊斧头山，如今距城区几步之遥。假如不是熊猫在此，规划严格控制，周边不知起来多少高楼大厦。基地大门外，宽阔的双向六车道沥青路，公交线路多条，出租车随叫随到，游客来去方便。

上午九点多，雾气尽散，冬日阳光带来丝丝暖意，游客纷至沓来。

中国游客节约，外国游客精打细算，繁育研究基地看熊猫，就图个价廉物美。参加旅行社组团，成都市区包接送，诸葛武侯、诗圣杜甫、国宝大熊猫看个遍，外带游锦里、宽窄巷子。一天三百元，薄利多销，旅行社乐意干。熊猫都一个模样，成都就搞定的事，何必舍近求远，浪费时间多花钱，起早摸黑坐车赶卧龙奔雅安？

步入基地，一个感觉突如其来：生态环境同成都市区迥异。道路周边，树木高大茂密，竹子郁郁葱葱，空气清新；天鹅湖碧波荡漾，林木草坪花卉环绕，风景别样。

用完早膳，天放晴，熊猫情绪高，去往各自的活动场地，蹓跶、爬树、上木桩，各有所好。围墙外挤满人，里三层外三层，水泄不通。

另有月亮产房、太阳产房，是熊猫宝宝们生活的地方。名字富有诗意，诱惑力更强，游客排队等候，参观限时还禁止拍照。满月的熊猫宝宝，躺在育婴箱里呼呼大睡，半天微微动一下，引来惊呼声一片；几个月大小的熊猫宝宝，活泼好动耍玩具，卖萌一整套。

留意观察，游客们各有特点：幼儿园小朋友，排好队手牵手，阿姨前后左右忙照看，还有家长一路簇拥；中小学生，老师带队校服整洁，边看边记说要写游记；旅游团走马观花，导游高举三角旗，一群人紧跟其后步履匆匆；

外国游客沉稳，架不住熊猫随便来个姿势，笑逐颜开相互比画，叽里咕噜一个字听不懂；散客不少，三五成群一批接一批，或朋友相聚，或一家三代同游，眉飞色舞其乐融融。

粗略估算，游客不下五千，可谓人气旺，经济效益社会效益双丰收。

基地的朋友讲，今天不算啥，国庆大假才叫热闹，最多的时候一天游客三万多人，被迫采取限流措施。那些天，大熊猫瞧着人挤人打拥堂[①]，眼睛都直了，被好事者拍下照片网上疯传。有句注释挺幽默：熊猫都看傻眼！

熊猫乖，一举一动逗人爱，中国人外国人，相机手机一起上。圈舍隔一层玻璃，室外活动场地隔一道围墙，熊猫要么模糊不清，要么距离遥远。这样拍出的照片，无非表示到此一游，立此存照。

一九七四年，作者在成都动物园熊猫馆。

---

① 打拥堂：川渝方言，指人多拥挤。

第七章　科研"航母"铸就　　183

不会笑话这些人，年轻时的我同样这般心态。不久前清理旧时物件，纸盒内翻出老照片，其中一张单人照的背景，竟是当年的百花潭动物园熊猫馆。

那时我迷上小提琴，去成都拜师学艺。练完琴自我放松，有时去人民公园、百花潭动物园走走，门票五分钱。拍照片就奢侈了，动物园有专职摄影师，挂个双镜头海鸥反光相机，五角多钱一张，相当于四碗臊子面。

同熊猫相关的照片，这是我有生以来第一张。

我不知道，当年何以如此破费，拍下这照片？又为什么不同猴子、老虎、孔雀合影，单挑熊猫馆？真不知该如何回答。熊猫馆外定格瞬间，只能说冥冥之中自有安排，此生该得与熊猫有缘。

我更不知道，拍下这张照片的时候，大熊猫研专家胡锦矗，正跋涉在卧龙、蜂桶寨等自然保护区的崇山峻岭间，忙于中国第一次大熊猫调查。

第八章
"南胡北潘"

> 当代大熊猫研究，南有胡锦矗，北有潘文石，双峰并峙德高望重，圈内美名"南胡北潘"。而先后师承潘文石、胡锦矗，得两位先生真传者，非雍严格莫属。

一、领军人物胡锦矗

中国历代从诗文到学术，素有南北之分。当代大熊猫研究，南有胡锦矗，北有潘文石，双峰并峙德高望重，圈内美名"南胡北潘"。

提及大熊猫，胡锦矗总是畅所欲言，许多精彩故事闻所未闻。

作为大熊猫生态生物学研究的奠基人，胡锦矗介入大熊猫研究，始于一九七四年。这一年春天，中国以大熊猫为主，启动珍稀动物资源调查。这次全国大熊猫调查简称"猫调"，前后持续四年，涉及四川、陕西、甘肃三省。从此，每隔十年，国家都会投入资金进行一次"猫调"，掌握大熊猫数量及栖息地状况。

第一次"猫调"的由来，始于美国总统尼克松访华获赠大熊猫后，各国争相效仿。周恩来总理告诉林业部：我们到底有多少熊猫，需要召开一次座谈会，摸清家底，像国宝那样对待大熊猫。

遵照指示，一九七三年，林业部召开川、陕、甘三省大熊猫产区座谈会，相关县的林业局局长出席会议。这些来自基层的代表，就大熊猫生存状况和保护问题畅所欲言，建议增设大熊猫自然保护区，停止栖息地原始森林采伐。

拜读胡锦矗撰写的《大熊猫研究》，插图可见正值盛年的胡先生，背着无线电定位系统，忙于测定野生大熊猫方位。

当问及各县有多少大熊猫，都答复来无影去无踪，搞不清楚，只能凭感觉报个数。

这样的回答显然不令人满意。可事实的确如此，大熊猫藏于深山，人类视野无法触及，对其习性、食物、繁殖等知之甚少。要揭开"竹林隐士"的神秘面纱，开展大范围调查势在必行。

重头戏在四川，难题是技术上谁承头。四川省林业厅首先想到南充师院教师胡锦矗。胡锦矗二十世纪五十年代毕业于北师大，名牌大学研究生，专攻脊椎动物研究，恰同大熊猫对上号。况且，"文革"前，四川编写省志，小范围开展动物调查，就曾邀请他出山，学术功底为林业厅认可。

当仁不让，胡锦矗咬咬牙，将刚出生的女儿送往绵阳岳母家，自己义无反顾投入"猫调"。

林业厅一个通知，开办培训班，地点在卧龙自然保护区，各地林业局、自然保护区抽调了四十多位学员。那个年代的人，听到"猫调"一脸茫然。

胡锦矗整天乐呵呵，辅导特有耐心，先讲大熊猫的形态、分布、天敌、食物，再说怎样开展调查、如何统计数量，以及野外调查注意事项。

培训班结业，留下二十来名骨干，组建四川省珍贵动物资源调查队，省林业厅一位副厅长兼队长，胡锦矗和厅里一位副处长任副队长。业务工作和野外调查，由胡锦矗全权负责。

野外调查难在数量统计。大熊猫听觉好、鼻子灵，隔老远察觉有动静，拔腿溜之大吉。

面对面行不通，那就换个思路，采用间接证据——大熊猫粪便。面对一坨坨捡来的粪便，胡锦矗冥思苦想，发明绝招：通过粪便比对，观察咀嚼竹子的行为，以此确定大熊猫的年龄、数量、活动范围及规律等。实践证明，这一招行之有效，后人称为"胡氏方法"。

小心翼翼，捡起大熊猫粪便。

第八章　"南胡北潘"　　187

参加大熊猫调查的队员，在密林中寻找国宝的踪迹。

听来一团乱麻，实际操作简单易行，一学就会。

竹林幽深，溪流涓涓，胡锦矗带上调查队员，沿途讲解。大熊猫吃得多，边吃边拉，粪便一坨一坨呈纺锤状，一天下来上百坨。

一丛竹子下面，发现几坨粪便，中间圆来两头尖，黏液完好，透着青绿光泽。调查队员激动之余先照相，然后拿起一坨粪便，测量长度、直径。称完重量，双手轻轻掰开，竹子清香扑鼻而来——这是昨天拉下的，非常新鲜；掰开如果冒热气，那熊猫一定就在附近；假如三四天的粪便，则带点儿灰色。

一切记录在案，临了包好粪便，带回分析化验。

翻过山头，调查队员发现一周前的粪便。这些粪便明显不一样，裸露的一面光泽褪尽，贴地的一面霉变长出菌丝来；大的如鹅蛋，小的像鸡蛋——出自熊猫妈妈或岁把的幼崽，所以大小不一。

粪便中残留着无法消化的小竹节，每一竹节都留有大熊猫的牙印，据此可以区分不同个体的细微差别。至于咬节，每一只个体都有差异：咬节长，说明熊猫年岁大，牙口不行咀嚼差；咬节短，则是青春焕发正当年。

"胡氏方法"推广应用，每个自然保护区范围内，熊猫数量基本统计出来。

大熊猫粪便是个宝，前三次"猫调"离不了，慢慢捧起细细观察，里面学问大。待到DNA识别技术成熟，全国第四次大熊猫调查始提取新鲜粪便黏液做分析，作为"胡氏方法"的重要补充。

野外调查所到之处，高寒山区，荒无人烟。调查队员和当地野保人员，背起设备徒步荒野，日晒雨淋挨饿受冻，寻常事。

汶川天气潮湿，草丛树叶上满是草虱和旱蚂蟥，稍不留神，便爬到脸上手上腿上狂吸一顿。草虱咬伤恶痒难止，胀饱肚子的旱蚂蟥，身子一下膨胀十多倍。

大凉山腹地越西县，调查队员追踪大熊猫上百天，宿营地多是村民废弃老宅。当地千年旧俗，相信人死魂魄不散，活着的人将老宅让与逝者，举家搬迁。废弃的老宅破烂不堪门窗全无，雨天漏雨晴天望星，午夜山风呼啸，房间响动怪异，令人毛骨悚然。

山高水险危机四伏，关键时刻总是胡锦矗冲在前头。

青川县攀登摩天岭，主峰海拔三千多米，当天打来回。冬日放晴，胡锦矗一行四人，包括负责安全的一位解放军战士，边考察边记录。积雪齐腰深，紧赶慢赶气喘吁吁，太阳落山前登顶。回程时间紧，慌不择路，穿越一切障碍，钢笔丢了帽子掉了全不顾，拼老命往山下跑。夜幕降临，老天开恩，撒下淡淡月光。顺河流，不至迷失方向；借积雪反光，深一脚浅一脚相互搀扶。午夜时分，气温骤降，一个个手脚僵硬，迈不开步子。危急关头，寂静的山谷响起枪声，救援队伍发出信号，随行战士开枪回应……一个多小时过去，跨深涧穿丛林，调查队员与救援队伍会合后止不住热泪盈眶。

夹金山硗碛藏族乡，胡锦矗带一个学生前往野牛沟。前途跨越千丈绝壁，山道宽不盈尺。这么危险的路，学生见所未见，面露怯色。交代完注意事项，胡锦矗做示范，抓牢岩石贴壁而行，至险处驻足等候。学生战战兢兢，模仿老师走过悬崖。学生前行几步，胡锦矗后退几步，起保护作用。开初还算顺当，即将通过时，脚下石头滑动，低头看深不见底。霎时头晕目眩，学生一脚踏空手无抓处，摇摇晃晃往下坠……胡锦矗眼明手快，抓住学生朝安全地带使劲一拽，重重摔倒岩石边。这一出手，胡锦矗置个人生死于不顾，稍微判断失误，两人坠入深渊无疑。学生连声感谢，胡锦矗面色凝重，说自己得吸取教训，冒险事以后不能干。

二郎山喇嘛河，河水挡住归途，胡锦矗前面探路，沿水流平缓处蹚过。回头叮嘱对岸的调查队员：千万小心，跟着自己的路线走。谁知，调查队员往急流处挪动几步，脚跟一个不稳，几下卷入浪花中。胡锦矗面如土色，沿河惊呼。幸好，下游十米开外，有一处漩流，露出人头。胡锦矗见状大喊："左边是河岸。"队员拼命挣扎，总算大难不死，爬上岸瘫软如泥。

四年下来，胡锦矗跑遍岷山、相岭、邛崃山、大小凉山，一步一个脚印追踪大熊猫，行程四万多公里，相当于沿赤道绕地球走一圈还多。

从北到南查个遍，四川家底基本摸清，大熊猫近两千只，加上陕、甘两省，共计两千四百多只。

大熊猫生存状况不乐观，修筑公路、乱砍滥伐、毁林开荒、放牧捕猎……栖息地日渐缩小，国宝危机重重。

胡锦矗心急如焚，根据每天的调查记录，形成上百万字资料。在此基础上，胡锦矗执笔，写出全世界第一部以野生大熊猫为重点的图书——《四川省珍贵动物资源调查报告》。翻阅此书，一九七七年九月出版，作者署名"四川省珍贵动物资源调查队"。

然而事情并未就此了结，大熊猫濒临灭绝，亟待保护。林业部决定再接再厉，在四川设立三个观察站，深入了解大熊猫。其中一个观察站由胡锦矗负责组建，地点放在卧龙。

一九七八年三月，经与卧龙自然保护区协商，确定将观察站建在臭水沟的深山里。于是开挖便道，搭建帐篷。至于观察站的名称，胡锦矗突发灵感，

卧龙的山够陡峭，调查队员的艰辛可想而知。

取名"五一棚"。"五一"者，从帐篷至取泉水处，恰好五十一级台阶；"棚"者，在卧龙一带，泛指山间简易住宿地。

"五一棚"地处大熊猫活动区域边缘，再上一段缓坡，便进入核心区域，熊猫多达二十多只。观察线路有七条，皆依托原有兽径，剔除部分箭竹和灌木丛，尽量保持原状。只是条件艰苦，寒冷潮湿，照明用马灯，缺少蔬菜，食物、报纸每月送一次。

那些日子，胡锦矗少言寡语，穿着打扮如同挖药种地的当地人。即便今天，他照样衣着简朴，南充街上迎面走来，谁也想不到这是一位大学者。

"五一棚"的冬天，寒风呼啸。清早起床，胡锦矗打起绑腿，脚穿农用胶鞋，几口吞个馒头喝碗热稀饭，身披军大衣，一头钻进挂满冰凌的箭竹林。大家心照不宣，搁下碗紧随其后，弓腰穿过被大雪压弯的竹林，涉冰河攀悬崖，追踪大熊猫去也。

西河探险令胡锦矗终身难忘。此行目的，是要深入巴朗山广袤的原始森林，考察无人干扰环境下大熊猫的生存状况。

一九七九年盛夏，策划好路线，备齐物资，胡锦矗率二十多人的考察和后勤保障队伍，浩浩荡荡直奔西河源头。大家手脚并用，爬上梯子沟，迎面是高山草甸，野花绽放争奇斗艳。第二天登牛头山，一路上雉鹑、绿尾虹雉如影随形。第三天掉头，下至西河源头，没有路，皆是扭角羚行走的兽径。

风险大保命要紧，多数民工不干了，给再多的报酬也不松口，咬死原路折返。最终，只剩下胡锦矗和三位考察人员，还有三位自愿留下的民工，沿西河下行考察。虽然不断发现大熊猫活动痕迹，但随时经受生死考验。

过峡谷险象环生，胡锦矗回忆说：

> 数丈高的悬崖下面就是湍急的河流，必须爬到悬崖以上，只有断裂处有很薄一层风化土，有野兽走过。我们七人只好轻脚走过，若这一层土滑坡，人即会坠入深渊粉身碎骨。

西河山高水险，植被丰茂，人迹罕至。

河谷地带，风险照样大。一天，遇一岩石笔直如墙，挡住去路。涉水试探，绳子拴腰上，水流又急又深，没走几步赶紧往回拉。只好爬山，绕行两小时，而涉水只需几分钟。

按照预定路线，从西河源头到接应地点，地图上一量，直线距离不过二十五公里，满打满算二十天，胡锦矗一行准备的粮食足够了。殊不知几天下来，再量军用地图时大吃一惊：每天行走路程的直线距离，就一公里多一点！

足足短缺五天的粮食，那就起早摸黑，抓紧赶路。先是三顿饭改成两顿，再往后晚餐干饭改稀饭，不够就用野菜填饱肚子。胡锦矗饿得头晕目眩，照旧每天做记录。

二十天下来，没见接应的人，几个民工开始慌神，认为走错方向。只有胡锦矗，语气坚定，断言不会有错。第二十四天下午，一位神情恍惚的民工，一脚踩翻悬崖边的石头，径直往下坠落。

空谷传响，接应的人听到动静，大声喊"胡老师"，同时向河里抛石头回应。原来，接应队伍早到沟口，等了半个月，不见小分队出来，赶紧溯流而上。

两支队伍会师，胡锦矗一行化险为夷。

一干三年，迎来世界自然基金会考察卧龙。胡锦矗作为中方专家组组长，同外方组长乔治·夏勒一起，以"五一棚"为基地，开始了长达五年的合作。潘文石作为中方专家的一员，首次参与大熊猫研究，负责熊猫食物营养分析。

其后，胡锦矗、乔治·夏勒及其合作团队撰写出版《卧龙的大熊猫》一书。该书和《四川省珍贵动物资源调查报告》点面结合，互为补充，揭示了许多野生大熊猫不为人知的秘密。

大熊猫挺会过日子，居住的地方峰峦环绕，幽深避风，林竹丰茂，少不了溪流清泉相伴。主食竹子粗糙，润滑消化道保持畅通，还得靠水；浸泡肠胃中的竹纤维素直到营养物溶出，同样离不了水。饱餐之后的大熊猫，常常面对清泉狂饮一通，喝个痛快。至于流传甚广的熊猫"醉水"一说，其实是误导熊猫粉丝。只有患病大熊猫，或喉管肿痛吞咽困难，或消化道炎症灼热肿胀，需要解渴通便，方才大量饮水以图自救。

大熊猫嘴刁，吃竹子挺讲究。鼻子灵，拿起竹子闻一闻，高下立判。靠近根部的竹子不吃，又老又硬；竹梢部分不吃，太细太嫩；枯萎的不吃，味道不正。这么一来，挑着竹子中间部分，不粗不细不老不嫩。竹叶呢，只吃翠绿爽口的。至于竹笋，那可是熊猫最爱，春秋两季可着劲吃。

除了竹子，大熊猫偶尔采食野果，还有山坡上种的玉米秆。尤其冬季食物匮乏，会捕食羊子、竹鼠。也会不请自到，溜进村民家中偷吃腊肉、蜂蜜、玉米馍等。

大熊猫爱美，常伫立潭边顾影自怜。时不时梳妆打扮，抓起草团，擦洗全身毛发。险滩激流往来自如，绝对泅渡高手。

大熊猫所患疾病中，蛔虫病最常见。野外粪便抽样检查发现，有蛔虫卵的占一多半。小小蛔虫，会影响大熊猫生长发育，导致繁育力下降；如果钻进胰脏或胆囊，还会引发炎症和溃烂，造成剧烈疼痛不能进食，直至死亡。野外调查中，多次发现因蛔虫病死去的大熊猫。最恐怖的一次，胡锦矗从死亡大熊猫的内脏里，找出两千多条蛔虫。饭前洗手，肥皂一遍遍地打，水不停地冲。手洗得白白净净，再用棉花球蘸酒精，使劲擦反复消毒。临了闻闻，依旧臭气难消。

大熊猫天敌有豺、豹子、金猫、黄喉貂等。金猫和黄喉貂，受自身条件局限，主要攻击半岁以下的幼崽。豺和豹子，则捕食两岁以前的幼体。豹子个头大，凶猛无比，直接咬住大熊猫颈部，一击毙命。仅有狗大小的豺，狡猾狠毒，身手利落，几步跃熊猫背上，利爪挖瞎其双眼，随即反手在肛门处一把掏出肠子，熊猫呜呼哀哉。至于体力强壮的成年大熊猫，貌似温顺，实则继承了食肉祖先的凶猛，天敌们知道厉害，避而远之。

"竹林隐士"，就此真正进入人类视野。

合作共事几年，外方首席专家乔治·夏勒非常钦佩胡锦矗，称赞他是"一位优秀的博物学家，教我很多有关鸟类及其他森林生物的知识"，喜欢听他讲"古时候熊猫的典故，或谈论四川人及他们的风俗习惯"，认为"跟他做

救助患病野生大熊猫

野外工作是一件乐事"。

对这位中国首席专家，夏勒评价甚高：中国研究大熊猫的第一把交椅。

在这之前，一九八一年十月十一日，《人民日报》以大半版的篇幅，发表作家谭楷的报告文学作品《在熊猫的故乡》，胡锦矗开始为国人所知。我与谭楷相识多年，知道他穷其一生从事大熊猫文化研究和文学创作，著有《"熊猫人"向祖国汇报》《大震在熊猫之乡》等诸多作品，建树颇丰。

紧随其后，一九八一年十二月，夏勒在美国《国家地理》发表《野外大熊猫》一文，配发大量照片，胡锦矗名扬海外。研究国宝的"第一把交椅"——夏勒一席话，引得文人闻风而动，一篇篇文章，感动了中国人、外国人。正所谓，一朝成名天下知。

夏勒识人，一语道出胡锦矗的价值。但他不知道，同他携手研究大熊猫之初，胡锦矗的妻子陈昌秀正多年沉冤未雪，饱受屈辱和煎熬。

陈昌秀毕业于四川医学院，"文革"初期，在阆中县医院外科当医生，手艺精湛，当地人称"一把刀"。

一日，一农妇火急火燎冲进门，娃儿病危喊救命。瞄一眼，值班医生束手无策，跑外科去找陈昌秀。小娃儿面如土色，呼吸停止。救人要紧，陈昌秀使出浑身解数，奈何回天乏力，小娃儿性命未能挽回。解剖检验，心肌损害导致死亡，结论清楚。

小娃儿死了，农妇变脸，一家人都不答应，哭天抢地讨说法。奈何在那个特殊年代，普通医疗事故经上纲上线，陈昌秀被判刑。

五年牢狱之苦，一家人饱受煎熬；刑满释放，恢复工作更是难上加难。

这么一耽误，夫妇俩年过四十仍没有子女。待陈昌秀怀孕，已是高龄产妇，生下女儿担了莫大风险。没有工作，意味着丧失收入来源，一家子就靠胡锦矗的工资，日子紧巴巴。

那年月，家中有劳改释放犯，断不敢让外人知道，否则受歧视遭白眼，见人矮三分。夹起尾巴做人，谨言慎行，喜怒不形于色，这是必须的。辛酸事内心深藏，胡锦矗从不提及，调查队员和学生们都不知晓。

大家伙天天所见，胡老师嗜好杯中之物，每晚必饮，就着盐肉和大蒜。一来跋山涉水够辛劳，饮酒解乏；二来借酒浇愁，强压心中酸楚。忍辱负重，用笑脸面对一切，追踪大熊猫，胡锦矗没有片刻停顿。

后来纠正冤假错案，陈昌秀恢复名誉，重新走上工作岗位，已是一九八一年。直到此时，胡锦矗才算苦尽甘来，一身轻松；也有愧疚，成年累月追踪大熊猫，照顾不了妻子和女儿。几岁的女儿不理解，口吐怨言："爸爸过年也不回家，我都快不认识了。"

夏勒同样不清楚，二十世纪七八十年代，鼓噪许久的大熊猫东迁神农架，何以偃旗息鼓。

两次竹子开花，前后相隔不到十年，岷山、邛崃山大熊猫栖息地频频告急。国家林业部快速反应，一次次派出调查队，迅疾赶赴灾区。现场惨不忍睹：一片片的竹林枯萎，一根根的枝条开花，竹茎变作褐色，竹叶掉落一地。

大熊猫的尸体不断被发现，有高度腐烂臭气熏天的，有母子相拥暴尸荒野的。幸存者，四处奔波饥不择食——啃树皮树叶，食动物腐肉，进入农家偷腊肉叼羊子。两次灾难，大熊猫家族损失惨重，粗略统计两百只有多。

解剖尸体，每一只腹中空空，不见任何食物，显然因饥饿致死。

国宝大难临头，令无数人牵挂。面对如此灾情，好心人不断提议：根据明代史料记载，湖北鄂西山区曾为大熊猫栖息地；而今，鄂西的神农架生态环境不错，竹林漫山遍野，少人类活动骚扰。既然岷山、邛崃山食物短缺，四川应放弃本位主义，捕捉部分大熊猫东迁神农架，类似于饥荒年灾民易地就食。

熊猫东迁，附议者不少，部分专家和主管领导也赞同。关键时刻，胡锦矗挺身而出，秉笔直书，写就《大熊猫东迁宜慎重》，送达相关部门。

针对东迁动议，胡锦矗语重心长，循循善诱。

无论过去还是现在，竹子开花，不过自然规律使然，生生死死循环往复。竹子开花，促进森林群落更新，形成竹子喜阴湿的生态环境，新长出的竹子自然生机勃勃。竹子开花，伤及的仅是大熊猫个体，并未对种群生存构成真正威胁，用不着担忧。

漫长的岁月，长期的进化，竹子周期性开花，大熊猫已然适应。或扩大活动范围，开辟新领地；或改食其他竹种，拓宽食物来源；或与其他种群融合，残存个体重获生机。

故而，竹子开花，森林更新，大熊猫种群动态平衡，三者形成共同协调进化的关系。

至于鄂西山区，最近一两百年来，大熊猫生存环境消失殆尽。迫不得已，熊猫们一路向西，退缩至秦岭佛坪一带。提出东迁动议者，只注意到神农架丰富的竹木资源，却忽略了环境因素的综合作用对一种古老生物可能产生的深远影响。假如轻举妄动，迁徙建立新种群，只会重蹈覆辙。

即便东迁动议可行，五十只大熊猫的种源，也没法解决。四川、陕西、甘肃的大熊猫栖息地，熊猫分布零散数量不多，繁育率又低，维系自身种群数量不降都难。强行东迁，无疑于剜肉补疮。若说引进两三对，就能建立新种群，理论上根本不可行，相当于画饼充饥。

是以，因竹子开花需将大熊猫东迁之说，有待商榷。

如何拯救濒危物种，保护国宝？胡锦矗直击要害：对大熊猫生存的威胁，不是竹子开花，而是人类活动。只要人类不再继续侵犯，维护并扩大大熊猫的栖息地，着手在分离小种群之间恢复或建立迁移交换通道，大熊猫种群自然可以得到恢复并繁衍下去，不必耗费巨大的资金和资源，进行东迁尝试。

摆事实讲科学，论据充分，观点明确，《大熊猫东迁宜慎重》引起高层重视。东迁动议就此罢休，避免了一场劳民伤财、危及大熊猫命运的闹剧上演。

当然也不排除大熊猫研究突飞猛进，若干年之后数量倍增，野化放归大获成功，到时候弄些国宝去神农架，尝试"收复"祖辈领地的可能。

建言的同时，胡锦矗着手新课题研究。以后的岁月，他先后在青川唐家河自然保护区、马边大风顶自然保护区、冕宁冶勒自然保护区建起观测站，三次完成国家自然科学基金委员会安排的大熊猫科研项目。

作为大熊猫生态生物学研究的领军人物，追踪国宝近半个世纪，耗费毕

看到有关大熊猫的书籍不断推出，胡锦矗先生满脸笑容。

生时间和精力，胡锦矗获得大量第一手资料，无人能出其右。理论与实践融合，胡老师著作等身，出版专著二十多部，发表论文两百来篇，在国内外产生深远影响。由于贡献突出，诸多荣誉加身，如国家有突出贡献的专家、全国优秀科技工作者、世界自然基金会"自然保护贡献奖"等。

拯救大熊猫，人才是根本。胡锦矗致力于教书育人，培养研究生达百人，形成研究大熊猫的阶梯团队。屈指算来，门下弟子中，涌现出魏辅文、杨奇森、杨光、张泽钧等一大批学者，被誉为动物学界的"胡家军"。

今日中国，大熊猫研究的中坚力量，大多属于"胡家军"。魏辅文更是了不得，二〇一七年新晋中科院院士以后，表示要"站"在老师胡锦矗的"肩"上，用新的思维、创新的手段，将大熊猫研究提升到更高层次。

一花独放不是春，大熊猫研究还得百家争鸣。好在有个潘文石，自立门户，在秦岭闯出一片新天地。

二、独辟蹊径潘文石

陕西秦岭，大熊猫栖息地面积不大，但分布密度居全国之冠。四川之外，就数这里国宝多。

"熊猫计划"专家组工作告一段落，潘文石转而将目光投向秦岭。卧龙期间，潘文石第一次接触野生大熊猫。反观胡锦矗，多年从事野外调查，足迹遍及蜀中熊猫产区，写下不少文章，许多问题就连夏勒也得向他讨教。

身为北京大学生物系教授，潘文石深知胡锦矗在蜀中耕耘数十载，已然硕果累累。秦岭独处一隅，位于野生大熊猫栖息地最北端，同蜀中相比，理应别具特色。

那就转战秦岭，走自己的路子。

一九八五年三月七日，秦岭山中乍暖还寒。潘文石带领研究团队，一路颠簸，乘车来到佛坪县岳坝乡。公路尽头，一行四人踏着厚厚的积雪，行走于羊肠小道，黄昏时抵达大古坪村三官庙。就此风餐露宿，开始跟踪考察大熊猫。

谁也想不到，野外考察一个不小心，就有性命之忧。进入秦岭四十天，潘文石折损一员大将——时年二十一岁的研究生曾周，寻找大熊猫路上坠落悬崖，成为第一个为保护国宝献身的人。紧接着，另一位大学生未能考上研究生，不得已离去。剩下的，除了潘文石，还有一位女学生——才华出众的吕植，当今大熊猫研究知名学者。

吕植崇拜潘文石，始于大学时一次外出实习。偶然相遇，潘教授谈笑风生，

秦岭山中追踪野生大熊猫的潘文石

野外考察惊险刺激的故事，一个接一个，听得小姑娘心花怒放，就此迷上野生动物。大学毕业，吕植考入潘文石门下，读完硕士又读博士，始终是研究团队骨干。

曾周遇难，潘文石作为老师再怎么说也难辞其咎，遭通报扣奖金。口水唾沫也会淹死人，潘文石压力山大。坚守秦岭，靠的是对大熊猫的炙热情感。

还有想不到的是，野生大熊猫生存方式及生存压力研究，以及解决途中遇到的一系列问题，竟然耗费了十三年时间。这期间，潘文石的研究生不断加入研究团队，增添力量后继有人。当然，最苦最累还是潘教授，每年一多半时间，独处深山与熊猫为伴。

从四川雅安到秦岭山中的陕西洋县、佛坪县，一条国道线相连，起早摸黑，开车得走两天。因崇拜潘文石，二十一世纪初，我两度往返秦岭，探寻先生足迹。怀揣《熊猫的故事》和《熊猫"虎子"》两本书，就冲着作者是潘文石，科普儿童文学照样买来读。潘教授大忙人，几年前离开秦岭，南下广西，研究白头叶猴、中华白海豚去了。好在人过留名，潘文石为大熊猫所做的一切，秦岭人心中牢记。

夏勒亲切地称潘文石是"投缘的同伴"，说他"后来启动并主持了中国最好的熊猫计划"。

这个"中国最好的熊猫计划"，概括起来有三大贡献。

第一大贡献，便是潘文石用八年时间，跟踪一个熊猫家族。只是，这一过程充满曲折和挑战。

麻醉大熊猫，悄悄给它们戴上无线电项圈，进行长期跟踪，说起容易做起难。大山精灵深藏密林，只要有风吹草动，马上销声匿迹。一晃四年，全凭撞运气，潘文石遇到过两只雄性大熊猫，都是成年大熊猫。猎手射出麻醉弹，几分钟过去，大熊猫瘫倒地上，失去知觉。半小时之内，潘文石抓紧给熊猫戴项圈，调整接收器，确定运作正常。

结果不理想。野生动物天性怕人，定位以后，潘文石和助手还未靠近，大熊猫凭着灵敏的耳朵和鼻子，撒腿躲得老远，近距离观察无法实施。看来，最好找一只雌性大熊猫，还得温顺友善，允许人类同自己密切接触。

不知是缘分，还是心诚则灵，四年后的那个春天，潘文石梦寐以求的大熊猫终于现身。

依旧大雪纷飞，秦岭南坡陕西长青林业局地盘。山脚下的森林砍伐一空，半山间，伐木工人的电锯声刺耳，大树倒下的声响格外瘆人。登上山顶，研究团队发现大熊猫留下的足迹。踏雪寻踪，深一脚浅一脚，摔倒又爬起，一路穷追不舍。山崖下，一只大熊猫背靠竹丛，眯起双眼，正慢条斯理用早餐。只见它，轻舒左掌，带过一根竹子，慢慢咬细细嚼。研究人员放轻脚步，悄然靠近，轻扣扳机，麻醉枪命中目标。

给熊猫戴好项圈，赶忙进行体检，这是一只四岁雌性大熊猫，正值妙龄。熊猫苏醒，察觉情况不妙，翻身就跑。可惜麻醉药效未过，浑身不得劲，站起就摔一跤。大家正愁取个什么名，既然摔这么一跤，说莫如就叫"跤跤"。喊来喊去，总感觉有点俗气，潘教授发话：既然是美女，何不改称"娇娇"！

阳春三月繁殖季节，"娇娇"是在寻找配偶途中撞上潘文石一行的。

野外搭帐篷，架设无线电跟踪器，研究团队展开实时追踪，全天候监测"娇娇"行踪。三个人轮班倒，白天黑夜不间断，一刻钟开一次接收器。经过一段时间监测，确定它的巢穴在水洞沟西面山坡。

悄悄实地查看，一方几米高的石壁下面，岩缝处露一天然洞穴。山势陡峭不说，兽径苔藓覆盖，十分隐蔽。巢穴不大，却足以遮风挡雨，"娇娇"酣睡不醒，浑然不觉有人潜入。

就此，"娇娇"隐私暴露无遗，吃饭睡觉谈恋爱生小崽，再无秘密可言。尽管行踪暴露，"娇娇"仍有底线，不允许研究团队接近自己。否则，张牙舞爪，一副母夜叉模样。

春去秋来，潘文石盼来期待已久的惊喜："娇娇"产崽了！

那是八月中旬，监测人员突然发现，接连几天，"娇娇"待在原地，几乎没有挪动迹象。匆匆前往，远远用高倍望远镜观察，"娇娇"仰卧地上，怀抱一只粉红色的小宝宝。大家激动万分，跑下山给潘文石发电报。

秦岭跟踪考察大熊猫时，潘文石（中）同助手吕植等人交流。

正在国外参加学术会议的潘文石和吕植，闻讯赶回。野生熊猫妈妈带崽，组成"母幼家庭"，人类是第一次接触，亲眼观察记录全过程，第一手资料来之不易。

"娇娇"具有反侦察意识，发觉人类偷窥自己。惹不起，躲得起，一个月以后，叼起宝宝逃往隐秘地方。吕植白跑一趟，没见着幼崽，记录没法做，照片拍不到，心急火燎地报告潘教授。放心，有无线电跟踪器，跑不了。监测，定位，很快锁定目标。顺藤摸瓜，百米开外石崖上，一处石头洞穴里，"娇娇"和宝宝一个不少。

两个月大小，宝宝开始睁眼看世界；三个月开始，胃口大开，吸吮起妈妈的乳汁没完没了；六个月以后，像个跟屁虫，妈妈外出觅食，走哪里跟哪里。

妈妈奶水足，宝宝发育好，长得虎头虎脑。潘文石一高兴，说干脆就叫"虎子"吧。

森林中危机四伏，"虎子"的成长过程充满风险。作为妈妈，"娇娇"防范意识与生俱来——狡兔三窟，熊猫妈妈照样懂得——育幼的洞穴经常调换，还知道弄些树枝堆在洞口遮掩；外出寻找食物，从不直来直去，总是采用迂回战术；进洞出洞，先在附近徘徊，观察动静，快进快出；一旦发现危险，撒腿朝巢穴相反方向跑，一路发出声响，转移视线引开敌人。

就这么小心，危险仍接连不断。

先是黄鼠狼光顾。一大清早，"娇娇"外出，一只黄鼠狼趁虚而入，伸出前爪刨开虚掩的树枝，钻入半个身子探动静。梦乡中的"虎子"，闻到一股臭烘烘的气味，睁眼看见洞口那位不速之客，产生一种莫名恐惧。黄鼠狼残暴凶狠，主要攻击兔子等弱小动物，而今逮住机会，熊猫幼崽照样偷袭。"虎子"四个月大小，毫无还手之力，按说只能任其拖走，饱餐一顿。

惊险一幕，恰好被研究人员看见，千钧一发之际，潘文石出手相救。石头不停扔过去，再大吼几声，黄鼠狼惊慌失措，转身逃窜。

黄昏时"娇娇"归来，嗅到异味，洞穴外四处徘徊，举止慌乱。事不宜迟，当晚，母子俩消失在茫茫夜色中，去往备用巢穴。

两个月后危险再次来临。那天，雪后放晴，阳光格外灿烂，漫山遍野银白一片。天气好，"娇娇"心情舒畅，带上宝宝外出觅食。

妈妈前面走，宝宝后面紧追不舍。竹林里，妈妈折断竹子，开始用餐。半岁的宝宝，小眼睛一眨一眨，盯住妈妈，记下每一个动作。可是活泼好动又贪玩，一会儿功夫，宝宝溜出妈妈视线。

育幼期间，"娇娇"警惕性高，赶忙追上前。

还真有危险，一只雌性大熊猫无意间闯进"娇娇"领地，撞见独自玩耍的"虎子"。距离太近，就那么几步。"虎子"抬起头，一下子惊呆了——妈妈熟悉的气味怎么变了？那只雌性大熊猫也蒙了，圆瞪双眼，盯着眼前这个小不点。

"娇娇"飞快冲过来，长伸爪子抓伤对方额头，一阵穷追猛打，入侵者落荒而逃。

别说是同类，育幼的熊猫妈妈，就连黑熊也不畏惧。

森林潜规则，黑熊同大熊猫狭路相逢，一般不会大打出手，只是相互规避。双方一旦动起粗来，那是一场力量悬殊的较量。黑熊的战斗力，十倍于大熊猫，孰强孰弱够清楚，原本就不是一个等量级的对手。

说来够倒霉，一只身躯强壮的黑熊，在森林中晃荡，不知不觉窜到"娇娇"巢穴旁，吓得"虎子"浑身筛糠。面对强敌，"娇娇"勇往直前，出其不意攻其不备，直接朝致命处下手。遭到突然袭击，黑熊一时回不过神来，三十六计走为上计，一边抵挡，一边迅速撤离。

"娇娇"勇敢的护幼行为，让潘文石钦佩。

当然，危险无处不在，防不胜防。"娇娇"的应对之策，就是当着宝宝的面，爬上树又下来，无数次循环往复。是逗宝宝玩，还是传授爬树技巧，不得而知。

直到有一天，"娇娇"一把将宝宝拽至树下，用鼻子往上拱，意思清楚不过：上树。宝宝初始不从，架不住妈妈一再督促，战战兢兢往上爬。爬几步，不堪重负摔下来，翻身起来继续爬。妈妈也不闲着，时不时直立身子，前掌朝上托一把。几天下来，"虎子"掌握基本要领，手脚麻利，三下两下爬上树梢。

爬树，大熊猫的求生本领。"娇娇"知道，最安全的方法，就是让"虎子"学会上树。大多数食肉动物，都不具有爬树的能力，就此而言，树上比地下安全。

除了学会爬树，还要学会识别天敌，学会辨别竹子优劣，学会取食竹子，学会游泳……熊猫宝宝要像妈妈一样，学会丛林中的生存竞争，独自应对各种复杂环境。

一天，"娇娇"突然驱赶"虎子"，不让儿子再当跟屁虫。此时的"虎子"，已经二十二个月大。而在过去，专家们认为，幼崽在妈妈身边只会待十八个月。母子情深，"虎子"当然不肯，撵走又追上，若即若离。只是不敢过于靠拢，那样妈妈会生气，发出凶狠的哞叫。

"母幼家庭"解体，"娇娇"再度春情萌动，求偶信号频频发出。五只雄性大熊猫聚齐，争夺"娇娇"，打得不可开交。躲在树上观战的"虎子"，吓得心惊胆战。

妈妈的气味充满诱惑，"虎子"就在这味道的边缘地带，寻找一处洞穴，叼来枝叶，铺下舒适的窝。满山树叶金黄的时候，因多日不见，"虎子"思念妈妈，一路寻至自己出生的天然洞穴。里边，传出幼崽尖利的哭叫，只是"娇娇"堵住洞口，挥舞利爪逼走"虎子"。

母子缘分已尽，"虎子"知难而退，就此断了念想。自立门户，在丛林中独自闯荡，走出一条自己的道路。

让"娇娇"熟悉研究人员，再到赢得好感取得信任，允许近距离观察，是一个漫长的过程。为此，潘文石一直等待了四年，直到"虎子"的妹妹"希望"出生，方才基本消除"娇娇"的防范心理。为不打扰"娇娇"和它的儿女们，研究团队安装了一套红外线监视设备，通过摄像头，几十米之外的接收机视频里，清楚再现"母幼家庭"的一举一动。

接近"虎子"，则好办许多。这只刚出生就被潘文石盯上的野生大熊猫，早早戴上无线电项圈，整个成长过程，都在同人打交道。

对于人，这种两只脚、直立行走的动物，"虎子"并不惧怕。小时候，妈妈外出觅食，潘教授蹑手蹑脚走近，抱起自己，称体重量身长，检查牙齿，记下心跳频率……研究人员在忙活，自己不知不觉就睡着。潘教授的怀抱，同妈妈的没啥区别，都挺温暖够安全。长大以后，离开妈妈的"虎子"依然淘气，经常光顾研究团队的住所，偷吃食物破坏物件。高兴了，还要躺床上，舒舒服服睡一觉。

专家们忧心忡忡的近亲交配，则纯属杞人忧天。

一九九四年，"娇娇"激情蓬勃时，几只雄性大熊猫争夺交配权，撕咬打斗。反观"虎子"，尽管正值壮年，却不介入，转身掉头，追求别的雌性大熊猫去了。

至于妹妹"希望"，由于双方领地部分重合，碰面是常事。然而，兄妹俩并未有过亲密举动，"希望"发情时，从不见"虎子"身影。

说来够神奇，上天生就，雌性大熊猫三岁上下，就会远离出生地，去其他种群中寻找如意郎君；雄性大熊猫则留在出生地，同外来的雌性大熊猫繁育后代。这种以雄性为中心的现象，足以避免大熊猫近亲繁殖。

十三个暑去寒来，十多只戴上无线电项圈的大熊猫，进入研究团队视野，其中雌性大熊猫五只。而大熊猫们，对于周围林子里科研人员的出没，也习惯成自然。

繁育期的躁动场景，从恋歌声声到不断留下特殊气味的分泌物，从"比武招亲"到交配成功，从最初认为的单一交配到现场出现的"多雌多雄"交配……研究人员当观众二十多次。文字，胶卷，录像，一一详尽记录。观察产崽十一次，综合资料，编制出行为谱，第一次将雌性野生大熊猫怀孕、产崽、育幼的行为规律，以及幼崽离开母亲后的成长过程，无一遗漏地呈现在世人眼前。

"希望"之后，"娇娇"又陆续产下三只幼崽。直到一九九八年，潘文石完成研究课题离开秦岭，"娇娇"一共生育五只宝宝，并且全部亲手带大。事实胜于雄辩，九年五胎无一夭折，足以证明大熊猫繁育能力不弱。

"娇娇"的生育史告知人类，只要停止侵扰，给野生大熊猫留下足够的空间，活下去不是问题。潘文石发表文章宣布：大熊猫并没有走入进化的死胡同!

如实记录大熊猫种群神秘的"社会"结构,揭示个体之间微妙的关系,真实再现野生大熊猫的丛林生活,潘文石是第一人。

在这一点上,胡锦矗宏观,潘文石微观。宏观对于全局把握至关重要,微观则是细致入微、了解透彻,二者互为补充,缺一不可。

潘文石早期作品《熊猫的故事》,书中内容多通过资料搜集而来,毕竟那个时候,任何一个动物学家,都未曾经历过野外大熊猫产崽育幼的全过程。后来的《熊猫"虎子"》则截然不同,历经九年的持续跟踪,潘文石对大熊猫的一切了如指掌,故事绘声绘色,充满知识性和趣味性。

第二大贡献,是发现棕白色大熊猫。

进入岳坝乡不久,潘文石一行外出考察,迎面跑来大古村村长吕国友。大古村位于大山深处,森林茂密熊猫多,村民们隔三差五总能撞上。吕村长气喘吁吁,正要去三官庙保护站报告情况。

他说,大清早赶牛到河边吃草,听到竹林有响动,发现一只大熊猫躺卧地上。走近没反应,竹竿触碰纹丝不动;轻轻拍打,微睁双眼瞟一下,病恹恹毫无精神。接着声调提高,激动地说,这熊猫红颜色,从来没看见过!

闻所未闻,潘文石听得心跳,请吕村长前面带路。

走近一看,这只大熊猫果然病得不轻,处于昏睡状态。仔细观察毛色,并非红色,而是该长黑毛的四肢、肩带、耳朵、眼圈,长出的毛色一片棕红。

潘文石非常吃惊,立即告知佛坪自然保护区管理局。熊猫病危,省上县上医生赶到,诊断为急性肠炎。连续半个月吃药打针,捡回一条命。

毛色棕红,又是雌性,就此取名"丹丹"。先抬到保护区管理局,然后用汽车运往省城西安,寄养在西安动物园。秦岭惊现棕白相间的大熊猫,打破黑白二色一统天下的局面,媒体跟风炒作,号称"世界第八大奇观"。

其实,自然界无奇不有,大熊猫除黑白二色、棕白二色之外,居然又冒出其他颜色。就在二〇一九年五月二十五日,卧龙自然保护区再爆猛料:白色大熊猫现身!

一九八五年三月人类发现的第一只棕白色大熊猫"丹丹"标本

时间四月下旬，海拔两千米上下，一片茂密的原始落叶阔叶林，地面枯木散落。一只白色的亚成体熊猫，呆头呆脑闯入镜头，被红外触发相机瞬间抓拍。

这只大熊猫属于白化个体，白化现象在脊椎动物各类群体中都有存在，但极为罕见，通常由基因突变产生。由是，想起"白熊"之说，莫非出自古人亲眼所见？

还说"丹丹"，先后两次产崽，人们盼着繁育出棕白色宝宝。第一次诞下双胞胎，可惜夭折；第二次生下"秦秦"，长大并非棕白二色，让人大失所望。

这一寄养，背井离乡十五年。"丹丹"去世后，遗体被制作成标本，才得以回归故里。走进佛坪秦岭人与自然宣教中心，高大的玻璃展柜内，"丹丹"双眼还是那么炯炯有神，一如我在西安动物园所见。

继"丹丹"之后，棕白色大熊猫多次出现。口说无凭，有照片有录像，还对其中一只进行跟踪，戴上无线电项圈放归山野。究其原因，有说返祖现象，有说基因突变，有说秦岭土壤、水源中微量元素导致……

研究表明，大熊猫幼崽发育阶段，初始毛色可见棕白相间，之后转为黑白二色。专家推断，棕白相间是一种原始体色，棕白色大熊猫属返祖现象。这种熊猫数量不足百分之十，发现地集中在秦岭，同四川、甘肃不沾边。

黑白二色独领风骚上百年，秦岭陡然冒出棕白色熊猫，着实出人意外。想起古籍中有关"黄质白章"的记载，看来，黄色质地、白色纹饰的大熊猫，早就进入古人视野，只怨今人少见多怪。

在基因遗传方面，提出秦岭、岷山、邛崃山等六大山系大熊猫出现显著分化，潘文石也是第一人。

研究团队发现，秦岭大熊猫基因独特。进化树①显示的种群分化值表明，同岷山、邛崃山大熊猫相比，秦岭大熊猫分化特征显著，故称：雄兽器宇轩昂，母兽天生丽质！

其后，浙江大学方盛国等学者，应用大熊猫DNA指纹探针，对六大山系近百只大熊猫逐一检测，获取了清晰准确的遗传多样性图谱。比对分析参数结果发现，六大山系中，秦岭山系大熊猫的亲缘关系明显疏远于其他山系。

研究数据表明，其为四川大熊猫之外一个新亚种：秦岭亚种。

上万年前，自然环境改变，加上人为因素干扰，秦岭山系大熊猫种群孤悬一方，同其他山系同类之间的往来被迫中止。长期分隔，基因交流随之中断，形成独特的种群进化史，进化速度慢于四川各山系，显得更古老、更原始，遗传基因更接近祖先。

遗传基因强大的力量，导致形态差异。这种差异，专家一句话概括：四川大熊猫头长像熊，秦岭大熊猫脸圆似猫。

第三大贡献，是保住秦岭最后的大熊猫栖息地。

一九九〇年前后，木材市场开放，原本按国家计划作业的长青林业局，开始大肆砍伐森林，说将不成材的杂木优胜劣汰，改种速生林。乍看之下理由冠冕堂皇，实则经济利益驱使，砍下树木大发其财，造林赚取国家补助的营林费，欺上瞒下两头挣钱。

---

① 进化树：生物学概念，用来表示物种之间的进化关系。

第八章　"南胡北潘"　　211

悲哀呀，几年工夫，缓坡地带原有植被扫荡一空，统一栽上速生林。速生林树种由国外引进，包括日本落叶松之类。这些外来树种有优势，生长周期短，树干又高又直，只是树冠浓密，遮阴性强，原生物种遭受重创。日本落叶松林子里，生态系统彻底改变，因没有光照无法吸收养分，地上不长灌木和竹子，甚至寸草不生。

拯救大熊猫，潘文石办法有二：一是保护好栖息地，二是将圈养大熊猫放归野外。可是这样的森林，试问大熊猫怎样生存？秦岭南坡危哉，国宝命运堪忧，让人寝食难安。

一九九三年初，潘文石反复向汉中地区、陕西省反映，问题久拖不决。无奈之下，他联合多名中外学者给国家领导人写信，直言不讳，诉说秦岭持续发生的生态危机，提出解决问题的建议。

很快，国家领导人批示：立即停止采伐，安排职工转产，建立新的自然保护区。国家拿出几千万元人民币，长青林业局寿终正寝，重新挂一个牌子：长青自然保护区。

这三大贡献来之不易，耗时十三载。其间，潘文石多次遇险，仅坠崖就好几次。

一次为抓拍大熊猫，不慎失足，跌下几米高的岩石。摔伤不说，竹子扎穿手指，伤口感染化脓，半年时间肿得像红萝卜。

另一次更危险，下陡坡时脚被竹根绊住，重心不稳头朝下，几个翻滚坠落速度加快，身子撞上树干。好大的冲击力，碗口粗的树干居然被折断。虽说大难不死，但肛门撕裂，下半身鲜血直冒。这次伤势严重，潘文石只能卧床打吊针，靠流食维系生命。一个多月后出院，人瘦一大圈。

可以说，秦岭大熊猫保护研究的诸多建树，是潘文石和研究团队拿命换来的。

针对保护大熊猫的一些是非误区，潘文石态度鲜明，据理力争。

随着克隆技术日趋成熟，二十世纪末，有科学家将目光瞄上大熊猫，希望一试身手。

克隆大熊猫，说起热闹做起难。

同种克隆，需要一只雌性大熊猫放弃生儿育女的机会，代孕外来的克隆胚胎，成功与否毫无把握。况且，由于生殖生理原因，雌性大熊猫存在受精卵"延迟着床"问题，克隆技术根本无法解决。

异种克隆，凭空想象不切实际。尽管有科学家通过异种克隆方法，获得早期大熊猫胚胎，但不同动物的发育程序由各自遗传密码决定，无法更改。潘文石举例说，假如把早期大熊猫胚胎植入兔子的子宫，由于两种动物DNA迥异，各自不同的发育程序如何协调一致？兔子怎样生出大熊猫，这才是真正的难题。

回溯既往，自从北京动物园繁殖大熊猫成功，中国保护大熊猫研究中心人工哺育幼崽取得突破，圈养大熊猫繁育前景看好。至于秦岭野生大熊猫，那可自身优势明显，繁育状况、幼崽成活率均高于其他山系。

据此，潘文石说：

拯救一个物种的最好办法，就是保护其所在群落的整体性、稳定性和物种内在的遗传多样性。今天保护大熊猫，我们必须固守的最后一块阵地，就是保全那些充满野性的自由生活的种群。克隆仅仅是一套基因的复制品，它不可能增加基因的多样性，因此也就不可能实现保护大熊猫的目标。

虽然科学家们一片好心，但以后一系列事实证明，潘文石的话语重心长。

对于竹子开花，潘文石见解独到：各大山系中，不同的海拔生长有不同种类的竹子。即便其中一两种竹子开花，大熊猫为求生存，也懂得上下迁徙，寻找别的竹种果腹，不至于坐以待毙。后人的研究显示，大熊猫迁徙能力很强，迁徙距离可达两三百公里。圈养保护只会加速衰亡，毁灭野生种群。

潘文石确信，竹子开花，野生大熊猫足以自保。以秦岭为例，两百来只大熊猫，每年所消耗的竹子微乎其微，满打满算，不过其中一种竹子当年生长量的百分之二。所以,现有大熊猫栖息地,竹子可确保供应,不至于闹饥荒。

四川马边大风顶自然保护区,曾在"五一棚"学习工作过的吉林知哈,一个忠于职守的彝族汉子,也直言:大风顶自然保护区有竹子十三种,即使其中一两种开花,大熊猫也不会饿死。

十多年以后,平武、北川等县,箭竹再次大面积开花,大熊猫纷纷下移至低海拔处觅食。四川省和当地林业部门忧心忡忡,启动预案,随时准备救助大熊猫。

专家另有说道。继胡锦矗、潘文石之后,第二代大熊猫研究中坚力量的张和民,同潘文石的观点一致,认为可供熊猫食用的竹子有几十种,虽然其中一种或几种开花,但其他种类依然长势良好。尽管熊猫有嗜好单一食物的习惯,会长时间只吃一种竹子,但在这种竹子开花死亡后,将不得不寻找其他竹种。这一过程中,老弱病残可能被淘汰,种群数量会下降。但等到竹林焕发生机,大熊猫种群也会恢复,而且生存能力更强。

潘文石教授调查竹子开花情况

少管闲事，多写文章，有人这么劝。潘文石义正辞严：即便我们发表一千篇论文、一百部专著，但研究对象死光光，试问，这样的研究有何价值可言？

刚正不阿，真乃潘文石之风骨。

同胡锦矗一样，潘文石拥有诸多荣誉，如全国"五一劳动奖章"、国家教委科技进步一等奖、荷兰"诺亚方舟"金奖、影响世界华人大奖等。

一九九八年，夏勒完成《最后的熊猫》一书，认为潘文石秦岭野外考察对"熊猫生物学研究是一桩重大贡献"。

胡锦矗与潘文石，时代使然，造就如此杰出人物，我为大熊猫庆幸。

无奈这些年，名利之争害苦多少人。大熊猫研究也非得比个高下，胡锦矗第一还是潘文石第一，总有人无事生非。

学术研究，非梁山好汉排座次，岂能以第一第二划分。可百家争鸣，不可门户之见。想那武侠小说中的江湖恩怨，不就为争天下武功第一，闹得腥风血雨，杀人如麻血流成河。

多年前，在美国蒙他那州生物学年会上，潘文石获得"特别科学成就奖"，祝贺的同行称他为"熊猫之父"。潘文石不认可，说："这样的称呼不符合实际，无论从研究经历还是个人资历，我都属于晚辈。"以后，美国《读者文摘》力推潘文石，封面选用其怀抱熊猫幼崽的照片，一旁标注"熊猫爸爸"。

这称呼亲切，潘文石欣然接受。保护研究大熊猫，需要众多"熊猫爸爸"，当然还少不了"熊猫妈妈"。从郑光美、黄惠兰、欧阳淦到胡锦矗、朱靖、刘维新、潘文石、魏辅文、张和民、王鹏彦、汤纯香、周小平、黄炎、李德生、张志和们，再到普通的饲养员、护林员，都是大熊猫的"爸爸"或"妈妈"。

两位先生高人，为大熊猫粉身碎骨、无怨无悔，断不会为名利拖累，为身外物徒添烦恼。道德文章，我是格外景仰。

中国大熊猫研究中，胡锦矗、潘文石双峰并峙，一位领军人物，一位独辟蹊径，二人异曲同工。小子不揣冒昧，斗胆评价：胡锦矗立足四川，广种而不薄收；潘文石扎根秦岭，深耕细作小中见大。

淡泊才是人生最高境界，大熊猫保护与研究，需要无数个胡锦矗、潘文石。

这不，培养后进，两位先生携手，成就一个雍严格。

三、励志成才雍严格

"南胡北潘"一生释疑解惑，门下弟子众多，其中不乏佼佼者。若说先后师承潘石文、胡锦矗，得两位先生真传者，非雍严格莫属。

雍严格何许人？秦岭山中传奇式人物，早年小小护林员，当今知名学者。认认真真捋一遍，所有研究大熊猫的学者中，数他起点低、起步晚；各个自然保护区里边，大熊猫守护者成千上万，数他成就最高，影响遍及国内外。

一段佳话，在秦岭山中广为流传；三位恩师先后接力，励志故事今胜昔。

十余年前访古西安，逗留佛坪自然保护区，进入岳坝地界，从大古坪经川王庙抵达三官庙，就为拜访雍严格。初次见面，聊起大熊猫，相见恨晚。雍严格好长相，胖墩墩的身材圆乎乎的脸，慈眉善目淳朴憨厚，见一面就忘不了。促膝而谈，多涉及张纪叔、潘文石、胡锦矗、夏勒、吕植等，于自己的励志故事，话语无多。

雍严格老家是佛坪县岳坪乡栗子坝，大山深处，土地贫瘠，工分不值钱。念小学、初中时，雍严格是个好学生，严格要求自己，各科成绩名列前茅。可惜家境贫寒，又逢母亲大病一场，雪上加霜。他明白知识改变命运，可家徒四壁。依依不舍中，初中二年级的雍严格挥泪告别老师和同学，辍学返乡。

面朝黄土背朝天，雍严格握笔的手拿起锄头镰刀，春种夏收。就凭这点墨水，在大山里被当作宝贝疙瘩。十五岁当生产队会计，后选入社教工作队。"四清运动"结束，来到佛坪县林业局，端上铁饭碗。林政管理、木材检查、苗圃育苗，无论什么岗位，从不讨价还价。

假如不是遇到第一位恩师张纪叔，凭着自己的勤奋踏实，雍严格可能当上股长、局长，但绝不会有今天的成就。

张纪叔，北京大学生物系高材生，大学毕业后分配到国家林业部保护司。能够留在首都，而且专业对口，张纪叔很知足，努力工作回报组织。"文化大革命"开始，一切乱了套，知识分子动辄被骂"臭老九"。

"臭老九"不值钱，一脚踹到陕西动物研究所。赶出北京不怕，只是研究所不研究动物，忙于刷大字报斗"走资派"。张纪叔一脸不屑，且冷眼旁观。正郁闷着，国家开始野生大熊猫调查，张纪叔作为专家，参加陕西生物资源考察队，赴佛坪一带开展工作。雍严格土生土长，熟悉山里情况，县林业局指派他当向导。

三官庙一带，除了山还是山，当地有句口头禅：山高石头多，出门就爬坡。爬坡不怕，张纪叔兴致高，因为这里熊猫多。考察期间，不仅收集到大熊猫皮八张、头骨两具，还巧遇国宝，目睹尊容。

第一次见到野生大熊猫，是在西河调查期间。雍严格前头带路，张纪叔紧随其后。一个抬头，张纪叔察觉树上有情况，拉雍严格蹲下，打手势让后面的人停步。

迎面大树上，一只动物睡意正浓。公园里见过大熊猫，胖嘟嘟的身材，黑白相间的皮毛，张纪叔一眼认出。好警觉，大熊猫一下子醒来，睡眼蒙眬，扫一下张纪叔们，几分好奇儿分疑问。

雍严格不然，虽说在秦岭山中长大，野兽见过不少，但碰上大熊猫，也是平生第一回。印象深刻呀，多年后提及，依然情绪激动。

这只亚成体熊猫，模样太可爱，黑耳朵黑眼圈，就像毛茸茸的布娃娃。惊喜之余，有人爬上树，想同它套近乎。熊猫好害羞，低下头，两只前掌蒙面，就不让你看；藏猫猫，连滚带爬窜下树，一溜烟钻进竹林，踪影不见。

没办法，就此迷上大熊猫，无怨无悔，终生相伴。

考察队收集的皮张、头骨，尤其是多次发现大熊猫踪迹，证实了秦岭是野生大熊猫重要栖息地。随着调查的深入，基本掌握大熊猫种群数量和主要分布区域。

一九七六年调查结束，考察队完成调查报告，建议在佛坪设立自然保护区。两年后，经国务院批准，佛坪自然保护区成立，隶属国家林业部。

此时的雍严格颇受重用，保护区筹建中挑大梁，负责草拟一系列的文件、规划、图表等,涉及诸多专业知识。初中没念完,这些本事从何而来?

这就得说到张纪叔。雍严格刚到考察队时,给张纪叔当助手,天天满山跑。相处了一段日子,张纪叔感觉这个助手与众不同,聪明好学有头脑。

佛坪一带熊猫多,保护国宝,建立自然保护区,大势所趋。只是环视左右,地区和县上的林业部门中,没一个懂动物保护。有意无意间,张纪叔提及此事,要雍严格早做准备,以后争取到保护区工作。

雍严格喜欢大熊猫,乐意干这事,只顾虑自己是门外汉,没基础。

为地方培养专业技术人员,功德无量。既然有缘相识,何不扶年轻人一把?张纪叔义务教学,当起雍严格的老师。从西安捎回专业书籍,晚上和下雨天空闲,《动物学》《生态学》等一本接一本讲来。老师教得仔细,学生听得认真,笔记记了厚厚一摞。先囫囵吞枣,再逐字逐句琢磨透彻。

学识渊博的人就是不一样,许多深奥的理论,一到张纪叔口中,就变得浅显易懂。譬如讲《生态学》前,解释什么是生态学,原本定义清楚不过:研究生物的生活方式与环境条件相互关系的科学。可左说右说,雍严格始终摇头不明白。

佛坪自然保护区远眺

张纪叔急中生智，一把将雍严格拉到森林里，打着手势，几句话形象道来："上面是乔木，中间是灌木，下面是草本植物，这就是群落。这些群落结合水、土壤，就形成生态系统、生态环境，动物就依靠这些环境生存。我们观察研究它们的生态习性，找出动物与环境彼此间的关系，这就是生态学。"

雍严格豁然开朗，一下子明白了。

熬更守夜，日积月累，水滴石穿，从不懂到懂，居然创造出了奇迹。两年之后，大学生物系必修书读完四本，中学没毕业的雍严格，拥有了动物学专业基础。

我同他耍嘴皮，说主要在于名字取得好，"严格"二字随时挂嘴上，自然毫不松懈，高标准严要求。

张纪叔的许多话，雍严格至今牢记：养成自学习惯；把厚书读薄；把书本知识灵活运用到实践中……张老师盼他成才，鼓励他志存高远，完成人生三大目标：进入保护区工作，到大学深造，成为大熊猫专家。

一九八〇年元旦，佛坪自然保护区完成筹备，正式挂牌，人员到位。只是，分来的"工农兵"大学生，水平低不说，还没一个生物系的。借此机会，雍严格脱离行政岗位，不再兼秘书和会计，全身心投入工作，从事大熊猫保护。

佛坪自然保护区筹建期间，林业部为提高自然保护区管理水平，举办了培训班，地点在卧龙，老师是胡锦矗。两个月的学习中，雍严格求知若渴。胡锦矗对他留下深刻印象，每次上课，只见他双眼圆睁精神饱满，生怕漏掉一个字。

以后，雍严格再次来到卧龙，参与"熊猫计划"，跟着胡锦矗、夏勒长本事。

白天，在两位专家的指导下，调查大熊猫活动的地方、活动的规律、吃些什么食物，以及人类活动与熊猫生存的关系。野外工作有一整套流程，包括植被调查、做样方、研究各类竹子、收集各种数据并分析、填表等，两位专家手把手教。晚上，挑灯夜战，根据大家野外调查遇到的问题，胡锦矗、夏勒轮流释疑解难。

虽然学到了不少知识，但总感觉不够系统，雍严格不满足。张老师叮嘱

监测野生大熊猫健康状况

他志存高远，他觉得自己应该向研究黑猩猩的珍·古道尔[①]看齐——著名生物学家珍妮·古道尔初中毕业，起点同自己相差无几，以她为榜样，错不了。

一次，雍严格随胡锦矗跑野外，途中闲聊时，他袒露心声，希望能进入大学系统学习，为今后的发展打牢基础。胡老师一句话，点醒梦中人：北京大学生物学，中国首屈一指。潘文石就在那里，要深造，何不找他去？

潘教授待人谦和，满口应允，说等机会吧。

一晃两年过去，渺无音讯，雍严格开始不抱任何幻想，终日埋头工作。一九八四年夏天，一个电话，再次改写人生轨迹。电话那头，是潘文石亲切的声音："指标落实了，秋季就到北大来，跟着我进修一年，学费全免。"

[①] 珍·古道尔（Jane Goodall，1934—）：英国生物学家、动物行为学家、黑猩猩研究专家，国际知名动物保育人士和环境保护人士，著名科普作家。她致力于黑猩猩的野外研究长达四十余年，并取得丰硕成果。此外，她热心投身于环境教育。曾获得英国动物权益研究所授予的艾尔伯特·史威策奖、大不列颠百科全书授予的传播造福人类知识杰出工作者奖，被联合国任命为联合国和平信使，被英国皇室授予女爵士头衔。

报喜电话打给恩师，张纪叔早调回北京，祝贺之余，提出更高要求：下一步读研究生。

三十五岁的雍严格，踏进北京大学校门，全靠第二位恩师潘文石。

进校后，雍严格左右看看，同学都小自己十多岁，读的书都比自己多，差距明摆着，焉能不发愤努力？于是，除睡觉五个小时，其他时间三点一线——教室、实验室、图书室；同学选修三门课，他选七门；同学实验做一遍，他做两遍三遍；图书馆熄灯关门，他回到宿舍，打起电筒继续看书。

三更灯火五更鸡，正是男儿立志时。一年下来，雍严格成绩优异，只是头发花白。

发现大熊猫蛛丝马迹，雍严格指导助手拍照，留下第一手资料。

第八章 "南胡北潘"

紧接着，他牵线搭桥，为潘文石秦岭调查熊猫事。调查中学到什么？雍严格自我总结：

> 潘文石是个站在学术前沿的老师，他的特点是不仅搞大熊猫理论研究，而且很注重保护。将理论与现实活动紧紧地结合起来，这一点对我影响很大。

再说读研究生，雍严格凭的是一身本事，靠的是胡锦矗抬爱。

五十而知天命。跨越这个年龄的雍严格，好事从天而降。二〇〇〇年，胡锦矗打来电话，说自己七十有余，精神尚好，打算最后再带几位研究生。因记挂雍严格，所以电话相告，有心收他当学生。

能当胡老师的关门弟子，雍严格求之不得。只是，当爷爷的年纪，满头白发读研究生，不怕被人笑掉大牙？

胡老师说，雍严格呀，有志不在年高，招你不是开后门，二十年前，你就是我的学生，如今不过是来完成学业。何况，秦岭大熊猫研究，你贡献不小，别说研究生，好多博士生也比不上你。的确如此，雍严格不可小觑，正在进行的全国第三次大熊猫调查，胡锦矗和他同为专家委员会委员。

一席话打消顾虑，三年废寝忘食，发奋苦读，在第三位恩师的指导下，雍严格夯实理论，拓展视野，终成大器。

何止读书，如胡锦矗所言，穷其一生学以致用，雍严格投身秦岭大熊猫保护事业。

人迹罕至处，带队筹建三官庙保护站；巧遇颇有灵性的大熊猫"乖乖"，四年贴近观察，建立深厚友谊；不辞辛劳，从"比武招亲"到交配，从产崽到育幼，从取食到嬉戏，拍下许多珍贵场景；大熊猫秦岭亚种课题研究中，配合方盛国教授，提供大量基础资料；携手中国科学院动物研究所，在三官庙建成秦岭大熊猫研究基地，出任研究中心主任，致力于培养年轻一代研究人员……

佛坪自然保护区三官庙保护站

多年的呵护下，佛坪自然保护区的大熊猫数量，从最初的四十多只增加到近百只。平均计算，不到两平方公里就有一只大熊猫，密度居秦岭之首。

有人称雍严格为"土专家"，大错特错。专家雍严格，名副其实。他先后在国内外学术刊物发表文章六十多篇，获得国家、省部级奖项十来项。从一九八一年练笔发表第一篇论文以来，学术成果层出不穷，不断将秦岭大熊猫推向国内外。

国际高端会议上，雍严格更是融理论与实践为一体，紧跟时代言之凿凿。二〇〇〇年，他应邀赴圣地亚哥参加国际大熊猫年会，两篇佛坪大熊猫的论文震惊全场，获得中外学者一致肯定；二〇〇四年，第十九届世界动物学大会上，他以"野生大熊猫求偶繁殖场特征及繁殖行为观察"为题，发表精彩演讲，以秦岭多年所见为例，说明野生大熊猫生存繁衍充满希望……国内重大学术年会，雍严格从不缺席，文章屡获好评。

有学者说，由于雍严格的频频发声，佛坪自然保护区骤然升温，知名度与日俱增，引起国内外动物学家强烈关注，成为卧龙之后中国又一个大熊猫

第八章 "南胡北潘"

生存标志地。

研究大熊猫，雍严格的优势就在于他将胡锦矗的生物学理论和潘文石的保护生物学应用理论融会贯通，继而发展创新。

还有"五一棚"的乔治·夏勒，这位洋博士的新观念和国外的新科技，让雍严格眼界大开，受益良多。

夏勒特别喜欢雍严格，常常将搜集的资料给他看，称其为"合适的人才"。为"熊猫计划"顺利实施，夏勒希望"我们的项目也能找到像雍严格这样投入的青年生物学者"。

雍严格对工作一丝不苟，野外调查时夏勒也乐意带上他。

依靠定位系统，夏勒找到戴有无线电项圈的大熊猫时，总能同时见到雍严格的身影。这个年轻人使用了什么方法，竟然领先高科技手段，先自己一步？夏勒大惑不解。

雍严格告诉夏勒，山里人从小同野兽打交道，也从猎人那里学会了不少跟踪动物的方法。在佛坪，他用一年时间追踪大熊猫，触类旁通，琢磨出"脚印跟踪法""包围跟踪法"等，还挺管用。

雍严格邀请夏勒，一起体验"包围跟踪法"：大熊猫足迹消失，不用着急，以此为点画个大圈，如同下了魔咒，将熊猫圈定其中，绝对跑不脱。原因很简单，大熊猫的行走路线，是一成不变的"S"型。果然，个把小时后，再次发现熊猫足迹，熊猫身影隐约可见。

先进的仪器也难以取代雍严格的跟踪本领，在《最后的熊猫》一书中，夏勒对其评价甚高：

> 我对他在佛坪的熊猫研究印象很深刻。他跟他的同事耐心地一再尝试接近一头母熊猫，直到它习惯附近有人类。他们并不干扰它的自然生活，甚至在夜间观察它的行为。比方说，他可以告诉我，在四十八小时之内，它喝过五次水，进食十四次，每次从一个半小时到五小时不等，这样的细节是无法靠无线电追踪取得的。

天生有缘，雍严格又一次同野生大熊猫相遇。

时隔多年，拜读《最后的熊猫》，雍严格方知，夏勒竟如此高看自己。

话到这里，该提及这位"与熊猫共同生活几年，并成为自己灵魂一部分"的洋博士乔治·夏勒了。

第九章
逐梦者乔治·夏勒

> 夏勒的梦境与现实重叠,他要沿着戴维的足迹,去夹金山朝拜,寻找大熊猫,实现自己的梦想。他说:"我已经把自己种在中国。"

一、夏勒其人

说到大熊猫研究,首屈一指的外国专家,便是美国的乔治·夏勒(George B. Schaller)。

全世界濒危野生动物保护领域,夏勒大名鼎鼎,一九八〇年获世界自然基金会金质勋章,一九九六年获日本国际宇宙奖,一九九七年获美国泰勒环境成就奖。权威如美国《时代周刊》,评选二十世纪全世界最杰出的野生动物学家,入选者三人,夏勒为其一。

而今八十五岁高龄的夏勒,先后从事大熊猫、藏羚羊、美洲豹、黑猩猩等濒临灭绝珍稀动物的保护与研究,长期担任国际野生生物保护学会(Wildlife Conservation Society, WCS)首席科学家。夏勒博学多才,还是一位优秀的科普作家,出版《高山大猩猩》《塞伦盖提的狮子》《沉默之石》《最后的熊猫》《山中帝王》《第三极的馈赠:一位博物学家的荒野手记》等多部专著。

夏勒笔下,场景宏大,大熊猫、藏羚羊、大猩猩等野生动物活灵活现,情节传奇鲜为人知,叙事生动文笔流畅,充满人文情怀,展现了作者的博大胸襟。其中,《塞伦盖提的狮子》获"美国国家图书奖",《最后的熊猫》

获"美国国家书协协会好书奖",成为深受多国读者欢迎的畅销书。

多年来,我反复品味《最后的熊猫》等纪实作品,感触良多。

夏勒大名如雷贯耳,仰慕多年,始终无缘一见。记得二〇一五年冬日,在北京逗留,得知北大图书馆"大雅讲堂"举办系列讲座,以"在青藏高原的三十年"为题,特邀夏勒博士莅临主讲。

十二月三日晚,报告厅座无虚席,全场鸦雀无声。机会难得,讲座刚结束,不揣冒昧,我到休息间拜访夏勒。老人家身板硬朗,精神矍铄。卧龙、臭水沟、夹金山、邓池沟……我说出的一连串地名,让他两眼激情四溢,闪射出对往昔的追忆和对大熊猫的一往情深。

夏勒的大熊猫之梦,始于少年时代。

充满幻想,喜爱动植物,勇于探险,崇尚大自然……小时候的夏勒,在这些方面同戴维极其相似。不同之处是,夏勒少年时,大熊猫的名字已家喻户晓,这种黑白相间的动物,很是让孩子们着迷。

夏勒了解大熊猫以及法国传教士戴维的传奇经历,最早来自课堂。生物老师绘声绘色的讲述,使他童年的梦境里,充满向往与激情。

高中时期,夏勒终于如愿,第一次见到大熊猫。那是在圣路易斯动物园,隔着壕沟,当然还有围栏,远远望去,后来被夏勒称作"现代的神话奇兽"的大熊猫,正在里边踱方步。

外貌似熊的大熊猫,居然以竹子为主食,让人不可思议。

初次见面,夏勒留下不可磨灭的印象。时隔多年,追忆往事,他对大熊猫有一段精彩的描述:

它虽然体格肥胖,行动迟缓,却具有创作的天分,艺术的完美,仿佛专门为了这项崇高的目标而进化成这种模样。圆圆的扁脸,描黑圈的大眼睛,圆滚滚逗人想抱的体形,赋予大熊猫一种天真、孩子气的特点,赢得所有人的怜爱,想要抱它,保护它,而且它又很罕见。

当然，此刻的夏勒，不可能联想到中国古老玄妙的哲学经典《易经》。有学者语出惊人，认为熊猫体现了中国文化元素：中国讲究圆，中国哲学从《易经》开始，就是一个圆，而大熊猫的体态浑圆天成；周身黑白相间的花纹，图案奇特，类似八卦图，是中国文化的符号和象征。

亲睹大熊猫，夏勒的梦境与现实重叠。他立下大志，一定要沿着戴维的足迹，去夹金山教堂朝拜，寻找大熊猫，实现自己的梦想。

喜欢读书的夏勒，翻遍所有有关大熊猫的读物，《戴维日记》之外，还有两本书对他影响深刻。

一本是罗斯福兄弟的《追踪大熊猫》，情节充满刺激，让夏勒神游万里之外的中国四川。

青年夏勒，有独立思维和主见，也有博爱之心。他欣赏罗斯福兄弟的勇气和执着，但对他们肆意猎杀熊猫和其他动物，则持反对立场，表示不敢恭维。

另一本书是《淑女与熊猫》，露丝讲述将活着的大熊猫带回美国、引发轰动的故事。夏勒按图索骥，在地图上找出成都的位置，画上一个红红的圆圈。中华人民共和国成立以前，西方所有捕猎大熊猫的探险队，都在此集中，然后向目的地进发。

追寻之梦，促使信念坚定的夏勒考入阿拉斯加大学生物系。毕业后，他先在一家野生动物实验室上班，研究生们野外考察，夏勒随同前往。走进大森林、靠近野生动物的瞬间，夏勒感到这才是自己毕生的事业所在。

一九五二年开始，夏勒一边参加野外考察，一边从事学术研究，先后担任约翰·霍普金斯大学研究员、洛克菲勒大学教授等。一九五九年，他在中非跟踪大猩猩，将这种同人类亲缘关系最近的物种，从灭绝的边缘拯救出来，一举成名。

这以后，夏勒放弃在科研上的探索，将所有时间和精力，投向全球珍稀野生动物保护工作，成为国际公认的野生动物研究权威。

夏勒有一句名言：熊猫是我灵魂的一部分！无论身处何方，有关大熊猫的一切，都会触动他的神经，引起强烈关注。

一九六三年，第一只人工饲养环境下的熊猫幼崽，在北京动物园诞生。夏勒惊喜万分，念叨好长时间。一九七一年，美国总统特别助理基辛格秘密访华，中美关系出现历史性转折。

关注事态变化的夏勒，认为时机来临。当年七月，夏勒请纽约动物学会会长康韦出面，代为致信北京动物园、中国科学院，提议与中方合作，共同开展大熊猫研究和保护。

夏勒坦诚心声：

> 身为一个满怀使命感的科学旅人，我也一直希望能为熊猫的生存尽一分力量……熊猫的真正内涵隐藏在讨人喜欢的外表之下，被人低估。简单而言，我认为熊猫是一种值得深入了解的动物。

鉴于当时中美两国尚无外交关系，信件交由中国驻加拿大大使馆转呈。夏勒的建议得到世界自然基金会的肯定，彼得·斯科特爵士表示支持。

夏勒对大熊猫情有独钟，源于一种特殊的感觉。作为国际知名野生动物学家，他不断反思：讲究分门别类、线条清晰的动物学，何以在既像熊又像浣熊的熊猫身上，骤然迷失方向？这种动物诸多的矛盾与不合逻辑之处，让人百思不得其解，研究并解开谜团，是科学家的使命所在。

夏勒希望，自己成为一九四九年以后，第一个到中国研究大熊猫的西方学者。

信件递交后，不见任何回音，犹如石沉大海。

"文革"十年，人人自顾不暇，谁还能静下心来，关心一封谈论大熊猫研究的海外来信？

机会重新出现在改革开放。一九七九年秋，巴西高原，马托格罗索州的灌木林地，夏勒一路跟踪美洲豹，这是一项重大国际科研课题。忽然，一个越洋电话，打乱了整个工作计划。

来电的是美国佛罗里达州立博物馆馆长韦恩·金（Wayne King），夏勒的好友。韦恩·金深知，夏勒虽远在南美洲，但心中念念不忘的，却是中国西南深山中游走的大熊猫。他告知夏勒，世界自然基金会正同中国洽谈，准备合作从事大熊猫野外考察。如有兴趣，务必尽快做出答复。

夏勒喜出望外，毅然放弃同样十分重要的美洲豹研究，致信世界自然基金会保护部门主管李·塔尔博特（Lee Talbot），明确回答："我十分盼望能参加这项计划，而且深感兴奋！"

鉴于夏勒的地位和影响力，他的请求立即被世界自然基金会接受，并委以重任，成为"熊猫计划"外方首席专家。

二、在卧龙的日子

"熊猫计划"中外合作，中国得到的不只是资金资助——国外野生动物保育先进的设施设备，野外考察、人工饲养的先进理念和领先的科技手段，随之一并到来。

世界自然基金会派出夏勒，中国以胡锦矗为首，中外学者协同配合，展开对野生大熊猫的跟踪调查。

一九八〇年岁末，沿着弯曲的山间小道，夏勒一行钻进树林深处。脚下积雪绵软柔滑，针阔叶混交林静寂一片，高海拔加全程上坡，个个张开嘴气喘如牛。直到爬上一道坪，有条平缓小道直达"五一棚"。小道两边长着杜鹃树，春末夏初花儿盛开，由是得名"迎宾路"。

"五一棚"坐落在臭水沟的深山里，处于保护区核心地带，人为活动少，生物多样性丰富，有扭角羚、水鹿、斑羚等二十多种野生动物。

当晚，夏勒入住"五一棚"，一共两顶帐篷，他和胡锦矗合住其中之一。

"五一棚"周边，大熊猫活动频繁，方便捕捉。为安装无线电定位系统，用羊肉或猪骨头做诱饵，办法嘛双管齐下：一种是利用铝制捕笼，木头加固，熊猫只要拉扯诱饵，门立马掉落关牢；另一种用绳索特制脚套，一头绑树上，一头套环地面平放，内设机关，熊猫接近诱饵便触发弹簧，套住脚跑不了。

方法不同，目的一致：活捉大熊猫后，颈上套一个无线电发射器，再放归山野。

说来奇怪，就像知道夏勒来了，厉害的无线电定位系统惹不起，过去经常露面的熊猫们，一下子躲了起来。调查队员布下天罗地网，几条兽径统共设置了四个捕笼、十个脚套，可天天巡查，总不见熊猫中招。

卧龙的冬天冷呀。胡锦矗同夏勒顶风冒雪，沿着不同的路线，每天来回跑。只要发现熊猫踪迹，就要测量雪地上留下的足痕、粪便，统计吃什么竹子、吃了多少、吃什么部位……

野外考察苦呀。匍匐雪地，仔细辨认熊猫足迹；侧耳倾听，竹林深处熊猫嚼嫩竹嚓嚓作响；大雪初霁，大清早钻入熊猫用身体挤出来的竹林"隧道"，积雪掉落头上脖子上衣服上，棉衣冻成冰铠甲。雪地行走一天，夏勒的外裤被融化的雪湿透，内衣被身上的汗浸透，携带的包子冰凉，只能边走边吃，一旦停下脚步，转眼间寒气逼人。

夏勒体力充沛，精力过人。野外调查中，望远镜、照相机、笔记本随身携带，对沿途所有感兴趣的动植物，无不拍照如实记录。偶见熊猫粪便，如获至宝，捡入塑料袋。这东西作用大，烘烤后，称重量做分析，传递熊猫各种信息。

耐住性子，第二年的三月二日，夏勒终于见到大熊猫。

天刚亮，"五一棚"附近，竹丛深处，夏勒听见"哗哗"的响动，很快发现了熊猫足迹。他一路跟踪，穿越茂密的拐杖竹林，山坡下的树丛中，隐藏着熊猫巢穴。

大失所望，里面没熊猫。

下午，好运降临，不仅见到熊猫，还是一大一小。大的是成体，身强力壮；小的是亚成体，势单力薄。大欺小，气势汹汹，追到云杉树下，依然不依不饶。小的躲上树梢，战战兢兢苦苦告饶，那叫声够悲凉。

双方纠缠好一阵。大的爬上树又滑落下来，无法靠近小的，只好悻悻而去。临走，愤怒地撕下一大块树皮，出口恶气。

小的完全吓傻，抱紧树干不敢下来，直至夜色笼罩。

野外调查中，夏勒（左）发现大熊猫巢穴。

百米开外当观众，夏勒大开眼界。

好事接着来。三月十日，脚套发挥作用，在白岩附近套住一只熊猫。注射麻药，趁熊猫熟睡，赶紧佩戴项圈、称体重、辨别雄雌、检查寄生虫……又过了两天，转经沟沟口再次告捷，捕笼关住熊猫。这只成体雌性大熊猫，年龄偏大，牙齿泛黄，有几颗已经脱落，皮包骨头身体瘦弱。

至于名字，经大家合议，白岩套住的那只雄性亚成体，取名"龙龙"；转经沟关住的这只，则称"珍珍"，意思是"珍贵而稀少"。

以后，又抓获"威威""憨憨"等。整个"熊猫计划"中，共捕获九只大熊猫，无不佩戴项圈。

崭新的无线电定位系统充满神秘感，很是让"五一棚"的中方工作人员着迷。过去，类似的玩意儿只在电影里见过，那就是特务使用的收发报机。如何使用？外方专家详细讲来：装有发射器的项圈，套住熊猫颈项，电池足以使用两年；操作人员身背接收器，手持导向天线，头戴耳机。

跟踪戴项圈的熊猫，靠的是监听发射器发出的无线电波。电波遇到障碍会减弱，所以最好顺着山脊走，站得高听得远。要找到熊猫所在位置，得慢慢旋转天线，寻找信号最强的方位。至于三角法测知、山坡对信号的反弹作

第九章　逐梦者乔治·夏勒

用等，实践中熟能生巧，专家讲了自个儿去体会。

信号辨别也有名堂，粗略听都"哗哗哗"一阵乱响，但仔细辨别有名堂。熊猫静与动，发射器自带行动感应装置，会释放不同速度的脉冲：静止不动时，每分钟七十五下左右；一旦活动觅食，每分钟上百下。

熟悉以后，打开无线电定位系统，需要了解哪一只放归熊猫的行踪，调到相应的监测频道，一切尽在掌握中。

无线电定位使跟踪大熊猫的手段更加先进，一改被动局面。过去满山找脚印，今天把这只追，明天跟那只跑，一不小心就弄丢了。而今，大熊猫一旦戴上项圈，只要打开定位系统，方圆数十平方公里范围，所在方位立刻锁定。

当然也不能大意。依靠灵敏的鼻子和耳朵，熊猫具有反侦察能力，研究人员得轻手轻脚，远远观察。这么一来，不仅对大熊猫一天的活动规律，啥时吃啥时睡一清二楚；即便是一年不同季节，大熊猫所在的海拔高度，采食什么竹子，以及怎样交配、育幼等等，也都能掌握。

在过去，熊猫妈妈育崽的巢穴总是事后才被发现。产前怎样筑巢、育崽期间的活动规律、护崽习性等，只能依据熊猫妈妈离去后留下的各种痕迹进行分析，做出判断。

春天里，大熊猫"耍朋友"满山跑。跟踪"珍珍"时，夏勒与中国同行一道，第一次目睹交配全过程。求偶期间，大熊猫相互发出不同的叫声，表达不同的情绪，有尖叫，有咆哮，有类似犬吠的吼叫，还有"哞哞""咩咩"的暖语，让夏勒好不惊奇。山里人告诉夏勒，野生动物们春天发出的嘶鸣叫"嘶春"。

夏勒抓住时机，不停按下快门，成为第一个拍到野生大熊猫交配的人。当年四月十三日的日记里，夏勒写道：

> 几天后，"珍珍"来到这只公熊猫身边。受到叫声吸引的还有另外一只公熊猫。它们三个在天寒地冻中一起待了几个小时。第二只较小的公熊猫试图靠近"珍珍"，但一次次被另一只赶走，后者围着"珍珍"，保护它，在它接受后与它交配……我站在近旁，很高兴能清楚地

难得一见的大熊猫求偶

看到"珍珍"……

若没有定位系统，大熊猫行踪飘忽不定，要想撞上它们传宗接代，全凭运气。研究人员乐了，说洋玩意儿太厉害：在人类面前，熊猫们再无隐私可言！

很快，"珍珍"怀孕。八月中旬，夏勒发现，翻上二道坪的"珍珍"钻进了冷杉林。那些上百年的冷杉，直径一米上下，基部空心适合筑巢。

九月初，监测显示"珍珍"行为异常，活动大幅减少，且缺了黎明和黄昏时分的高峰值，一个多月后才恢复正常。显然，"珍珍"产下宝宝，正待在巢穴哺育幼崽。

十月二十日，夏勒决心一探究竟，约上胡锦矗，根据无线电讯号，来到一处竹林边。"珍珍"突然现身，发现有人，咆哮几声径直扑来，吓得夏勒爬上树，胡锦矗转身跑。赶走入侵者，"珍珍"掉头返回，守住洞口。待在树上的夏勒，不仅看见了巢穴，还听见幼崽嘹亮的啼哭声。

不知何故，十一月中旬，幼崽神秘失踪。熊猫妈妈的育幼过程，夏勒终归无缘一见。取得突破的是潘文石，八年以后，依靠定位系统，在秦岭南坡观察到"母幼家庭"。

大学者夏勒，在雍严格、高华康们的眼中，毫无架子。

国家林业部考虑周全，利用这次机会，抽调各熊猫保护区职工轮流来到卧龙，接受短期培训。这些人来自基层，虽然文化程度不高，缺乏专业知识，但吃苦耐劳。空闲时候，夏勒义务授课，循循善诱，介绍新的科技、观念、技巧，告诉大家搜集资料的意义，介绍自然领域、生态保护等知识。

野外考察时，夏勒通常会带翻译，走一路讲一路：怎么收集数据，怎样填表，怎样研究竹子，怎样做调查样方……耐心细致，知无不言。

世界顶级专家言传身教，大山中的守护人直接同国际接轨，眼界大开，技能提高，素质增强。

夏勒的敬业精神，胡锦矗自有一番评价：

夏勒挚爱野生动物，研究细致严谨，善于记录分析，并有乐观积极的工作作风，令我很是钦佩。

热情度高、作风严谨的夏勒，其实有不少苦恼。看问题客观公正，有独立思维，从不看政府官员脸色行事，使他在处理人际关系上很是头疼。

难以想象，英雄沟里面的卧龙熊猫繁育场，熊猫关在四面透风的棚子里，雇佣的管理员对国宝漠不关心。再以后，又察觉新来的大学生工作懒散。对此，夏勒多次提出意见。

更没料到，保护区同样存在盗猎和盗伐。有一天，夏勒一行没收八个猎套，据现场观察，一头熊猫距其中一个猎套仅几步之遥。接连两个冬季的森林巡查期间，不时发现猎套，还发现有许多新鲜的树桩。卧龙竟出现这种情况，夏勒十分痛心，并一再恳请主管部门，希望严加监管。

然而事态愈演愈烈。一九八三年一月，"憨憨"竟惨遭毒手，被盗猎者的猎套缠住喉咙，窒息而亡。几个月后同一地点，夏勒再次发现一只熊猫脖子卡进猎套，由于无法忍受临死前的折磨，竟咬断自己的舌头。经检查发现，这是一只哺乳期的熊猫妈妈，乳头胀满乳汁。熊猫面色痛苦，惦念宝宝死不瞑目；而盼着妈妈归来的幼崽，肯定饿死巢穴。怒火中烧的夏勒，双膝着地，虔诚跪下。

这动情的一跪，那些尸位素餐者，还有猎杀野生动物者，不知作何感想。

事情闹大，"憨憨"一案迅速侦破。获刑两年的罪犯大呼冤枉，说自己虽设了六七十个猎套，可要套的是麝和野猪，许多人都在干这事，谁让那熊猫撞自家套上。

其间，还发生了竹子开花、熊猫大规模死亡事件。夏勒的观点与潘文石类似，认为"竹子开花威胁大熊猫生存是事实，但人祸更大于天灾，卧龙死亡的大熊猫，并不是饿死的，有的是套死，有的是饲养不善致死"。悲愤之余，他指名道姓要求撤换不称职的工作人员。

更没有料到，因"珍珍"而起，引发一场轩然大波。

夏勒（中）与高华康（右）
等大熊猫保护工作者合影

一九八四年一月四日，夏勒返回美国期间，大学毕业分来的几个年轻人捕获一只雌性大熊猫，取名"贝贝"。二月下旬，夏勒返回卧龙，发现自己的帐篷已改作"贝贝"住房。经观察，夏勒认为"贝贝"就是"珍珍"，只有它才对营地的美食垂涎三尺。这之前月余，"珍珍"产下的幼崽被活捉，送进研究中心，而后因病转移至成都动物园，不治身亡。

"珍珍"有心计，吃定这些年轻人——他们富有同情心，国宝嘛应该善待，有自己吃的，就少不了"珍珍"的。老谋深算的"珍珍"，不歇气来营地讨吃讨喝，甚至明火执仗地抢，全不把自己当外"人"。

那些日子，保护大熊猫是全国上下齐动员，有钱出钱有力出力。大熊猫栖息地，饥饿难耐的国宝闯入农户家中吃腊肉蜂蜜，山里人再穷也从不驱赶。身为保护区工作人员，几位年轻人职责所在，米粥熬稠再加糖，生怕亏待国宝。奈何"珍珍"得寸进尺，享用完香喷喷的粥，直接闯进屋内搜寻食物。

房间一角，地下挖了坑储藏甘蔗，虽说有盖子，可架不住熊猫鼻子灵。掀开盖，取出甘蔗，"珍珍"尽情享受。

往后，事态越发严重。"珍珍"与人类共用营地，甚至追着人到处跑。"五一棚"看熊猫，一时成为新闻，参观者不时造访。

秩序大乱，夏勒反复告诫，年轻人却满有理由。

因尊重知识、重视人才，大学文凭开始吃香，大学生傲得很。夏勒则认为，刚毕业的大学生缺乏独立思考训练，对教科书以外的东西一无所知。

看来，如何对待"珍珍"，中外双方一场风波不可避免。外方主角是夏勒，中国主角是几位年轻人，包括王鹏彦、张和民等。胡锦矗支持夏勒，但不愿多言，也就私底下一句话：我很感谢你仗义执言。

双方动机不同，归根结底是理念之争。但目的相同，都是为熊猫好。至于怎么做才是真正的好，那得讲科学，遵循野生动物保护规律，而非率性而为。

年轻人认为，善待国宝，出自好心错不了。留下"珍珍"，与熊猫同吃同住，就近观察研究，天赐良机。

夏勒不这么认为。他一再强调，不能给"珍珍"喂食，以免它对人产生依赖；不要去打扰和干预自然状态下的动物，保护它们的栖息地，远远地观察它们；哪怕因为距离的原因，要花很长时间才能取得一点研究进展，也尽量不要干预。

劝说无效，夏勒多次发声，但得不到任何回应。忍无可忍，只好给北京相关部门写信，澄清事实，提出要求。再后来，新华社记者知晓这事，写成内参，呈报高层。事情闹大，国家林业部派来调查组，几个年轻人被撤职，"珍珍"放归山林。

五年精诚合作，大熊猫的基本行为模式、饮食习惯、栖息地必备条件等研究任务，圆满完成。"熊猫计划"为人类认识大熊猫、建立保护理念开了先河。中国动物学家通过合作研究取得了诸多经验，中国的自然保护进入一个新阶段。

夏勒心存善念，几个年轻人被处理后，感觉"自己批评太凶，不免有罪恶感"。客观而言，夏勒的做法，无疑是正确的，理由就一个：不能将野生大熊猫当宠物养！

不以一时一事论英雄，后生可畏，焉知来者不如今。张和民们痛定思痛，外出求学刻苦钻研，若干年以后，多数人在大熊猫研究领域贡献卓绝，成为独当一面的专家学者。尤其攻克圈养大熊猫"三难"，实施圈养大熊猫野化放归，大手笔大气魄，令人称道。

时隔二十多年，绕了一个大圈，圈养熊猫野化回归山野，这同夏勒当初"确保熊猫能在野外自由生存"的观点，不是如出一辙吗？

二十世纪末，夏勒两次回卧龙，只是再没涉足熊猫研究。或许他认为，历经坎坷的年轻人已然成长，可以担负历史的重任。

夏勒并未离去，继续在青藏高原为保护野生动物竭尽全力，用他的话说："我已经把自己种在中国。"

"熊猫计划"结束至今，夏勒每年待在中国的时间，都超过在美国密苏里州的老家。三十多年来，他无数次踏上青藏高原，深入无人区，研究藏羚羊、白唇鹿、野牦牛、盘羊、雪豹等稀有动物，并协助中国建立羌塘自然保护区，警示国际社会关心藏羚羊保护。

至于夹金山，卧龙工作期间，夏勒多次向中方提出要求前往。他的心情可想而知：少年时的梦想，直至天命之年，才有了实现的可能。况且，同夹金山的距离，已由过去的万里之遥，缩短到一山之隔。

夏勒在期盼，何时踏上圆梦之旅。

三、圆梦"宝山圣地"

一九八三年四月二十四日，夏勒动身前往宝兴。参与"熊猫计划"两年半，这是首次获准走出卧龙，去往另一个熊猫保护区。卧龙与宝兴，说起来只隔一座山，但得由成都、雅安绕一圈，路程三百多公里。

越野车风驰电掣，驶出雅安，穿过飞仙关，翻越桠子口，清一色黄土路。同行者有胡锦矗，还有翻译邱明江。

一九三〇年，宝兴建县初始，不知何方高人，从儒家经典《中庸》"宝藏兴焉"一句中，衍生出"宝兴"二字。

查《中庸》一书，二十六章有载：

今夫山，一卷石之多，及其广大，草木生之，禽兽居之，宝藏兴焉。

翻译成今天的话：我们所说的山，不过拳头大的石头聚集而成，可等到它高峻宽阔时，草木花卉生长在山上，飞禽走兽栖息在山中，丰富的宝藏储藏在山里。

这位高人，大约悟出熊猫为世界之瑰宝，动物界的"活化石"，故灵机一动，为大熊猫发现地取名"宝兴"——"有宝兴焉"！

略晚几年出生的夏勒，在宝兴建县六十八年后，写就《最后的熊猫》一书，夹金山浓墨重彩单列一节，记叙所见所闻，标题即《熊猫的宝山圣地》。其中有这么一段：

对任何关心熊猫的西方人而言，宝兴是一块圣地，因为这儿就是戴维神父入（夹金）山，发现大熊猫的出发点。

"宝山圣地"的命名权，自然归属夏勒。夏勒对中国古代典籍知之不多，也不会专门查阅名称由来，但与大熊猫心灵相通的他，称这方山水为"宝山圣地"，与《中庸》的"宝藏兴焉"、戴维的"上帝的后花园"如出一辙，一脉相通。

夏勒到达宝兴的当天下午，县林业局局长崔学振接待夏勒一行，按要求介绍蜂桶寨自然保护区基本情况，以及全县大熊猫保护现状、存在的困难和

"当年戴维，就是从这里走向大山，发现大熊猫。"
夏勒博士如是道来。

问题，也谈到竹子开花的危害。夏勒听得十分认真，通过翻译不时提问。

随后，夏勒一行由高华康陪同，前往邓池沟天主教堂。

高华康一九八一年被抽调至卧龙，参与"熊猫计划"，与夏勒相处一年。夏勒对他留下深刻印象，称其为"和善而开朗的年轻林业官员"。高华康时年二十三岁，年轻但非"官员"，这辈子也同"官"无缘，是位十分敬业的县林业局普通职工。

作为林业工作者，高华康多次参加保护大熊猫的行动。从宝兴箭竹大面积开花，到四川大熊猫栖息地申报世界自然遗产，每一次重大任务，都能看到他的身影。

高华康酷爱摄影，手中的相机记录下许多抢救大熊猫的场景。其中一幅取名"熊猫保姆"，在国内外摄影大赛中屡获重奖。照片中，两只幼崽直立身子，紧抱饲养员李武科大腿，争相吸吮奶瓶里的牛奶。李武科满面慈祥，心疼的目光注视着膝下一双"儿女"。两只幼崽十分懂事，你一口我一口，分享无疆大爱。

照片拍摄于二十世纪八十年代。保护区工作人员巡山时，先后发现两只嗷嗷待哺的大熊猫幼崽，失去母爱无依无靠，在森林里静待死神降临。幼崽获救后被送往保护区救助中心，由李武科负责饲养。一个偶然，高华康抓拍下这感人至深的瞬间，将人对熊猫的关爱化作永恒的纪念。

车至东河与邓池沟交汇处，不通公路，只有崎岖的山间小道。小道遍布砂砾，极易滑倒。高华康告诉夏勒，这是通往教堂的唯一通道，当年戴维经常行走。小道无名，夏勒突发奇想，称其为"戴维小道"。一个多小时后，小道尽头，夏勒终于见到朝思暮想的天主教堂。

教堂年久失修，显得破败。一九五〇年，最后一任神父易洪光离去，宗教活动停止，以后成为宝兴县石棉厂工作场地。

由于石棉开采不景气，这里仅留一人看守。穿行于蛛网密布的房间，徘徊在杂草没膝的庭院，夏勒脑海里浮想联翩。戴维神父的发现为人称道，而保护大熊猫任重道远，需要后来者努力与奉献。

夏勒对教堂的历史很感兴趣，走遍每一个角落，不时问这问那，拍摄照片。他虽已是大学者，但生活俭朴，待人友善坦诚，对工作执着热情，遇事直言不讳，陪同人员毫无拘束感。

这个传奇的地方，谱写了大熊猫史话最瑰丽的篇章。触景生情，在《最后的熊猫》中，夏勒这样描述邓池沟天主教堂：

这是一座很气派的木造建筑，有中国式的宽檐，房子虽大却不觉得突兀。因为它高踞山坡上，可以远眺一日行程外的雪峰。这里海拔约六千英尺，阳光温暖，微风清新。大熊猫过去与现在于此汇而为一。

临别时，夏勒招呼陪同人员合影留念。他对大家说："全世界研究大熊猫的人，都必须到宝兴来，到天主教堂来。因为这里是大熊猫的家园和发祥地！"

傍晚，夏勒一行入住硗碛藏族乡。

四月二十六日，高华康打头，夏勒一行紧随，沿一条运输木材的林区公路，走进泥巴沟。途中，很多箭竹开花，花序顶端如稻穗，色泽褐中带紫，情况不妙。

高华康的相机虽是低档货，却是心爱之物，一路上不停地拍照。对于此行，他心中有数。去年秋天的泥巴沟，伐木工人在营区不远处，一棵巨大的空心冷杉树基部的洞穴里，发现一只大熊猫。百米开外，伐木的呐喊声、斧头的砍伐声、大树的倒地声，它充耳不闻。

伐木工人一边报告蜂桶寨自然保护区，一边给熊猫送去肉和骨头。这家伙倒不客气，来者不拒，吃个一干二净。高华康随同救护队赶到现场，多次近距离观察。

这一带属夹金山林业局采伐区，大熊猫对人类的干扰习以为常。高华康举起照相机，它一双眼睛好奇地盯住"咔嚓"作响的机器，毫无怯意。

这只待产的雌性大熊猫，在高华康到达的第三天，即九月二十二日生产。十多天后，趁熊猫妈妈外出觅食，几条狗扑向树洞狂吠。高华康上前驱赶，第一次走近熊猫宝宝。幼崽眼睛未睁但嗅觉灵敏，尖声大叫，高华康赶快

邓池沟天主教堂修葺一新的四合院

离开。二十多天后，一场夜雨，第二天熊猫妈妈和宝宝不见踪影，估计是借机搬迁。

亲睹产崽大熊猫，即使对林业部门管理人员而言，也是一次奇遇。

高华康拍摄熊猫处，位于一座小山顶，地势陡峭，采伐难度大，故而残留一片森林。夏勒观察洞穴入口，成年熊猫刚好可以挤进去。熊猫早已离去，周围树木被砍伐一空，剔除的丫枝横七竖八。可以想见，在人与大熊猫的对峙中，弱者只能选择逃避。

熊猫在卧龙见得多，但夏勒希望在宝兴也能遇上，了却几十年的夙愿。归程中，有伐木工人告诉他，就在昨天还听到熊猫叫。邱翻译话音未落，夏勒便大步向山脊攀爬。事后，他告诉高华康，当时似乎听见一个声音在召唤。

登上山脊，夏勒欢呼起来。前方不远处，翠绿的竹林边沿，一只黑白相间的大熊猫分外醒目，正在自己的领地巡视。它不时回头，发出"咩咩"的呼唤，

第九章　逐梦者乔治·夏勒　　245

而后消失在竹海。

夏勒忘情地跳起来，全然不像五十开外的人。只有反复阅读《最后的熊猫》，深入一个伟大的动物学家内心的情感世界，才能理解和认同他此刻的激动与癫狂。

夏勒终究不虚此行：心有灵犀，与大熊猫相遇泥巴沟；夙愿得偿，瞻仰邓池沟天主教堂的宏伟壮观，感念先贤的业绩与精神。

其后不久，我在宝兴见到不少夏勒的照片，均出自高华康之手。

一九八四年元旦刚过，宝兴大雪封山。

为竹子开花事，夏勒再赴宝兴，并往平武、青川等县。之前已觉察到危险信号，其后坏消息不断传来：箭竹大面积开花，大熊猫面临生存危机。

调查结果出乎意料：竹子开花是局部性的，风险被人为夸大。夏勒直言，青川的唐家河没有竹子短缺问题，没有熊猫挨饿。平武县的所谓危机，难以让人信服，箭竹并非当地主要竹种，不会出现竹子大量死亡问题。至于卧龙，虽有竹子开花，但也有不少未开花的箭竹，海拔较低处还有其他种类的竹子，可供熊猫食用。

夏勒难以理解，一点问题也没有的唐家河保护区，借竹子开花之机，新建一处长期圈养熊猫的大型设施；平武不甘人后，建起两座小型的。就连甘肃也来凑热闹，投入上百万美元，在白水江保护区大兴土木，八间带空调的饲养室、八间游戏室、育婴室、兽医院等全弄上。

看来，哪里都想效仿卧龙的研究中心，弄几只熊猫养起来，扩大影响。

宝兴倒是灾情严重。崔学振通报，百分之九十的高山冷箭竹因开花枯死，许多大熊猫下至浅山区，于农舍周围出没，寻找一切可以吃的食物。当地已展开拯救大熊猫的行动，县、乡、村成立抢救大熊猫工作机构，抢救一只大熊猫政府奖励三百元钱。人们用家里的粮食、腊肉招待饥饿的大熊猫，猎狗被转移，病饿大熊猫被救治……

根据大熊猫分布情况，夏勒决定横穿栖息地，先去东河的硗碛，然后经泥巴沟翻越分水岭，下山抵达西河永富乡中岗村，沿途勘察灾情。

保存完好的硗碛藏家老房子

元月四日清晨，硗碛漫天皆白，雪花飞舞。天公不作美，但夏勒急不可耐，决定冒雪翻山。

这一决定极具挑战性。分水岭顶峰海拔三千六百米，全程四十公里，翻越需一整天时间。山路荒草荆棘丛生，平时人迹罕见，更不用说大雪天。安全起见，蜂桶寨保护区派王帮均陪同，此人经验丰富，熟悉路况。高华康则转道西河，先去中岗村安排食宿，接应夏勒一行。

山底大雾弥漫，群山失去踪影，但低海拔处的白夹竹长势不错，没有开花迹象。夏勒大为宽慰，用英语不停念叨："这里的大熊猫应该没有问题！"

路难行，夏勒踏着没膝深的积雪，一步步挪动，裤子全湿透。紧贴峭壁断崖的小道，被积雪深埋，一个失足，便会摔下深不见底的山谷。王帮均打头，用竹拐杖试探，为大家寻找安全通道。夏勒体力充沛，善于雪地行走，将随行人员远抛身后。

登上分水岭顶峰，阳光灿烂大晴天。下到半山，又是云雾缭绕，雪花再度纷纷扬扬。途中，夏勒留意到熊猫留在雪地的足迹，它就躲在附近密林中。

傍晚，夏勒一行抵达中岗村，住进温暖的木屋。

一位七十多岁的老人，拉住夏勒挨火塘坐下。山里人的火塘紧贴灶台，长方形石板镶嵌，靠燃烧木材取暖。熊熊火焰，很快烤干衣裤。夏勒无论走到哪里，总爱同当地人聊天，十分随和。拉夏勒坐下的老人叫唐国勋，曾帮北京动物园宝兴狩猎队干活，野生动物的龙门阵[①]不少。

老人家几十年没见过外国人，异常亲热，用方言不停同夏勒拉家常。听说夏勒是来保护大熊猫的，老人话题一转，聊起早年罗斯福兄弟中岗村安营扎寨，遍山搜寻白熊未果，以后移师赶羊沟的往事。

第二天，夏勒一行沿西河上行，不时见箭竹开花。由于坡地的开垦和森林砍伐，阻断通道，熊猫无法迁徙到没枯死的竹林，只能依靠救助。这一带熊猫的命运，令人忧心。

夏勒离开宝兴后月余，一只熊猫在西河获救，取名"巴斯"，开始了它传奇的一生。

---

① 龙门阵：四川方言，此处指故事。

第十章
传奇"巴斯"

> 每个大熊猫的名字背后，都有一个充满悲喜的故事，有些故事可以追溯，有些则隐匿到岁月里。

一、获救巴斯沟

夹金山脚，宝兴县新建一座熊猫博物馆。

博物馆门前，一块块黑色大理石碑上，金贵的熊猫被赋予人性化的名字，镌刻其上，另有它们被捕获的时间，离开夹金山以后的历程，以及死亡地点和年份。每个名字后面，都有一个充满悲喜的故事，有些故事可以追溯，有些则隐匿到岁月里。

"巴斯"，就是众多名字中的一个。

二〇一〇年初冬的一个黄昏，我搭航班飞榕城福州，参加"巴斯"三十岁庆典，看望一位名叫陈玉村的熊猫专家。

几十年间，保护大熊猫的故事，说不尽道不完，"巴斯"与陈玉村的奇缘，不过其中之一。

舷窗外，一抹残阳渐暗，天外大面积的云层，如同无边无际枯黄的竹林。思绪回到当年，二十世纪八十年代初，邛崃山、岷山的竹子先后大面积开花，继而枯萎，满山竹林也似这般的黄，死气沉沉毫无生机。

曾记否，一曲《熊猫咪咪》风靡全国：

竹子开花哟喂，咪咪藏在妈妈怀里数星星，星星呀星星真美丽，明天的早餐在哪里……

中国西部箭竹开花，大熊猫主食枯竭，震惊国内外，歌声唱出全人类对大熊猫的关爱之情。众多国家和有识之士倾力合作，有钱出钱，有力出力，整个国际社会都投入到抢救大熊猫的善举之中。

中国政府义不容辞，林业部统一指挥协调，四川省及相关地区成立保护大熊猫救灾领导小组，县上设立大熊猫救助站和救护队，乡镇组织巡逻队。

抢救大熊猫的八项举措，广播里反复播放，大会小会不停宣讲。就连小学生都知道：不准上山放狗打猎，不准上山安放猎套，不准上山采摘竹笋，打死打伤熊猫者严惩不贷，救助者有奖。要做到：发现病饿大熊猫紧急救助，马上报告，一只也不能饿死冻死。

竹子开花的是是非非，两种观点言犹在耳。有专家疾呼，灾难降临，大熊猫面临灭顶之灾；有专家持不同意见，认为情况没这么糟糕，说灾难有夸大之嫌。

灾难不灾难姑且放一边，亲身经历竹子开花，此时依然活在这颗星球上的大熊猫，"巴斯"算是唯一一只了。几十年白驹过隙，当年的熊猫们，早已离开这个世界。

第一次见到"巴斯"，这个贪吃的家伙，在大水沟保护站的圈舍里，埋头拼命吃竹笋。为了它，我陪同几个记者，火急火燎赶到蜂桶寨自然保护区。崔学振早在这里候着，还找来抢救国宝的农妇李兴玉和第一个到现场的高华康。那时候，县林业局全局上下，包括蜂桶寨自然保护区等直属单位，统共就二十来号人，遇到事情大家一起上。

李兴玉说，高华康补充，再驱车西河，永富乡巴斯沟走一趟，来龙去脉全弄清。

一九八四年二月二十二日午后，永富乡农妇李兴玉和邻家小孩石家明，从山上捡柴火回家。途经巴斯沟，走过巴斯桥，偶然抬头，发现百米外西河上游浅滩处，一只动物在水中挣扎。

山里人眼力好，看见那动物黑白相间，大熊猫无疑。

碰上大熊猫，不算稀奇事。寒冬季节，中高山区冰天雪地，竹叶枯萎冻硬，所含蛋白质大幅降低。食物匮乏，被逼无奈，熊猫离开家园，下至人类生活区域。稀奇的是，善于泅渡的大熊猫，居然被水困住。想来是饥寒交迫，涉水过河时体力不支，被急流冲到巴斯桥前面。

那时春节刚过，夜里下了一场雪，河水冰冷刺骨，岸边结满冰凌，大熊猫看着不行了。广播喇叭天天说，大熊猫稀罕物，救它一命理所应当。李兴玉丢下柴火，三步并做两步跑下河坝，试图将大熊猫哄上岸。

河水长时间冲击下，大熊猫力气耗尽，耷拉着脑袋，大半身子浸泡在水里，对李兴玉的呼唤不理不睬，一副听天由命模样。没奈何，李兴玉守着，石家明跑回村庄喊人。不巧，邻居们都走亲戚去了，只有石家明的母亲赶来。

李兴玉不顾安危，几下解开捆柴火的绳子，拴在腰间跳入急流。刚下水，牙齿打颤；紧接着，双脚僵硬身体麻木。李兴玉顾不了那么多，抓紧时间，涉水走向大熊猫。石家明和母亲在岸边抓紧绳索，三人齐心协力，连推带拉，从冰河里救起大熊猫。

国宝皮毛湿透，遍体冰凉，呼息微弱，全身不停颤抖。李兴玉见状，折断柴火点燃，石家明母子守住大熊猫，帮它烤火取暖。李兴玉飞奔回家，换下湿透的衣裳，拿来铝锅和玉米面、红糖。

几块石头支口锅，三下两下，热腾腾的红糖玉米糊熬好，用勺子往大熊猫口中喂。饿慌了，大熊猫狼吞虎咽，半锅玉米糊一会儿工夫全下肚。

大熊猫无小事，村里、乡上的干部给县林业局打完电话，匆匆赶来。吃饱喝足，周身的毛烤干，大熊猫来了精神。眼见人多，大熊猫心生怯意，仗着身手敏捷，几下子爬上一棵核桃树，躲在高高的树杈上。

冬天黑得早，夜幕很快降临，河谷地带正当风口，寒气逼人。可大熊猫就在树上，大家死死盯住，谁也不敢离开半步。路况差，汽车跑不快，晚上八点来钟，高华康先到，接着崔学振带着王帮均、李武科等救护人员赶来。

打起电筒，树杈上的大熊猫隐约可见，但怎么请下来，难倒了大家。山里人知道，熊猫特别馋腊肉，闻到香味非下树不可。那就烤腊肉，烧腊肉骨头，一阵阵的香气，直往半空飘。出乎意料，这熊猫经得住诱惑，不吃这套。

还是高华康见识广，招呼村里人找来几根绳子，分别拴在树干中央。几个人一组，在不同方向拉紧绳子，一人持斧轻轻砍树，众人缓缓放倒……树干倾斜，大熊猫坐不稳当，跳下爬起就跑。刚着地，大家一哄而上，保护网罩住，抬进笼子。

一夜无眠，高华康低头看表：清晨五点整。

汽车启动之际，救护人员商量着，该给大熊猫留个名。高华康说，这熊猫命大，遇上救命恩人，否则要么淹死，要么冻死。既然是李兴玉救下，就请她取名。

李兴玉文化不高，取什么名实在犯愁。左思右想，突然开窍——宝兴救了不少国宝，多以救助地命名，这只熊猫获救于巴斯沟，接它的汽车又停在巴斯桥……有了，李兴玉脱口而出："就叫'巴斯'吧，以后它一旦出名，也不会忘记今天这段缘分。"

大家齐声叫好。

宝兴县大熊猫救助站，设蜂桶寨保护区管理所，地点在大水沟。"巴斯"到了救助站，崔学振请来县畜牧站兽医做全面检查。这是一只雌性亚成体熊猫，三岁有多，身体无大碍。王帮均、李武科等工作人员，喂养大熊猫经验一整套，竹子、牛奶、玉米馍轮流上。在他们的悉心照料下，"巴斯"很快恢复健康，按照上级林业部门要求，被送往卧龙中国保护大熊猫研究中心。

此次竹子开花之前，国家已果断采取措施，不允许捕捉野生大熊猫去搞人工饲养。而今竹子开花，要救助大熊猫，圈养名正言顺。天上掉馅饼，接收单位兴高采烈。

往外送的大熊猫不少，崔学振心痛，硬是舍不得。"巴斯"获救前后的几年，上级林业部门从宝兴调走九只大熊猫，全是因竹子开花被村民发现后送到救助站的。舍不得也没办法，发现大熊猫，必须立即报告，纪律严明。

获救后的"巴斯",很快恢复健康,胃口大开。

其他县同样如此。刚开始,大家积极性挺高,救助的熊猫数量越来越多。一来基层的人办事认真,抢救国宝重任在肩,救助越多越光荣;二来上级面前说得起话,便于争取资金和物资。于是乎,只要有大熊猫下山,不管是生病的还是觅食的,逮住就朝救助站送。

熊猫身体康复后,上面采取的措施不外乎两种:一是转移到有竹子的地方原址放归;二是上调动物园或研究中心圈养起来。

一只只游走山野的大熊猫,就此失去自由。

上调后的国宝日子舒坦,不需要为生存奔波,不用再惧怕天敌。只是,野生熊猫数量不断减少。崔学振由疑惑不解到搞起"小动作"。

岂止一个崔学振,这个节骨眼上,熊猫产区的林业局局长们也回过神来,心里明镜似的——照这么下去,调走一只少一只,要不了多少年,山里的大熊猫还不得逮干净!

第十章 传奇"巴斯" 253

就是县领导也产生想法，不愿获救熊猫调出。于是，私底下偷偷放走康复的野生大熊猫，成为常有的事。

崔学振多次疾呼：为大熊猫野生种群自然健康发展，必须停止外调大熊猫。野外抢救的病饿大熊猫，经过治疗康复，有生育能力和野外独立生活能力的，都应该放回原栖息地。

事实胜于雄辩。竹子开花时节，将一部分大熊猫关起来采用人工饲养的做法，说得轻是欠考虑，说得重是一步臭棋。继而上级部门也悟出道道，要求获救熊猫除了残疾、年老的，身体康复必须放归野外，不得圈养。

至于李兴玉，抢救"巴斯"有功，几个月后国家林业部专门颁发奖状，还有三百元奖金。当时这笔钱不少，比一个国家干部半年工资还多。

"巴斯"送往卧龙后，没想到除了命大，还福大造化大。在研究中心没待多久，调往福州，以后的日子声名鹊起，成为一只极具传奇色彩的熊猫。

二、扬名天下

"巴斯"天下扬名，全靠陈玉村，一个爱熊猫胜过自己生命的人。

飞机徐徐降落福州机场，第二天一早，驱车大梦山福州熊猫世界。十一月的夹金山，枯枝败叶雪花纷飞；东南沿海的福州，绿树成荫气候宜人。

迎候客人的陈玉村健步走来，身板笔挺面色红润，六十好几的人，看上去不过五十挂零。我们神交已久，过去只是电话交流，这是初次见面。会议室桌面，摊开一张张照片，陈玉村讲起"巴斯"传奇，没有华丽的辞藻，语言直白朴实，满是对熊猫的关爱……

陈玉村毕业于福建农学院，学的动物专业。毕业后分到部队，投身军营，负责军马管理。由于这层关系，转业时按对口原则，安排到福州动物园工作，不久便担任园长。

说起来好听，报到上班才发现，福州动物园曾因"文革"停办，改为市革委会下放机关干部的"五七"农场。刚恢复那阵，动物少场地小，一年区区五万元经费，上面还有个"婆婆"——西湖公园管理所。

陈玉村军人出身，工作有冲劲，就是喂动物，也要干个风生水起。为求取真经，他从广州到北京，一路参观学习。

北京动物园熊猫馆挤满游客，大人小孩欢声笑语。陈玉村茅塞顿开：就是它了！没有珍稀动物撑门面，福州动物园门可罗雀，反观广州动物园，有大熊猫做招牌，游客年年上百万。

盯紧国宝，陈玉村锲而不舍，一次次给林业部打报告。理由充分，福建是著名侨乡，隔海峡与台湾遥遥相望，广大民众翘首以盼，政策理当倾斜。心诚则灵，一九七七年，福州动物园如愿以偿，得到"涛涛"和"强强"——两只甘肃文县获救的大熊猫。

事关拓展大熊猫生存空间，林业部另有考虑。低纬度低海拔，加上高气温高湿度，东南沿海这样的自然条件，大熊猫适应与否，不妨一试。

不久，福州动物园从西湖公园剥离，成为独立法人单位。头等大事便是四处筹措资金，劳神费力建起熊猫馆。

好个陈玉村，两只熊猫做文章，搞起圈养大熊猫研究。部队里照料军马，主要通过喂食、洗刷、拍抚、嬉戏，让马匹熟悉主人的模样、声音、动作、味道，相互建立信任。同是动物，大可如法炮制，走人工驯化道路。陈玉村近距离接触，成天同大熊猫待一起，亲切呼唤，爱心无限……天长日久，熟悉了陈玉村和饲养员，大熊猫开始听招呼。

大熊猫体检，所有动物园一个样，要么捆绑要么麻醉，否则熊猫情绪波动，数据肯定受影响。陈玉村另起炉灶，一改原有做法，借大熊猫对自己的信任，在喂食和爱抚间，让熊猫乖乖接受心跳和血压检测，以及各种常规检查。打破惯例，准确度大大提升，全世界获得大熊猫无干扰生理数据，陈玉村是第一人。

消息上报林业部，领导很满意，说大熊猫调配福州没白给，陈玉村这人有一套。

趁热打铁，陈玉村又打报告，请求再给一只大熊猫。贡献突出，理当重奖，要一只给两只，空前绝后的事情居然发生。林业部批文很快下发，"巴斯"和"青青"，调拨福州熊猫世界。

手持批文，陈玉村兴冲冲派员前往卧龙自然保护区，意欲领走大熊猫。接连两次入川，都是乘兴而来，败兴而归。原来，"巴斯"正值妙龄，被保护区的研究中心一眼相中，扣下生儿育女，死活不给。

无奈，陈玉村亲自出马，赴卧龙讨说法。卧龙自然保护区几进几出，一个研究中心，从领导到工作人员，熟人不少。这次情形大变，认识的人躲起来，整死不露面。

偌大一个卧龙，哪里找人去？陈玉村冷静下来，拎包退掉招待所房间，怅然离去。暗地里，杀个回马枪，找一家小旅店悄然入住。

晚间出动，蹲守保护区党委书记家门口。半夜三更，手电筒光忽明忽暗，由远及近。书记归来，开锁推门那一刻，冷不防冒出陈玉村，堵个正着。林业部的批示非同儿戏，书记哈欠连天，一口一个对不住，成都开会刚回，一切照办。

"巴斯"造化大，遇上喜欢较真的陈玉村，被接到福州，续写传奇生涯。

福州公开招募饲养员，入选者陈小玲，年轻貌美身材高挑。颜值极高的"巴斯"加上美女饲养员，福州熊猫世界关注度激增，陈玉村喜笑颜开。

总结既往，陈玉村制定新方案，指导陈小玲，让"巴斯"逐步适应新环境，乐意与人零距离接触，接受各种训练。

此时，中国体育健儿走出国门，国际赛事中频频夺冠。福建籍运动员许海峰不负众望，在第二十三届奥运会上夺得金牌，成为中国第一个奥运冠军。崇尚英雄，全民健身兴起，群众性体育活动热火朝天。

陈玉村想到，何不根据熊猫特点，编排几套体操项目进行训练，既可增强"巴斯"体能，又能让它学会与人相处。"巴斯"挺聪明，各种动作一学就会。只是贪吃，做完一套动作就讨要食物，不给就耍赖。训练过程中，只能投其所好，耐心引导。

陈玉村心细，察觉"巴斯"对音乐敏感，圆圆的耳朵会随旋律摆动。岂止音乐，"巴斯"极富表演天赋，体操之外，再加入杂技，勤学苦练，先后掌握了投篮、滑板等窍门所在，二十来个项目牢牢记住。

"巴斯"性格大变，野性逐渐收敛，性格温和，表现友善。与陈玉村尤其亲热，一天不见心烦意乱，只要听到熟悉的脚步声，立马一个翻身站起来，守候在铁门边。一开门就翻筋斗打转转，疯玩过后，一人一熊猫背靠背坐下。有人照相，"巴斯"还晓得打配合，与陈玉村摆出同样的姿势，偏着头，前肢抱胸前，一双眼睛扑闪扑闪，似乎在炫耀：哇，我的表情酷呆了！

聪明如"巴斯"，服从命令听指挥，训练大获成功：踩着音乐节奏，按照陈小玲的语气、手势，一招一式有模有样，各种动作一气呵成。

不同于杂技团，训练熊猫表演，仅为增加卖点招揽观众。身为科研人员，陈玉村考虑深远，训练目的其实在于验证大熊猫的智商、体能和肢体灵敏度等，同时使它对人产生信任，让人们更准确、全面地认识大熊猫。经综合分析，证明熊猫智商不低，能领会人的意图，每个项目不同的规定动作，配合得天衣无缝。

两年后"巴斯"登台亮相，举止幽默技巧娴熟，一下子走红东南沿海，成为出类拔萃的表演明星。

一九八一年国庆节前夕，新华社发表叶剑英提出的"有关和平统一台湾的九条方针政策"，欢迎台湾地区工商业界人士回祖国大陆投资。福建、广东不断迎来办厂开公司的台胞。一九八七年，台湾开放岛内居民赴大陆探亲，两岸往来愈加活跃，每年数十万台胞往返台闽之间。

何必远飞上海，海峡对面的熊猫也会表演，"巴斯"由此名声大振。到福州看国宝，台湾同胞兴奋异常，熊猫世界走一趟。

常听老人说，戏上有，世上有。此话不虚。

传统剧目《花为媒》，戏剧舞台上演数百年，说的是古时候，才子花园遇佳人，两情相悦，以花为媒私定终身的故事。古有《花为媒》，今有现实版的《熊猫为媒》，且看各色人等陆续登场，一出好戏正在进行。

观看"巴斯"表演的人流中，走来一位台商。训练熊猫，能让它听招呼，

陈玉村与"巴斯"

与人默契配合，演技精湛表演到位，让这位台商感觉不可思议。看了一回看二回，除看熊猫还看人，瞧上陈小玲，非要介绍给自己的儿子。

结局当然一出喜剧，"巴斯"为媒，陈玉村牵线，台商得偿所愿，儿子与陈小玲两情相悦，终成佳偶。

人间美姻缘，"巴斯"成就，可临到自身，却好梦难圆。芳龄五岁，"巴斯"进入交配最佳年龄，陈玉村四处忙活，找来般配的雄性大熊猫。很奇怪，"巴斯"见到对象，根本对不上眼，乱抓乱咬好事难圆。第二年相亲，依然故我。情急之下，实施人工授精，年年如此，就不见怀孕迹象。直到"巴斯"去世，解剖尸体揭开谜团：先天性卵巢发育不全。

怀不上宝宝，天大遗憾。但从另一个角度讲，不能生儿育女，得以空出大把时间用于训练和表演。

"巴斯"名声在外，好事连连。

一九八七年初夏，国家林业部通知陈玉村，安排"巴斯"和"元元"出访美国，代表中国野生动物保护协会，在圣地亚哥动物园展出三个月。

国际航班降落，一切出乎意料。

规格高，大卡车车厢，印上"熊猫专用"；按重要人物警卫规格，沿途警察护送，警车开道。恰逢夏季，动物园方面购置空调，新建游泳池，按要求备好食物。

大熊猫首度光临圣地亚哥，连接起同中国的友谊桥梁。关爱大熊猫，了解中国历史文化，市民争先恐后；会表演的"巴斯"，家喻户晓。

购票大排长龙，几个小时的等待，腰酸背痛双脚麻木大汗淋漓，就为看"巴斯"三分钟。

陈玉村耳闻目睹：一位老太太实在喜欢"巴斯"，前后看了十来次还嫌不够，眼泪汪汪找到自己，只求允许近距离瞄一眼；一位体重四百公斤的妇女，从动物园门口走到熊猫馆，整整用了一天时间；一位先生排队累得实在受不了，掏出一万美元支票，希望先睹为快……

每天"巴斯"的两次表演时间，那是人山人海，水泄不通。滚筒、拉二胡、喂布娃娃喝奶……特别是挥手问好，这个"巴斯"的标志性动作，赢得观众雀跃，掌声经久不息。

如痴如醉的美国人，强烈要求延长展出时间，中美双方达成一致：延期三个月。

半年时间里，七百多家媒体记者采访不断，电视、广播、报刊报道两万多次，称之为"和平使者""体育明星"。舆论一致认为："巴斯"这次出访，是美国历来最轰动、最成功的大熊猫展览。

大腕明星，水平超一流，媒体造势粉丝热捧，两百五十万观众络绎不绝。震撼之余，圣地亚哥市市长感叹："'巴斯'来了，整座城市的人坠入爱河。"

回国前告别表演，谢幕时"巴斯"再登台，抱块牌子绕行一周，上面用英文写着："巴斯"和"元元"即将离开圣地亚哥，向大家做最后的告别！

临了，一个挥手致意，圣地亚哥之行圆满结束。

第十章　传奇"巴斯"

在美国风头出尽的"巴斯"

美国人对大熊猫的狂热，再度被"巴斯"点燃。其后，圣地亚哥市动用一切关系，终于在一九九六年同中国签订协议，迎来"白云"和"石石"，用十年时间合作研究大熊猫。

载誉归来，"巴斯"风光无限，知名度狂飙。一九九〇年秋天，第十一届亚运会在北京举行，这样的综合性国际体育大赛，中国还是第一次举办。来自三十七个国家和地区的六千五百多名运动员，在"团结、友谊、进步"的旗帜下，相聚北京。

盛况空前，岂能少了大熊猫。没见北京亚运会吉祥物"盼盼"，就是一只大熊猫，手持金牌飞奔，向世界传播亚运中国精神。说到大熊猫，北京动物园多了去，完全可以让运动员过足眼瘾。但北京亚运会组委会别出心裁，希望找到一只能表演体操的熊猫，产生轰动效应。

这样的熊猫不难找，上海杂剧团的"伟伟"，武汉杂剧团的"英英"，都是明星大腕。可是国际动物保护组织对大熊猫卖艺为生，不歇气地抗议，关键时刻不能犯忌。这时，知情者举荐"巴斯"，这可是一只圈养大熊猫，并非专业动物演员，仅为"票友"，吃喝拉撒国家全包。

太好了！组委会研究决定，让"巴斯"作为吉祥物"盼盼"的代言者，出席北京亚运会大型文化展出活动。

高手一出手，便知有没有。北京亚运会闭幕当天下午，梅地亚中心，几十个国家的新闻记者济济一堂，摄像机、照相机齐刷刷对准"巴斯"。当晚，"巴斯"出现在全世界面前，央视一套用十五分钟时间插播"巴斯"一流的体操表演。

翻过年，一九九一年春节联欢晚会，"巴斯"再次登上中央电视台。央视春晚，中国人过年的一道文化"大餐"，各艺术门类百花争艳，荟萃海内外演艺界精英，几亿观众雅俗共赏。

早在一九八三年，上海杂技团的大熊猫"伟伟"，就曾亮相春晚，表演登球、骑木马、滑梭梭板，外加坐在狗拉的车上摆姿势吹喇叭，赢得满堂喝彩。如今"巴斯"上春晚，等于向"伟伟"叫板：帅哥，妹儿要超越你的表演。

要超越当然得有创意。煞有其事，头戴眼镜，"巴斯"举手投足满是明星派头：举杠铃、精准投篮、骑自行车兜风、高难度晃板、外带晃板上接圈、舞钢叉……表演完毕，登上领奖台，煞有介事接过奖杯和鲜花，向海内外华人招手拜年。

海内外观众惊呼：爱死你了——"巴斯"！

两年后，国家进一步保护和改善大熊猫生存环境，着手实施大熊猫栖息地保护工程。为提高全社会保护意识，多渠道筹措资金，需要一只大熊猫代言，宣传造势，展示国宝魅力。挑来选去，千钧重担落在"巴斯"身上。

自家事理当效力，"巴斯"四处奔走，先后转场广州、深圳、济南等城市，到处刮起"巴斯"旋风。

"巴斯"走到哪里，陈玉村就跟到哪里。台前"巴斯"风光无限，幕后陈玉村操碎心：当地气温、圈舍舒适度、每天饮食起居、展示时间……

就说圣地亚哥之行，动物园方面考虑周全，安排陈玉村入住宾馆。

远隔重洋，国宝安全第一，身边须留人照看。陈玉村婉拒好意，请接待方租来房车,挨"巴斯"圈舍停靠,陈玉村和饲养员一住就是半年。白天守护不说,即便夜深人静,还得起床瞧一瞧。眼见"巴斯"呼呼大睡,方能心头踏实进入梦乡。

陈玉村辛苦,既是兽医又是保镖,还兼营养师。动物园仅提供食材,一日三餐如何搭配,多少竹子、牛奶、水果,添加哪几种维生素,一道道工序,陈玉村亲力亲为。

清晨六点起身,直到深夜上床,中间没片刻空闲。忙到什么程度?在美国哪里都没去玩,什么礼物都没给家里人买。那么长时间,只打过一次电话回家,还是抵达圣地亚哥市当天,给夫人报平安。

三、晚年的幸福生活

风光无限,挡不住似水流年,不知不觉,"巴斯"迎来三十岁庆典。这把年纪不得了,须知,二十岁的大熊猫,相当于人类六十来岁,步入老龄。以此类推,"巴斯"已然百岁,名副其实的老寿星。

大梦山脚一院落,正是"巴斯"居所。小巧精致环境幽静,庭院绿草茵茵,周边竹木掩映,一棵大榕树亭亭如盖。不仅有戏水池、空调,还带气雾降温,豪华又舒适,国内的其他熊猫圈舍没法比,"巴斯"掉进福窝里。

小院上方安装了玻璃墙,远远望去,女饲养员施飞宁正忙着扫地,"巴斯"在一旁闭目养神,听到陈玉村的脚步声,站立相迎。

岁月不饶"猫",美女"巴斯"已然老态龙钟。老归老,吃相依然讲究。后腿盘坐地上,两只前爪拿食物,无论竹子、窝头还是水果,朝嘴里塞个不停。

我备感欣慰,多年不见,"巴斯"虽然视力模糊,但依旧充满活力。连声呼叫,"巴斯"抬头望我两眼,继续吃东西。据说,只有李兴玉叫它才会有反应,也不知是真是假。

于"巴斯"而言,李兴玉是救命之恩。陈玉村先期有养育之恩,培养了一只绝顶聪明的大熊猫;后期则全力保其健康、延长寿命,就一个心愿——

让"巴斯"成为圈养大熊猫中的长寿者。

福州与夹金山，地理环境、气候特征迥异。福州属亚热带海洋季风气候，入春开始，气温节节攀高，入夏后酷暑难耐。刚来福州时，第一次感受四十度的高温，"巴斯"烦躁不安，大口喘气，甚至不思饮食。

那年月没空调，陈玉村买回大冰块，堆放在圈舍地上降温。毕竟是动物，只图凉快，"巴斯"长伸舌头，趴在冰上不起来。肚皮凉，背上热，弄不好就感冒。送进防空洞吧，地下潮湿，又怕患关节炎。陈玉村左思右想，要解决大熊猫度夏问题，还得往十多公里外的鼓岭搬，那里海拔上千米，是福州理想的避暑胜地。

不容易呀，鼓岭最高峰属军事禁区，普通人根本进不去。幸好国宝面子大，部队首长听完陈玉村的恳求，答应向上级汇报，力争促成这事。

一九八六年，部队同意借地十亩，建成鼓岭熊猫避暑山庄。"巴斯"和

老年"巴斯"庭院漫步

别的熊猫，就此不再受酷热煎熬。陈玉村诚邀之下，我们驱车鼓岭，游览避暑山庄，沿途竹林茂密，溪流涓涓。

为"巴斯"庆幸，遇到陈玉村，被珍爱一生。

福州熊猫世界又名福州大熊猫研究交流中心，陈玉村担任主任。鼎盛时期，熊猫世界拥有七只大熊猫，组成东南沿海最大的熊猫家族。家长陈玉村，众口一词称他为"熊猫爸爸"。

到他退休，熊猫们也步入老年。陈玉村更是难以割舍，继续坚守岗位，早出晚归，与之为伴。

陈玉村的儿子小时候很不理解父亲，为什么同熊猫那么亲，整天待在那里，难得陪自己一次。陈玉村坦言："不是不爱儿子，我不在家，他还有妈妈照管；而'巴斯'和其他熊猫，只有我呀。"

年岁大的熊猫我见得多，虽不愁吃喝，但郁郁寡欢，终老圈舍。"巴斯"晚年幸福，居所之舒适、生活待遇之优厚、医疗级别之高、每天看望的粉丝之多，其他地方的高龄熊猫望尘莫及。

为"巴斯"骄傲，乐居福州，颐养天年，成为福州生态文化图腾！

为了"巴斯"延年益寿，陈玉村煞费苦心。在南京军区福州总医院的全力支持下，七个科室几十个专家组成一流的医疗班子，为"巴斯"的健康保驾护航。

岂是为一个"巴斯"，陈玉村目光远大，开全球老年大熊猫医学研究之先河，通过对大熊猫各种疾病的分析诊断和抢救治疗，积累了丰富经验。经多年探索，陈玉村取得多项科研成果，荣膺世界自然保护联盟动物繁殖专家组专家、中国大熊猫繁育委员会委员等。

"巴斯"年事渐高，同人一样，牙齿松动脱落、眼疾、高血压找上身，先是眼睛出现白斑，继而浑浊，视力模糊。各种药物用遍，不见好转。

二〇〇二年，"巴斯"的身体两次出状况。

年初，"巴斯"右眼晶体球蛋白变性发生浑浊，几近失明。经福州东南眼科医院、福州总医院专家会诊，确定白内障无疑，须手术治疗。

大熊猫白内障摘除手术，国内外第一次，难度可想而知。综合考量后，医疗人员制定出最佳手术方案，并且用猫进行了两次模拟手术，确保万无一失。

正式手术，"巴斯"被实施麻醉，木块卡住嘴，四肢捆绑固定，推上手术台。主刀医生赵广健，眼科专家，人称"光明使者"。手术过程险情不断：先是"巴斯"全身颤抖，呕吐不止，好在血压、心率一切正常，赶紧加大麻醉药剂量；继而，眼球晶体前囊切开乳化后，晶状体坚硬无法粉碎，赶紧扩大创口……

缝合伤口，眼睛蒙上纱布，手术结束。事后，赵广健幽默地说，他做了上万人的白内障摘除手术，没人知道，倒是"巴斯"这次一下子出名。

"巴斯"清醒后，不听招呼，几把扯下纱布。为防止抓破伤口，医护人员给它前爪包上布条，每小时滴一次眼药水，天天打针抗感染。陈玉村带领大家轮流值守半个月，"巴斯"终于重见光明。

眼疾刚好，高血压病情却加重了。

入夏后的一个深夜，在避暑山庄休养的"巴斯"鼻腔流血不止，血压急速上升，高出正常值两倍。福州总医院专家确诊为高血压，鼻腔大量出血系血压升高导致黏膜血管破裂。

"巴斯"被紧急送到福州总医院抢救室，专家对症下药，血压逐渐稳定，出血停止。只是失血太多，"巴斯"始终处于昏迷状态，专家要求尽快输血，否则凶多吉少。大熊猫输血无先例，什么血型、怎样匹配，难煞专家。

陈玉村深知，测定血型，需要的熊猫数量多，耽误的时间长，根本来不及。

临时抱佛脚，熊猫世界的国宝们，挨个抽血查验。结果出来一个样：全是 O 型。也就是说，大熊猫之间，可以相互输血无限制。

切莫高兴，每种动物有不同的血型，少的几种，多的数十种，轮到大熊猫，不会如此简单。陈玉村一天没合眼，手术台上的"巴斯"，病情恶化，危在旦夕。

焦急万分，还得沉心静气。猛然间，陈玉村想起早年看过的秦腔电影《三滴血》，其中一场《滴血认亲》……他找来输血科专家，阐明观点：不同的熊猫血样混合后加入化学试剂，血液凝集的不输，不凝集的尝试着输。

大家抓紧实施，将几只大熊猫的血样，分别同"巴斯"的血样混合。奇迹居然出现，其中一份未凝集，总算找到相同血型。争分夺秒，从这只熊猫身上抽取四百毫升血液，一滴滴注入"巴斯"体内。

输血后"巴斯"转危为安，生命力顽强的他继续作为福州的"名片"，接待国内外慕名而来的粉丝。

最严重的一次，发生在二〇一〇年初夏。为培养少年儿童的生态保护意识，国际儿童节当天，福州熊猫世界举办"我与'巴斯'有个约会"活动。按照安排，"巴斯"缓步走来，挥手致意。这个标志性动作重现它当年魅力，小朋友们雀跃欢呼，现场情绪高涨。

毫无征兆，"巴斯"突然瘫倒，深度昏迷。

接到陈玉村电话，福州总医院的专家第一时间赶到，现场抢救后，转医院重症监护室。"巴斯"发烧，昏睡，剧烈疼痛，不停呻吟，医疗手段轮番上，就是不奏效。四天过去，病因不明，眼瞧不行了，一向坚信"巴斯"能挺住、奇迹会发生的陈玉村，也开始准备后事。

然而终究不甘心，陈玉村二十四小时盯住"巴斯"，希望找出病因。不嫌脏，不怕臭，蹲地上观察大小便，一看就半天。终于，陈玉村发现粪便气泡多还带恶臭，该是胰腺炎症状。

会诊下来，按肠炎并发胰腺炎对症下药。八天八夜生死抗争，"巴斯"战胜病魔，得以生还。

陈玉树从死神手中一次次夺回"巴斯"性命，全力以赴，爱心无限。至于结发妻子，愧疚呀，他两眼泪花闪闪，欲言又止。

从旁人口中得知，就在两年前，陈玉村妻子突患重症，很快离世。未能治好妻子的病，对不住老伴，成了他难以化解的心结。

福州熊猫世界是高龄熊猫的乐园、晚年的归属。实施"老年大熊猫康养计划"，给高龄熊猫最好的照顾、最好的医生和最好的医疗条件，陈玉村信心满满。

这不，"巴斯"好福气，快快乐乐迎来三十岁庆典，宾朋齐聚大梦山。

庆典的系列活动，包括以"盼盼"的名义给广州亚运会写贺信、大熊猫摄影比赛、"第四届福州熊猫爱心形象大使"评选活动等。其中，以"盼盼"的名义写贺信，吸引了上百名热爱文学的中小学生参与。

适逢第十六届亚运会在广州举行，病愈不久的"巴斯"，再次在央视露脸。开幕式当天，中国、美国、泰国各设一个分会场，承担倒计时特别节目"二十年亚运跨越"直播，福州市的熊猫世界为其一。

现场装点一新，垂柳依依，花团锦簇。

直播中，白岩松英俊潇洒，风度翩翩探访"巴斯"，揭秘二十年前北京亚运会吉祥物"盼盼"代言者往事。

随着央视的镜头，"巴斯"再度进入人们视野。毕竟明星派头，只见它不惊不诧摇头晃脑，围小院潇洒转一圈，习惯性地斜靠树干坐下。

居所一旁，安放着讲述"巴斯"传奇生涯的展板；电视屏幕，回放北京亚运会美女"巴斯"当年风韵；直播现场，"巴斯"挥手致意，还是那般风采……

出席"巴斯"生日盛大庆典，看着"巴斯"怡然自得地品尝生日蛋糕，我忍不住热泪盈眶。

告别"巴斯"，告别"熊猫爸爸"陈玉村，一晃五年。

二〇一五年，福州举办"世界和平大使'巴斯'三十五周年华诞盛典"，诚邀海内外爱心人士相聚熊猫世界，为超高龄的"巴斯"祝寿庆生，我因故未能成行。

这一年，先是福州市投入一千多万元，熊猫世界焕然一新。紧接着，九月下旬，通过三维数字影像，"巴斯"以特殊方式重返美国。

时值联合国成立七十周年系列峰会，新华网以"巴斯"的传奇经历为线索，制作形象宣传片《"巴斯"向世界人民问好》。纽约时代广场，位于曼哈顿繁华街区，人山人海，素有"世界的十字路口"之称。圣地亚哥的技艺表演、北京亚运会的万众瞩目、央视春晚的明星范儿……经典片断融合动画场景，一分钟的视频，每天一百次，在时代广场"中国屏"上反复播放，过往行人

"巴斯"三十岁生日

无不驻足。

用更多的爱让"巴斯"延年益寿,创造圈养大熊猫的一个奇迹,成为大家的共同心愿。

四、最后的日子

生老病死,自然规律使然。活到三十七岁的熊猫,全世界就那么几只,"巴斯"之前,还有武汉动物园的"都都"、香港海洋公园的"佳佳"。

二〇一七年春节过后,陈玉村在电话里讲,"巴斯"年老体衰,健康每况愈下。这两年,"巴斯"的食物都是精挑细选,二十四小时有专人值守,大病小病对症下药。即便如此,身体状况仍然一天不如一天,高血压、肝硬化加重,要见它恐怕得抓紧时间。

一席话让我牵肠挂肚,初夏时节再飞福州,宾馆下榻后与陈玉村商定,第二天上午在熊猫世界碰头。

起个大早，我如约赶往熊猫世界，由新修的北大门进去。

陈玉村出门相迎，领我登上一缓坡。迎面一尊大熊猫雕像，以"巴斯"为原型，两年前用石头雕就，重达十余吨。周边摆满花卉盆景，立一石碑，镌刻"世界的'巴斯'，和平的图腾"。

佩服陈玉村思虑深远，树碑赞颂"巴斯"贡献，借以传承和平文化。

雕像右拐，"巴斯"居所几步之遥。

陈玉村此时已是七十四岁的老人，他几十年如一日，每天七点之前到单位，第一件事就是给"巴斯"点眼药，喂降压药。

由于熊猫眼睛的构造同人类不一样，当年手术时，找不到适合的晶体植入，因此随着时间推移，"巴斯"双眼形成一层不透明的机化膜，视觉模糊，只有光感。

见到"巴斯"，我柔声呼唤，语气亲切温馨。家乡人难得来一个，这回"巴斯"挺给面子，慢吞吞站起，吃力地向我靠拢。

不同于七年前，"巴斯"明显衰老，一天要睡二十来个小时。由于患上腰椎间盘突出，行动艰难，平时多躺卧地上。若任其不动，会导致瘫痪，生命提早结束。所以每天得为它按摩，带它散步。一天几次，每次多长时间，陈玉村严格打表。

我看着陈玉村，"熊猫爸爸"则盯着"巴斯"，目光充满慈祥。一辈子爱心奉献，就做了这么一件事，为了"巴斯"和熊猫们，值了！

小院里，两位饲养员清理完卫生，开始喂食。"巴斯"体力不支，吃东西趴在地上。食物讲究，竹竿啃不动，饲养员摘下竹叶，清洗干净，一小把一小把递到它面前。"巴斯"挺坚强，前肢支撑起脑袋，抓起竹叶往嘴里塞，一点一点吞咽。

稍事休息，绕小院转几圈。饲养员又端上一小盆米糊，用玉米面、奶粉和各种维生素搅拌，既营养又容易消化。"巴斯"有气无力，整个头靠在盆里，就那么舔食。这般虚弱，让我心酸。

边上，饲养员拿起梳子，为它梳毛。饲养员一男一女，都是年轻人，都戴眼镜，上岗没几年。

想起资深饲养员施飞宁，第一次来熊猫世界，坐在大榕树下，我曾同她有一次长谈。

施飞宁当时正值中年，面色红润身体健康，聊起"巴斯"，话匣子立刻打开。

一九八九年，施飞宁踏进福州熊猫世界，开始同"巴斯"打交道，慢慢摸透它的脾气。天长日久，以"宝贝"称之，感情非同一般。

国内巡展，施飞宁如影随形，照顾周全。

每次抢救"巴斯"，都少不了施飞宁参与。擦洗身子，热敷痛处，梳毛挠痒，撬开嘴喂米汤、牛奶，帮着量体温、测血压、采集血液，忙前忙后不歇气。

说来也怪，"巴斯"就认她，她不在就耍脾气。尤其步入老年后，更是天天离不开。施飞宁好不容易轮休，别的饲养员拿来食物，"巴斯"竟然闹绝食。这一来，施飞宁难得休息一天，回家吃年夜饭，也得同"巴斯"饭点错开。

二十七年弹指一挥，施飞宁最美好的岁月，全耗在"巴斯"身上，连亲生女儿也心存嫉妒。

看妈妈爱抚"巴斯"的表情，听妈妈一口一个"宝贝"地喊，小姑娘实在忍不住，满怀醋意地问："妈妈，你哄'巴斯'，怎么同哄我一模一样？你口中的宝贝，是叫它还是叫我？"

施飞宁会心一笑，说："两个都是妈妈的宝贝。"

一心想着"巴斯"长寿，四十四岁的施飞宁，却忽略了自身健康。二〇一六年，刚获得"全国三八红旗手"的她，荣誉证书还没见着，脑部便突发疾病，同两个宝贝阴阳两隔。

音容犹在，斯人已去。我抬头问陈玉村，施飞宁究竟什么病，怎么说走就走？累的！陈玉村面色凝重，语气沉痛。怕触及老人伤痛，我再不敢往下问。

施飞宁走后，"巴斯"郁闷好多天，不时发出几声哀鸣。

陈玉村精神矍铄，但毕竟七十有四，脸上爬满皱纹。握手言别时，我忍不住叮嘱：岁月不饶人，千万注意身体，切莫操劳过度。

"从某种意义上讲，'巴斯'对我而言可能比儿女都重要。只要它能多活几年，我愿意拿自己的寿命来交换。"一番话发乎内心，我彻底洞悉陈玉村的胸襟——使命在身，义无反顾。

"巴斯"将很快离去，陈玉村有预感。

二〇一七年初，陈玉村会同中科院自动化研究所，采集"巴斯"所有数据。下一步，应用高科技手段，以数字化和自动化结合的方式，复制出智能化的机器"巴斯"，天长地久陪伴熊猫粉丝们。

其实，为让聪明美丽的"巴斯"有后，陈玉村早就采取了措施。一九九八年，他同中国科学院动物研究所合作，做了一件惊天大事：让"巴斯"成为全世界首例克隆大熊猫的活体细胞提供者。

通过手术，中国克隆技术首席科学家陈大元提取了"巴斯"活体细胞，取得"大熊猫—兔克隆早期胚胎"研究成果。虽然努力了，但依照目前的科技水平，一系列难题仍无法解决，只有耐心等待条件成熟。

不管克隆熊猫今后是否可行，陈玉村尽心了。

只要有百分之一的希望，也要付出百分之一百的努力，我离开以后，陈玉村做出最后一搏。

二〇一七年六月，福州熊猫世界会同福州总医院，组建二十多人的"巴斯"护理团队，不断提高食物营养成分，增加按摩推拿次数，加大药物剂量。

进入七月，"巴斯"丧失行走能力，每天由几个护理人员扶起，勉强挪动几步。情况不妙，开始使用最后一招——输液，包括血浆和白蛋白。

输液难，难在大熊猫四肢毛多皮厚，血管不好找。苦了医护人员，两三个小时，就那么跪在地上找。临了，累得满头大汗，腿脚发软直不起腰杆。

八月开始，"巴斯"病情持续恶化，肝硬化、肾衰竭加剧，血压不断攀升，鼻腔流血不止。上止血药吧，又怕引起脑血栓，瞬间要了命。左右犯难，陈玉村只能眼睁睁看着，无计可施。

很快，肝硬化导致周身浮肿，彩超显示，"巴斯"多器官出现衰竭，生命体征不稳。

九月初，"巴斯"病入膏肓，陈玉村紧急呈文福州市。抢救片刻未停，包括采取超声引导下右颈内静脉置管术，确保药液和营养液供给。

护理团队竭尽全力，陈玉村天天陪着，奈何回天乏术。二〇一七年九月十三日上午八时许，"巴斯"生命走到尽头。

消息传开，粉丝们纷纷赶来，参与悼念活动。

故居草坪，摆放着"巴斯"照片，黄白二色鲜花簇拥。老人、小孩，中国人、外国人，上千人满面肃穆，虔诚地鞠躬、默哀，依次将手中花儿敬献。

一朵朵的花，代表一颗颗的心。"亲爱的'巴斯'，一路走好"，成为大家共同的心愿。

陈玉村说过一句话："最大的愿望，就是每天起床睁开眼睛看到它，我会一直陪着它到最后。"兑现诺言的陈玉村，忙完悼念活动，又着手实施宏大的计划。

"巴斯"病逝一周年之际，期盼已久的"'巴斯'文化建设工程"正式启动，包括修建"巴斯"博物馆，筹组"巴斯"粉丝俱乐部等。

完工后的博物馆，除了图文并茂地展示"巴斯"传奇一生，还将陈列遗体制作的标本，供粉丝们瞻仰。同时，自动化研究所的项目进展顺利，结合虚拟影像技术与人工智能技术，高仿真"巴斯"让参观者真假莫辨。

虚拟时空中的"巴斯"，将同人们相伴永远。

这么一来，传奇还将继续，虽然"巴斯"寿终正寝，魂归夹金山。当然，这方山水已今非昔比，被列入《世界自然遗产名录》，名声大振。

第十一章
大熊猫栖息地"申遗"

> 二十一名世界遗产委员会成员一致举手，通过将中国四川大熊猫栖息地列入《世界自然遗产名录》。全部赞成票，在世界遗产大会审议通过的项目中并不多见。

一、四川在行动

大熊猫栖息地申报世界自然遗产，一个全世界关注的话题，对野生大熊猫保护而言，具有里程碑意义。

世界遗产，名气大、牌子硬，分文化遗产、自然遗产两大类，源自一九七五年生效的《保护世界文化和自然遗产公约》，近两百个国家和地区为缔约成员，中国于一九八五年加入。管理方面，联合国教科文组织设有世界遗产委员会，日常事务则由世界遗产中心处理。

"申遗"能否成功，从而进入《世界自然遗产名录》，世界自然保护联盟（International Union for Conservation of Nature, IUCN）的评估颇具权威。

原来，世界自然遗产申报，自有一套严格的手续和程序。大熊猫栖息地"申遗"，须以中国政府名义报送，世界遗产委员会收到以后，委托咨询机构即世界自然保护联盟实地考察评估，征求专家意见，形成最终报告。报告经世界自然保护联盟讨论后，再提交世界遗产大会决定批准与否。其中，世界自然保护联盟的实地考察评估，是"申遗"关键一环。

世界自然保护联盟成立于一九四八年，是当今最大、最重要的世界性保护组织，政府及非政府机构都能参与合作，总部设于瑞士格朗。其宗旨是保护自然的完整性和多样性，确保自然资源的平衡和可持续发展。中国作为世界上生物种类最丰富的国家之一，于一九九六年加入该联盟。目前，世界自然保护联盟由来自一百多个国家的二百多个政府机构和一千多个非政府机构组成，设有六个专家委员会，拥有来自一百六十多个国家的上万名科学家，在全世界自然生态、资源保护中地位举足轻重。

无论文化遗产还是自然遗产，但凡列入《世界遗产名录》的地方，皆世界各国精华所在，旅游热门目的地。这等好事，申报者自然争先恐后，奈何要求严、门槛高，被拒之门外者众多。

大熊猫不同。大熊猫保护工作长期受中国政府重视，"申遗"有基础。一九八八年，大熊猫被列为国家一级重点保护野生动物；一九九二年，"中国保护大熊猫及其栖息地工程"开始实施；二〇〇二年，"全国野生动植物保护及自然保护区建设工程"启动，大熊猫在十五个（类）重点保护物种中排名第一。国际上，大熊猫名列世界十大濒临灭绝野生动物之首，还是濒危物种保护的代言和象征。

大熊猫栖息地应该是世界自然遗产，全世界早有共识。否则，世界自然基金会怎么会以大熊猫为会徽、会旗，还有中国野生动物保护协会、美国国家动物园之友等动物保护组织的会徽，也纷纷效仿。

世界自然保护联盟更是直截了当地提出：中国申报自然遗产，最重要的就是大熊猫保护，就申报这个项目！

话到这份上，"申遗"似乎如囊中取物。

说起容易做起难，"申遗"路上磕磕绊绊。

中国熊猫产地几十处，阿坝州先知先觉先行动。继成功申报九寨沟和黄龙之后，二〇〇〇年三月，以"四川大熊猫自然遗产"名义，启动卧龙—四姑娘山"申遗"，想的是扩大战果再下一城。

驾轻就熟，加上经费充裕，阿坝州一路快跑。当年十一月底，完成"申遗"所需中英文对照文本，派专人拎起两口大箱子，兴冲冲赶赴澳大利亚凯恩斯市。

这座美丽的海滨城市学者云集，世界遗产大会第二十四次会议正在举行。

乍听大熊猫栖息地"申遗"时，会议组织者怦然心动。细看手续不对，申报主体非国家层面，列入议程困难。

澳大利亚归来后，只好重新走程序，通过四川省建设厅上报四川省政府，等待审批后再送国家建设部。

大熊猫栖息地不同于九寨沟、黄龙，仅靠阿坝州一己之力，希望渺茫不说，还会贻误大局。按照世界遗产委员会不成文的规定，一个项目如果被否决，相同项目再次"申遗"，会搁置很长时间。

"申遗"这盘棋，须得着眼全局，岂能小打小闹，顾此失彼。四川省政府领导批示，要求建设厅通盘考虑。

天底下没有不透风的墙。阿坝州棋先一着，雅安市闻风而动。辖下宝兴县是第一只大熊猫发现地，这些年为国家输送国宝上百只，又是大熊猫主要栖息地之一，"申遗"大有话语权。雅安市抓紧时间邀请中科院成都山地研究所专家，熬更守夜完成"申遗"文本，加上"栖息地"三个字，取名"四川夹金山脉大熊猫栖息地世界自然遗产"，逐级上报。

此事非同小可，关乎四川乃至中国，应整体联动，确保成功。几番周折后，考虑到平衡协调统筹全局，四川省决定整合邛崃山脉八个自然保护区，齐心协力开展"申遗"。二〇〇二年九月，审查通过的"四川大熊猫栖息地——卧龙·四姑娘山·夹金山脉"项目，包括"申报文本"及"保护规划"，由国家建设部部长代表缔约国中国在中英文本上签名，送达世界遗产委员会。

此次"申遗"定位准，覆盖广："申遗"主体由阿坝州上升为四川省，共有成都、雅安、阿坝、甘孜四个市（州）的十二个县参与；"申遗"提名地面积达九千二百多平方公里，其中核心区面积五千三百多平方公里，南北长一百八十公里，东西宽四十至七十公里，是中国最大最完整的大熊猫栖息地，百分之三十的野生熊猫在此繁衍生息。

报告提交了，但每年的世界遗产大会，一个国家只能申报一个项目。出于多种考虑，四川大熊猫栖息地"申遗"，安排在吉林省高句丽王城遗址、澳门历史城区后面。二〇〇四年，世界遗产大会修改规定，每个国家一年可申报两个项目，其中一个必须是自然遗产。赓即，经国务院批准，二〇〇五年中国"申遗"推荐项目，报四川大熊猫栖息地、殷墟遗址。

大熊猫种群生存最大的威胁并非天敌和疾病，栖息地的人为破坏才是根本原因。与世无争的大熊猫，没有任何奢望，唯求一方净土，与森林、竹丛、溪流为伴，自由自在不受干扰。栖息地"申遗"，抓住了要害。

大熊猫栖息地"申遗"，关键在于提名地环境的综合整治，必须做到令行禁止。申报暂缓未尝不是好事，正好借机整治突出问题。世界自然保护联盟的实地考察，务必顺利过关。

明眼人都明白，这次"申遗"的重点在卧龙和夹金山。卧龙方向，国际关注度高，又直属国家、四川省双重领导，一有风吹草动，就会引发轩然大波，所以问题不大。

倒是夹金山，涉及面广，历史遗留问题多。宝兴一个县，占"申遗"提名地面积的百分之二十四，核心区面积占比更是高达百分之三十四，二者相加占全县面积百分之九十以上。想要顺利通过实地考察，整治难度大。

二十世纪八十年代开始，"三头"成了宝兴县地方经济发展的重头戏。"三头"，指的是木头、石头和水头。邛崃山脉这些贫困县，恰是资源富集区，地上有森林、河流，地下有各种矿产。看似穷山僻壤，实则富甲一方，一旦开发利用，钞票数不赢。

宝兴县财政收入，毫无例外全靠"三头"。

木头早些年贡献大，仅省属企业夹金山林业局，年伐木量最多时超过十万立方米，上缴税费占县财政三成。此外，还有县上的伐木场、乡镇企业和个人，"几把刀"同时砍，吓得野生动物们东躲西藏。

为青山常在，国家想过许多办法，投入不少钱，但效果不佳。扬汤止沸，不如釜底抽薪。一九九八年，国家断然采取措施，在"退耕还林"的基础上，实施"天然林资源保护工程"，森工企业转向营林管护。全国十六万平方公里不到的原始森林终于保住，对子孙后代总算有个交代。

从此，斧头换锄头，伐木人变植树人，一座座荒山披上绿装，夏勒、胡锦矗、潘文石们这下子放心了。

水电站也好办，西河规划的几座中型电站全部叫停。

问题严重在石头上。宝兴石头多，大理石、花岗石品种三十来个，储量十亿立方米以上；开采条件好，多数矿体覆盖层薄，甚至裸露地面。尤其汉白玉，洁白如玉质地细腻，号称"天下第一白"。锅巴岩一带，主矿体绵延几十公里，可开采上千年。

为加快龙头产业开发，宝兴政策优惠，合作形式多样，石材企业红火。

为宣传丰富的大理石资源，宣传部门义不容辞。记得一九八九年，夹金山麓，长焦镜头聚焦锅巴岩，我拍下一组照片。雪白的汉白玉矿山，裸露阳光下闪闪发光，耀眼又壮观，印成画册散发。当年引以为傲的外宣图片，如今思维转换，遍体鳞伤的矿山触目惊心，控诉着对生态的肆意破坏。

县领导并非糊涂，只是经济要发展，财政要增收，大家要吃饭。

一些矿业公司投入有限，开采技术低下，只能采用大规模爆破。放一炮，震耳欲聋，山体开膛破肚，从高处轰然崩塌，碎石飞满天。无论卖矿石，还是切割板材、雕刻工艺品，都能发大财。

野蛮开采，矿产资源浪费，大量矿渣无人管，堵塞河道，地质灾害频发，危害公路和行人的安全。

过去多次整治，总是不了了之。这回不同，省里决心已定——中国第一个野生动物栖息地"申遗"，事关四川发展大局，涉及国家形象。

痛下决心，再大的问题也不是问题；雷厉风行，矿山开采砍掉近一半。至于恢复生态景观，消除安全隐患，县里以锅巴岩为重点，集中整治。谁受益，谁治理，清理矿渣疏通河道，植树种草绿化环境，矿山大变样。通过环境评估，保留下来的矿山按照科学、规范、有序原则，改为阶梯式开采，一来减少污染源，二来提高利用率。

林业部门作为整治重点，建立完善了六十多个森林管护站，六百多名管护人员对大熊猫栖息区实施全天候巡护；大熊猫生存环境、迁徙、主食竹类分布、伴生动物活动、社区人员活动等情况，随时掌握；备好大量文档资料，包括大熊猫种群动态、监测路线、栖息地图、抢救现场照片等；深入乡村，宣传相关法律法规，动员民众爱护生态家园，支持栖息地"申遗"。

万事俱备，只等考察团队光临。

二〇〇五年五月十一日，四川省人民政府召开新闻发布会，正式宣布：四川大熊猫栖息地为中国政府二〇〇六年度世界自然遗产正式提名项目，将在第三十届世界遗产大会上审议。

期盼已久的"申遗"考察评估，确定于当年秋季进行。

二、"申遗"考察之旅

二〇〇五年国庆前夕，大熊猫栖息地"申遗"正式迎检。

"申遗"考察团包括首席专家、世界自然保护联盟保护地主席、澳大利亚野生动物保护协会主席戴维·谢泊尔（David Sheppard）博士，英国野生动植物保护国际（Fauna & Flora International, FFI）中国项目经理威廉·华蔚林博士，世界自然基金会中国物种保护区负责人、北京大学自然保护与社会发展研究中心执行主任吕植，西华大学教授胡锦矗，中科院动物所研究员汪松、何其芬等。

考察团此行两项任务：考察并做出评估；形成考察报告。整个行程历时十天，包括天全县夜间观察水鹿，宝兴县徒步穿越大熊猫栖息地，小金县考察四姑娘山海子沟高山生态环境、地质演变及冰川景观，卧龙了解大熊猫栖息地保护并参观研究中心。

其中，宝兴野外徒步考察，最艰苦也最刺激。

十月一日，宝兴县戴维雕像前，走来又一个戴维。跨越上百年，为了大熊猫，两个戴维先后来到夹金山。一个多世纪前，戴维神父走进穆坪，发现并制作了大熊猫模式标本，将这神话般的物种介绍给世界；今天，命运之神安排戴维博士走进宝兴，率团考察评估四川大熊猫栖息地"申遗"状况，完成戴维神父未竟之志。

临近退休的崔学振，参与了"申遗"全过程，陪同专家徒步穿越大熊猫栖息地。

首站邓池沟天主教堂，意义非同一般，表达了戴维·谢泊尔一行对大熊猫学科奠基人戴维神父的景仰，以及对大熊猫发现地——邓池沟天主教堂的崇敬。移步展厅，参观戴维神父生平，瞻仰遗物。发黄的照片中，戴维身着清代服饰，神情刚毅，目光炯炯，像是思索着夹金山那无尽的奥秘。

肃立戴维神父照片前，三鞠躬后，戴维·谢泊尔说："两个戴维相约百年，我们的共同目标是保护自然和人类的宝贝，让大熊猫永远在栖息地生存，与人类和谐相处。"

此情此景，戴维·谢泊尔和专家们思绪万千，感触良多。按照常理，专家实地考察时从不表态，但他忍不住称赞："宝兴生物种类多，模式标本多。至今，这里共发现动物和植物模式种（亚种）一百五十一种，以'穆坪'二字命名的约五十种，非常了不起。欧洲不少物种是从宝兴引种而去。"

三天野外考察，专家们分为两组，徒步荒山野岭上百公里，了解大熊猫生存环境及生物多样性。

戴维·谢泊尔这一组，同当年夏勒冒雪行走的路线相反，经永富乡中岗村、扑鸡沟，翻越海拔三千多米的大山，去往硗碛藏族乡的泥巴沟、蚂蝗沟。这条路线，大熊猫经常出没，只是多数地段脚下无路，荒草没膝。

天不作美，蒙蒙细雨下了一宿，崎岖的山路湿滑难行。年老体衰者经不起折腾，很快原路返回。花甲之年的戴维·谢泊尔身负重任，不顾劝阻，坚持与大家前行。随同者有威廉·华蔚林，还有唯一的女性吕植，充当戴维·谢泊尔同崔学振交流的翻译。

吕植不愧女中豪杰，始终冲在最前面。走热了，挽起袖子，脱下外套系腰间。自从一九八五年，她跟随潘文石进秦岭南坡迄今，一半时间都在野外度过，什么苦都吃过。最长的一次，她在秦岭腹地连续待了十个月。就这样，严重的关节炎找上身，每逢天阴下雨，全身关节疼得难受。

两根木头搭便桥，戴维·谢泊尔一行走得战战兢兢。

前路险峻，攀陡坡涉急流，大家累得直喘气。这个地方，早年规划修公路，连接东河、西河，带动经济发展。而今，这张蓝图永远不可能实现了。

中岗沟一带多箭竹，村民们对大熊猫见惯不惊。崔学振说，就在十多天前，森林管护员报告，一只大熊猫大摇大摆闯入村民家中，咬坏铝盆和衣服。几天后，中岗山上的青草坪，管护员遇到这只大熊猫，身后尾随两只幼崽。

在秦岭南坡野外调查多年，吕植解释道，野生大熊猫哺育双胞胎，这种现象的确存在。佛坪的雍严格，就曾碰见熊猫妈妈带着两只宝宝，半岁大小，遗憾没带相机。这一遗憾，几年后由卧龙科研人员弥补，他们有幸抓拍到双胞胎照片。

一路走来，专家们频频发现大熊猫踪迹：用树枝和杂草铺成的窝，树洞中产崽的"产房"，新鲜的粪便和毛发……

驻扎秦岭多年，吕植对熊猫妈妈的"产房"再熟悉不过，弯下身子钻进树洞，收集幼崽粪便和毛发。

崔学振介绍，过去村民偷偷上山，毁林垦荒种药材，惊扰野生动物不说，收了药材还要砍树烘烤，严重破坏生态环境。青草坪一带，早些年开始退耕还林，如今箭竹茂密，大熊猫再度成为这里的"居民"。

戴维·谢泊尔很感兴趣，不时问这问那，拍下熊猫活动留下的痕迹，其无畏与严谨让人佩服。

尤其让专家们激动的是，差一点就撞上野生大熊猫。

途经青草坪时，管护员突然停下脚步，倾听片刻，悄声告诉崔学振，前面有熊猫。专家们将信将疑，随同管护员沿小溪前行，一探究竟。果然，前边竹林传来轻微的响动，溪流瞬间变浑浊。崔学振有经验，说大熊猫发现人，顺溪流朝山上跑了。

穿过箭竹林，迎面一棵粗大的冷杉，估计树龄两百年以上，空心的基部被大熊猫利用，打造成舒适的窝。周边不少粪便，还有大量活动痕迹。是否跟踪追击，大家望着戴维·谢泊尔。博士果断摇摇头，停下脚步。很显然，再继续下去，会惊扰大熊猫。

世界自然遗产考察中，专家们尤为看重"三性"。只要"三性"做到了，"申遗"大有希望。

一是真实性。宝兴考察期间，专家们通过野外观察，发现大量大熊猫的活动痕迹，如洞穴、粪便、啃咬过的竹叶等，确切无误证明了大熊猫的存在。

二是完整性。专家们分组步行上百公里，看到大熊猫活动区域宽广并接成片，没有人为分割阻隔通道的现象，能够保障它们相互的联系和种群间的交流。

三是可持续性。大熊猫得到切实有效的保护，栖息地禁止人类活动，禁止砍伐林木，无工业污染。

窥一斑而知全豹。宝兴野外考察，目睹"三性"在申报地的完美体现，专家们对四川大熊猫栖息地的保护工作非常肯定。

还有一个意外，发生在保护区的大熊猫救助站。一只名叫"白杨"的大

发现大熊猫巢穴,"申遗"考察人员喜出望外,里里外外仔细勘察。

熊猫，摇头晃脑迎着戴维·谢泊尔走来。

专家们纷纷上前，拍拍"白杨"的额头，摸摸它漂亮的皮毛，与之合影留念。这只从野外救回的熊猫幼崽，好像明白专家们的来意，活泼可爱落落大方。

一辈子守护大熊猫，崔学振身边，救助国宝的事时而有之。作为有心人，三十七年间，宝兴人与大熊猫之间的故事，被他记录在《熊猫档案》里。刚到宝兴的戴维·谢泊尔，翻开已经泛黄的《熊猫档案》，五十多只大熊猫的不同命运，一一呈现眼前。

远的不说，仅二〇〇一年，就救助了两只熊猫幼崽。

春节刚过，锅巴岩发现一只幼崽，被野兽所伤，又不慎跌落悬崖，左后肢摔断。两名矿工发现后，冰天雪地里脱下工作服，紧紧包裹住幼崽。再找来一根木棒，抬着它步行十多公里，送到大熊猫救助站。

幼崽全身多处被猛兽撕裂，右后肢伤势严重，伤口感染化脓，生命垂危。简单处理伤口后，保护区派出专车，将幼崽送往四川农业大学兽医院抢救。专家意见：必须截肢，否则性命难保！

这是一道难题，大熊猫截肢，全世界尚无先例。兽医院专家胆大心细，四十分钟后，手术宣告成功，幼崽左腿切除三分之二。

幼崽伤愈出院，取名"戴丽"。由于丧失野外生存能力，不宜放归自然，在救助站休养近一年，以后调往碧峰峡基地。

几个月后，初夏的硗碛山花烂漫，夹拉村张咔组的几位藏族妇女结伴上山，采摘野菜。

路经张咔沟口，前方一只熊猫幼崽，蜷缩一团，惊恐胆怯。"快找妈妈去吧！"妇女们以为这是与熊猫妈妈走失的幼崽，哄着它回到树林里面。幼崽懒懒走上几步，又侧身躺下。不欲惊扰国宝，大家分头采摘野菜。

两个小时过去，幼崽待在原地一动不动。大家发现情况不妙，顾不上采野菜，忙把幼崽背回家。牛奶兑上白糖，幼崽不为所动，大口喘气，口吐白沫，鼻涕不断。伸手一摸，浑身发烫，赶紧电话报告保护区。

经过紧急抢救，幼崽脱离危险。救助站工作人员为其取名"张咔"。

藏族同胞爱心一片，野外救回无妈妈照料的大熊猫幼崽。

没受伤没生病的幼崽，不能随意救助。一旁的吕植提醒大家，并讲出其中道理。

习性使然，熊猫妈妈外出取食竹子时，往往把幼崽留在树上或安全的地方，然后离开几小时甚至几十小时。因此，看到独处一地的幼崽，并非熊猫妈妈遗弃宝宝，千万不要随意"抢救"，好心办错事。

兴奋不已的戴维·谢泊尔，不停抚摸身旁的"白杨"，由衷地感叹："如果大熊猫语言与人类相通，它一定会代表动物们向人类表述这样的心声：'保护我们，保护我们赖以生存的栖息地，就是保护人类自身。人类朋友，感谢对我们多年的关爱和艰辛的付出。美丽宝兴是我们的家园，我们已经愉快度过几百万年，并将永远在这里生活下去。'"

首席专家戴维博士有感而发的这番话，风趣幽默，使人们领悟到他对宝兴大熊猫保护和良好生态环境的赞赏。

一幅合影中，乖巧的"白杨"依偎在戴维·谢泊尔胸前，两只灵动的眼睛充满期待，似乎在说："大熊猫栖息地'申遗'，请投我们一票！"

考察结束，考察团在成都举行通气会。

会上，戴维·谢泊尔对四川如此评价：政府和市民在保护大熊猫方面做了很多工作，取得了较好的成绩，我对政府保护大熊猫的印象非常深刻。同时，他建议，栖息地管理要加强，道路建设、当地经济发展要尽量避免对栖息地造成破碎化影响。

考察团归去，世界自然保护联盟保护地委员会根据考察情况，进行先期评估。然后组织知名专家，讨论评估报告初稿，对大熊猫栖息地"申遗"进行咨询。综合各方意见，二〇〇六年三月评估报告完成，提交缔约国及世界遗产委员会，并在七月召开的世界遗产大会上进行评审。

三、天遂人愿

二〇〇六年七月十二日，立陶宛首都维尔纽斯。

病重大熊猫到农户家中求救,村民用棉絮为其取暖。

第三十届世界遗产大会进入关键时刻,即将对相关国家申报的三十七个自然、文化遗产逐项投票表决。立陶宛外交部长担任大会执行主席,世界遗产委员会由二十一个国家派出的高级别人士组成。世界顶级专家汇聚一堂,用挑剔苛刻的眼光审视每个申报项目,投下慎重的一票。

开局不利,摩洛哥申报项目未获通过。

接下来,评审第二个项目——中国四川大熊猫栖息地"申遗"。

首先,由戴维·谢泊尔介绍实地考察所见所闻和项目评估情况,对四川大熊猫栖息地保护现状给予高度评价。这是一个热门话题,以色列、加拿大、肯尼亚等国代表争相发言,全力支持大熊猫"申遗",感谢中国政府做出的卓越贡献。接着,二十一名世界遗产委员会成员一致举手,通过将中国四川大熊猫栖息地列入《世界自然遗产名录》。

大会执行主席一锤定音,全场掌声雷动。

此次大会,申报世界自然遗产的九个项目,被否决掉七个,只有大熊猫栖息地"申遗"全票入选。全部赞成票,在世界遗产大会审议通过的项目中

世界遗产大会全票通过中国四川大熊猫栖息地"申遗"

并不多见。

当晚，中国方面举行庆祝酒会，祝贺大熊猫栖息地"申遗"成功。中国外交部、建设部、四川省政府以及中国驻立陶宛大使馆、联合国教科文组织的各方人士出席酒会，戴维·谢泊尔也应邀参加。提到四川之行，戴维·谢泊尔酒杯高举，为中国大熊猫栖息地列入《世界自然遗产名录》，一醉方休。

天遂人愿，维尔纽斯传出的喜讯，回应了全世界的期盼。

当四川各地一片沸腾，喜庆的锣鼓敲起来，欢快的秧歌扭起来，五彩的焰火升起来时，在邓池沟天主教堂，这个人类初识大熊猫的地方，已是曲终人散，一切归于静谧。这里，终归是动物们的世界，只有历经了百年风雨的天主教堂，沐浴在夹金山那最后一抹夕照中。

充满欢乐的人们，谁也想不到二十二个月之后，一场浩劫突如其来，列入《世界自然遗产名录》的四川大熊猫栖息地首当其冲。

第十二章
强震袭来

> 刹那间，天塌地陷，山川失色。大地的咆哮声，群山解体的撕裂声，巨石滚动的撞击声，游客绝望的尖叫声，大熊猫惊恐的哀鸣声……满眼青山化为满目疮痍，皮条河浊浪翻涌。

一、惊魂一刻

惊魂一刻，发生在二〇〇八年五月十二日午后。

午休起床，我端坐书桌前，手指轻快地敲击键盘，一串串文字跃上电脑屏幕。

一部熊猫题材的作品研讨会召开在即，作为作者，总得谈谈创作思路和体会。研讨会由四川省作协主办，阿来、邓贤等知名作家亦将参加。

突然，楼房来回晃动，电脑滑向一边，古玩柜摆放的物件"噼里啪啦"满地摔。天旋地转，我一脸茫然，继而醒悟：地震来了！摇摆加剧，我蹲下身子六神无主，仿佛嗅到死亡的味道。

还好，地震出现短暂停顿，然而没跑几步，强震再度来袭。我调转头，就近躲入卫生间，现浇房里相对安全。

同一时间，夹金山邓池沟，地面在抖动，群山在摇摆，山体滑坡，尘土飞扬，巨大的轰鸣声由远及近。全木结构的天主教堂，房梁"吱吱"作响，小青瓦不停往下掉。惊慌失措的村民们，纷纷逃离房屋，站立于空旷处，神情恍惚。

同一时间，一山之隔的卧龙，中国保护大熊猫研究中心核桃坪基地，突然地动山摇，继而头晕目眩，人们无法站稳脚跟，大熊猫同样如此。基地工作人员很快回过神，惊呼：地震了！

时间定格在当天下午二时二十八分。

核桃坪基地，闻名国内外的熊猫饲养场。两山夹一沟，场地狭窄，圈舍散布其间，依山顺河沿平缓处修建，错落有致。

当日天气晴好，核桃坪阳光遍洒，满山竹林微风轻拂，清澈的皮条河欢快流淌。"五一"大假刚过，参观人数骤减，除几拨外国旅游团，便是少量散客。另外，还有民工忙于房屋修缮。

六十三只圈养大熊猫，多数在午休，酣睡不醒，对游客热情的呼唤毫无反应。游客兴致不减，拿起相机，捕捉感兴趣的画面。

大地震毫无预兆，只是太阳躲进云层，不忍目睹惊天劫难。

游人们各有所好，英国游客去听大熊猫知识讲座，美国游客忙于同幼崽们亲近，法国游客漫步观赏美景……

刹那间，天塌地陷，山川失色，浩劫降临。

山崩地裂那一刻，几十米高的输电线铁塔，就那么几晃，便扭成麻花，瘫倒地下。一声巨响，基地大门河对岸，一座山轰然倒下。紧接着，大门旁边，又是整座山崩塌，将道路堵个严实。

皮条河两岸，山体大面积滑坡，巨石纷纷滚落，溅起高高的浪花，河道几乎堵塞；泥土如瀑布，夹裹着石块、树干飞奔直下，势不可当。靠山一边的圈舍，顷刻被摧毁，如同推倒一排排积木。尘埃四起扑天盖地，天空顿失光亮，一切坠入黑暗。

圈舍被砸烂，惊慌失措的大熊猫冲出笼子，四处窜逃。

空气中尘土飞扬，呼吸困难。耳畔，只闻大地的咆哮声、群山解体的撕裂声、巨石滚动的撞击声、游客绝望的尖叫声、大熊猫惊恐的哀鸣声……恐怖的九十秒过去，核桃坪面目全非，满眼青山化为满目疮痍，皮条河浊浪翻涌，景况惨不忍睹。

大地震中核桃坪基地毁坏的房屋

这阵仗，说不恐惧是假话。第一波强震刚过，惊恐之后，当班领导和职工就一个想法：救人救熊猫！至于自身安危，谁也来不及细想，脑海里泛起的是责任，胸中涌动的是豪情。

研究中心副总工程师黄炎出任总指挥，短短几分钟，二十来位职工全部到齐。当务之急，是集中游客和民工，还有大熊猫，寻找求生通道，尽快转移。

饲养员谭成彬当天值班，经历了那场生死营救。这位藏族小伙子，家住十公里外的红花树村，四川省中医学校毕业，二〇〇五年进入基地，从事大熊猫饲养工作。

余震频繁来袭，山体不断滑坡，飞石不时坠落，惊险场面吓得人魂飞魄散。然而《论语》有言：勇者不惧。核桃坪基地职工皆勇者，泰山崩于前而色不变，何惧之有。

领导当先，职工跟进，用英语和中文奔走呼喊，组织疏散。

第十二章 强震袭来　291

谭成彬找到两位外国老太太，她们紧抱在一起，不知失措。谭成彬外语水平不高，一边用简单的英语宽慰"没事的，很快会过去"，一边搀扶她俩去往安全地带。

很快，中外游客和民工找齐了，临时聚集在熊猫厨房外。逐一清点，除一位民工遇难，其他人都平安，算是不幸中的万幸。

此地不宜久留，但正门被山石牢牢堵死，怎么办？

熟悉周围情况的职工建议绕开正门，另寻逃生之路。荆棘丛中砍出便道，一个小时后，职工们护住游客，五人一组，绕行至熊猫医院围墙，爬梯而上。再顺着墙头，一步步小心挪动，转移至正门外桥边。

翻越栏杆走过桥，坐上停车场的旅游大巴，大家暂时有了安全感。

二、抢救国宝！

此时的我，待地震稍缓，与妻子搀扶着跑下楼，于博物馆广场避难。周围人惶恐不安，争相诉说险况和后怕，不停打手机关心亲人，但忙音一片。

可以肯定是大地震，但震中在哪里，众说纷纭。

下午四时许，收音机传来消息，播音员语调低沉：汶川发生八级地震，震中映秀。

汶川安危，我忧心如焚，特大地震肆虐处，恰是中国大熊猫主要栖息区。多次卧龙之行，途经映秀，二者直线距离十来公里。倾巢之下，安有完卵？核桃坪基地的熊猫岌岌可危！

三年过去，幽静的雅安碧峰峡熊猫基地里，提及汶川地震，研究中心主任助理汤纯香依旧心情沉重。

强震袭来时，他在研究中心二楼办公室，虽一度紧张，但卧龙属地震多发区，并没太在意。接下来感觉不对，晃动剧烈非比往常。抬腿想朝基地跑，根本站不稳。

地震间隙，汤纯香飞步下楼，加入抢险队伍。

将撤离人员护送至桥头后,黄炎组织男职工返回饲养场,抢救大熊猫。当时暴雨倾盆,身临其境的汤纯香回忆道:

惨烈的景况,让我们全惊呆了,大规模的山体滑坡让基地遭受重创,两侧的山垮掉近一半。脸盆大小的石块,房子般的巨石,散落一地,犹如战场;树枝像是刀削的,遍布馆区,一片狼藉;一脚下去,半腿泥浆。饲养场损失惨重,巨石、大树裹着大量泥土横冲直撞,门窗损毁,墙体断裂,围墙支离破碎。一句话,触目惊心!

大熊猫也不例外,惊呆了吓傻了,不知所措。

幼崽们惶恐不安,东躲西藏总觉不安全;亚成体熊猫趴在树桩上,两眼呆滞。成年大熊猫,无法出逃的,龟缩圈舍一角,等待死神降临;聪明一点的,几步蹿上树梢。围墙倒塌的大熊猫,自认天助我也,狂奔而去。

基地职工不顾危险,首先冲向熊猫幼儿园,去年刚出生的熊猫幼崽,最不放心。放养场的木架上,不知所措的幼崽们相依为命,无助地挤成一团。数一数,十四只都在,毫发未损,只是个个灰头土脸。

抢救幼崽好办,连逗带哄,手抱肩扛,一只只送至基地办公室。

成年大熊猫麻烦,极度恐慌下脾气暴躁,再熟的饲养员也是靠近就咬。没道理可讲,只能先实施麻醉,再送进河边完好的圈舍。

赠台大熊猫"团团"和"圆圆",最令人放心不下。一旦有闪失,无颜面对大陆和台湾同胞。跑到圈舍,职工们愣住了,眼前废墟一片,堆满大小石块,两只熊猫去向不明。

抢救行动片刻未停,谭成彬直奔"帼帼"。这是他负责的一只雌性大熊猫,交配不久,估计身怀有孕。来到圈舍,发现房屋和院墙千疮百孔,中央横卧巨石一块。

声声呼唤,没任何反应,不祥之兆涌上心头。谭成彬心有不甘,仔细搜寻,爬上室外运动场,猛地抬头——那不是可爱的"帼帼"!半山坡乱石后,

抢救大熊猫，基地职工将生死置之度外。

露出半张脸，可怜巴巴朝下望。

递上苹果，"帼帼"惊魂未定，毫不理睬。不能耽误，将上百公斤重的"帼帼"注射麻醉药后，火速放上担架，谭成彬等轮换着抬。

这么做风险极大。长期与熊猫打交道，职工们都明白，被麻醉的熊猫处于浅昏迷状态，意识尚存，具有攻击性，人过于靠近，一旦咬住就不松口。为确保安全，以往都是笼子抬，可危急关头，谁还顾得上这些。

半个多小时后，"帼帼"醒来，谭成彬长舒口气。

"睛睛"也是谭成彬找到的。这只亚成体熊猫一直不见踪影，还是眼尖的他从窗口发现。小木屋内，饱受惊吓的"睛睛"，双手紧抱木柱，全身颤抖，惶恐不安。小木屋被乱石撞变形，打不开门窗，谭成彬用脚使劲踹门，不奏效。他急中生智，转身搬起石头，砸破木板钻进去，一把抱住"睛睛"冲出来。

"睛睛"不识好歹，胡抓乱咬，谭成彬两臂受伤。

人在熊猫在！基地职工们奋不顾身，冒着泥石流、飞石反复搜救，大熊猫被不断救出。这个群体是何等豪迈！黄炎、李伟、黄治、邓林华、周志强、韩洪应、周命华、高强、张林、张亚辉、刘斌、曾文、刘桂英、李庆艳、李凤……谭成彬一口气，报出二十来个人的名字。

圈舍破损严重，尤其是靠山的一边。失去住所的大熊猫重新组合，在河边的圈舍里几只住一起。傍晚时分在山上树丛中发现的"团团"，也在其中。

说来也怪，这些成年大熊猫，以往全是独处一室，从不容许别人染指自己的领地。唯独今天，挤一屋子，却各自静坐一隅，不再撕咬打斗，寻衅闹事。是明白大难之际，不可内耗？还是大家伙在一起，可以壮胆？大熊猫此刻的心思让人摸不透。

初战告捷，饲养场六十三只大熊猫，找回一多半，只有四只失踪，待进一步搜救。

基地职工舍生忘死救护国宝之时，王鹏彦带人赶到。

地震来临第一时间，卧龙自然保护区的领导们想到的就是核桃坪基地，那里地势险要，凶多吉少。可沙湾至核桃坪公路多处坍塌，电话中断，具体情况不清楚。

保护区管理局党委书记黄建华在北京治病，局长张和民在成都开会，管理局副局长、研究中心总工程师王鹏彦当机立断：无论如何，必须抢通道路，前往增援。当年"五一棚"里用甘蔗逗"珍珍"的青年，经过多年历练，早已今非昔比，变得果敢老练。沙湾到核桃坪七公里，推土机一路开道，整整用了两小时。

翻过围墙，王鹏彦进入基地，为安全计，他要求将熊猫幼崽转移到研究中心办公楼旁，借售票木屋暂时栖身。幼崽们要吃要喝，职工们冒险冲入房间，取出奶粉和医疗用品，以解燃眉之急。

地震后气温骤降，入夜出奇地冷，十度不到，职工和中外游客、民工全部撤至沙湾。

谭成彬没入住沙湾，深夜时分，他突然想起家中的妻子，还有出生两个多月的女儿，便匆匆借了一辆摩托车，回村子探望。左邻右舍的房屋大多垮塌，自家也不例外，幸好妻子和女儿及时跑出。我俩相识后，曾听谭成彬说，那些日子，他的爱分两半，一半保护大熊猫，一半呵护妻子和女儿。

道路不通，房屋坍塌，停水停电，存粮无多。更可怕的是通讯中断，仅有的一部卫星电话被砸坏，与外界失去联系。

当晚，电闪雷鸣，狂风暴雨，应了民间说法，大震后必有大雷大雨，灾祸连连。

还嫌不够，山石呼啸而下，泥石流滚滚而来；余震不断，一天时间里达一千多次。即便如此，为方便照顾受灾熊猫和寻找出逃熊猫，职工们不顾危险，第二天就返回核桃坪，住在帐篷里。

余震间隙，抓紧时间为大熊猫送食粮。

大家分析道，几只熊猫饲养多年，虽说受惊出逃，但终归恋家，再加上没有食物，不会跑远。于是，职工们边投放它们爱吃的苹果、胡萝卜，边发出急切的呼喊。"圆圆""毛毛""小小""妃妃"……失踪熊猫的名字，整天在山谷间回荡。

这一招奏效。五月十七日，"妃妃"自行归来，抓起苹果，狼吞虎咽；到了晚间，"圆圆"饥饿难耐，在基地边上打转转，被发现带回。

五月二十六日，距基地两公里，发现一只大熊猫。救回一看，却是十九日强余震时惊跑的"茜茜"，不在四只失踪大熊猫之列。

最后发现的是"毛毛"。六月九日，清理"毛毛"圈舍，泥石挖至一半，恶臭难闻。扒开查看，确认"毛毛"无疑。职工们心情沉重，专门为它举行了葬礼，反复说要"毛毛"放心，一定照顾好它的宝宝"文雨"。

至于"小小"，至今生死不明。

浩劫过后，核桃坪基地六十三只大熊猫，一轻伤一重伤，一遇难一失踪。大灾面前，这实在是个令人欣慰的数字！

各项救灾工作高效运转，秩序井然。领导分头负责，职工分片包干，照看熊猫，寻找食物，清理维修圈舍，扫除垃圾防疫消毒，夜以继日忙不停。

损失很快统计出来：三十二套熊猫圈舍，十四套完全不能使用，其余破损严重。科研楼、大熊猫医院成危险建筑，水电系统瘫痪，药物所剩无几，大熊猫精饲料仅够七天……

又何止卧龙，宝兴、大邑、崇州、都江堰、北川、平武等大熊猫栖息区，地震波强大的威力逐一横扫。

两天以后，卧龙与外界的通讯恢复，国家林业局、四川省林业厅得知卧龙灾情。五月十四日下午五时，解放军直升机降落卧龙，接走七名重伤员；十五日上午，三架直升机再次降落，撤离三十五名外国游客；十九日，第一批救援物资从夹金山方向绕道运达，包括粮食、方便面、矿泉水、竹子、药品……

此时，张和民已在卧龙，忙得不可开交。

地震发生时，万分焦急的张和民恨不得插翅飞回。下午从成都出发，开

大地震导致公路坍塌，交通中断。

车一路狂奔。都江堰出城不远,紫坪铺一带大滑坡,哪里见得到公路的影子?

张和民决定步行回卧龙,与职工共患难。翻山越岭,第二天中午赶到映秀,景色秀丽的小镇已成废墟一片,惨不忍睹。往前看,耿达就在山那边,只是山体大面积崩塌,大路小路全毁。

此时消息传来,西线公路抢通,可由宝兴、小金绕道卧龙。车到雅安,张和民又接到电话:火速来成都,同省林业厅领导一道,五月十六日乘直升机飞卧龙。

不止基地职工和大熊猫,张和民和领导班子要操心的事更多。不要忘记,保护区挂有另一块牌子——卧龙特别行政区,下辖卧龙、耿达两个乡镇,五千名劫后余生的灾民需要帮助。

二十日,保护区管理局党委书记黄建华强忍病痛,带领七辆大货车,路上颠簸两天半,从西线公路送来大米、蔬菜、药品、衣物和帐篷。

黄建华这一趟,是瞒着国家林业局领导的——离开北京的医院,自作主张回来后,肾结石天天痛得他冒冷汗,按领导的指示,只允许他在都江堰安置灾民,调运物资。

救灾物资源源不断,但卧龙熊猫已无家可归,科研"航母"遭受重创,三十年心血付之东流。基地损毁不说,四周山体岩石赤裸,野生竹林被滑坡山石掩埋,重建家园绝非短期内能够实现。更有甚者,每次余震都会引发熊猫们新的惊恐。

严峻的现实摆在眼前,大熊猫作为特殊"灾民",唯有紧急转移,方为万全之策。

国宝去向何方?看着研究中心制定的避险疏散方案,决策者们的大脑飞速运转着。备选方案中,一个熟悉的名字映入眼帘——碧峰峡基地,顿时脑海里满是那里的青山碧水。

就是它了——国家林业局、四川省林业厅决定。

如今,不得不佩服国家林业局当初选择研究中心第二个基地时的明智之举。假如当时放在都江堰,此刻毁灭殆尽,卧龙熊猫将无处栖身。

西线公路，进入灾区的唯一通道，那些日子空前热闹，翻越夹金山的汽车每天上千辆。军车满载人员和装备，最先开进；货车紧跟，来自全国各地，二十四小时不间断抢运急需物资；救护车、防疫车源源不断，为了灾民健康……

保证道路畅通的养路工抬头意外看到，竟有运载大熊猫的汽车经过。

近代熊猫生存史上最大规模的转移行动开始，首先运出八只"奥运熊猫"。

北京奥运会进入倒计时，"奥运熊猫"必须尽快赴京，为全球体坛盛事鼓劲助威。五月十八日，警车开道，三辆高护栏货车依次跟进，"奥运熊猫"离开卧龙，到成都换乘飞机。

以后两个月，大规模转移分三次进行，预案周详。

为确保安全，转移由四川省林业厅森林公安局统一协调。每次转移前，先让大熊猫吃饱喝足，再用竹笋将其诱进大铁笼。熊猫娇贵爱晕车，加上沿路坡陡弯道多，需控制车速，谨慎驾驶。走个把小时，车队停下，逐一检查熊猫状况，再喂点苹果喂点水，缓解它们的紧张和焦虑。

抵达碧峰峡时，每每漆黑一片。基地的人守候一旁，车队到来，便一拥而上打开车厢，亲切地呼唤大熊猫的名字。熊猫们折腾一天，这时仍抓紧笼子栏杆，好奇地观望陌生的环境。

成年大熊猫，四个人抬起铁笼，喊着小心，稳步走去；大熊猫幼崽，每人抱一只，快步送进幼儿园。千里奔波，终于到家了，等待熊猫们的，少不了一顿美餐。三次疏散，二十八只熊猫入住碧峰峡，其余转移到成都、福州、昆明、武汉等具备饲养条件的地方，还剩七只幼崽暂留卧龙。

第二年开春，留在卧龙的幼崽"文雨""武俊"们全部搬入碧峰峡，与小伙伴们汇合。

碧峰峡基地，一时成为全世界圈养大熊猫最多的地方。

三、大熊猫的"诺亚方舟"

《圣经》里讲了一个普救众生的故事。

上帝对诺亚说:"你赶紧用柏木造一只方舟,分隔成一间一间的,里外抹上松香。七天后,天降暴雨,一连四十天。你和你的全家登上方舟,世间的飞禽走兽,也要各带七公七母,留下根苗。"七天后,果然大雨倾盆,洪水泛滥,所有的高山全被淹没,一切生命荡然无存。只有诺亚一家和方舟上的动物们,躲过劫难。

从这以后,"诺亚方舟"成为拯救生命的代名词。

中国当代的"诺亚方舟"——碧峰峡基地,于危难时刻,承担起拯救熊猫"灾民"的重任。

应急之策,先将现有圈舍一分为二,从中隔断,饲养两只成年熊猫。至于活动场地,一家一天轮流转。这样做,虽说相互之间有影响,但过渡时期只能凑合。

当务之急,还得增添圈舍。

抓紧搭建临时板房,两个月时间完工十七间,熊猫们搬入后,条件初步改善。板房采用环保材料,外墙绿色,绘上竹叶图案,融入周边环境。

永久性圈舍的修建,很快提上议事日程,六月份开工,五个月建成二十套。每套圈舍包括两间住房,每间上百平方米,外带宽敞的活动场地。

大熊猫们纷纷搬入,终于实现居者有其房。一个个成天围着新家转,看得出心情舒畅。

熊猫"灾民"有了新家,而核桃坪基地职工们的家呢?

刚开始,随同熊猫转移的职工们,几人合住一间房,条件简陋。这些人非同一般,多为高学历人才。

卧龙核桃坪基地一百八十多名职工中,绝大多数为本科学历,其中拥有研究生学历者占百分之三十以上。可以说,在中国的大熊猫饲养员队伍中,他们是学历最高的一群,最具奉献精神的一群!每当研究中心招人,大学生报名踊跃，一个名额往往几十个人竞争，都期盼获得这份工作。他们说，与大熊猫为伴倍感荣光，梦寐以求。

直到四年后，原核桃坪基地职工才开始陆续重返卧龙。只是，这些中国最高学历的饲养员们，却始终说不清家在何方。

初始不明白，细聊才懂得原委。这些饲养员的家庭大多三地分居，夫妻俩天各一方，孩子又寄养在另一个地方。员工们与妻子（丈夫）、孩子半月或一月聚一回，一家子哪里团聚，哪里就是家。

原本多数人在卧龙有住房，无奈地震一来全部成了危房，推倒重建。

"大熊猫到哪里，就跟到哪里，熊猫有家我无家！"出自基地职工之口的这句话，既是一种感慨，也是一种责任。

熊猫有家了，竹子有保障吗？基地竹子用量大，每天多达三千公斤。

碧峰峡四季竹叶常青，周边箭竹属的种类多，皆熊猫最爱。基地组织农户入山砍竹子、摘笋子，进行收购并供给大熊猫，同时利用空地广植箭竹，以防天阴下雨。

不过，仅仅有房子住、有竹子吃，熊猫"灾民"的心理问题，并不能得到解决。

汶川地震留下的阴影，何止于人，于熊猫的影响同样不容低估。虽光阴易逝，但惊恐的场面、强烈的刺激，在它们脑海里留下深深的烙印，甚至导致性格变异。

熊猫"灾民"胆子变小，烦躁厌食，体重下降。每日里萎靡不振，闷闷不乐坐一旁，半天不挪动，形同木桩。还常常反应过度，饲养员喂食物碰响盆子，都会受惊吓一跳，窜出圈舍躲进活动场。如遇打雷，更是惊恐万分，蜷缩角落浑身哆嗦。

那些日子里，饲养员们吃在基地，住在基地，所有时间都耗在这群"灾民"身上，个个心里装着熊猫——今天吃了多少，情绪怎样，尤其生病更让人揪心。

心病还须心药医，即便动物，也唯有用心抚慰，才是治病良方。慰藉心灵，消除心理障碍，全靠倾情大爱。针对熊猫"灾民"，基地对症下药，开出心理干预良方。这种心理干预，被饲养员们称为"爱心饲养"。

大熊猫怕受刺激，基地采取各种方法，尽量控制或减轻噪声，包括新建圈舍的施工音量。

同时，有意增加投食次数，增进饲养员同熊猫的交流。每次喂食，饲养员蹲守一旁，语气温和，不断轻声呼唤熊猫的名字，并用眼神与之交流；喂食动作柔和舒缓，一点一点递到嘴边；一边喂，一边还同它讲着话。

此外，增加熊猫活动量，提高训练强度，转移它们的注意力。但凡它们有出色表现，即奖励苹果，还轻轻抚摸头部，让其感到彻底放松。

饲养员们随时观察，每天探讨交流，对不同状态的熊猫采用不同的治疗手段，务求达到最佳效果。

"爱心饲养"成效显著，短短一个多月，熊猫"灾民"便走出地震阴霾。一日三餐，吃着带露的竹叶、鲜嫩的竹笋、香香的苹果，胃口大开，体重增加。运动场内，随处可见熊猫们胖嘟嘟的身影，或嬉戏草坪，或漫步林间，或躲进草丛呼呼大睡……

见此情景，不由想起饲养员们，长时间守护，不顾腰酸腿麻，口中轻声呼唤，手中慢慢递食。那般温馨，犹如对待亲生儿女；那份真情，让我感悟人间大爱。

入住碧峰峡基地不久，怀孕大熊猫纷纷进入产崽期，先后当上妈妈。

七月六日早上，"帼帼"产下两只幼崽，这是汶川地震后，中国圈养大熊猫的第一胎，而且是双胞胎。"龙欣"也生下双胞胎，成为继"帼帼"之后又一英雄母亲。论起当妈妈，"龙欣"更有经验，创造了四胎生育七崽的辉煌。

两位英雄母亲，都由谭成彬喂养。"帼帼"和"龙欣"怀孕期间，本来就焦虑不安，再加上受地震影响，整天来回走动。找不着出气的，便挥舞两只爪子，扑向隔离圈舍的木板，抓烂咬碎。吃饭也不老实，吞两口又跑开，心不在焉。

妊娠期需大量进食，还得静养待产。谭成彬急了，除去吃饭睡觉，其余时间都花在它们身上，分别安抚。有人陪伴，两只熊猫情绪渐渐稳定，饭量大增，对谭成彬也愈显亲近。

喜气洋洋好热闹，一年一次，大熊猫宝宝集体亮相。

"帼帼"生产时，谭成彬就守候在旁边。产下一只，又是一只，"帼帼"只抱起第一只。趁其不备，谭成彬迅速出手，抱走另一只送到育婴室。

核桃坪和碧峰峡两个基地，为解决大熊猫双胞胎养育难题及帮助患病熊猫妈妈和幼崽存活，专门建有育婴室。

遍观全球，碧峰峡基地的育婴室可谓规模大档次高。育婴室四季恒温，宽敞明亮，育婴箱有序摆放，箱体由特殊玻璃制作而成，便于观察又不易破碎。箱体一端开两个圆孔，用以取放幼崽和喂奶；里面铺垫棉绒，柔软舒适。为方便游客观察，两个育婴箱摆放在窗口，透过隔音玻璃，可近距离观看幼崽。

接下来的四年，碧峰峡基地的大熊猫家族不断添丁进口，六十多只幼崽健康成长，占同期全球圈养大熊猫产崽数量的百分之六十以上。

骄人的数字背后，是饲养员的含辛茹苦。

人工育幼，饲养员双手从圆孔伸进育婴箱，一手用纱布轻裹幼崽，仅露脑袋；一手捏住奶瓶，挤少量奶汁，涂抹幼崽嘴唇，刺激嗅觉，让小不点儿产生进食欲望。

　　七天以内的幼崽要喂初乳，以增强抵抗力。饲养员采集好乳汁，送到育婴室，多余的保存在冷冻室，以备不时之需。汶川地震教训深刻，由于断电，核桃坪基地存放的乳汁变质，顿时压力山大。

　　幼崽刚出生，白色体毛稀疏可见；过上半月，体毛渐渐转黑白两色；一个月已黑白分明，淘气地在育婴箱里翻滚爬行；再以后，双眼圆睁，好奇地打量这个陌生世界。

　　养育双胞胎幼崽更麻烦，需要天天轮换享用初乳。上演"调包计"时，依然沿用老办法——蜂蜜诱惑。饲养员连哄带诓，取走熊猫妈妈紧抱的幼崽，换上另一只。一个月后，轮换间隔延长为十天一次。除了熊猫妈妈的初乳能确保幼崽健康成长，这几年还有新发现：只有熊猫妈妈一手一脚带大的幼崽，

熊猫幼儿园朋友多，大家一起真快乐。

第十二章　强震袭来

上 熊猫幼儿园的幼崽们

才会哺育下一代，天性如此。而完全人工喂养的熊猫，成年后产下幼崽，由于未得妈妈真传，会茫然不知所措，无法承担做母亲的职责。

两个月大小的幼崽，配备专门房间，满铺木地板。它们一高兴，就在上面摸爬滚打，自由自在。

四个月后，双胞胎一齐放回妈妈身边。做母亲的，一下见着两只宝宝，还真有些不知所措。东闻闻，西嗅嗅，哟，还都是自家亲骨肉！一家三口，其乐融融。

半岁到一岁半，幼崽的幸福时光。这个阶段，它们会搬入熊猫幼儿园，小伙伴们一块儿过起集体生活。幼儿园紧邻育婴室，有四间圈舍、两个游乐场。

童年是快乐的，大熊猫亦如此。幼儿园内，可爱的幼崽们三五成群，天真顽皮。饲养员投入尽可能多的时间，同它们相处，获取信任。

每次喂食，幼崽们蜂拥而上，抱住饲养员裤子，又抓又咬。这抓与咬，非常有分寸，丝毫不伤人，纯粹表达亲近和友善。

多活动、多锻炼，才能健康成长。每天，饲养员总会手拿食物，引得幼崽们跟着撵。游乐场内,还搭有一米多高的木头平台,常见幼崽相互间追逐打闹。

幼崽们喜欢玩玩具,滚圆球是它们的最爱。每当一只幼崽推起球前面跑,总有另一只后面追。紧接着,大家一起上,你争我夺好不热闹。幼崽天性爱咬东西,总双手抱球,张口咬个不停,估计跟磨牙有关。

还有圆桶,饲养员打上小孔,放置苹果之类,引得幼崽前腿搭上去,后腿直立,滚动圆桶,弄出里边的食物。幼崽们还爱上树,吃饱喝足,转眼工夫爬上大树,背靠树叉,美美睡一觉。

一句话,不能让幼崽们无事可做。因为一旦闲下来,它们便会有不好的行为,如舔爪子或身子、耍舌头一类。只有让它们有得玩,注意力分散,才能忘掉坏毛病。

一岁半过后,幼崽离开幼儿园,送往豹子山,一间圈舍住三只左右。三岁时,两只住一起。再大些,有了领地意识,就得单独居住,防止相互斗殴造成伤害。五岁后,熊猫成年,承担起孕育下一代的责任。

去碧峰峡基地看熊猫幼崽,少不了"团团"和"圆圆",一道靓丽风景。

四、"团团""圆圆"赴台湾

汶川地震后不久,"团团""圆圆"赴台在即。涉及海峡两岸交流大事,研究中心全力以赴,前期工作紧锣密鼓。

赠送台湾地区同胞大熊猫,最早由著名天文学家、全国人大代表刘彩品提出。一九八七年元月,全国台联二届三次理事会上,全体理事一致通过刘彩品的动议,在会议纪要中提出:

> 作为生活在大陆的台胞,我们热切地期盼台湾的乡亲们能够和大陆人民一道,欣赏我们共同的国宝——大熊猫的可爱身姿。

刘彩品的提议,并非一时心血来潮,而是言由心生。一九三七年,刘彩品出生于台湾嘉义，后来去日本读大学，一九七一年归国，成为南京紫金山天文台研究员。

一九七八年，刘彩品赴东京开展学术交流，母亲为见她一面，专程从台湾赶来。只因母亲没见过大熊猫，母女同游上野动物园，熊猫馆前排长队。返回酒店，母亲乐得像小孩，兴犹未尽地对女儿念叨："大熊猫实在太可爱了，要是大陆也送台湾一对该多好。那样的话，台湾人不用出岛，就可以看到大熊猫了！"

不久，母亲因病去世，而那番话刘彩品铭记心中。母亲的愿望，也是台湾同胞的心声，刘彩品为此奔走呼吁，锲而不舍。

一九八七年三月，第六届全国人大五次会议期间，刘彩品的动议作为台湾省代表团集体建议，呈交国家相关部门，引发全球华人轰动。

很快，事情有了着落，刘彩品应邀赴京，前往北京动物园商谈相关事宜。动物园方面表示，非常愿意送一对大熊猫给台北市立动物园。方案有两种：北京动物园派专家送熊猫去台北，传授饲养和管理方法；或台北市立动物园派人来北京，学习相关技术。

两年过去，北京动物园选定"陵陵"和"乐乐"，作为赠台大熊猫。

海峡那边，也有"立法委员"洪文栋响应，希望接收大熊猫，满足民众对国宝的渴求。可惜，大熊猫入台被台湾当局上升到政治高度，就此搁浅。

再度提及，已是二〇〇五年五月三日，时任中共中央台办、国务院台办主任陈云林受权宣布，大陆同胞将向台湾同胞赠送一对象征和平、团结、友爱的大熊猫。赓即，国家林业局成立专门机构，启动大熊猫赴台相关工作。

同年十月，中国国民党荣誉主席连战访问卧龙，呼吁两岸携手，早日实现大熊猫到台湾定居。

二〇〇六年元月六日，国家林业局宣布，通过多次遴选，最终确定将十六号和十九号两只大熊猫送往台湾。紧接着，元月六日至二十一日，通过互联网广泛征集大熊猫乳名，并从中选出十组最能代表全球华人心愿的候选乳名。几天后，中央电视台通过春节联欢晚会，组织观众投票推荐。参与投票者上亿，候选名字中，"团团""圆圆"寓意深刻，脱颖而出。

"团团"，二〇〇四年九月一日出生，大熊猫中的帅哥，身材高大健美，性格活泼好动，特别爱亲近人；"圆圆"，早"团团"一天降临这个世界，大熊猫中的靓妹，性情温柔，善于爬树，还是平衡木高手。

大陆方面准备充分，台湾民众翘首以盼。奈何，此时台湾地区由陈水扁主政，奉行"台独"路线。中国大熊猫只送自家人，对所有国家仅合作开展繁育研究。接受了大熊猫，岂不等于承认两岸是一家？于是乎，找各种借口，就是不允许熊猫来台湾。

好事多磨，大熊猫赴台长路漫漫，台湾同胞望眼欲穿。

二〇〇八年三月二十三日，新当选的台湾地区领导人马英九表示，欢迎大熊猫到台湾定居。随即，台北市立动物园派出专业人员，赴碧峰峡基地学习饲养繁育技术。当年十二月二十二日，台湾方面组成"熊猫迎亲团"，莅临成都迎候。

二十三日清晨五时许，碧峰峡基地漆黑一片，唯有二号圈舍灯火通明。"团团""圆圆"被早早唤醒，有些诧异。看到丰盛的早餐，大吃一通，然后被哄进笼子，搬上满绘大熊猫图案的专车。饲养员们依依不舍，洒下泪花；上千民众挥舞印有"团团""圆圆"形象的小旗，声声祝福，为它俩送行。

下午一时许，成都双流机场停机坪，隆重的欢送仪式后，"团团""圆圆"与家乡告别，登上台湾长荣航空公司的熊猫专机，大陆相关机构人员组成的"熊猫送亲团"也随机同行。研究中心考虑周全，派出汤纯香和动物管理部主任黄治两位专家作为技术顾问，到台湾陪"团团""圆圆"两个月。

下午五时许，台湾桃园机场，熊猫专机徐徐降落，几十位记者在寒风中守候。登机检疫，警车开道，"团团""圆圆"安抵新家——台北市立动物园新光特展馆。只因"团团""圆圆"住在这里，台湾民众又称新光特展馆为熊猫馆。

见到投资三亿新台币建成的熊猫馆，黄治感觉舒适又温馨：全馆占地五千多平方米，整幢建筑连底四层，非常漂亮。室内展示区近五百平方米，

"团团" "圆圆"

恒温二十度；攀爬设施完善，各类玩具齐备；墙上绘的蓝天、白云、山峦、翠竹几可乱真，复原"团团""圆圆"生活环境。室外展示区比室内大许多，斜坡绿草覆盖，种植树木和竹子，还有瀑布、戏水池，俨然蜀中胜景。

"团团""圆圆"来回巡视，到处攀爬标记，熟悉新家后埋头进食。晚餐特丰富，有自带的碧峰峡竹子，也有台湾产的桂竹、苹果，还有动物园试做的窝窝头。

按照规定，"团团""圆圆"尚有一个月的隔离检疫期。但那些日子，台北街头，熊猫形象的广告随处可见。

第一时间，台北市政府就将"团团""圆圆"肖像申请为注册商标，商家使用必须获得授权。同时，推出以大熊猫为主角的四千套酷卡，供民众索取；捷运绘有熊猫图案的列车，投入运营；急不可耐的悠游卡公司，发行万张熊猫悠游卡，很快一抢而空。就连熊猫爱吃的窝窝头，作为早餐推出，也是顾客盈门。

以大熊猫为图案的各类纪念品，更是名目繁多，从高档的金银饰品到低廉的毛绒玩具，应有尽有。无论走到哪里，都可以见到"团团""圆圆"的身影，感受到"熊猫旋风"扑面而来。

熊猫馆开放前夕，台北市立动物园别出心裁，特意举办"新光特展馆捐赠暨关怀弱势之夜"活动，"团团""圆圆"首次公开亮相，承担慈善使命。五百名来自孤儿院或家境清贫的小朋友，应邀参加活动，同台湾地区领导人马英九、中国国民党荣誉主席连战、台北市长郝龙斌一起，成为第一批参观熊猫馆的客人。

"团团""圆圆"以自己的天真灵动，慰藉着一颗颗幼小的心灵，引起小朋友们阵阵欢笑。马英九十分开心，动情地对汤纯香说："感谢你们将'团团''圆圆'送到台北，这里就是它们的家。目前，全球大熊猫仅剩一千六百只，台北动物园有幸参与大熊猫圈养计划，不仅是严格挑战的开始，也代表着其保育技术已达世界先进水平。我们会好好照顾这对熊猫，让它们快乐生活，繁育子孙。"

两天后，即二〇〇九年元月二十六日，农历大年初一，上午八点半，"团团""圆圆"正式出场，与台湾民众见面。春节期间，动物园规定，每人只能参观十分钟。人们排长队等待，就为看大熊猫一眼。好在"团团""圆圆"表现极佳，不停嬉戏，追逐奔跑，还双手靠着玻璃墙，热情地向人们打招呼。

参观的人们唱出自己的心声，动人的歌声不停在熊猫馆回荡：

"团团""圆圆"的故乡，远在美丽的天边，那儿有青山和绿竹，欢迎大家去游玩。你爱"团团"，他爱"圆圆"，大家都爱，都爱"团团""圆圆"。

歌词清新，旋律轻快，充满真情实感。这是台湾著名词作家、八十七岁高龄的庄奴先生，专门为"团团""圆圆"填写的歌词。

"团团团聚了华夏儿女情，圆圆圆合了历史的伤痕……"闻知熊猫赴台，手足情深，有"中美民间大使"美誉的陈香梅女士，写出歌曲《团团圆圆》，祝福海峡两岸的美好明天。

台湾音乐人康乔，不仅写出《我爱熊猫》，还亲临现场演唱，表达台湾同胞的愿望与心情。

了却心愿、侨居日本的刘彩品，看着电视里可爱的"团团""圆圆"，笑容满面。

春节七天，二十万人光临熊猫馆；一个月时间，参观人数突破五十万；又一个月过去，每天仍有近万人入园；一年以后，"团团""圆圆"人气依然……

民众关注的焦点，还在"团团""圆圆"何时产下熊猫宝宝，两岸同行皆为此操心劳神。

二〇〇九年十二月，为让"团团""圆圆"能洞房花烛，两只熊猫暂时分居。动物园方面有想法：恋人之间，一日不见如隔三秋，"团团""圆圆"隔离百日相聚，彼此会更感兴趣。第二年开春，"团团""圆圆"再度聚首。

多日不见，果然亲密无比，"圆圆"情窦初开，贴近"团团"，十分地温存。只可惜，情哥哥"团团"毫无表示，一点不来气。

二〇一一年，自然交配不成功，人工授精失败。又过一年，"团团"依然故我，继续将"圆圆"当作童年玩伴，急坏台北市立动物园。连续四年，研究中心派出一流专家团队，八次飞台湾，所有招数用遍，怎奈"圆圆"肚子不争气。

一晃到二〇一三年，繁育专家黄治再度来动物园，经多次人工授精，"圆圆"终于有喜。预产期前夕，研究中心又派育幼专家魏明、饲养专家董礼抵台，务求平安。

七月六日晚，"圆圆"产下一只雌性幼崽。台北市立动物园马上拨通电话，向大熊猫的"娘家"报喜，对大陆专家团队长期的支持和帮助表示感谢。

面对媒体，动物园及时通报情况——

宝宝体重一百八十三克，超过平均值，块头较大；"圆圆"母性强烈，宝宝出生后，紧抱怀中喂奶，时间长达五小时。头一次产崽缺乏经验，"圆圆"将宝宝叼至胸前喂乳时用力过猛，将宝宝右后腿划破皮；好在只是皮肉伤，已缝合处理，无感染之虞。

幼崽负伤，暂且放入保温箱，保育人员轮班照顾，一个月后决定是否交还"圆圆"。宝宝出生以后，动物园每天提供影像记录，通过网络、媒体等平台，让熊猫粉丝们了解熊猫宝宝成长过程。

至于将来归宿，"团团""圆圆"由大陆赠送，属于台湾，它们的宝宝当然留在岛内，繁衍后代。

中秋佳节前夕，动物园面向公众，为宝宝征集名字。最终，"圆仔"以四万五千多票胜出，成为宝宝的正式名字。

流年似水，转眼"团团""圆圆"已赴台十一个年头，宝宝"圆仔"也将满六岁。除了惦念"圆圆"何时为"圆仔"生个弟弟妹妹，台湾同胞又多出一份牵挂："圆仔"何时谈婚论嫁？

估摸着，还得在研究中心挑个如意郎君。"团团""圆圆"当年的小伙伴，

第十二章　强震袭来　　313

个个儿女都已长大,大家打亲家。

当然,经过灾后重建,"团团""圆圆"的卧龙老家早已面貌一新,大熊猫栖息地重获生机。

第十三章
涅槃重生

> 幸运的是，中国有能力避免英国及其他西方国家工业革命时期发生的动植物灭绝。有迹象显示，中国决心不犯同样的错误。

一、香港援手：只为大熊猫

卧龙的灾后重建，香港特区政府全力支持。

东方之珠香港，国际化大都市；熊猫家园卧龙，大山深处小场镇。

一个大都市，一个小场镇，相识结缘为哪般？

原来，一九九九年，为庆祝香港回归两周年，中央政府赠送香港特区一对大熊猫。二〇〇七年，香港回归十周年之际，中央政府再次赠送大熊猫一对。

两对大熊猫，都来自卧龙自然保护区的研究中心，而后安家海洋公园熊猫馆多年，入乡随俗，已然"香港化"：爱喝饮料"益力多"，懂粤语、普通话和英语发出的指令，爱吃美国产的高纤维饼干，会配合兽医伸出爪子抽血……举止动作逗人爱，成为香港最受欢迎的动物大明星。每年有上百万游客参观熊猫馆，香港民众眉飞色舞，小朋友舍不得离开。

因喜爱国宝，香港成立熊猫保育协会，每年收到捐款上百万港币。此外，"亲亲大熊猫派对""荣誉大熊猫护理员""与熊猫共进早餐"等各种慈善活动，民众亦参与踊跃。

尽管远隔万水千山，但两对赠港大熊猫，让香港民众对四川倍感亲切，对卧龙毫不陌生。

强震重创,香港民众感同身受,纷纷解囊相助。援建卧龙,香港特区政府鼎力担当。二〇〇八年十月,香港特区政府与四川省政府敲定首批援建项目,卧龙自然保护区规划编制为其中之一,包括保护区总体规划编修,土地利用总体规划编制,城镇体系规划,卧龙镇、耿达镇总体规划等,涵盖保护区建设及当地居民正常生活恢复。

川港会商过程中,香港特区政府相关人士专门提及,四川众多地震灾后重建项目中,卧龙自然保护区重建项目较为特别,香港当初希望援建卧龙,正是因为香港民众对于来自卧龙的大熊猫有着深厚的感情!

二〇〇九年二月,援建卧龙自然保护区项目获香港特区立法会审议通过。二十三个子项目中,包括卧龙大熊猫栖息地植被恢复,"五一棚"观察站重建,中国大熊猫研究中心重建,都江堰大熊猫救护与疾病防控中心新建……总金额达十四亿元人民币。

香港特区政府派出专家团队,赴卧龙实地察看,指导灾后重建。同时,香港特区政府另投入七亿元人民币,于四月动工,重修映秀至卧龙的公路。

争分夺秒,高水准完成保护区重建规划编制;陆续招投标,计划三年全部完工;重建工地如火如荼,攻坚克难战严寒,民生工程率先动。

保护区所有项目,设计一流,施工标准高,尤其重建后的卧龙中国保护大熊猫研究中心和新建的都江堰大熊猫保护与疫病防控中心,被列为香港援建四川的标志性项目。

卧龙民众特别关心大熊猫去留,看见神树坪基地开建,心中一块石头落了地,喜上眉梢。

地震刚过去时,站在卧龙的临时帐篷外面,我曾亲耳听到人们议论,说家园毁了可以重建,房屋垮了可以重修,熊猫走了就一切都完了!国宝装车转移到外地时,老乡们泪流满面地说:"熊猫走了,以后的日子咋个办?"

那段时间,老乡们就念叨两件事:外边读书的娃娃啥时候回来?转移出去的熊猫啥时候归家?

的确如此，借汶川地震，有专家再度提议大熊猫东迁，这次不是去往神农架，而是财大气粗的浙江等省，说是给熊猫建第二故乡。

张和民站出来坚决反对。作为学者，他以理服人，指出无论气候、环境还是植被，研究中心二十多年的发展证明，圈养大熊猫研究和圈养大熊猫野外放归实验，卧龙最适宜。转过身，张和民胸有成竹地告诉乡亲们：大熊猫一定会回来，只有这里，才是它们的家园！

绝不食言，四年呕心沥血，神树坪基地投入使用。转移出去的大熊猫陆续返回，首批一共十八只，多来自碧峰峡基地，其中，有经历汶川地震的熊猫"灾民"，也有震后出生的下一代。

二〇一二年十月三十日，为庆祝首批大熊猫回家，卧龙举行隆重的欢迎仪式。视频里，回到老家的熊猫们，不忘在镜头前秀一把，向碧峰峡基地的伙伴们炫耀。

两年后，神树坪基地试运行，对外接待游客，都江堰大熊猫救护与疾病防控中心也落成。与此同时，中国保护大熊猫研究中心华丽转身，经中央编办批准，更名中国大熊猫保护研究中心，升格为国家林业局直属事业单位，级别司局级，与省林业厅一般大。

两年筹备，二〇一五年岁末，中国大熊猫保护研究中心举行挂牌仪式，国家林业局副局长陈凤学兼任主任，张和民以卧龙自然保护区管理局局长身份，出任研究中心常务副主任。

引领潮流，大熊猫科研"航母"再次起航。任务不轻松，立足四川放眼全国，整合国内大熊猫科研资源，在四川、北京、上海、广东等地新设或增加科研机构、保护基地，压力大责任重。

这些以后发生的事情，当年参与"熊猫计划"的谈判双方，谁都无法预料。至此，王梦虎了却心愿，研究中心修成正果；乔治·夏勒如梦初醒，原来事情就这么奇怪，明明原本一个多余的机构，几十年后竟扛起熊猫研究大旗。

卧龙灾后重建圆满完成，已是二〇一六年，三年计划耗时八个年头，援建任务之艰巨超乎想象。究其原因，特大地震之后，次生灾害频发，导致施

废墟中崛起的中国大熊猫保护研究中心

工难度剧增。

感恩之心,时刻铭记。援建结束后,研究中心决定:神树坪和都江堰两个熊猫基地,免费向香港居民开放。

其实,香港民众早就急不可耐,非要到卧龙灾区当义工,为熊猫做点事。

遗憾在道路不畅。据专家论证,大地震导致山体松动,修筑映秀到卧龙的公路,须放到五年后。

重建在即,这条生命线不能拖后腿,映卧公路于二〇〇九年动工。奋战两年,眼瞧通车在即,孰料被专家说中,山体破碎疏松,次生灾害严重,连续发生滑坡和特大泥石流。尤其映秀至耿达段,二十多公里垮个一塌糊涂,绝大部分公路被掩埋。只好更改方案,盘山公路改隧道,工期一再延后,投资大幅增加。

这段路，人们视为畏途，称之为"四川最危险公路""地质灾害博物馆"。即便如今，卧龙到四姑娘山一路畅通，唯有映秀、耿达之间，次生灾害仍时有发生。

道路不畅，接待困难，但香港民众及来自各个国家的志愿者，热情不减。盛情难却，只好将他们安排在碧峰峡基地。

二〇一一年初冬的一天，我陪同法国电视二台《天下大自然》栏目摄制组，来到碧峰峡基地拍摄纪录片。摄制组有备而来，采访经历大地震的饲养员，拍摄熊猫"灾民"，通过那场劫难和灾后重建的故事，让法国人了解熊猫家园。

就这么巧，遇见手拿扫帚，清扫落叶的刘菲雪。

名如其人，天真可爱，一个恬静漂亮的小女生。听口音，便知来自香港。问姓名，有几分羞涩，普通话不够标准。摸出笔，在我的笔记本上写下三个字：刘菲雪。当然是繁体字，一笔一画挺工整。

法国电视二台记者采访汶川地震中抢救国宝的饲养员

第十三章　涅槃重生　319

听她讲，自己是香港中学四年级学生，相当于内地高中一年级。小时候，常牵着妈妈的手，蹦蹦跳跳去香港海洋公园熊猫馆。哎呀，熊猫们好可爱，小女孩刘菲雪来了就不想走，无论妈妈怎么劝。看着熊猫长大，一直有个心愿：什么时候，去它们的老家看看。

卧龙受灾，她心中的愿望愈加迫切，相约同学，非得来研究中心当义工，为熊猫尽微薄之力。被录取后，来到熊猫生活的地方，头戴一顶熊猫帽子，戴上就舍不得取下来。

我曾读过一篇短文，作者记叙的故事发生在十年前的香港，当他还是中学生的时候，帮助慈善团体去海洋公园卖福利彩票，整天身穿校服，见人就问：要不要买彩票，帮助四川的大熊猫？

一位妈妈在掏钱之前，温柔地问只有几岁的女儿："我们要不要帮助大熊猫呢？"女儿愉快地说："要！"然后，妈妈把钱交给女儿，让女儿亲手买下彩票。

文章作者感慨，那么多年过去，当时三四岁的小女孩，今天应是亭亭玉立的中学生了吧？会不会在某个街头，她也拿着募捐箱，卖彩票帮助受灾大熊猫？

何止卖彩票，亭亭玉立的女中学生，说不准也会来研究中心做义工。且听刘菲雪说来："这样的公益活动有意思，天天喂大熊猫吃竹子，近距离接触国宝，简直太棒了！"

港味普通话，道出香港民众的心声，蛮好听。

萍水相逢，只为大熊猫。至今犹记，小女生那灿烂的笑容。

二、今天的卧龙

香港同胞惦记的卧龙，这几年每逢秋高气爽我总要跑一趟，二〇一七年当然不例外。

由近及远，顺道拐入青城山下，名声在外的中国大熊猫保护研究中心都江堰基地，地处青城山镇石桥村怀中路。

在都江堰建一个熊猫基地，想法由来已久，缺的是机遇。榜样就是成都大熊猫繁育基地，同武侯祠、杜甫草堂强强联合，"一日游"场面火爆，刺激研究中心不是一天两天。

以往的教训深刻，熊猫基地建哪里，选好位置是关键。一流的学者，也是一流的管理者。都江堰是世界自然文化遗产，天生一方宝地，伏龙观、青城山两大景区，淡季不淡，旺季游客爆满。

借鉴成都模式，拜水都江堰，问道青城山，再加上熊猫基地看国宝，何乐而不为？一旦如愿，三点成一线相互映衬，游客乐意掏腰包，旅行社有钱赚。

谋事在人成事在天，卧龙灾后重建，正所谓天赐良机。

研究中心后手出招，重建伊始，提出世界首个大熊猫医院构想。项目名称"都江堰大熊猫救护与疾病防控中心"，理由充分，为患病或伤残大熊猫

青城山下，研究中心都江堰基地大门，游客排长队。

提供治疗及护理，同时兼具疾病研究和科普教育等功能。选址在都江堰，各种条件都具备；落成后对外开放，通过参观、导览等多种形式开展教育，让公众明白保护国宝的重要性。

这块短板意义重大，还真该补上。

好归好，只是"都江堰大熊猫救护与疾病防控中心"，叫起来冗长拗口，老百姓不买账，口口声声都江堰基地，就连网上也这么称呼。遵从民意，研究中心自己也改了口。所以说，而今的研究中心，形成"一个中心，三个基地"，即中国大熊猫保护研究中心，旗下包括神树坪、都江堰和碧峰峡三个基地。

当然，都江堰游客云集，成都大熊猫繁育研究基地也绝不言弃——舍得投入，也在都江堰城边的玉堂镇白马村，寻一处幽静山谷，建起成都大熊猫繁育研究基地都江堰繁育野放研究中心，抢在都江堰基地前面，于二〇一五年四月对外开放。

这名称够长，记不住叫不响，只好简称"熊猫谷"。

我曾进去转过一圈，熊猫不多规模小，若想招揽人气，后续还得出高招。

都江堰基地不一样，开张就红火。停车场里，几十辆旅游团的大巴，一辆挨一辆，摆满。

导游打头，小旗高高举，红黄蓝绿各异，跟团游客步步紧随。入口处，密密麻麻人挤人；游道上，东北话、闽南语、藏语、彝语还有外国语，叽叽喳喳闹麻；圈舍前，里三层外三层，只见人脑壳不见大熊猫。

好在地盘宽，分作自然景观区、公众教育区、康复训练区等。游客顺山走，右边上左边下，观光车道、步行道互不干扰。山间小路，时有牌子竖立两侧。起初以为是指路牌，走近细看，却是大熊猫科普宣传：成年大熊猫体重多少，能够活多少岁，吃不吃肉，刚出生的幼崽有多重……考考你，就看能不能答上来。

熊猫居所也分区域，分别取名双南园、临泽园、盼盼园、蝴泉园，统共四十来套圈舍，三十多只大熊猫。

刚出检票大厅，正面小山坡圈舍，有人惊呼：快来看，这熊猫三只脚！

看稀奇，游人一拥而上。

三只脚的熊猫，据我所知，只有"戴丽"和"紫云"，都在宝兴获救，都住碧峰峡基地。"紫云"三只脚，并非手术截肢造成，而是得病下山，被中坝乡紫云村村民发现，送往蜂桶寨保护区。经检查，它肠胃不适，腹痛难忍，兽医赶忙喂药打针。治疗中发觉"紫云"脚掌有异，仔细观察，竟然只有三只脚，左后腿没脚掌！

"戴丽"三只脚乃医生手术所致。至于三只脚的"紫云"，究竟是先天残疾还是后天致残，又如何适应野外生存？这一切都是谜。

说实话，大熊猫粗略看一个样，都江堰基地的到底是哪一只，可难分清。

好在圈舍墙外挂着小牌，中英文对照，简明扼要地介绍了熊猫情况，包括名称、性别、出生年月等。一看方知，里面住着"戴丽"，二〇一三年从碧峰峡基地搬来。

想想不奇怪，对于身有残疾的大熊猫而言，都江堰基地的护理更专业。"戴丽"圈舍正对着大门，似乎意在显示基地的特殊功能。

想起二〇〇一年夏天，"戴丽"截肢不久，我见过这只一岁多的幼崽，还喂它吃过竹子。蜂桶寨自然保护区救助站里，伤口愈合的"戴丽"，先是尝试用三只脚站立，继而艰难地往前挪动。要生存，先得站起来，然后动起来，躺着器官衰竭可就死得快。刚开始跟跟跄跄，平衡难掌握，一走就摔倒，摔倒又爬起……"戴丽"意志坚强，天天坚持，一点一点朝前移。熟能生巧，半年后学会用三只脚行走。

尽管少了一只脚，但好吃好喝日子安逸，碧峰峡基地再见它，心宽体胖，身体强壮。"戴丽"一叫，苹果一逗，一瘸一拐跑过来。

转眼过去好几年，如今再唤"戴丽"，人家根本不理睬。贴着墙根，不歇气来回走动，仅靠一只后腿支撑身体后半部分，虽有些勉为其难，但转身的动作够灵活。

刚过十八岁生日，"戴丽"进入老年，如此爱锻炼，赢得游客指指点点，称之"猫坚强"，赞美声不断。

都江堰基地熊猫多，神树坪基地更多，每次看到的幼崽都有十多只。

第十三章　涅槃重生　　323

耿达镇住一宿，便于第二天赶早，在熊猫就餐前进基地。出镇口，路边指路牌清晰，右拐幸福沟，数分钟车程，尽头便是神树坪基地。

基地位于半山坡，又名中华大熊猫苑，汶川地震八周年前夕开始对外接待游客。基地规模大，占地宽广，坡度缓视野开阔，分植物园、成体熊猫走廊、亚成体熊猫观赏区、熊猫幼儿园四大部分。总投资两个多亿人民币，按三星级绿色标准设计，建筑面积近两万平方米，光圈舍就五十九套，可容纳八十多只大熊猫。除饲养、繁育、野化培训与放归研究，还进行公众教育和高端科学观察。

神树坪基地成体大熊猫不到四十只，而这一年出生的熊猫宝宝，就达到十九只，繁育技术让人佩服。

基地大熊猫多，可惜游客少得可怜，偌大的售票厅空空荡荡。人少也好，观光车位置空一多半。一路轻松，开往熊猫走廊，赶在最佳时段观赏。

圈舍前方活动区，饲养员清理完卫生，拿出熊猫早餐：几根竹子，几块窝头，几根胡萝卜。竹子粗大，怕熊猫费事，饲养员双手高举，"啪啪"摔地上，散碎为止。大熊猫隔道铁栏，瞪眼瞧饲养员，满脸不屑状：多此一举，咬竹子于我有何难哉！

熊猫幼儿园建筑漂亮，草坪碧绿，植被多玩具多。高矮不一的木桩，悬挂躺椅的秋千，还有皮球、跷跷板、梭梭板、独木桥……基本上照搬儿童游乐场设施，不过根据熊猫幼崽特点，稍加改动。

唯一遗憾的是，游客还没幼崽数量多。好在宝宝们不计较，甲、乙、丙三只幼崽，依次上场卖力表演。

道具是小树一棵，长着紫红色叶子。幼崽甲先登场，抬头绕小树转圈，对叶子饶有兴致，不是欣赏颜色，而是伸长脖颈想吃进口。树干虽矮，也比幼崽高出一长截，使劲跷起脚尖，依然够不着。幼崽小归小，脑袋瓜好使，站直了别趴下，爪子抓牢树干身子使劲往下坠，压弯树干，还真就咬到树叶。

"你出力我享受，对不起哥们！"

哥们，咋个吃独食，还说兄弟伙①。幼崽乙在过独木桥，站得高看得远，发现有搞头，几步窜过来张嘴就吃。我出力你捡现成？幼崽甲不乐意，伸爪子想赶走对方……这一松，树干便往回弹，只好继续拽住，顾不上驱赶幼崽乙。

荡秋千的幼崽丙，听到咀嚼声音，回头看，两个伙伴吃得津津有味。只晓得顾那张嘴，好事情都不招呼妹儿一声。晃悠悠跳地下，紧挨幼崽乙坐享其成，舔嘴咂舌好不惬意。

幼崽甲彻底气晕，爪子一松小树笔直，谁也捞不着叶子吃。

垂涎紫红叶子，幼崽乙、丙来回转悠，可树高个子矮，不知怎么办好。一旁待着的幼崽甲，似乎消了气，再次亲自上阵，故技重施压弯树干。这次变聪明了，树干弯曲到一定程度，就不再使劲。幼崽乙、丙见状，学着幼崽甲的动作，齐心协力往下拉……

趁此机会，幼崽甲撒腿跑到树叶那头，幼崽乙、丙动作麻利，三只幼崽各抱一根枝条，躺在地上惬意享受。

不大工夫，可怜的小树，仅剩光秃秃的树干。

熊猫吃树叶，这是第一次看见；熊猫聪明，倒是过去多次领教。只是三只熊猫一出戏，平生头回碰上，搞笑幼崽聪明宝宝，让人开眼界长见识。不怕有人不相信，从头至尾，边欣赏边用相机拍下全过程。

基地下方的卧龙生态展示教育培训中心，属世界一流的大熊猫科研和保护教育基地，整个建筑气势恢宏，小山沟中格外显眼。前面的卧龙镇，专设卧龙自然与地震博物馆，陈列动植物标本，介绍汶川特大地震经过和大熊猫栖息地情况。周边园林水榭，还有造型独特的大熊猫雕塑，环境优美得难以形容。

所有香港援建项目，墙上皆镶嵌统一的牌子，中间有香港特区区花——紫荆花，下方一排字：香港特别行政区资助援建。

野外保护乃重中之重，援建中的许多项目，专为观察野生大熊猫，保护

---

① 兄弟伙：四川方言，指关系很好。

香港特区援建的卧龙自然与地震博物馆

卧龙生态环境。

念念不忘的是"五一棚"。

密林深处,翠竹掩映,几座乳黄色的房屋,宛若山间别墅。重建后的"五一棚",别说我不敢认,便是创始人胡锦矗早些时候故地重游,也找不出丝毫当年痕迹。

当初条件艰苦,胡老师身背普通相机,胶卷省着用;笔记本没钱买,为记录监测数据买纸自己裁;照明靠马灯,油烟味呛人……

而今,十来位承担野外观测巡视任务的队员,常年驻守这里。配置电脑、远红外相机、GPS定位系统等先进设备,跟踪、监测大熊猫手段多样;电视机不用说,现代厨卫设施一应俱全,水管、电线重新设计安装,生活条件彻底改变。

最牵肠挂肚的是木江坪保护站。

汶川地震中,保护区下属几个保护站无一幸免。紧邻映秀交界处,木江

第十三章 涅槃重生

坪保护站距震中最近，又紧靠山边，损失惨重，当班的五位职工三死一重伤。几个月后去现场，山势陡峭垮塌面积大，屋顶千疮百孔，周边滚石遍布，汽车大小的好多块。

今天的木江坪保护站，迁址重建，坐落耿达镇前公路边，小巧玲珑院子干净，门牌标注"老街七号"。保护站负责人施小刚颇自豪，手下管护人员近二十人，在编或编外都有，其中研究生、本科生六人。管辖面积七百多平方公里，沟壑纵横植被丰茂，大熊猫、金丝猴、雪豹等濒危珍稀动物经常出没。

由于人手少，管护区域宽，二〇一四年底，保护站逐步上高科技手段，分片区布设野外红外相机，获取野生动物影像资料。

研究中心凤凰涅槃，卧龙老百姓否极泰来。

孩子们赶上好日子。特大地震将学校损毁，香港援建结合生源状况，分卧龙、耿达两个片区，投入七千多万元，高质量高标准，新建两所一流寄宿制学校。

卧龙片区偏远，新修一所中心小学。而耿达镇上，建起卧龙特区耿达一贯制学校，学制十二年，集小学、初中、高中于一体，容纳好几百名学生。

校园建筑错落有致，布局讲究。大门一侧，碉楼高耸，绕行其间，教学楼外墙片石装饰，浓郁的藏羌风格扑面。此外，还有明亮的教室，整洁的食堂，宽敞的图书馆、体育馆，还有美术室、音乐室、计算机室、心理辅导室等。我去的时候恰逢周末，学生回家了，宿舍楼紧闭，隔窗望去，寝室带阳台和卫生间。所有房间地热取暖，不惧严寒。

值守老师告诉我，学校的设计和建筑，执行国家强制性标准，按照安全、安静、卫生的要求。所有建筑特色鲜明，既体现现代建筑风貌，又与当地民族建筑风格和自然环境相协调。

老人们安享晚年。二〇一五年三月，新建的卧龙社会福利院投入使用，一千五百平方米面积，花费六百万元资金。住房统一装修，健身房、图书室、棋牌室、多功能活动室齐全，鳏寡孤独者皆有所养。每日里，打牌的下棋的，看书的锻炼身体的，各得其所。同老人们聊天，都说，忘不了香港同胞，给我们修这么好的楼房!

医疗条件大改观,两千多人的卧龙镇,卫生院住院床位十六张,医疗设备重新购置,小病、常见病就地治疗。

老百姓日子咋样,看一眼普通农家房屋就知道。

卧龙特区灾后重建,民生优先,最先落成的是农家自住房。新农村新气象,家家新楼房,全框架设计防震标准高。山里人喜欢住房宽敞,最少一楼一底,外带院坝。有想法的卧龙人,三四层楼房建在路两旁,开饭店、客栈、农家乐,招牌醒目装修时尚。

依托生态奔小康,重建完成熊猫回家,老百姓就盼着旅游市场火爆,守在家门口就挣钱。

夏季是黄金时段,避暑天堂空气清新,青山碧水,加上绿色食品农家菜,城里老人成群结队包月住,还有放暑假的学生光顾。其余时间入住率低,春秋两季多一日游,冬季客人基本绝迹。

卧龙自然保护区村民住宅前的碉楼和紫荆花

第十三章 涅槃重生　329

卧龙今朝更美丽

这两年去卧龙，入住耿达镇最好的客栈，房间多数空置，就大堂有个服务员。气温低，国庆节不到，晚上睡觉得开空调。去饭店用餐，客人稀疏。提起生意，老板说不行，你看看神树坪基地就知道。

不应该呀，灾后重建完成，卧龙旅游基础设施大提升。这次是周末，二〇一六年那次还逢中秋节，白天不冷不热，正适合外出休闲旅游。然而人算不如天算，神树坪基地冷清，都江堰基地热闹，山里山外两重天。

夹金山那边，蜂桶寨自然保护区、邓池沟天主教堂诸多景点，生意同样不好做。便是碧峰峡基地，靠近成雅高速，周边还有蒙顶山、上里古镇、野生动物园，照样缺人气。

看样子还得假以时日，待四川大熊猫旅游环线连通，当然还有大熊猫国家公园建成，到时资源整合，生态旅游方能蔚然成风。从成都出发，沿都江堰、卧龙、四姑娘山、夹金山、雅安碧峰峡回成都，绕行一圈，感受不一样的风光和文化。

愿景宏大，但有个前提条件：经过汶川地震，野生大熊猫还好吗？

三、野生大熊猫复出

汶川地震主震区——龙门山断裂带，跨越岷山和邛崃山两大山系。

于野生大熊猫而言，这两大山系是家园，一千两百多只国宝，中国百分之七十的野生大熊猫，生活在这片崇山峻岭间。

震中映秀，地震冲击波迅猛扩散，汶川的卧龙，都江堰的龙溪—虹口，宝兴的蜂桶寨，什邡的九顶山，北川的片口、小寨子沟，青川的唐家河、东阳沟，彭州的白水河……四川四十一个大熊猫自然保护区，二十九个受灾，大片栖息地被损毁，大熊猫遗传交流廊道连通性降低。

国内外高度关注：毁灭性的大地震，将带来什么样的影响？遥望伤痕累累的群山，专家们忧心如焚：野生大熊猫，迈得过这道生死关吗？

地震过后一个月，相关保护区启动监测工作，搜寻野生大熊猫踪迹。

野生大熊猫无法转移，发现踪迹也难。进入核心活动区的人员，重点是采集足迹、粪便等信息。几个月下来，各自然保护区没见受伤的，也没发现遇难的，这消息让人宽慰。

直到二〇〇八年十月二十六日，卧龙自然保护区耿达乡幸福村，一只大熊猫摇摇晃晃，闯入一户农家菜地。这只成体大熊猫极度虚弱，重量仅六十公斤，为正常体重的一半。

村民将其急送核桃坪基地，虽尽全力，终因营养不良、严重蛔虫感染、多脏器功能衰竭抢救无效。这是震后第一次发现野生大熊猫，结局令人惋惜。

几乎同一时间，唐家河自然保护区也出现一只野生大熊猫，同样饥肠辘辘下山觅食。值得庆幸的是，经过救治，这只大熊猫活了下来。以后，这里多次拍到活体大熊猫，有一次甚至发现熊猫妈妈带着幼崽。

第十三章　涅槃重生　331

地震后发现的大熊猫，躲在大树上以求安全。

332　熊猫中国：中国大熊猫纪实

蜂桶寨自然保护区的高华康，与同事们终日奔走夹金山，捕捉密林中每一条信息，希望有所收获。两个月过去，蚂蟥沟一片竹林里，找到不少粪便，还有未吃完的竹笋，可惜未见熊猫踪影。

转眼进入秋季，同往年一样，永富、五龙等乡的村民，发现大熊猫到地里吃完玉米后留下的残枝败叶和粪便，遗憾没人碰见。

当年十二月十八日，天气晴好，入冬的阳光懒洋洋。穆坪镇苟山村，这个距宝兴县城五公里的地方，走来一只野生大熊猫。竹林里，大熊猫吃得正欢，一阵犬吠，猛然受惊，飞快爬上一株桤木，斜靠树丫看动静。

终于来了！高华康和同事们闻讯大喜，急翻山行险道，匆匆赶到。

经观察，这只国宝体魄强壮，毛色光亮，属成体大熊猫。围观的人很多，七手八脚烤猪骨头，端来糖稀饭，盼它赏光。这家伙作害羞状，双手捂住脸，就是不落地。不能惊扰大熊猫，救护人员经验丰富，忙疏散围观者。安全了，大熊猫缓缓下树，慢悠悠离开。

以后的日子，宝兴野生大熊猫下山二十多次，与村民亲密接触，好似走亲访友。

高华康是有心人，用文字写下一篇篇稿件，用相机记录下一个个瞬间……

杨开香一家，住蜂桶寨乡盐井村，距邓池沟天主教堂不远。这里美景无限，推窗浓绿扑面，开门溪流清泉，房屋四周白荚竹簇拥，郁郁葱葱延伸至山脚下。

那几年，每逢长竹笋季节，有只馋嘴的大熊猫总会不请自来，溜进杨开香和几户邻居栽种的竹林。开初胆小，只吃山脚边的。后来同村民混熟了，胆子变大，吃到杨开香家墙边。高兴时，抱起笋子端坐房檐下，慢慢品味道。

高华康耐心守候了两天，夜色中几声狗叫，大熊猫来了，时间二○一○年六月八日。

竹林有响动，顺着杨开香所指方向，高华康打亮手电筒。果然是大熊猫，圆圆的脑袋，胖胖的身子，一看就非常健康。面对亮光，大熊猫毫不理睬，忙着采笋子，嘴巴嚼个不停。

几十亩竹林长的笋子，年年被大熊猫吃光。杨开香说，要想摘笋子卖钱，

大摇大摆入农家,吃得好安逸!

只要撵上几次，大熊猫生性胆怯，绝不敢再来。但他们善待国宝，从不驱赶。就连家中的宠物狗，只要大熊猫一来，脖子便被套上绳索，暂时失去自由。

相比房檐下吃竹笋的大熊猫，李廷忠家里来的那只更得意，居然登堂入室，每年做客好几次。

在五龙乡东升村四组，村民常见这只胆大的熊猫，不是到地里掰玉米，就是去竹林采笋子，累了就爬上屋顶睡大觉。

二〇一〇年二月四日，大熊猫又来了，熟门熟路，径直前往李廷忠家猪圈。猪圈边专门堆着猪骨头，李廷忠一家了解大熊猫嗜好，有了就丢在那里。

几年过去，这只大熊猫吃顺了嘴，常来常往。李家同它感情渐深，许久不见还会惦念。说来也怪，这只大熊猫虽常于村边游荡，但只进李廷忠家门。

高华康亲眼所见，十多个人围观下，大熊猫也不怯生。看国宝吃得高兴，李廷忠连叫"大乖乖，慢点吃"，这爱称满透心疼。

吞食完骨头，大熊猫伸伸懒腰，遍地搜寻，没找到吃的，扭头走向李廷忠。距几步之遥，它抬起头，黑漆漆的双眼一眨一眨，似乎说："没吃饱，还要！"

"大乖乖，全被你吃光了。"李廷忠找不到骨头，无奈地摊开双手。邻居李全伦回家去，提来两块猪排骨，也很快被它吃下。馋嘴的大熊猫还不满足，误认相机是骨头，慢腾腾向高华康挪动，吓得他躲闪一边。

这条新闻，惊动众多媒体。中央电视台也闻风而动，不同频道的记者千里追踪，分头来宝兴，邀高华康现场采访，并制作成专题片播出。

不仅如此，对节目质量要求十分严苛的中央电视台，大量采用了高华康拍摄的素材，并在摄像一栏署上他的大名。

又何止宝兴，伴随着生态恢复，卧龙、北川、平武、都江堰等地的野生大熊猫，跨越地震阴影，陆续闪现于人们的视线。

山中精灵，屡屡现身为报恩！高华康语出惊人，道出一个美妙而又不可思议的故事。

灾后重建期间，四川广安市援建夹金山下硗碛藏族乡，紧张施工之余，援建人员时时提及一个心愿：亲眼看看野生大熊猫。无奈大山的精灵可遇不可求，始终无缘一见。就在任务完成，援建人员收拾行装准备第二天离开时，一只野生大熊猫突然出现。

二〇一〇年五月十六日下午，夹金山的夹拉村和平沟。河这边，灾后援建结硕果，一幢幢藏家新居整齐漂亮；河那边，大熊猫靓丽的身影、潇洒的步伐、悠然自得的神韵，让援建人员得偿所愿。更让他们激动的是，藏族同胞说："大熊猫来送行，带给你们的是祥瑞！"

真实的故事，美好的祝福，表达了灾区人民质朴的心愿，传递了人类对大熊猫特殊的情感。

持续多年的监测表明，地震灾区的野生大熊猫已安然度过危险期，活动恢复至震前水平，种群无明显变化。

二〇一六年底，卧龙管护人员发现，老鸦山周边，大熊猫活动痕迹增多。木江坪保护站赶紧调集三台红外相机，于海拔两千两百米上下每两公里安装一台，大熊猫不断闯入镜头。

半年过去，连续三次获取图片和视频，其中一次赶上熊猫发情，画面搞笑。

图片清晰，视频完整，一只成体大熊猫，冒雪东奔西跑圈地忙。且看它如何宣示领地：相中一棵大树，先嗅闻气味，继而抓扯树皮。接下来玩起倒立，前腿着地，后腿搭树上，臀部来回磨蹭树干，肆无忌惮喷撒尿液……

至于栖息地恢复，四川省林业厅组织专家论证，经分析研究，提出"原地恢复为主，异地恢复为辅；自然修复为主，人工修复为辅"的修复原则，制定相关方案，一并纳入《汶川地震灾后恢复重建生态修复专项规划》。

实施过程中，专家们深入各自然保护区检查指导，针对不同地域的具体情况，采取了封山育林、异地恢复、人工造林等不同对策，并在林下引种熊猫喜食的竹种。

在卧龙，仅三江保护站栽种的拐杖竹和白夹竹，就达到四千七百公顷。

重建进行中，人与自然和谐发展的价值理念和发展理念贯彻始终，国家投入资金十六亿元，用于大熊猫栖息地恢复、大熊猫保护机构重建、充实保护管理人员及设施设备等项目。

成效如何？二郎山下喇叭河，我由南向北，蜂桶寨、卧龙、小寨子沟、王朗、唐家河……沿地震断裂带，熊猫家园转一圈。

一路行来一路看，天蓝蓝水清清，一座座山峰绿树翠竹，一条条巡山路盘绕云间，一幢幢新建的保护站引人注目，大熊猫栖息地新增四万公顷……

一切似乎被英国《金融时报》说中。几年前，《金融时报》刊登《大熊猫的白与黑》一文并在网上流传，作者亨利·尼科尔斯认为：

> 幸运的是，中国有能力避免英国及其他西方国家工业革命时期发生的动植物灭绝。有迹象显示，中国决心不犯同样的错误……

口说无凭，野生大熊猫状况究竟如何，拿出数据说话。

全国第四次大熊猫调查，由国家林业局统一部署，四川、陕西、甘肃三省共投入两千多人。调查内容广泛，涉及大熊猫野外种群、栖息地、同域分布动物、干扰因素、保护管理、圈养种群和分布区经济社会状况等七个方面。

除了沿用前三次的调查方式，保证主要调查成果的可比性，调查内容、调查技术和调查手段都有所创新。如引入DNA分析技术，获取野外大熊猫个体遗传信息，以及种群的遗传多样性信息；利用手持PDA调查工具，记录野外路线调查信息，提高精准度……

二〇〇三年的第三次"猫调"结果，全国有野生大熊猫一千五百九十六只，其中四川一千二百零六只。第四次"猫调"于二〇一四年结束，第二年公布结果，全国野生大熊猫达到一千八百六十四只，四川增至一千三百八十七只。

看来，大地震的破坏力，野生大熊猫承受得起。

野生大熊猫种群数量增加之外，还有好消息传来：一年一次的圈养大熊猫野化放归，又到进行时。

第十四章
野性的复苏

> 一只只大熊猫终将回到大山深处,从闪烁的镁光灯下重返自由天地,从有名有姓再度回归无名无姓。

一、荒野的呼唤

二〇一七年初冬,登高望远,小相岭山系白雪皑皑,南丝路古道冰天雪地。

大山深处的栗子坪国家级自然保护区,气温降至零下,银装素裹美不胜收。晶莹剔透的童话世界,专为迎候"映雪"和"八喜"——两只即将放归的圈养大熊猫。

圈养大熊猫经过野化培训,掌握野外生存本领,放归祖辈生活的家园,从最初的设想到多次放归,取得阶段性成效,已然二十年有多。

有别于往年,同时放归一雌一雄两只熊猫,尚属首次。

圈养大熊猫野化放归的设想,率先提出者为研究中心,时在一九九六年。

一年过后,研究中心首次举办可行性研讨会,国内外专家相聚卧龙,献计献策。两年以后,国际性论证会再次召开,聚焦圈养大熊猫野化放归,结论是,有国家支持,依托研究中心科研实力,成功率不低。

想法好是好,可惜当时条件不具备。繁育技术不过关,圈养大熊猫数量少,能够参与交配的个体有限,生下幼崽并养大困难重重。研究中心和各地动物园,支撑局面尚且捉襟见肘,哪有多余熊猫放归野外。至于捕获野生个体,由甲地放归乙地，不过拆东墙补西墙，无济于事。

二十一世纪前后，经过不懈努力，研究中心解决了大熊猫发情、受孕、育幼三大难题，人工圈养数量呈上升趋势。大熊猫多了怎么办？新建基地，再辟园林，继续囿于斗室取悦人类，显然背离保护研究的初衷。

去熊猫基地或动物园看看，可谓感触良多。一只只熊猫养尊处优，肥头大耳，油光水滑。饲养员拖来竹子，坐着吃躺着吃，随心所欲。坐享其成，食物应有尽有，竹子、窝头、苹果……

这么养大的熊猫，再繁育下一代，一代代这么传下去，全成了饲养员的乖宝贝。君不见，幼崽撒娇耍赖，调皮捣蛋，无所不用其极。饲养员对待熊猫宝宝，如同家养的宠物，拎过去抱过来。便是亚成体熊猫，依然爱黏饲养员，追着赶着要吃要喝，扑上前抱住大腿就不放。

问题来了，这么宝贝下去，行吗？饲养员尽心了，可野兽变成家畜了。

也难怪，乔治·夏勒反对将野生大熊猫圈养，戴维·谢泊尔也持同样立场，说："如果大熊猫都需要圈养保护，那么这个物种已毫无价值可言！"

天地的精灵，回归大自然怀抱，方为根本出路。

耗费几多心血，研究中心《圈养大熊猫野化放归总体计划》出炉，得到国家林业局认同。时机成熟，人工繁殖大熊猫野化培训与放归研究正式启动，倡导者、组织者正是张和民，这位继胡锦矗、潘文石之后的大熊猫研究翘楚。

迈出这一步非比寻常，堪称新的里程碑。

既然是里程碑，如何起步尤为重要。大熊猫这般珍贵的大型兽类，野化放归全世界尚无成功先例。该从何着手，具体怎么做，空白一片，可谓前所未有的挑战。

科研人员认为，森林中危机四伏，对于放归野外的熊猫，首先得采取有效措施，助其野性复苏。

一切尚须摸着石头过河。

二、探路者"祥祥"

科研"航母"再度起航，二〇〇三年夏天，"祥祥"被选中，成为野化放归的先锋。这只快满两岁的雄性大熊猫，开始接受一系列野化训练，地点设在卧龙自然保护区，饲养员刘斌随同。

核桃坪基地一期野化培训圈，海拔两千多米，林木葱茏，水源充沛。只是，没皮球玩，没梯子爬，没进餐的哨音……一切太过突然，"祥祥"显得手足无措。

日子总得过下去，那就逐步适应吧。在科研人员指导下，刘斌领受全新任务：帮助"祥祥"学会自我生存。

习惯坐享其成的"祥祥"，面对周边翠绿的竹叶，不理不睬，没一点主动觅食的念头。饿慌了，小家伙开始放声哀嚎，几天过去，叫声低沉瘫倒地上。看来，失去饲养员照管，食物都不会寻找。

野化训练中的"祥祥"，茫然而不知所措。

围栏外，躲藏于丛林之中的科研人员，从望远镜里看得摇头叹气。实在没办法，只好示意刘斌上前，喂几根胡萝卜。见到熟面孔，"祥祥"一副委屈状，将头深埋刘斌怀里，眼泪汪汪可怜巴巴。

刘斌咬紧牙关离开，硬着心肠坚持下去。起步难，难在"祥祥"不会寻找食物，只好采用半人工饲养，每天喂几个窝头。填不饱肚子总归难受，有意无意间，"祥祥"开始采食竹笋，继而发现，周围许多东西味道还不错。

尝到甜头，"祥祥"采食的本领与日俱增，什么季节吃什么竹子，竹子哪个部位好吃，慢慢摸到门道。研究人员露出笑容，人工投食随之终止。

抬头啃竹叶，低头喝泉水，再给自己刨窝度寒冬，"祥祥"自我生存能力不断提高。

开局良好，转入二期野化培训圈，接受更严酷的考验。"祥祥"野性初显，食物自己采，巢穴自己筑，领地意识产生，奔跑和爬树速度明显提高。自卫能力形成，对试图靠近的科研人员，包括十分亲近的刘斌，不是躲避，便是攻击。

两年过去，"祥祥"身体健壮，体重上百公斤。放归进入议事日程，研究中心召开论证会，邀请国内外专家莅临卧龙，最终认为"祥祥"野化进程达到预期，具备放归野外独自生存的能力。

放归地距邓生保护站不远，属臭水沟范围，"五一棚"观察站区域。

二〇〇六年四月二十八日上午，大雪初霁，阳光灿烂。笼门轻启，"祥祥"大步流星，在欢送者们期盼的目光中，消失于丛林。作为人类首次放归野外的圈养大熊猫，"祥祥"迈出的这一步，意义深远而激动人心，专家们寄予无限希望，就连胡锦焘也亲自为之送行。

"祥祥"颈项上戴有卫星定位装置，研究人员采用GPS跟踪技术和无线电遥测技术，每天监测其生存状况、移动规律和觅食行为。一旦它遭遇危难，就能得到及时救助。

回归自然之路充满曲折。独自面对野外生存挑战，开头一切顺利，进入冬季，情况突变。十二月二十二日，竹林中闪现"祥祥"身影，歪歪倒倒情况不妙。科研人员上前观察，"祥祥"多处受伤，尤以背部、后肢最严重，须送基地治疗。

元旦前夕,"祥祥"伤口基本愈合,为防止它再度产生对人的依赖,专家确定无大碍后,再度将其放归"五一棚"白岩附近。谁想几天后,无线电信号衰减,继而中断,"祥祥"不知所踪。

研究人员冒着严寒,满山搜寻,大雪茫茫踪迹渺无。一个多月过去,"祥祥"终于找到,不过已然一具冰凉尸体。解剖后,原因清楚不过:争夺食物,抢占领地,与别的野生大熊猫产生冲突;打斗失败,逃跑时慌不择路,失足摔下悬崖,伤重而亡。

严酷的生存竞争,让"祥祥"付出生命的代价,走上一条不归路。

首次野化放归失败以后,责难、质疑、嘲讽声不绝于耳。美国环境教育专家塞娜·贝可索博士,在接受英国《每日邮报》采访时也认为:"人工繁育的大熊猫不过是野生大熊猫的'可笑的模仿',它们无法在野生环境中存活。"

这番话虽武断,但野外环境的复杂性,以及放归熊猫生存竞争的艰巨性,远远超出专家们的预料。问题出在哪里?悲痛之余,科研人员反复思索。

"祥祥"出生后,哺乳半年多,后转入熊猫幼儿园。饲养员精心照看,众多幼崽打闹嬉戏,好个欢乐童年。再早,育婴室有人关爱,出生有人守护,即便还是母亲腹中胚胎,也有人关怀备至。

进入熊猫幼儿园后,刘斌成为它的"全职保姆",朝夕相处。从吃东西到做游戏,手把手照顾不厌其烦,彼此感情深厚,日子无忧无虑。

这话倒过来说,那叫依赖饲养员生存,人为干预太多。

反观野生幼崽,有样学样。从小跟随母亲,寻食物,避天敌,风霜雪雨拼搏打斗,练就野外生存本领。

"祥祥"的妈妈"龙古",幼时便从野外进了动物园,以后来到卧龙。自己都记不清森林啥模样,更不懂野外生存技能。而"祥祥"从小进熊猫幼儿园,即便母亲能教也不给机会。

另一问题是选址失误。臭水沟一带条件固然不错,又有"五一棚"观察站,便于跟踪监测,可人们忽略了这里是大熊猫密集区域,大熊猫活动频繁。

第十四章 野性的复苏

野外成体熊猫各霸一方，独享领地，容不得外来者染指。为争地盘，相互之间必得打个死去活来。

"祥祥"初来乍到，势单力薄，又不懂丛林法则，冒犯同类领地，结果以悲剧告终。

圈养大熊猫野化训练，关键何在？胡锦矗一语中的："饲养准备放归的熊猫，还应更符合野生规律，更重要的是培养野外熊猫的社会行为。圈养熊猫不会建立和守护自己的巢域，'祥祥'不是死于没吃的，而是死于争夺领地的严酷斗争。"

科研无坦途，虽说开局不利，但失败往往孕育着成功。跌倒莫自卑，爬起来从头干，科研人员充满自信。

立足当前，放眼未来，圈养大熊猫野化培训与放归项目，引起国家高度重视，纳入"十二五"科技发展规划。张和民和他的团队备受鼓舞，为了大熊猫的明天，总结教训，反复论证，开拓创新再起步。

三、功勋母亲"草草"

灾后重建几年间，野化放归毫不懈怠。

攻坚克难，一切推倒重来，全新的构想让人振奋。二〇一〇年初，科研人员首次提出，采用母兽和幼崽一起接受野化培训的方案。

野外生存训练，关键在母亲。因此，母兽的选择标准明显提高，除哺育幼崽经验丰富，还得具备野外生存能力。

野生大熊猫"草草"，丛林中生丛林中长，随母亲学会生存本领，野外生存之道，深深留在脑海里。两年之前，它曾产下一对龙凤胎，生儿育女经验丰富。配种阶段，科研人员格外留意母兽和公兽的组合。与"草草"配对的"芦芦"，同样是野生大熊猫，具有野外生活经历。

当年七月二十日，野化训练全新项目——"母兽野外产崽、育崽"启动，由研究中心副总工程师黄炎具体负责。不忘前车之鉴，新的培训方法出现两

今天的核桃坪大熊猫野化培训基地，围墙栏杆警示牌高悬：大熊猫野化培训区，非请勿入！

个关键词："母兽带崽"和"隔绝人类影响"。

"草草"等四只大熊猫，怀孕期间分别入住核桃坪野化培训基地，将在野生状态下自行产崽。野化培训从母体开始，杜绝一切人为干扰，采用竞争机制，分三阶段训练幼崽，优胜劣汰。

八月三日，大雨倾盆，半野化培训圈内，"草草"产下雄性幼崽，整个过程独自完成。科研人员通过监视器掌控局面，不容半点闪失。

为宝宝舔干身子、喂奶、排便、遮风挡雨……"草草"算得上称职的母亲。宝宝出生一个月后，"草草"才到稍远处觅食，但只要听到宝宝呼唤声，立刻跑回。

通过监控室屏幕，黄炎和同事们关注着第一阶段的培训，时而担心，时而激动。为见证全球第一只野化环境出生的熊猫及成长过程，分享喜悦，研究中心通过网站为宝宝征名，诚邀熊猫粉丝们参与投票。

两个月后，得见"草草"胸前的宝宝探头探脑，十分不情愿地待在母亲

第十四章 野性的复苏 345

功勋母亲"草草"

怀抱；四个月后宝宝开始学走路，发育良好活泼好动，常常溜出母亲视野，急得"草草"四处寻找，每每叼着宝宝的大耳朵将它拖回巢穴；半岁时，宝宝撒娇耍赖，足见母子情深……这对母子风餐露宿，不依赖人，全凭本能生存。

小家伙淘气，爬树一把好手，母亲怕它摔着，咬住宝宝屁股拖回地上；小家伙喜欢吃竹笋，不知从何下手，母亲一把夺过，亲自示范给宝宝看；每当风雨来临，母性使然，"草草"会扑在宝宝身上，为其遮风挡雨。

"草草"母性特强。一个深夜，两只果子狸钻入培训圈，鬼鬼祟祟靠近，试图伤害幼崽。监视屏前，研究人员捏了一把汗。"草草"何等机敏，察觉入侵者，耳朵竖起。眼见猎物几步之遥，果子狸以为得计，准备发动偷袭。不料，"草草"放下幼崽一跃而起，猛地向入侵者扑去。果子狸吓得魂不附体，仓皇逃窜，从此躲老远。

"草草"的勇猛，研究人员看在眼里，喜在心里。

半年过去，得名"淘淘"的幼崽，还不知道人类是啥模样。"祥祥"之死告诫后来者，依靠人类生存，终将被自然法则淘汰。

"祥祥"那时独自身处野生环境，面对草虱等寄生虫和旱蚂蟥的侵扰，不懂得清除或规避。研究人员干着急，却不能出手相助。"淘淘"不同，有妈的孩子就是好。野化培训圈中，"草草"前面示范，小家伙后面模仿，学习清除寄生虫和躲避旱蚂蟥。

母兽带崽的作用，人类不可替代。

为隔绝人类影响，自打进入野化培训圈，科研人员便尽量避免打扰"草草"母子。每月一次的例行体检，科研人员都身着熊猫外形的伪装服，涂抹"草草"的粪便和尿液，让"淘淘"看到的是同类，闻到的是熟悉的气味。

"淘淘"健康成长，没感冒过一次，体重也超过同龄圈养幼崽，野性和警惕性初具，当有动物接近会发出吼叫，做出扑咬动作。

第二阶段培训，野化培训圈面积更大，为捕捉"草草"母子行踪，科研人员安装了几十个摄像头。

转移开始，不能让"淘淘"看见人。

按照计划，穿熊猫服的饲养员先上，用美食诱惑，将"草草"从幼崽身边引开。宝宝轻易莫冒犯，尤其当着母亲的面，一旦无名火起，张牙舞爪伤及人。贪恋苹果的美味，"草草"紧追不舍，一头钻进大铁笼，嘴里嚼个不停。

整个过程，所有人谨慎加小心。大熊猫以竹子为食，牙齿锋利，咬合力非常大，看似温顺可爱，脾气来了，野兽的本性暴露无遗。天天同熊猫打交道，研究中心的人难免被咬伤抓伤，甚至因伤重而致残。

曾听张和民道来，早年间训练两岁的"英英"爬树时，小家伙无名火起突然动怒，在他左腿留下深深的伤痕。

以后在野化放归培训中，又有饲养员韦华被咬成重伤。

据韦华讲，熊猫妈妈"喜妹"和幼崽"八喜"转移到卧龙天台山野化培训场后，接连两天，视频监控中不见宝宝身影。担心"八喜"受伤或吃不到母乳，韦华和同事进入野化区寻找。

第十四章 野性的复苏 347

谁知问题出在地形复杂，导致无线电讯号出现误差，显示母兽与幼崽相距很远。当韦华和同事找到"八喜"时，"喜妹"突然现身，挡住他们的退路。韦华身着熊猫服，被当成图谋不轨的入侵者。一心护卫幼崽，愤怒的"喜妹"将韦华扑倒⋯⋯

伤愈后，韦华右手肘关节钙化，左手肌肉退化，双手难打直，留下终生残疾。

张和民、韦华当时的感受，以及所遭受的痛苦，我是深有体会。

那是一九九二年八月三十日，我陪同《人民画报》《今日中国》等几家媒体记者探秘蜂桶寨自然保护区。一路上，听老狄、老金、小赵几位记者道来，这次专程来到夹金山，就冲这里是第一只大熊猫科学发现地，有占地三十多亩的大熊猫野生园，想抢个轰动性新闻。

到了大水沟保护站，记者们提出，想把大熊猫从笼里放到野生园去拍照。负责人连连摇头："不行的，大熊猫最认人，饲养员不在，放进野生园就收不回笼！"县上的领导和我连忙出来协调，一边向负责人讲记者们不远万里慕名而来，一边又拍胸口保证帮助看好大熊猫，绝不出意外。负责人一脸无奈，只好同意。

记者们兴奋起来，从摄影包中取出长短家什披挂在身，钻进野生园内，抢占有利地形。从大熊猫待的笼子到野生园，有一条几十米长的通道。这只八岁的大熊猫，三个月前我还给它拍过照，很是配合，格外地温顺。

孰料此刻它摆起架子，端坐地上一动不动，好像知道管自己的人不在，可以不听招呼。情急之下，我从墙外取来一把鲜嫩的竹子，站在通道中间引诱。这一招还挺灵，那家伙瞟一眼水灵灵的箭竹叶，一下站起来，一步一晃走进野生园。

这里竹木茂盛，保留了完好的原始植被状态，几位记者一哄而上，追着拍摄。大熊猫受惊，转身逃进竹林，几晃不见踪影。

我们兵分两路，追寻大熊猫的足迹。拨开茂密的竹叶，那家伙躺在前边，笨拙的身子压倒一大片竹子，两只爪子抓满竹叶，嘴里嚼个不停。高兴了，地上打几个滚，又利索地爬上一棵大树，斜靠树杈上，左盼右顾环视群山，

"猫"口脱险,被同行者背至绿化带的赵良冶(左二),依旧血流不止。

第十四章 野性的复苏

一副得意状。

此情此景，令几位从来只在公园里拍熊猫的老记激动万分，手中相机响个不停。大熊猫变得烦躁，一个劲往密林里钻……

太阳落山，保护区负责人提醒：该让大熊猫回笼了！

折腾了几个小时的大熊猫，疲惫不堪情绪躁动，十分地不耐烦。由于后边有人赶，就喘着粗气，低下头一个劲往前冲，眼看已过笼子的铁门。

我恰好站在铁门前，后边的人高喊"拦住"。熊猫情急之下，快步从我边上窜过。同大熊猫待一起的时间多了，不自觉将它们当成家里的宠物，压根儿没看作野兽，我很随意地伸出左脚拦住它的去路。

谁知这家伙一反往日的柔顺，猛地张开大口，咬住我脚上的皮鞋，并使劲一拽……

这下惨了！被拖倒在地的我，感觉天昏地暗充满恐惧，不停叫着"松口，松口"。大熊猫哪里懂得人话，咬紧就不放口，头那么几晃，皮鞋从脚上脱落。这下，它咬住了我只着一层薄薄袜子的脚！那白森森的、锐利的牙齿，随着上下嘴唇的开合，一下一下扎进我的皮肉中。开始还感到钻心的疼痛，后来就变得麻木。

我惊慌失措大声尖叫，鲜血一个劲往外冒，浸透袜子，染红碧绿的草坪。

同行的人吓呆了。我的呼叫声令大家很快回过神，随手操起棍子一类的家伙，对着大熊猫拼命地乱舞乱叫，作恐吓状。慑于众人的威力，大熊猫终于退缩，吐出我血淋淋的左脚，钻进铁笼，埋头龟缩在角落里。

住院半个月，伤口一个多月才愈合，几个疤痕终身陪伴。虽说是我们扰了熊猫清净，但被咬的滋味想起就毛骨悚然。

事后，《今日中国》的赵彤杰，专门给我寄来一张血洒蜂桶寨的现场照片，算是永久的留念。

这次"草草"尚算乖顺，几个苹果被收买，待在笼里东张西望，搞不懂周围的人要干啥。紧锁笼门，雇请的村民们抬起铁笼先行一步。

母亲成功转移，外貌与大熊猫一般无二的研究人员赶紧为"淘淘"佩戴

转移野化培训熊猫

GPS定位项圈和便携式录音笔，方便跟踪和收集数据。将它轻轻抱起，放入竹篓后，没经历过这阵仗的"淘淘"感觉不对，开始不安分。科研人员赶紧关好盖子，蒙上一层布，背起就走。一路上，小家伙不断抗议，边吼叫边用爪子刨竹篓，充满野性。

放归处，抱出"淘淘"，几十米外的"草草"，早就望眼欲穿。小家伙抬起头四处瞧，看见母亲，活蹦乱跳地跑上前。

这个阶段的训练内容是，"淘淘"效仿母亲，学习野外生存技能。

一岁时，"淘淘"体重达到二十五公斤，开始吃竹子，体质明显好于圈养熊猫幼崽。说到野外生存能力，从攀爬、觅食、寻找水源、雪地生存到辨别方向，圈养熊猫幼崽望尘莫及。

母亲对它不再娇惯。"淘淘"耍赖要吃奶，被"草草"一掌推老远；为竹笋，母子俩发生争抢……

"淘淘"逐渐长大，开始步入独立生活阶段。

第十四章　野性的复苏　　351

第二年入夏时节，展开第三阶段培训。初具野外生存能力的"淘淘"，随同母亲入住大型野化培训圈，以适应将来的生存环境。

这一年，"淘淘"学会构筑巢穴，采食不同种类的竹子，独自寻找隐蔽之所。要寻找它的踪迹，只有借助无线电和GPS定位。

放归前两个月，科研人员接连做了几种测试。

识别伴生动物：投放野鸡、山羊等，这些放归后可能接触到的无威胁动物，须得让"淘淘"先熟悉。

识别同类：科研人员放入一只同龄圈养熊猫，观察"淘淘"反应。果然不同于圈养幼崽，"淘淘"并没有见到同类就亲近嬉戏，而是窥视、嗅闻，继而驱赶和离去，明显具有识别同类、捍卫领地的意识。

识别天敌：安放具有危害性的动物模型，帮助"淘淘"练就火眼金睛。一天，在"淘淘"经常往来之地，科研人员放置了仿真度极高的豹子模型，并涂抹豹子粪便。"淘淘"路过时，首先闻到粪便气味，脚步停止。研究人员按动开关，豹子模型发出凶猛吼叫。刹那间，"淘淘"逃至百米之外，其速度堪比短跑运动健将。

考验应变能力：喷洒不同天敌的粪便及尿液。"淘淘"只要闻到，立刻产生喷鼻、哼叫、流唾液等反应，随即逃跑或上树躲避。

八百个日日夜夜，主持策划科研项目的张和民、黄炎等，为"草草"母子操碎心。眼下，野化培训三个阶段顺利过关，"淘淘"练就一身求生御敌真功夫。野生熊猫离开母亲一般在两岁前后，该是放归大自然的时候了。

"淘淘"放归，外界关注度高，专家论证会格外慎重，由国家林业局主持召开。专家们得出结论：经过两年多的母兽带崽野化培训，"淘淘"个体和行为发育正常，警惕性较高，能识别天敌和伴生动物，基本具备野外生存能力，可以放归。

母亲英雄儿好汉，"淘淘"本事大，全靠"草草"教导有方。

四、带头大哥"淘淘"

二〇一二年金秋,"淘淘"放归栗子坪自然保护区野化放归基地。

野化放归基地之所以选择栗子坪,是因为在野化培训与放归项目修订完善期间,一只野生大熊猫无意间进入科研人员视线,成为异地放归的范例。

话得说回二〇〇九年三月二十六日的泸定县兴隆乡,有大熊猫瘫倒在公路旁。

就近抢救,生病熊猫被送往碧峰峡基地。全面检查后发现,这只五岁的雌性大熊猫因消化道感染引发严重脱水,体力不支倒下。

经过短暂治疗,大熊猫身体康复,取名"泸欣",放归栗子坪自然保护区。首次异地放归,科研人员有胆识。后来分析"祥祥"之死,科研人员认为,致命原因还有一个,即"祥祥"作为雄性,不易与野外熊猫族群融合。在以

病愈后的"泸欣",期盼回归大自然的怀抱。

第十四章 野性的复苏 353

雄性大熊猫为中心的族群中，雌性大熊猫多是外来的，"泸欣"恰好符合这一条件。由于获救不久，"泸欣"野性未泯，虽是外来户，但融入机率高。

就这样，来自邛崃山系的"泸欣"，迁居小相岭山系。原以为，"泸欣"颈项戴有先进的卫星定位装置，所在位置可随时锁定。可一个月不到，信号源便原地不动。

莫非"祥祥"的悲剧重演？

应急预案紧急启动，保护区几十号人迅速动员，马不停蹄满山搜寻，"泸欣"依旧踪影全无。好在发现了GPS项圈，现场未见打斗痕迹，显然系意外脱落。一年过去，"泸欣"再次露面，无数人悬着的心方才落地。

"泸欣"挺争气，两年下来，顺利融入当地大熊猫族群，并拥有自己的领地。科研人员满心欢喜，祝愿它早日当母亲。

"泸欣"够稳重，怀孕、产崽瞒个严实，直到红外相机泄露秘密。

眼前一摞照片，摄于二〇一四年三月二十五日。雪花飘洒，"泸欣"在雪地行走，颈部项圈清晰可见，身后一只半大幼崽紧随，模样可爱。

两个月以后，几段视频记录，再次捕捉到它俩。

科研人员得出结论："泸欣"遇上心仪的白马王子，与其交配怀孕，不仅产下宝宝，还养得肥肥胖胖。

尽管如此，一切尚待科学鉴定。

一年后捡回新鲜粪便，经DNA检测和遗传分析，照片里的幼崽系雄性，出生于二〇一二年八月，母亲确系"泸欣"，父亲为当地野生大熊猫。

"泸欣"自然配种、产崽、育婴顺利，证明异地放归可行。不过，算不得成功的范例，科研人员明白，这不是真正意义上的野化放归。

"淘淘"放归前夕，为便于数据收集和活动监测，给它戴有GPS项圈，可全球卫星定位和无线电遥测，皮下埋植国际通用的ID身份识别芯片。通过GPS项圈，能随时知道它在干什么，有无危险。项圈内同样装有芯片，回捕后收集芯片内相关数据，就能准确判断其活动区域。

技术不断更新，GPS项圈加皮带，重量仅五百克，不会对熊猫产生影响。

红外相机抓拍到"泸欣",身后是它半大的宝宝。

项圈附脱落装置,随着"淘淘"块头增大,科研人员启动装置,皮带会自动脱落,重新换上适合的。

一切就绪,迈着独有的"猫步","淘淘"钻出笼门,步入广阔自由的天地。

作为圈养熊猫野化放归基地,栗子坪自然保护区符合诸多条件,获得专家一致认同。

小相岭山系野生熊猫不足三十只,在六大山系中数量最少,又孤悬一隅,属最濒危种群。位于纵深地带的栗子坪,曾是大熊猫重要分布区,受栖息地破碎化影响,种群数量下降。从遗传学角度分析,依靠现有小种群近亲繁殖,只会导致后代健康水准降低,生殖能力下降,丧失遗传多样性,难免逐步消亡。

放归野化培训的圈养熊猫,复壮小相岭山系野生种群,势在必行。有人不解,说既然雌性熊猫融入机率高,何以放归栗子坪的"淘淘"为雄性?对此,张和民另有说法:雄性可以更多地将遗传基因扩散,有利于当地种群壮大。

保护区生态环境好,面积四百八十平方公里,拥有大片原始森林,古木

第十四章　野性的复苏　355

"淘淘"快步穿过放归通道

参天，溪流纵横，竹林密不透风，为大熊猫提供了广阔的生存空间。工作用房、道路修建、大熊猫放归适应场、上百部红外触发相机……"淘淘"放归前，所有项目建设完成，设备到位。

"淘淘"放归后，栗子坪自然保护区、中国大熊猫保护研究中心、西华师范大学等组成监测小组，长期跟踪观察，对这位"带头大哥"开展持续研究，为更多圈养大熊猫野化放归积累经验。

日常监测工作，则由保护区承担。

保护区设竹马、公益海、孟获城等七个保护站，另有一个监测队。监测队在研究中心和西华师范大学的指导下，从事放归大熊猫监测，负责基础数据采集。其实何止于此，监测野生大熊猫及血雉、小熊猫等伴生动物，包括周围生态环境，同样属于他们的职责范围。

监测队十多名队员，配备先进监测系统，大本营设在公益海保护站。出保护站左拐上行，不远处即大熊猫放归通道。

这些年，我关注国宝行踪，曾多次随同监测队员，跋涉悬崖峭壁，穿梭竹林溪流。无线电接收器只有在一公里直线距离内，才能发现信号源。一年到头，手持无线接收机天线，追寻放归大熊猫踪迹，监测队员自号"追猫人"，形象又风趣。

无路，丛林密布荆棘遍野，悬崖峭壁步步惊心。好在，"追猫人"熟悉山中一草一木，方位烂熟于心。从原始森林到人工林，高大的冷杉、云杉下面，箭竹、玉山竹无处不在，生长茂密，这可是大熊猫的最爱。

"祥祥"放归，野外监测随即跟上。如今"淘淘"来了，任务加重，"追猫人"更辛苦。

夏日天气"娃娃脸"，一日三变。刚暴雨倾盆，电闪雷鸣，转眼烈日当空，晃得眼睛睁不开。衣裳干了又湿，湿了又干。最难熬数冬天，五个月时间冰天雪地。上山爬坡，鞋上绑雪套，走起累得喘气，停下冷得打抖。茫茫大雪不见路，随时一脚踏空，腐朽的树枝、岩石的缝隙，容易一不小心扭伤脚。

监测工作三班倒，春节也不例外，队员们通过红外相机、无线电定位追踪和粪便DNA分析等诸多途径，收集各种信息，判断大熊猫健康状况。随着大熊猫野化放归数量的增多，根据粪便大小、粗细和长短，也可初步判断是哪只大熊猫的排泄物。

"淘淘"初来乍到，移动距离和速度显示，主要在放归地周边活动，慢慢地，活动范围逐步扩大；采食量一天天增加，吃饱肚子轻而易举；善于利用野外环境寻找合适的栖息场所，一般在半山坡，紧挨树桩、岩石呈凹型处遮挡风雨。

闲来无事，"淘淘"爬上二三十米的树梢，晃悠悠潇洒一回。高高在上最安全，"追猫人"见到它时多待在树枝上。

开春，红外相机显示，"淘淘"愈加成熟，离放归地越来越远。起初，牙齿咬不断竹子，只能攀折竹梢吃竹叶；而今，能轻松咬断竹竿，如成年大熊猫般撕掉表皮，大嚼特嚼吃得有滋有味。

"淘淘"终归淘气，照样玩失踪，半年不到，弄丢项圈销声匿迹。

第十四章 野性的复苏　　357

科研人员急了,"追猫人"忙坏了,深山老林四处搜寻。保护区偌大地方,犹如大海捞针。

功夫不负有心人,几个月后,"追猫人"发现一只大熊猫。这家伙警惕性高,察觉有人靠近,三下两下爬上树,斜靠高高树干上,一副得意状,千呼万唤就是不下来——你能奈我何?

看体型,初步判断是"淘淘"。研究中心派出人手,携带麻醉枪,连夜赶来。"追猫人"守在树下,喝泉水啃干粮,夜幕降临,轮流用手电筒照,生怕熊猫在夜色中乘机溜掉。

麻醉枪到来,大熊猫昏昏沉沉,掉入防护网。

查验ID身份识别芯片,果然是"淘淘"。按照预定方案,科研人员抽取血样,测量身高、脚长,周身上下检查一遍。最终得出结论:身体健康,基本适应当地的食物、气候条件。

"淘淘"重新戴上项圈,再度消失于密林深处。唯有通过监测设备,才知道它平安无事,已经建立起自己的领地,活动范围扩大至几十平方公里。二○一六年夏天,"追猫人"无意间撞见"淘淘"。此时的它,一副霸主模样,正下狠手驱赶一只野生大熊猫,直逼得对方上树避让。

"淘淘"闯荡栗子坪六年,"带头大哥"当之无愧。母兽带崽野化培训的科学性和可行性,由此得到验证。以"草草"母子作为标杆,研究中心进一步提升野化培训技术,出版专著、申请专利、发表科研论文,在学界影响深远。

圈养大熊猫野化放归步伐加快。"张想""雪雪""华姣""华妍""张梦"们,紧随"淘淘"步伐,先后落户栗子坪,放归一族数量逐年递增,梯队形成。

也有遗憾。二○一四年放归的"雪雪",在公益海放归适应场一切正常,表现出较强的生存能力。然而,离开适应场十天不到,监测队员察觉情况有异,赓即判断凶多吉少。翻山越岭找到尸体,抬回公益海保护站,研究中心派人解剖,未发现异常。带回卧龙,通过病理切片分析,疑似条件性致病微生物在免疫功能低的状态下，诱发疾病而亡。

不必大惊小怪，科研有风险。大型哺乳动物放归属世界性难题，纵观全球，放归成功比例不到百分之十。再看栗子坪，除"雪雪"意外死亡，其他全部存活，比例之高令人惊叹。

五、使命的召唤

二〇一七年十一月二十三日，一个喜庆的日子。临近正午，好戏开场——放归进行中。

"映雪"和"八喜"，一雌一雄两只大熊猫，先后冲出铁笼。竹林在招手，溪流在歌唱，群山在呼唤，美好的日子在前面。往前走，莫回头，熊猫姐弟一路撒欢，奔向自己的家园。

这是首次同时放归一对大熊猫，意义非同一般。科研人员深思熟虑，不同性别的大熊猫一次性放归，可以进行对比试验，观察其不同的生存活动，检测各自对环境的适应能力……这些全新的科研探索，将为今后积累更多经验。

这一年，中国昂首阔步迈入新时代，生态文明建设喜事一桩接一桩。

实施重要生态系统保护和修复重大工程，优化生态安全屏障体系，构建生态廊道和生物多样性保护网络，提升生态系统质量和稳定性……

牢记使命，大熊猫保护工作者时不我待。

四月，冕宁县冶勒自然保护区野保人员发现，放归三年多的雌性大熊猫"张想"，前些日子溜达到玉儿坪串门时，被红外相机逮个正着，留下一组珍贵影像资料。

从石棉县城出发，到栗子坪桥头汽车右拐，顺勒丫河进沟，水泥路直达冶勒，全程不到两小时。

现场针叶林一片，林下竹子稀疏，适宜野生大熊猫栖息。从照片和视频里看，玉儿坪冰封雪盖，山林一片静寂。"张想"探头探脑，四处嗅闻有无可疑气息，就连红外相机也不放过，警惕性蛮高。

"张想"放归栗子坪自然保护区，属大熊猫公益海局域种群，而红外相机抓拍地冶勒自然保护区，则是石灰窑局域种群。相对独立的两个局域种群之间，隔一条国道线，喇叭声声汽车来往不断。上百公里长途迁徙，跨越保护区活动，经拖乌山廊道，"张想"由一个局域种群到另一个局域种群。一系列表现，同野生大熊猫一般无二。

科研人员喜出望外，母兽带崽野化培训放归的效果，无意间得到验证。

经国家林业局同意，七月中旬，四川启动"张想"回捕行动，栗子坪、冶勒两个自然保护区负责实施。为了毫发无损将野性十足的"张想"带回，野保人员大费周章，借助回捕笼，耗时两个多月方成功。回捕笼设计巧妙，原生态就地取材，由一根根比碗口粗的圆木搭建。外面长满青苔，里面放上香喷喷的食物，好吃的大熊猫嘴一触动机关就跑不了。

按照放归监测计划，研究中心对"张想"做了一次全面体检：体重接近九十公斤，四肢、牙齿、生殖器等发育正常，生存状况良好。检查完毕，"张想"再度被放归，监测工作随即跟上，重点了解其健康和活动状况，尤其是同野生大熊猫的交流情况。

似乎知道"张想"风头出尽，让人刮目相看，"带头大哥"难耐寂寞，也一头钻进回捕笼来凑热闹。一看就是熟面孔，再动用芯片扫描仪，果真是"淘淘"。

平日行踪隐秘，如今不请自来，那就好好检查个遍。这淘气精如今更厉害，重达一百一十五公斤，符合成体野生大熊猫各项生理指标。媒体闻风而动，跟踪报道，果然火了一把。

虽然"淘淘"闯荡栗子坪六年，但放归到底成功与否，研究中心的专家自有严格标准：

第一步，能否存活一年，自己解决温饱；
第二步，参与当地种群间的社会交往，建立领地，发情期能找到伴；

第三步，能否在野外成功繁育后代；

第四步，放归熊猫的后代生存状况，能否延续后代，传宗接代。

野外放归只是起点，它们能在野外生存下来，与野生大熊猫繁育后代，经历三代并从DNA中检测出放归一族遗传基因来，才最值得期待。

此刻的研究中心，又推出新的科研计划。

张和民提出创新繁育手段，放归圈养雌性大熊猫去野外引种，交换血缘，保持遗传多样性。这招厉害，可不确定因素也多。诸如圈养熊猫能不能自我生存，懂不懂参与野外交配，会不会借机脱逃等等，一切都是未知数。研究中心集思广益，从领导到饲养员皆参与其中，反复酝酿斟酌，就熊猫的选择、放归时间和地点，以及监测跟踪措施等，形成实施方案。

能实现科研人员意图，与野生雄性大熊猫对上眼，放得出更要回得来，科研人员看好"草草"。这些年"草草"表现出色，继儿子"淘淘"之后，又产下女儿"华姣"，带大后由科研人员放归栗子坪。

二〇一七年春，"五一棚"外不远处，钢管搭起简易圈舍，供"草草"入住。三月二日，"草草"离开圈舍，到处游走，熟悉周边环境。

发情期到来，凭着敏锐的嗅觉，"草草"不停向高海拔处移动，进入野生大熊猫密集区。十来天之后，奇迹出现，"草草"自行归来，所有人悬着的心终于落地。

其间发生什么，谁也不知道。科研人员根据项圈录音笔记录，判断三月二十三日那天，"草草"与野生雄性大熊猫恋爱成功，自然交配时间持续一分半钟。

两个月过去，"草草"开始胃口不佳，总躺窝里睡大觉。这些妊娠迹象，表明野外引种见效，当下调养身子保胎为要。

七月三十一日凌晨，见证奇迹，"草草"产下一只雄性幼崽，体重两百克有多，为最小熊猫幼崽的四倍。

野外引种初战告捷，圈养大熊猫繁育又一次取得重大突破，"草草"表现优秀，科研人员大受鼓舞。

再接再厉，二〇一八年春节前夕，野外引种实验再度开启，"草草"由核桃坪基地转移到"五一棚"区域。踏着厚厚的积雪，带着科研人员的期盼，"草草"消失在竹丛中。

三月十八日，"五一棚"的金瓜树沟，"草草"遇到如意郎君，完成两次自然交配后，自行归来。

七月二十五日上午，"草草"出现产前症状，烦躁不安频繁走动。中午时分，好消息传出，"草草"产崽了，并且一雄一雌。科研人员赶紧取出仅有八十多克的雌性宝宝，送往育婴室人工育幼。雄性宝宝两百克有多，一切正常，由妈妈哺育即可。

五个月过去，健康成长的这对龙凤胎，有了属于自己的名字：哥哥"和和"，妹妹"美美"。两兄妹的名字，源自国产动画片中的熊猫形象，小朋友们印象深刻。此外，研究中心这么取名还有讲究——"和和""美美"合一块儿，寓意和谐美好。

"和和""美美"周岁前夕，作为首例圈养大熊猫野外引种产下并存活的大熊猫双胞胎，兄妹俩获得吉尼斯世界纪录TM证书，再次引起轰动。

这项吉尼斯世界纪录的认证，既是国际社会对研究中心野外引种项目取得阶段性成功的祝贺，更是对中国大熊猫保护的高度评价。

颁证仪式上，吉尼斯世界纪录大中华区负责人表示，对于首例由野外引种项目产下并存活的大熊猫双胞胎这项纪录，自己印象深刻。这说明中国在大熊猫种群保护及研究上取得突破性成果，称得上是一项了不起的纪录。

"草草"不得了，圈养大熊猫野化放归项目实施以来，打破一个又一个纪录，"功勋母亲"当之无愧。这次更是创造奇迹，野外引种不说，还首次产下龙凤胎并哺育成长，一举拿下吉尼斯世界纪录！

随着野化放归走向成功，一只只大熊猫终将回到大山深处，从闪烁的镁光灯下重返自由天地，从有名有姓再度回归无名无姓。

愿望一旦实现，夏勒写于《最后的熊猫》扉页上的"它（大熊猫）来自另一个时代，与我们短暂地交会"，就将彻底改写。

可以理解，夏勒当年的这句话自有历史原因。"熊猫计划"期间，适逢改革转型，人们从"改天换地""向自然进军"的长期误导中跳出不久，关于野生动物的保护研究更是刚刚起步，存在着诸多不成熟。一九八五年，怀着对大熊猫的真挚祝福，带着绝望与希望交织的复杂心情，五味杂陈的夏勒告别卧龙。

多年以后，夏勒的目光再次投向大熊猫。他惊讶地发现，中国面貌一新，生态文明建设成为基本国策，大熊猫被立法保护，栖息地面积不断扩大，野生熊猫数量稳步上升，科研工作卓有成效……尤其圈养熊猫攻克繁育"三难"，走向野化放归，夏勒眼前曙光骤现。

满头白发的夏勒由衷感慨：现在，拯救大熊猫的前景无可限量！

二〇一六年，世界自然保护联盟宣布：大熊猫受威胁等级从"濒危"降为"易危"。就此，世界自然保护联盟生物多样性保护专家组负责人简·斯玛特（Jane Smart）解释说："中国的保育努力证实了我们可以扭转濒危物种的命运。"

面对赞誉，科研人员心中有数，假如稍有懈怠，大熊猫种群和栖息地将遭受不可逆的损失和破坏，取得的成果会迅速丧失。

研究中心任务日趋繁重：旗下三个基地的圈养大熊猫接近三百只，占全世界圈养大熊猫数量的一半有多，责任重大；繁殖计划全国一盘棋，统筹安排，技术帮扶；野化培训放归再加速，野外引种规模扩大，更多雌性大熊猫参与试验。

任重道远，全国大熊猫保护研究人员勇往直前，再攀新高峰。紧锣密鼓中，大熊猫国家公园管理局成立，大熊猫国家公园重点实验室挂牌，大相岭熊猫野化培训基地投入使用……

说不完道不尽，几十载寻寻觅觅，探访国宝踪迹步履匆匆。二〇一九年的神州大地，中华儿女欢庆中华人民共和国成立七十周年；全世界生物界及

群山环抱，溪水潺潺，大熊猫国家公园永远是动植物的天堂。

熊猫粉丝，迎来人类科学发现大熊猫一百五十周年。

从最早的科学发现到滥捕猎杀，从人工喂养到圈养熊猫野化放归，从学习借鉴国外技术到引领全球熊猫研究潮流，大熊猫的命运跟随时代起伏跌宕。大熊猫见证了现代文明进程，而现代文明也将继续抒写大熊猫传奇。

百年千年之后，人类与大熊猫的故事，势必更加精彩！

后　记

　　大熊猫是中国的国宝，也是中国文化走向世界的精彩名片。

　　写出熊猫题材的优秀作品，为天下熊猫粉丝讲述黑白二色的无数精彩，平生之志锲而不舍。

　　终身难忘，上世纪八十年代中叶，第一次探秘夹金山，蜂桶寨自然保护区半野生饲养场，一只大熊猫从箭竹丛中潇洒走出，我眼前陡然一亮。世界珍奇，动物界"活化石"，世界十大濒危物种，生物多样性保护的旗舰物种……陪同者如此这般道来。

　　思绪回到十多年前，二十来岁的我，以成都百花潭动物园熊猫馆为背景，拍照留念。熊猫馆里，也见两只大熊猫，只是里面光线昏暗，加之囿于斗室，远不如这般活泼自由和诸般萌态。

　　始于这一刻，家乡这神秘的物种，让我魂牵梦萦，挥之不去。就此立下宏愿，要用手中之笔，书写大熊猫古往今来。

　　几十年持之以恒，天南地北，追踪大熊猫足迹，了解大熊猫保护和研究工作，采访了数以百计的专家学者和普通民众，积累了大量鲜活的第一手资料。每次见到大熊猫，或听说那些感人至深的人和事，总是心花怒放，刨根究底。耗费时间精力不说，研究人员采访难，但凡敏感问题，要么沉默，要么顾左右而言他。总结经验，一切交流须在不经意中进行，目的不能透露，靠的是集腋成裘。当然，地球进化、古生物演化等方面的知识，自己同样欠缺。于是借来相关书籍，用几个月时间恶补一通，弄清大熊猫进化过程中不同地质年代、时间节点发生的大事，用浅显而简明的语言讲清深奥难懂的进化过程。

其间，为了解大熊猫生活习性，付出血的代价。一九九二年夏秋之交，陪同《人民画报》《今日中国》等刊物记者探秘熊猫家园，我被大熊猫咬伤，住院治疗多日，左脚留下伤痕，成为迄今为止唯一被大熊猫咬伤的采访者。

历尽艰辛，二〇〇六年，长篇传记文学《国宝传奇——大熊猫百年风云揭秘》问世，紧接着《震不垮的熊猫家园》付梓。尤其《国宝传奇——大熊猫百年风云揭秘》，著名作家阿来为之撰写前言，亲自出席作品研讨会，接下来两次再版，结局很是圆满。

然而，随着时代价值观念的变迁，对野生动物保护的审视和思考日趋深化，回头再看这两部作品时，发现诸多局限：缺乏史诗般的大气壮阔，缺少深刻而坦诚的反思，局限于某一地域……

为此，朝思暮想，常常对朋友念叨：要写一部垫着当枕头睡觉的书来！

不可否认，志向高远还有另一层意思，即弥补《最后的熊猫》诸多遗憾。

国际顶尖的野生动物保护学者乔治·夏勒，在中国改革开放初期，用五年时期同中方专家胡锦矗等携手合作，完成了影响深远的"熊猫计划"。不止于此，夏勒在"熊猫计划"结束之后，于上世纪九十年代写出《最后的熊猫》，实录所见所闻，文笔优美犀利。这本书一经问世，国内外反响强烈，时至今日，依然为大熊猫文学的翘楚，影响力无出其右。遗憾在于，《最后的熊猫》作为纪实作品，主要实录作者五年间的所见所闻，缺失大熊猫一八六九年以前的历史。至于作者离开卧龙以后的二十多年里，人与大熊猫之间发生的不可思议的变化，更是不可能涉及。

书中的夏勒，带着些许希望，更多是沮丧与愤怒扼腕而去，给人留下惆怅和失落。这本书影响越大，越让人茫然不知所措，认为熊猫未来不过尔尔。

超越自我，超越同类题材，说起容易做起难，况且已过耳顺之年。

二〇一六年动笔，为的是赶在大熊猫科学发现一百五十周年之际，完成一部让世人耳目一新的长篇纪实：记录人与自然，记录熊猫，记录艰辛与磨难，记录沧桑世事缓慢而决绝的变迁……

创作过程中，尤为注重作品的文学性、趣味性和科普性、史料性，为大熊猫和保护研究大熊猫的人立传，希望写出历史进程中的宿命感，写出时代的精气神。

写作过程既艰辛又欢畅。所谓"一尺之外即黑暗"，数十年的文学写作经验，与熊猫打交道半生的阅历，给了我诸多的勇气。电脑文稿上每一尺的行进，都牵涉更宏大的整体。路上太多漂亮的风景，可惜不能都去涉足。

我告诉自己，紧扣主题，采取全方位展示，囊括大熊猫主要栖息地邛崃山脉、岷山山脉、大小凉山和秦岭等；跨时空探访，大熊猫历经坎坷，从八百万年前到今天，娓娓道出一个物种的进化史，包括大熊猫文化的起源及发展全过程；故事求真立诚，从大熊猫研究学者到普通饲养员、平凡老百姓，从汉族到藏族、彝族同胞，以及外国专家，通过不同的人和事，捕捉空气中转瞬即逝的情绪；结构上巧妙布局，合起来是一本书，前后衔接天衣无缝，分开每个章节又是单独的故事，阅读连贯一气呵成；重点突出，通过中华人民共和国成立以来尤其是改革开放四十年来，大熊猫保护与研究取得的显著成效，试图勾勒大熊猫保护理念的嬗变，感受中国生态文明建设的成就。

二〇一八年三月，全书初稿完成，共计二十余万字，上百幅插图。其后反复斟酌修改，直到二〇一九年八月最终定稿，书名《熊猫中国：中国大熊猫纪实》。

几十年对大熊猫的挚爱，不觉已流淌在字里行间。每一个章节，深思熟虑；每一段文字，反复推敲。好些日子，可谓是夜不能寐。夜阑人静，一件件往事、一张张面孔，忽然变得明晰可爱起来。脑海里像过电影一样，兴奋异常，思路格外开阔，书中的人和事不断涌现。无法入眠，不得不披衣而起，拿起枕边的纸和笔，匆匆记下。不记下不成，灵感瞬间即逝，很快忘个一干二净。

为了《熊猫中国：中国大熊猫纪实》，说得上是呕心沥血，一年多的时间，人整整瘦了一大圈。作品刚交江苏凤凰文艺出版社，即大病一场。就连出版合同，都是躺在医院病床上，用颤抖的手签下。

江苏凤凰文艺出版社为《熊猫中国：中国大熊猫纪实》的出版发行做了大量工作，相关单位提供了历史资料，朋友们贡献了绝美的图片，在此一并表示深深的谢意！

付梓之际，又得阿来先生向广大读者郑重推荐，承蒙厚爱，谨致谢忱！

心血之作，唯愿熊猫粉丝们喜欢，读着《熊猫中国：中国大熊猫纪实》与我同行，穿越八百万年风雨沧桑，领略大熊猫无尽魅力！

赵良冶

二〇一九年盛夏
四川雅安听雨斋

本书图片提供者：高华康　汤纯香　孙　前　陈玉村　雍严格
　　　　　　　党高弟　崔学振　康　君　向定乾　高富华
　　　　　　　蒲正祥　赵彤杰　赵良冶

部分图片由雅安市博物馆、栗子坪自然保护区等单位提供。

图书在版编目（CIP）数据

熊猫中国：中国大熊猫纪实/赵良冶著．——南京：江苏凤凰文艺出版社，2019.9（2023.6重印）
ISBN 978-7-5594-3593-4

Ⅰ.①熊… Ⅱ.①赵… Ⅲ.①纪实文学–中国–当代 Ⅳ.①I25

中国版本图书馆CIP数据核字（2019）第072971号

熊猫中国：中国大熊猫纪实

赵良冶 著

出 版 人	张在健
策　　划	汪修荣
责任编辑	傅一岑
装帧设计	马海云
手绘插图	龙　欢
责任印制	刘　巍
出版发行	江苏凤凰文艺出版社
	南京市中央路165号，邮编：210009
网　　址	http://www.jswenyi.com
印　　刷	苏州市越洋印刷有限公司
开　　本	787mm×1092mm　1/16
印　　张	23.5
字　　数	374千字
版　　次	2019年9月第1版
印　　次	2023年6月第3次印刷
书　　号	ISBN 978-7-5594-3593-4
定　　价	78.00元

江苏凤凰文艺版图书凡印刷、装订错误，可向出版社调换，联系电话025－83280257